Mégane Tuyé

Mégane Tuyé
PAR GUILLAUME LOIRE

En application de l'art. L.137-2.-I. du code de la propriété intellectuelle, toute reproduction et/ou divulgation de parties de l'œuvre dépassant le volume prévu par la loi est expressément interdite.

© Guillaume Loire, 2024

Édition : BoD · Books on Demand, 31 avenue Saint-Rémy, 57600 Forbach, bod@bod.fr
Impression : Libri Plureos GmbH, Friedensallee 273, 22763 Hamburg (Allemagne)

Impression à la demande
ISBN : 978-2-3225-5011-1
Dépôt légal : janvier 2025

Table des matières

Chapitre 1	7
Chapitre 2	23
Chapitre 3	57
Chapitre 4	83
Chapitre 5	103
Chapitre 6	127
Chapitre 7	157
Chapitre 8	181
Chapitre 9	203
Chapitre 10	219
Chapitre 11	243
Chapitre 12	259
Chapitre 13	279
Chapitre 14	303
Chapitre 15	315
Chapitre 16	343
Épilogue	357

Chapitre 1

Alors que l'effervescence gagnait peu à peu la rue de Rivoli, Stéphane était assis tranquillement à la terrasse de cette petite brasserie spécialisée dans la bière belge. D'ailleurs, il en savourait une.

Stéphane Pénot était un habitué et les serveurs le connaissaient bien. Il venait ici tous les matins avant de se rendre à la fac, il aimait observer Paris se réveiller. Il regardait passer les gens, s'imaginait tout un tas de vies, de scénarios, et cela lui permettait de garder un contact avec le monde.

Il recherchait ce contact pour deux raisons, ou plutôt pour deux personnes. Lui-même en premier, car lorsqu'on est comme lui, lancé dans des études longues, il arrive souvent que l'on soit déconnecté du reste du monde. Mais aussi pour sa moitié, Mégane Tuyé. Mégane la chanteuse, celle dont le nom était sur toutes les bouches, dont la musique passait sur toutes les ondes et dont la photo était dans tous les magazines.

Stéphane avait entre les mains le journal du matin dans lequel une page entière était consacrée à la chanteuse. Il commençait ainsi :

« *La chanteuse Mégane Tuyé nous revient avec son dernier et troisième album. On se souvient tous des énormes succès que furent les deux derniers opus de la chanteuse française, devrions-nous dire de la "fierté française". Ce n'est pas ce troisième disque qui décevra ses fans. Comme toujours, elle a choisi de rester fidèle à son style rock ; Mégane, l'écorchée vive, telle qu'on l'a surnommée après les fameuses sessions acoustiques qui resteront gravées dans les mémoires, ne suit pas la tendance, ni la mode, que cela soit en termes de son ou de musique. Cet album aux sonorités folks et saturées nous montre sa régularité et l'homogénéité de son style.*

Elle s'émancipe dans la veine de ce qu'elle sait faire ; et elle le fait bien. »

Le journaliste revenait ensuite sur la carrière fulgurante de la jeune femme : elle s'était lancée dans la musique à dix-huit ans et cela faisait cinq ans que son succès n'avait jamais été remis en question. Son premier album avait conquis la France en quelques jours à grand renfort de bouche-à-oreille, puis s'était exporté en Europe, en Asie, et enfin aux États-Unis et dans le reste du monde. Mégane avait enregistré, quelques semaines après la sortie de son album, six de ses morceaux dans les studios de Radio France, accompagnée uniquement d'une guitare folk. C'était les « *fameuses sessions acoustiques* » auxquelles le journaliste faisait allusion. Lors de cet enregistrement, elle avait été filmée et les vidéos avaient été distribuées gratuitement sur Internet. À l'occasion de ces enregistrements, elle avait fait démonstration d'une telle présence et d'un tel charisme que les vidéos avaient fait le tour de tous les réseaux sociaux en quelques heures. C'était ce qui avait lancé sa carrière de manière fulgurante et inattendue. Elle avait atteint des chiffres de vente astronomiques qui avaient attisé jalousie de la part des autres artistes et convoitise de la part des maisons de disques. Et tout cela sans presque faire de publicité, car Mégane restait humble en toutes circonstances et avait choisi de ne pas se mettre en avant. Elle était même la seule artiste de cette envergure à n'avoir jamais accompagné la moindre de ses chansons d'un clip vidéo. Mégane considérait que la musique, au sens large, se suffisait à elle-même. Si elle était de bonne qualité, il ne devait pas y avoir besoin d'image pour prendre du plaisir à l'écouter. Elle était aussi restée fidèle à son producteur et à sa maison de disques française, Classic-Records, et elle ne donnait qu'un minimum d'interviews, qui la plupart du temps se passaient à la fin de ses concerts dans les loges. Elle refusait systématiquement les invitations aux émissions de télévision et ne répondait pas à celles des magazines qui devaient se contenter de photos volées sur scène ou lors de ses apparitions après les concerts. On la voyait parfois dans quelques œuvres caritatives, principalement celles qui avaient pour but de promouvoir les jeunes talents dans la musique.

Tout ceci avait eu pour effet de renforcer encore plus son succès, bien que cela ne fût pas le but de la manœuvre.

Plutôt que de passer son temps à s'auto-congratuler auprès des médias, Mégane se concentrait sur sa musique, ses concerts, et surtout tenait à garder une vie normale, loin de l'effervescence du monde du show-business. C'est d'ailleurs ce qui lui donnait tant de succès, car le public se reconnaissait dans ses chansons. Son premier album, *Humanity Au-Low Cost*, abrévié *Humanity* par les fans, était dans le style rock-country. Ses chansons parlaient des différences chez les gens, de ces personnes en marge de la société que les gens bien-pensants n'acceptent pas, de ses déceptions quant aux gens et à la nature humaine ; mais elles parlaient aussi d'amour. On sentait chez la chanteuse un besoin d'amour presque violent. Ensuite, son style rock s'était affirmé lors du deuxième album *Dear Mother*. Ce dernier s'était classé en tête de tous indicateurs pendant des semaines. Elle y réglait ses comptes avec sa famille, et l'on sentait dans ses textes que son enfance avait été des plus perturbées. Puis le troisième album, *Hallowed Be My Family*, qui était sorti il y avait à peine quelques jours, n'avait fait que confirmer son immense succès. Elle mêlait rock, sons saturés et instruments classiques à la perfection. Le style était plus énergique, sur la plupart des morceaux en dominante majeure, mais ses chansons restaient empreintes d'une tristesse omniprésente et d'une rage qui couvait sous un voile de violence réfrénée, ce qui la caractérisait.

Mais ce qui la rendait unique aux yeux des professionnels, c'était qu'une chanteuse française ait réussi à devenir aussi célèbre et connue dans le monde entier ; ce qui jusque-là n'avait été réservé qu'à quelques rares artistes, pour la plupart issus des Amériques.

Mégane essayait de ne pas penser à son succès, ce qui n'était guère facile ; tout comme il était difficile de garder cette vie simple à laquelle elle aspirait. Mais Stéphane était là pour l'y aider.

Il referma son journal et se mit à penser à leur histoire.

Ils faisaient tout ensemble depuis leur enfance. Mégane était sa moitié, son *alter ego* ; ils étaient indissociables. Aussi, lors de son accession à la célébrité, il devint difficile pour Stéphane de conjuguer ses cours et les tournées de la chanteuse. Il lui était souvent arrivé de suivre ses cours par correspondance, en raison d'absences prolongées. Aussi, cette année, avant même la sortie de son dernier album, Mégane s'était organisée pour que les concerts soient limités à un seul grand concert par pays. Elle savait que cela allait agacer sa maison de disques et ses producteurs, mais cela aurait aussi et surtout moins d'impact sur la vie de Stéphane. Et puis, elle en avait assez de ces tournées à rallonge qui ne lui laissaient pas le loisir de voir ses amis et de prendre du repos.

Mais plus que cela encore, son bien-être en passait par là, car Mégane ne voulait pas se perdre en route dans le monde totalement surréaliste du show-business.

Stéphane vit que celle qu'il attendait ce matin-là arrivait. Il plia son journal dans son sac et se leva pour la rejoindre.

Il s'agissait d'une amie de la fac, Mélanie Ménard, avec qui il travaillait en binôme en travaux dirigés et travaux pratiques de science. En effet, il suivait un cursus scientifique en chimie théorique et, pendant son année de master, il avait de nombreuses séances pratiques. Il aimait bien Mélanie, car elle avait en elle une certaine innocence et insouciance qu'il aurait aimé avoir. Mais son expérience avec Mégane lui en avait tellement fait voir sur l'espèce humaine, qu'il était devenu comme blasé par tout ce qui l'entourait, un peu comme si plus rien ne l'étonnait.

Il rejoignit son amie et entama la conversation :

— Alors, c'est à cette heure-ci qu'on arrive ?

— Je suis en retard, désolée, j'ai eu une crevaison de RER, puis je ne sais par quel miracle il est soudainement tombé en marche au bout de 15 minutes d'arrêt !

— L'expression est bien trouvée ! s'amusa Stéphane.

— Merci. En tout cas, je découvre enfin ton bastion de repli ! dit-elle en regardant le bar duquel il l'avait rejointe.

— Ah, ça n'était pas un secret. J'en ai bien d'autres ! dit-il en souriant.

— Ça, je le sais, un grand en particulier ! répondit-elle en faisant allusion à sa relation secrète avec la chanteuse.

Car bien sûr, il n'avait pas parlé à Mélanie de sa relation avec Mégane, comme à personne d'autre d'ailleurs. C'était mieux pour lui, comme pour la chanteuse. C'était son jardin secret. Mais Mélanie était des plus perspicaces et savait qu'un grand secret habitait Stéphane. Elle n'avait pas encore réussi à savoir de quoi il s'agissait, mais elle n'était pas vraiment pressée de découvrir la vérité. Malgré cette curiosité, somme toute, très naturelle, elle aimait bien ce petit côté mystérieux chez son ami. En fait, Mélanie appréciait Stéphane, il était un homme sensible, honnête, attentionné ; étonnamment même, car elle avait remarqué qu'il retenait de nombreux détails, même parfois insignifiants.

Par exemple, elle se souvenait de cette boutique souvenir devant laquelle ils étaient passés un jour de juin et où elle s'était extasiée face à un petit dauphin en cristal bleu. Stéphane le lui avait offert pour son anniversaire.

Elle l'appréciait donc particulièrement pour toutes ces petites attentions qu'il avait envers les autres, mais aussi pour sa grande culture. Son savoir semblait inépuisable dans bien des domaines. Pour autant, il n'en faisait guère étalage.

Stéphane était du genre à partager et à faire usage de son savoir pour aider les autres. C'était aussi pour cela qu'il s'était lancé dans des études longues : il souhaitait mettre ses connaissances au service de la recherche, au service de l'Homme. S'il avait su ce qu'était vraiment le monde de la recherche, il aurait certainement choisi une autre voie.

Mais, pour le moment, il était encore dans la phase naïve où tout un chacun considère les chercheurs comme des altruistes passionnés qui œuvrent pour le bien de tous. Mélanie, elle, avait un père chercheur et savait quels monstres d'ego pouvaient être ces gens-là dans bien des domaines. Mais elle était émue par la naïveté de Stéphane et comptait l'aider par tous les moyens à sa disposition, car elle pensait que des gens comme lui pourraient, un jour, faire changer les choses.

Ils devaient ce matin-là préparer un exposé d'atomistique sur l'histoire de l'équation de Schrödinger et Stéphane proposa d'aller à la bibliothèque pour ce faire. Mais Mélanie ne fut pas d'accord et proposa d'aller chez elle. Elle n'aimait pas travailler à la bibliothèque. Il y avait toujours trop de monde, du bruit, et ils n'arriveraient pas à préparer leur oral dans ces conditions sans gêner les autres.

Aussi, ils prirent le métro et s'arrêtèrent à la station Palais-Royal-Musée du Louvre sur la ligne 7. Mélanie habitait un petit appartement qui donnait directement sur les bâtiments de l'ancien château royal.

Stéphane fut impressionné par le standing et lui dit :

— Eh bien, je ne pensais pas que les chercheurs pouvaient se payer un appartement dans un tel quartier !

— Ça n'est pas à mon père, mais à mon oncle qui me l'a laissé, car il n'y habite pas pour le moment.

— Et que fait ton oncle, sans indiscrétion ?

— Il travaille dans le pétrole.

— Ah, en effet, je comprends mieux !

— En fait, il est toujours par monts et par vaux et il possède de petits appartements de ce genre dans de nombreuses métropoles, dit-elle en ouvrant la porte.

Stéphane avala sa salive en constatant la réalité du terme « *petit appartement* ».

— Mais il possède toute une exploitation pétrolière ton oncle, dis-moi ?

— Non, mais il n'a pas à se plaindre en effet ! répondit-elle en souriant.

Stéphane constata également que cela devait faire longtemps qu'elle vivait ici, car l'appartement était totalement imprégné d'une présence féminine et non de celle d'un homme. Mélanie vit sa surprise et dit :

— Oui, je vis ici depuis mon enfance. Mon père n'a jamais vraiment eu le temps de s'occuper de moi et ma mère est partie lorsque j'étais encore enfant. C'est Camille, la domestique de mon oncle, qui m'a élevée tout ce temps et elle est comme ma mère.

— Je suis désolé… répondit Stéphane, la douleur au visage.

— Tu n'y es pour rien.

— Je le sais, mais je suis désolé, car je compatis à ta douleur, car, moi-même, je n'ai pas été gâté, tu sais.

— Crois-tu vraiment avoir vécu pire ?

— Mon père est parti lorsque ma mère était enceinte et je ne l'ai jamais connu. Quant à ma mère, elle a été très dure avec moi, car elle souhaitait avoir une fille. En gros, j'ai vécu seul jusqu'à ma majorité. Après ce fut plus facile.

— Comment peux-tu dire cela ? Ça n'est jamais facile, quel que soit l'âge, de ne pas avoir de parents.

— Non, ça n'est pas ce que je voulais dire. En fait, je m'en fiche. Ce qui était difficile était de dépendre d'elle, de devoir la supporter, de devoir l'implorer pour telle ou telle chose ; de lui devoir quelque chose. J'ai fait ce qu'il fallait durant tout ce temps pour pouvoir partir, mes 18 ans atteints. Et c'est ce que j'ai fait, dès que l'occasion s'est présentée.

Elle le regarda d'un air consterné et dit :

— Je suis désolée à mon tour. J'imagine que tu as bien dû essayer d'arranger les choses avec ta mère ?

— Certes, et à de nombreuses reprises. Mais quand tu entends ta mère répéter à longueur de temps « *Ah, si seulement tu avais été une fille, au moins j'aurais pu m'entendre avec toi* », eh bien, tu finis par abandonner.

— Et comment as-tu fait pour partir à ta majorité ?

— J'ai travaillé. Depuis que j'ai…, oh… dit-il en réfléchissant… allez, dix ans, j'ai travaillé et mis mon argent de côté.

— Dix ans ? Mais comment ?

— Au black, bien entendu. J'ai fait de nombreux petits boulots payés de la main à la main et j'ai tout caché de manière que ma mère ne le sache pas. De toute façon, elle ne s'occupait pas de moi, donc je pouvais bien rentrer à l'heure que je voulais. Elle ne s'en souciait guère.

— Et tu as eu assez pour partir, payer une chambre et tes études ?

— Oui, bien sûr. Et puis, il y a des aides, des bourses pour ceux qui n'ont pas de moyens. J'étais dans ce cas. Et puis une amie m'a bien aidé financièrement.

— Eh bien, j'étais à mille lieues d'imaginer cela te concernant !

— Mais moi non plus, je n'imaginais pas que tu aies été dans un cas similaire.

— C'est tout de même moins rude en ce qui me concerne, tu sais. J'ai souffert parce que mon père était absent et pas parce qu'il me méprisait. Et puis, je n'ai jamais vraiment eu à me débrouiller comme toi. Je ne sais pas si j'aurais eu la force de caractère de faire tout cela.

— Lorsque tu n'as pas le choix, alors tu n'as que deux solutions : te complaire dans ton malheur, ou faire tout ce qu'il faut pour t'en sortir. J'ai opté pour la deuxième solution.

— Tu as bien fait en tout cas. Sans cela, je n'aurais jamais eu la chance de te connaître ! dit-elle en souriant.

— Ni moi non plus !

Elle lui fit visiter l'appartement et il en fut très impressionné.

L'entrée donnait dans un vaste séjour avec une immense baie vitrée côté cour intérieur. Il y avait là de jolis jardins et de la verdure. À gauche du séjour se trouvaient deux immenses chambres, dont une avec douche et commodités intégrées. À droite se trouvait la cuisine, immense également, avec une gazinière digne d'un restaurant et tout ce qu'il fallait pour préparer des repas de rois. Et un peu plus loin, sur la droite, se trouvait la salle de bains principale avec baignoire et douche. Stéphane n'en revint pas de la taille de cet appartement. À nouveau, il salua le travail de son oncle.

Ils se rendirent dans la chambre de Mélanie, et Stéphane s'arrêta devant un poster de Mégane. Ce poster de la chanteuse était très connu : elle se tenait contre le dossier d'un canapé en cuir marron, l'une de ses jambes allongées sur ce dernier et l'autre semi-fléchie sur le sol. Une guitare se trouvait adossée à ses côtés, sa main gauche posée sur la caisse de résonance tandis que la droite était perdue dans sa belle chevelure blonde. Elle était habillée simplement d'un petit top noir à bretelles avec un léger décolleté laissant à peine entrapercevoir la naissance de sa poitrine, un jean slim foncé et de longues bottes à talon aiguille ; toujours très classy-rock, comme à son habitude, elle était de taille moyenne, sans ses éternels talons ; blonde aux yeux verts ; elle avait un visage d'enfant, *baby face* comme disaient les Anglo-Saxons, avec des yeux pétillants et un regard incendiaire. Ses formes étaient délicieuses, sa poitrine et ses hanches magnifiques ; elle était belle, comme tous le disaient.

Mais son visage était toujours empreint d'une éternelle tristesse, au reflet de ses chansons qui parlaient de familles déchirées, de mères épouvantables et d'amours déçus ; de la cruauté des enfants, des adolescents et des hommes ; de sa différence avec les autres qu'elle avait très mal vécue dans son enfance. Cette jeune femme avait un lourd passé qu'elle exprimait dans sa musique et ses chansons. Elle portait un fardeau, qui semblait immense pour ses frêles épaules.

Stéphane ne put s'empêcher d'esquisser un sourire complice en la voyant. Mélanie le remarqua et dit :

— Tu aimes Mégane Tuyé ?

— Bien sûr, qui ne l'aime pas !

— J'adore cette fille. C'est un exemple pour moi, elle incarne la beauté, l'humilité, la simplicité… Et en plus, sa musique déchire !

— C'est vrai qu'elle chante bien.

— Elle chante bien ? Quel euphémisme ! Ça n'est pas pour rien qu'on l'appelle *l'écorchée vive* !

— Bon, OK, elle déchire ! répondit-il, voyant qu'il s'agissait visiblement d'un sujet sensible chez son amie.

— *Humanity* a vraiment été une révélation pour moi !

— Pour beaucoup de monde apparemment.

— Tu m'étonnes ! Les textes sont parfaitement écrits, ils parlent d'eux-mêmes ! La musique est sublime et colle parfaitement aux paroles. L'émotion est constamment palpable dans sa voix. J'adore son travail.

— Et tu as écouté son dernier album ?

— Bien sûr, j'ai les trois. Ma préférence va à *Humanity*, mais j'aime beaucoup *Dear Mother* et bien sûr j'ai adoré *Hallowed Be My Family*, le dernier. Elle est beaucoup plus énergique musicalement et violente dans ses propos sur celui-là ; album réservé à un public averti !

— Certes, je suis d'accord. Mais lorsque tu sais ce qu'elle a vécu, tu comprends mieux son dernier album.

— Tu veux dire son enfance ?

— Eh bien oui ! Lorsque tu lis entre les lignes de *Humanity* et de *Dear Mother*, tu comprends bien que son enfance a été terrible, voire tragique.

— En tout cas, elle s'en est bien sortie quand on voit le succès qu'elle a aujourd'hui !

— C'est certain !

— Et tu vois, ce que j'apprécie particulièrement chez elle, c'est son humilité au regard de tout cela. Elle ne se met jamais en avant ; jamais tu ne la vois pavoiser sur des émissions ou des plateaux télé…, non, j'aime vraiment beaucoup cette fille. Je suis allée à tous les concerts qu'elle a donnés en France. J'ai essayé de la rencontrer plusieurs fois, en vain.

Sachant ce qu'il savait, Stéphane enrageait de ne pouvoir lui révéler la nature de sa relation avec Mégane. Mais il se faisait un point d'honneur à ne parler strictement à personne de cette relation. En effet, en plus d'être discrète, Mégane Tuyé était secrète. Aucun magazine n'avait jamais réussi à obtenir de photo de la chanteuse en dehors des rares photos marketing officielles distribuées par sa production et de celles prises en concert. Stéphane savait que s'il en parlait, même à des gens de confiance, un jour ou l'autre cela risquerait d'attirer l'attention de la presse à scandale sur lui, et son anonymat serait fichu. En outre, les dommages collatéraux sur Mégane risquaient d'être considérables.

Aussi, il se tut et ne dit rien à son sujet.

Ils s'installèrent donc et commencèrent à travailler sur leur projet. Stéphane aimait bien travailler avec Mélanie, car elle était rigoureuse et organisée, et il l'était également. En vérité, il appréciait beaucoup Mélanie ; elle lui avait, comme on dit, tapé dans l'œil.

Vers midi, ils retournèrent à la brasserie pour déjeuner avant de se rendre à leur cours.

Stéphane fut surpris, car Mélanie appréciait la bonne bière. Elle prit une Charlequin, bière belge assez méconnue en France.

Il lui dit :

— Tu la connais ?

— Bien sûr ! Ma préférence va en général à la Karmeliet, mais ça fait longtemps que je n'ai pas bu de Charlequin.

Devant son air ahuri, elle dit :

— J'ai passé un an en Belgique après mon bac.

— Ah, je comprends mieux !

— Et toi alors ? demanda-t-elle voyant que lui aussi semblait bien s'y connaître.

— Moi, j'y suis allé souvent pendant mes vacances.

— Ceci explique cela.

Ils se mirent à rire tous les deux. Puis ils commandèrent leur déjeuner. Mélanie prit une salade composée, elle ne s'attendait d'ailleurs pas à la taille du plat et fit une drôle de tête lorsque le serveur lui déposa. Stéphane prit une grillade avec des légumes en accompagnement. Ils eurent beaucoup de plaisir à partager ce déjeuner, et plus ils passaient de temps ensemble, plus ils avaient envie d'en passer.

Vers la fin du repas, Stéphane ne put s'empêcher, en voyant une femme habillée en tailleur noir avec pantalon et portant une paire d'escarpins rouge de très mauvais goût, de dire :

— Oh, la belle faute de goût !

À travers cette remarque, il comprit que c'était Mégane qui parlait. Elle aimait bien faire ce genre de sortie provocante. Elle finissait par l'influencer malgré lui.

— Certes, ce ne sont pas les chaussures que j'aurais mises avec un ensemble noir.

— Bah, elle aura certainement assorti ça avec le top. Mais

veste fermée, ça se voit pas et ça fait tarte ! Évidemment ! Il aurait fallu quelque chose de noir, ou alors assortir avec le sac !

— Mais dis donc, tu as l'air de t'y connaître en vêtements féminins ?

— Ça a l'air de te surprendre.

— De la part d'un garçon, oui, ça me surprend.

Surpris d'une telle remarque sexiste, il décida de continuer dans ce jeu, car il avait de solides bases.

— Pourquoi ? Les garçons n'ont-ils pas le droit de s'intéresser à ce genre de chose ?

— Oh si, tout à fait, mais on n'en rencontre pas beaucoup.

— Eh bien, tu en as un devant toi !

— Bon alors, dis-moi, suis-je correctement habillée ? demanda-t-elle, provocante à son tour.

Il sembla réfléchir.

— Alors, ça n'est pas si facile, si ?

— Tu n'y es pas. Je pourrais te répondre immédiatement, mais je me demandais juste comment tu allais réagir.

— Dis toujours, j'accepte la critique.

— Dans ce cas… Je pense que, pour toi, les slim-ballerines, c'est terminé. C'est bon pour les lycéennes, pas pour les étudiantes à l'université. Ça fait jeune femme qui n'assume pas son âge et qui veut paraître plus jeune. Je pense que tu devrais te mettre aux jeans noirs bootcut légèrement élimés sur le devant des cuisses ainsi qu'à l'arrière. Ça donne l'illusion de jambes plus longues ; avec des bottines ou des sandales à talons hauts, ça fera ressortir tes hanches et tes fesses, et ça re-proportionnera tes jambes par rapport à ton torse. Vu tes mensurations, inutile de donner dans le talon vertigineux, huit centimètres devraient suffire. Pour peu qu'il y ait une petite plateforme et tu marcheras plus facilement avec. Quant au sous-pull à col roulé, étant donné que tu as les cheveux détachés et que ça raccourcit ton cou, cela tasse encore un peu plus. Tu aurais dû opter pour un top à bretelles avec un petit décolleté qui aurait eu pour effet de faire ressortir ta nuque et tes épaules. En plus, les épaules nues, ça donne un côté sexy. Les mecs adorent !

Mélanie n'en revenait pas. Elle en resta sans voix. Stéphane esquissa un large sourire : toutes ces années passées au contact des amies de Mégane laissaient forcément des traces.

Il répondit :

— Mais tu n'es pas obligé de m'écouter…

— Mais, comment est-ce que tu sais tout ça ? demanda-t-elle sidérée.

— Et pourquoi ne saurais-je pas tout ça ?

— Parce que…, parce que tu es un mec !

— Alors ça ! Si c'est pas du sexisme à outrance !

— Non mais sérieusement, je n'en reviens pas que tu saches autant de choses sur la mode !

— Et encore, tu n'as rien vu !

— Mais allez ! Dis-moi comment tu as appris tout ça ?

— À chacun son jardin secret. Nous devrions aller en cours à présent.

Ils se levèrent. Tandis que Stéphane payait l'addition, Mélanie le dévisageait avec un petit sourire en coin. Il lui plaisait bien. Ça n'était pas le genre d'homme à passer ses dimanches vautré sur le canapé devant une émission sur les voitures ou un match de football. Il était sensible, intelligent, empathique, observateur. Elle avait envie de le connaître plus, car il commençait à l'attirer.

Elle avait toutefois un léger problème, car elle n'était pas seule. Son actuel ami était justement l'inverse de Stéphane : un grand costaud prénommé Jérôme et joueur de rugby qui se plaisait à pavoiser et à rouler des mécaniques devant ses pairs.

C'était son ancien flirt du lycée, ils se connaissaient depuis longtemps et elle l'aimait bien, mais elle commençait à se dire que ce genre de relation n'était plus pour elle. Elle aspirait à une vie plus stable, plus rangée, voulait des enfants, voulait que ses enfants fassent des études comme elle, pour comprendre la vie et éviter ses multiples pièges. Elle voyait tout cela en Stéphane et peut-être plus encore.

Mais encore fallait-il en parler à Jérôme avant d'envisager quoi que ce soit. Et elle comptait bien aborder le sujet avec lui dès aujourd'hui.

Quant à Stéphane, il était bouleversé à cause de Mégane. En effet, si par bonheur une relation se créait entre lui et Mélanie, il devrait lui parler de Mégane. Et quel serait l'impact sur la chanteuse ? Pouvait-il avoir confiance en Mélanie, elle qui semblait l'aimer à ce point.

Et si jamais leur relation ne fonctionnait pas, comment Mélanie réagirait-elle après leur rupture ? Les mettrait-elle en danger par vengeance ?

En vérité, c'était à cause de Mégane que Stéphane était encore célibataire à 23 ans et qu'il n'avait jamais eu de vraie relation suivie avec une femme. Il en était conscient et cela l'effrayait à la fois à cause des nombreuses implications, mais surtout à cause de son manque d'expérience dans l'art et la manière de courtiser les femmes.

Il savait comment Mégane aurait aimé être courtisée. Mais Mégane préférait les femmes, ce qui, pour le coup, ne l'aidait pas beaucoup.

Il était perdu dans ce jeu dont il ne connaissait pas les règles. Et il pensait à cela tout en marchant vers l'entrée de l'université des Saints-Pères, aux côtés de son amie qui semblait tout aussi perdue que lui.

Chapitre 2

Mégane était une femme extrêmement déterminée. Le week-end précédent, elle avait viré son agent, car il commençait à l'énerver plus que de raison.

Mais l'histoire était bien plus complexe.

Max Antonilli était son agent depuis ses débuts. Il lui avait été présenté par un des managers de Classic Record, sa maison de production. Max était un bon agent, mais ses préoccupations différaient très souvent de celles de Mégane. Lui, souhaitait tout faire pour qu'elle puisse tirer un maximum de bénéfices de ce qu'elle faisait, et au passage lui aussi *via* sa commission.

Mégane, quant à elle, se souciait peu des bénéfices ou du prestige qu'elle pouvait gagner à faire telle ou telle chose que Max lui conseillait. Sa seule préoccupation était de faire de la musique et d'écrire ses textes. Pour cela, elle observait. Elle passait le clair de son temps à Paris ou dans les grandes villes qu'elle fréquentait, à observer les gens, à regarder ces fourmilières grouillantes et à disséquer les histoires qu'elle arrivait à lire en analysant ce qu'elle voyait.

Mégane avait un sens de l'observation hors du commun, *à la limite du génie*, disaient certains qui la connaissaient bien. Elle parvenait à lire sur les gens comme dans un livre ouvert, sans même avoir à leur parler. Et il lui suffisait de discuter à peine quelques secondes avec quelqu'un pour savoir dans le détail à qui elle avait affaire.

Grâce à toutes ces observations, elle trouvait l'inspiration et elle écrivait ses textes. Ensuite, elle cherchait des airs sur sa guitare pour accompagner, et lorsqu'elle avait trouvé tout ce qu'il lui fallait, elle passait dans son studio avec ses musiciens pour enregistrer une démo.

Elle travaillait ainsi la plupart du temps et sa méthode fonctionnait bien, puisqu'elle avait toujours plusieurs morceaux d'avance qu'elle dégainait lorsque sa production lui mettait la pression pour donner le jour à un nouvel album.

Ces derniers jours, Max avait été trop loin en lui forçant la main pour donner une interview sur une radio de grande écoute. Il avait accepté pour elle sans même lui demander son avis. Elle l'avait donc licencié sans sommation.

Mais ça n'était pas la première fois qu'elle faisait cela et Max savait qu'en revenant quelques jours plus tard, elle finirait par le reprendre, étant trop flemmarde pour s'occuper elle-même de toute la partie administrative et organisationnelle de sa carrière.

En tout cas, Mégane était toute guillerette de pouvoir passer quelques jours sans l'avoir sur le dos. Aussi elle décida de se prendre une journée de repos et de profiter de ce beau soleil de printemps pour aller lézarder dans les jardins du Luxembourg et ne penser à rien. Elle y passa son dimanche et cela lui fit un bien fou.

*

Stéphane et Mélanie entrèrent dans le hall de l'UFR des Saints-Pères. Il était immense et bouillonnant de monde comme d'habitude. De nombreux étudiants étaient assis sur les tables de la cafétéria, certains discutaient, d'autres prenaient leur déjeuner en relisant leurs cours ou en terminant un devoir. Certains discutaient au beau milieu du hall, et d'autres encore étaient massés devant les panneaux d'affichage électronique informatifs. Une grande foule était massée devant l'amphithéâtre qui n'était pas encore ouvert. L'entrée dans ce genre de fac était assez impressionnante pour qui n'y était pas habitué. Malgré l'immensité du hall, ça sentait le café, les croissants et les viennoiseries. Ce qui avait un effet apaisant malgré ce monde et ce stress. Le matin, les étudiants se sentaient comme chez eux au réveil : lorsqu'ils se levaient et que leurs parents avaient déjà préparé le petit-déjeuner ; c'était rassurant.

Stéphane avait toujours un petit pincement au cœur lorsqu'il entrait ici, un peu comme un artiste avant de monter sur scène.

Ils traversèrent le hall, sortirent dans la petite cour intérieure qui le prolongeait et se rendirent à la bibliothèque qui se trouvait de l'autre côté. Ils devaient chercher quelques références pour leur exposé.

Arrivés au bon rayon, ils trouvèrent ce qu'ils cherchaient, passèrent un peu de temps pour compléter leur sujet et redescendirent. Ils retournèrent dans le bâtiment principal où ils avaient un cours magistral dans l'une des salles classées de la fac quelques étages plus haut.

Il s'agissait de la salle Lavoisier, mais les autres étaient très similaires. Ces salles d'époque possédaient une petite estrade en bois avec un ancien tableau en ardoise comme on faisait dans le temps. Ce dernier prenait naissance à partir d'un énorme porte-craie en bois massif qui s'étalait sur toute la longueur du tableau. Il était tellement large et robuste, que certains professeurs de petite taille s'amusaient même à monter dessus, afin de pouvoir écrire en haut du tableau. Ces salles étaient toutes classées aux monuments historiques et il était agréable d'y avoir cours, même s'il y faisait froid en hiver.

Le professeur d'atomistique arriva. Elle était petite, cheveux frisés, et coiffés anarchiquement, le teint rougeaud et un nez qui l'était encore plus. Il était de notoriété qu'elle aimait le vin, et parfois, lorsque les cours étaient dispensés en début d'après-midi, on sentait qu'elle en avait bien bu pendant son repas. Son cours était aussi anarchique que ses cheveux. Il n'y avait pas moyen, en aucune façon, de pouvoir prendre des notes sur sa présentation et d'écouter son cours en même temps. C'était soit l'un, soit l'autre. Elle donnait ses cours à l'ancienne sur papier transparent. Et ils étaient écrits à la main et en patte de mouche. Il ne restait que très peu de vide dessus, car elle semblait avoir développé un t.o.c. du remplissage total et systématique de la surface du support plastique. Stéphane et Mélanie travaillaient toujours en binôme pour ce cours. Elle l'écoutait et prenait des notes ; lui, recopiait les transparents. Ils en faisaient ensuite la synthèse.

Leur méthode fonctionnait bien, car, aux premiers partiels, ils avaient eu 18/20, là où les autres ne dépassaient guère 12-13.

Tous les deux avaient d'ailleurs déjà été démarchés par des chercheurs en chimie théorique de la fac pour une future thèse étant donné leurs notes. Mais autant Mélanie était intéressée par une thèse, autant Stéphane se demandait dans quelle mesure il arriverait à conjuguer une thèse et sa relation avec Mégane. En effet, la chanteuse allait entamer une tournée mondiale dès le début de l'été et il ne pouvait pas faire autrement que d'être avec elle.

Malheureusement, en thèse tout était très différent d'une année de cours : durant une année de cours, il pouvait se permettre d'être absent même aux séances de travaux dirigés, avec l'accord des professeurs. Pour les cours, il pouvait les suivre en autodidacte ou, depuis l'année passée, grâce à Mélanie.

Mais en thèse, il faut être au laboratoire à plein temps.

Encore qu'il se disait qu'en chimie théorique, où le travail consistait en grande partie en des calculs mathématiques, il pourrait s'absenter et continuer à travailler à distance à l'aide d'un ordinateur, pour peu que le sien soit suffisamment puissant, ou que le laboratoire lui en paye un.

Mais, en vérité, il n'en savait rien.

Il avait dit à Mélanie qu'il devait s'absenter dès la fin de l'automne, et lui avait fait part de ses craintes, même s'il ne lui avait pas expliqué la raison de son absence. Elle lui avait proposé de parler de tout cela avec les chercheurs dès le deuxième partiel. Si ses notes étaient aussi bonnes, et si les chercheurs tenaient tant à l'avoir, il y aurait certainement moyen de négocier, voire de faire pression. Elle connaissait bien les chercheurs grâce à son père et elle savait qu'ils ne laisseraient pas filer un tel prodige en atomistique dans la nature.

Ils terminèrent leur cours et se rendirent à la cafétéria. Le jeudi, ils avaient pris pour habitude de se mettre dans le fond de la petite salle de gauche pour manger et revoir ensemble le cours « *d'ato* », comme ils disaient. En faisant cela, ils prenaient une table pendant toute l'heure du repas, ce qui énervait sensiblement de nombreux autres étudiants cherchant des places pour s'asseoir, mais c'était la règle en vigueur ici. Premier arrivé, premier servi. Et les autres n'avaient qu'à se débrouiller autrement.

La fac des Saints-Pères était LA fac de médecine de Paris. Il régnait ici une compétition bien plus virulente qu'ailleurs et il fallait avoir un moral de vainqueur et des nerfs d'acier pour résister à la première année. Par exemple, il était fréquent que des étudiants, qui s'absentaient pendant les pauses en amphithéâtre, retrouvent leurs notes et cours déchirés, voire brûlés, dans la corbeille du professeur. Les feux servaient surtout aux redoublants qui, en faisant cela, annulaient le reste du cours afin que les primants[1] ne puissent le suivre. Cela les favorisait lors de l'examen final, car eux avaient déjà suivi le cursus l'année passée. On racontait même qu'une fois, ils avaient rempli le fond d'un amphithéâtre avec un mètre d'épaisseur de boulettes de papier afin que le cours soit annulé.

Ils étaient prêts à tout pour réussir.

Stéphane avait remarqué qu'ici on trouvait de tout question

---

1   Première année

personnages. Des fils à papa qui voulaient devenir médecin. Par choix ? Peut-être, peut-être pas. Des altruistes un peu naïfs, pensant sauver le monde en devenant docteur, d'autres encore dont l'argent était visiblement la seule préoccupation. Des étudiants venant de milieux modestes avec une grande ambition et de grandes capacités. De jeunes femmes qui venaient ici pour trouver un mari, et il y en avait beaucoup. D'autres femmes bien plus ambitieuses, prêtes à écraser tout un chacun pour leur carrière. Et puis il y avait les gens comme lui et Mélanie qui suivaient le cursus universitaire classique proposé par la fac. Ils n'étaient pas les plus excentriques, mais il régnait tout de même une compétition assez malsaine dans ces promotions transversales. En effet, un grand nombre d'entre eux étaient d'ex-première année de médecine ou de pharmacie ayant échoué et reprenant un cursus normal, et ils avaient gardé cette philosophie du concours et de tout faire pour passer devant les autres. Peut-être pour se prouver à eux-mêmes qu'ils n'étaient pas si mauvais.

Stéphane n'aimait pas trop cela. Il considérait qu'il valait mieux travailler ensemble que les uns contre les autres. Il avait d'ailleurs prouvé la validité de sa théorie grâce à ses notes en atomistique. Certains lui avaient emboîté le pas et il s'était formé de nombreux bi-, voire trinômes, dans leur promo.

Cela lui plaisait d'arriver à faire changer les gens et les mentalités. Il se disait que Mégane aurait certainement une ou deux choses à écrire sur tout cela pour un futur album.

Mélanie, elle, voyait que son envie de l'aider n'avait pas été qu'une simple envie. Elle se rendait bien compte qu'il possédait en lui une grande maturité et une tout aussi grande sagesse. Elle savait que le secret qu'il lui cachait y était certainement pour beaucoup.

Et Mégane y était pour beaucoup. Grâce à elle, il avait vu tellement de choses, rencontré tellement de gens que cela l'avait fait mûrir bien plus vite que les autres hommes de son âge.

Ils terminèrent leur après-midi par des cours de chimie organique et de métallurgie, puis se séparèrent pour rentrer chacun chez eux.

Stéphane arriva chez lui. Il habitait un bel appartement près du canal Saint-Martin, et payé par Mégane. Il était chanceux, car il l'avait acheté sur un malentendu avec l'ancien propriétaire qui s'était trompé d'un zéro dans le prix. Stéphane avait donc pensé que l'appartement devait être très endommagé, mais en fait il était presque remis à neuf. Lui, très honnête, avait fait remarquer au propriétaire que le prix était bien bas par rapport aux prix du marché. Mais le propriétaire, un homme riche et très excentrique, avait répondu : « *Eh bien, tant pis pour moi ! Bah, et puis, j'en ai plein d'autres à vendre, ça ne va pas me ruiner !* » En outre, Stéphane avait eu beaucoup de chance de voir l'appartement en premier, car d'autres avaient déjà pris contact avec le propriétaire. Mais comme il signa le compromis de vente, le bien fut à lui.

Il aménagea son bien de manière élégante et raffinée. Il y avait une entrée avec un petit vestibule sur la gauche. Puis on arrivait directement dans le séjour, grand et lumineux. Il y avait un mur de lambris sur le côté gauche du séjour, un canapé le long de ce mur qui faisait face à une immense baie vitrée donnant sur une cour intérieure boisée. Il avait aménagé une place pour un écran géant dans le coin gauche et un vaisselier à droite près de l'entrée. En face de l'entrée se trouvait un couloir qui menait à une belle et grande cuisine, puis lui succédait une salle de bains tout en longueur sur la gauche avec douche et baignoire. À droite du couloir, deux chambres se succédaient. La sienne était la première.

Il s'affala de tout son long sur le canapé et ferma les yeux. Il était tourmenté, car toute cette journée aux côtés de Mélanie l'avait fait réfléchir. Il était réellement attiré par son binôme. Mais que faire pour Mégane ? Comment allier sa relation avec une femme et sa relation avec la chanteuse ?

Alors qu'il réfléchissait sans relâche, il finit par s'endormir et se réveilla le lendemain matin vers 4 h 00.

Il se leva, prit sa douche, son petit-déjeuner, et alla s'habiller.

Il n'avait toujours pas de solution, mais il avait rêvé de Mégane.

Il avait rêvé de ce concert magistral qu'elle avait donné l'année dernière, vers le mois de septembre, au Stade de France.

Mégane aimait faire la surprise et elle avait commencé à chanter en duo avec le groupe qu'elle avait invité pour la première partie. C'était un groupe de punk rock français très énergique, et qui faisait une musique proche de celle de *Green Day*. Mégane était apparue pendant une chanson et le public l'avait ovationnée. Le groupe avait pourtant déjà du succès, mais avec Mégane comme seconde voix, la foule était entrée en délire.

Elle était arrivée toute simple, comme à son habitude, les yeux cernés de noir, maquillée façon rock, vêtue d'une petite robe noire toute simple, mais mettant avantageusement en valeur ses formes délicieuses. Un léger décolleté et un collier qui tombait avec grâce sur la naissance de sa poitrine. Elle portait avec cela un collant noir sans prétention et des bottines arrivant à mi-mollet et allongeant spectaculairement ses jambes, tellement les talons étaient vertigineux.

Dans les magazines féminins, on trouvait souvent des photos de Mégane volées lors de ses concerts et où elle était saluée pour son bon goût vestimentaire. Elle savait mettre en valeur ses atouts, cacher ses défauts sans jamais tomber dans la superficialité ou la vulgarité. Pour ces magazines, comme pour beaucoup de fans, elle était un exemple de beauté et de sensualité.

Après la première partie, elle avait commencé son concert. Pas un instant, durant la totalité du concert, le public ne s'était relâché. Elle avait une telle présence sur scène qu'elle entraînait son public derrière elle, les gens chantaient, dansaient, slamaient, ils l'adoraient vraiment et tous ses concerts étaient de la sorte. La plupart de ceux qui avaient assisté à un concert de Mégane Tuyé en parlaient comme d'un événement à vivre au moins une fois dans sa vie.

Elle se sentait parfois dépassée par son immense succès, mais, grâce à Stéphane, elle parvenait à garder les pieds sur terre.

Mégane avait un sacré caractère et il était rare d'arriver à lui imposer quelque chose contre sa volonté. Elle avait également son petit ego, et il lui en fallait peu pour qu'elle s'emporte. Encore une fois, Stéphane était là pour lui rappeler d'où elle venait.

Elle avait passé son enfance tyrannisée par une mère qui se plaisait à la faire souffrir. Stéphane était donc devenu en quelque sorte son compagnon d'infortune. C'est aussi ce qui lui avait donné l'idée d'écrire au début. Puis elle avait appris à jouer de la guitare et avait mis ses textes en musique. Puis un jour, où elle faisait un petit boulot dans une société de courrier, elle discuta avec le directeur des ressources humaines qui l'avait embauchée et qui se trouvait être un passionné de son. Elle lui fit écouter ses créations et il lui proposa aussitôt de venir chez lui pour les enregistrer sur son matériel.

Il n'était pas un professionnel de la chanson, mais avait une bonne oreille musicale et savait reconnaître un grand talent lorsqu'il en voyait un. Au début, elle avait eu des doutes sur ses intentions la concernant, mais elle avait vite compris que ce garçon-là était un passionné de son et que son intérêt pour elle était uniquement amical. C'est ainsi que le premier album de Mégane naquit et qu'elle rencontra le succès.

Les fans connaissent, bien sûr, la fameuse histoire de « *la société de courrier* ».

Stéphane pensait à tout cela en se préparant à partir pour la dernière journée de travail de la semaine. Ils avaient une journée de travaux pratiques aujourd'hui, ça serait donc moins stressant que le reste de la semaine. Ils allaient rester toute la journée devant un ordinateur, car ils faisaient des calculs en atomistique. Ils modélisaient la probabilité de présence d'un électron dans une région de l'espace autour de l'atome. Stéphane était très bon à ce genre de calculs et de raisonnement. Pourtant, ça ne le passionnait pas vraiment.

Il se mit à côté de Mélanie, chacun sur sa machine, et ils passèrent une journée studieuse.

Aussi bien Mélanie que lui ne furent pas très loquaces l'un envers l'autre. Elle aussi était perturbée, car elle avait retrouvé son conjoint la veille au soir, mais n'avait pas eu le cœur à parler de séparation avec lui. Les circonstances ne s'y prêtaient pas. Elle évita de se rapprocher trop de Stéphane, mais son cœur l'incitait à y retourner.

Ce fut Stéphane qui fit le premier pas et il l'invita en fin de journée à boire une bière au bar du bas de la rue des Saints-Pères.

Il aimait bien aller dans ce bar. C'était le lieu de repli de nombreuses personnes de la fac ; des chercheurs du CNRS et des professeurs, mais il y avait également du tout-venant et l'ambiance était familiale. Le soir, le soleil donnait dans la vitrine, c'était agréable.

Ils s'assirent à une table et passèrent commande.

— Alors, as-tu passé une bonne soirée hier soir ? demanda Stéphane.

— Assez bonne, même si mon copain n'avait pas le moral.

— Que lui arrive-t-il ?

— Des soucis au travail, rien d'intéressant.

— Je me mêle peut-être de ce qui ne me regarde pas, mais tu sembles moins enthousiaste à parler de lui ces derniers temps.

— C'est parce que je suis de moins en moins enthousiaste à ses côtés.

— Ah… répondit Stéphane, ne sachant pas trop quoi dire.

— Mais ça n'est rien ! Toutes les bonnes choses ont une fin. Et puis, j'ai un autre centre d'intérêt en ce moment.

— Ah, et de quoi s'agit-il ?

— Un garçon gentil et sensible, et qui me plaît bien.
— Je le connais ?
— Très bien même.
— Alors je le déteste !

Mélanie partit d'un fou rire de joie et de surprise. En effet, elle ne savait pas trop quelle était la nature des sentiments de Stéphane envers elle. Elle avait maintenant la confirmation qu'il n'était pas insensible à ses charmes. Elle était aussi très heureuse, car, pendant un temps, elle s'était demandé s'il n'était pas homosexuel. Elle ne savait pas comment l'expliquer, c'était peut-être dans son attitude ou son comportement ; elle le trouvait parfois maniéré. Et puis, il l'avait vraiment surprise la veille à être aussi connaisseur des vêtements féminins. Elle était donc heureuse qu'il ait presque avoué qu'elle l'intéressait.

Il répondit alors :
— Qu'y a-t-il de drôle dans ce que j'ai dit ?
— Oh rien, mais si je te dis de qui il s'agit, tu vas rire toi aussi.
— Alors, dis-le-moi !
— Toi, idiot !
— Ah ! En effet... dit-il en souriant. C'est d'autant plus amusant que la réciproque est vraie.
— Ah oui ?
— Oui, je sens qu'il y a un bon feeling entre nous. Le courant passe bien et ça me plaît.

En disant cela, il lui prit la main.

Elle lui sourit et dit :
— Tu sais ce qu'il y a de plus drôle dans cette histoire ? Surtout, ne le prends pas mal, je dis ça en toute amitié, mais j'ai cru à certains moments que tu étais peut-être gay.

Stéphane sentit clairement là l'influence de Mégane et répondit :
— Ne t'inquiète pas pour ça. De nombreuses personnes de mon entourage en sont persuadées. Pourtant, j'aime les femmes, tu peux en être certaine.

— Ça me rassure ! Cela m'aurait vraiment embêtée d'avoir le béguin pour quelqu'un, en sachant que, de toute manière, je n'avais aucune chance.

— Et je peux même te dire que tes chances sont très bonnes !

Elle bougea doucement la tête de gauche à droite en le regardant de ses grands yeux et en lui souriant, puis caressa délicatement de son pouce le dessus de sa main.

— Mais qu'en est-il de Jérôme ?

— Notre histoire a atteint ses limites, il faut juste que je trouve le courage de lui dire.

— Ça n'est pourtant pas compliqué, si ? demanda Stéphane qui manquait d'expérience en la matière.

— Oh si, justement ! Tu sais, ça n'est pas un mauvais garçon. Il est gentil, attentionné, il m'aime et c'est ça qui va être le plus dur pour lui : quitter une femme dont il est profondément amoureux.

— Je comprends, mais il faut aussi se dire que l'amour vient toujours frapper à notre porte au moment où on ne l'attend pas.

— Je ne pense pas qu'il fasse preuve d'autant de sagesse que toi, en particulier dans ces circonstances.

Mélanie était inquiète, car il y avait une chose qu'elle tenait absolument à éviter, c'était que Jérôme apprenne l'existence de Stéphane. Elle ne savait pas quelle pourrait être sa réaction s'il savait qu'elle le quittait pour lui. Et question carrure, Stéphane ne faisait assurément pas le poids.

Quant à lui, il était encore plus dans l'expectative que ce matin. Car d'un seul coup, tout se confirmait entre Mélanie et lui. Il ne voyait pas d'autre choix que de lui faire rencontrer Mégane. C'était la seule solution.

Stéphane raccompagna Mélanie au métro et ils se séparèrent.

Le lendemain matin, Mélanie se leva aux aurores, elle devait retrouver un ami de son père qu'elle connaissait depuis l'enfance et qui jouait dans un groupe de musique Metal appelé Anubys. Son groupe avait eu un grand succès quelques années auparavant, mais leurs deux derniers albums avaient fait un flop et depuis ils sombraient. Mais, dernièrement, John Agiss, le chanteur, aussi appelé de son vrai nom Gérard Denoix, l'ami de Mélanie, s'était repris en main et avait poussé ses compagnons à sortir de leurs abysses. Tous avaient suivi une cure de désintoxication, arrêté l'alcool, cessé de fumer et, depuis quelques mois, ils s'étaient remis à composer et à jouer.

Mélanie était heureuse pour son ami Gérard qui jouait un peu le rôle du père qu'elle n'avait jamais eu et elle avait été très triste de le voir tomber ainsi dans une telle déchéance. Ce matin était donc un grand jour pour elle, car il sonnait le renouveau pour Gérard, pour son groupe et aussi pour leur musique.

Mélanie n'était pas une grande fan de musique Metal, mais il y avait quelques ballades d'Anubys qu'elle adorait dans leurs premiers albums. Elle avait même été très honnête envers Gérard en lui avouant que leurs deux derniers albums ne lui avaient pas du tout plu. Il l'appréciait d'ailleurs beaucoup pour l'honnêteté dont elle faisait preuve.

Elle le retrouva au métro Bastille et ils se rendirent dans un studio d'enregistrement qui se trouvait non loin.

— Bonjour, Mélanie, dit-il en l'embrassant.
— Bonjour, Gérard.
— Tu vas bien ?
— Oh oui, très bien, et toi alors, c'est le grand jour ?
— Tu sais, ça sera le grand jour si l'album voit le jour ! dit-il d'une touche d'humour. Mais surtout si c'est un succès !
— Mais bien sûr que ça sera un succès, avec tout le mal que tu t'es donné et tout le travail que tu as fait avec les autres !
— C'est vrai que ça n'a pas été facile.
— C'est le moins que l'on puisse dire. Tu reviens de loin.

Mais je suis fière de toi ! dit-elle en songeant à toutes les galères par lesquelles lui et ses amis étaient passés.

— Merci, ma chérie. Mais tu sais, le travail que nous allons faire aujourd'hui va prendre toute la journée, tu n'es pas obligée de rester ; surtout que je connais ton goût pour le Metal.

— Tu plaisantes, pour rien au monde je ne raterais ça ! Et puis avec ce nouvel album, vous allez retrouver le succès. Comme ça, lorsque plus tard vous serez redevenus célèbres, et que les gens s'arracheront vos t-shirts, moi je pourrai dire que j'y étais !

— J'adore ton côté naïf ! Bon, et si nous y allions ?

— Oui ! répondit-elle en souriant.

Ils se rendirent deux rues plus loin, puis dans une petite impasse, au bout de laquelle se trouvait une entrée d'immeuble. Elle donnait ensuite sur un escalier très large qui descendait dans un ensemble de pièces souterraines constituant le studio d'enregistrement. Mélanie était très surprise du standing des locaux et dit :

— Eh bien, j'ai de nombreux souvenirs de studios d'enregistrement dans lesquels tu m'emmenais il y a des années, mais je n'en avais jamais vu de cette qualité.

— C'est vrai qu'il est un peu classe celui-là.

— Et…, sans indiscrétion, comment tu as fait pour vous payer un truc pareil ?

— Ah, mais nous avons été aidés.

— Ah oui, par qui ?

— Une bonne âme qui a cru en nous et en notre musique.

— Une banque ?

— Oh non ! répondit-il en gloussant. Non, les banques nous ont lâchées depuis longtemps. Non, il s'agit d'un musicien qui nous a aidés. D'ailleurs, il devrait être ici, il est super sympa, je pense que tu vas l'adorer.

— Je le connais ?

— Oh non, je ne pense pas.

Ils entrèrent dans le studio à proprement parler, où le groupe les attendait. Il y avait là David Sterkel, le batteur du groupe qui réglait ses toms. Il était sur une petite scène où se trouvaient tous les instruments. À gauche de la scène, en hauteur, se trouvait la régie son. Et en bas, devant la scène, une petite fosse de laquelle on arrivait par la seule porte.

David, les voyant entrer, bondit de la scène et vint vers eux en disant :

— Mais c'est notre petite Mélanie ! Alors qu'est-ce que tu deviens ? Ça faisait un bail !

— Salut, David, je vais bien.

— Alors tu es venue pour notre ultime enregistrement ?

— Bien sûr, je n'aurais raté ça pour rien au monde.

— Tu nous as manqué tout ce temps, tu sais ?

— Vous aussi ! Mais, à ma décharge, vous étiez difficilement accessibles ces dernières années.

— Oui, je sais… répondit-il avec une douleur évidente sur le visage. Mais, maintenant, c'est un nouveau départ. Nous allons nous refaire.

— Je n'en doute pas ! À votre mine, on voit déjà que vous allez mieux. Mais où sont les autres ?

— Mikey est à la régie avec Élodie, et Bob n'a pas pu venir. Il a la gastro… répondit David.

— Oh non, c'est trop bête ! s'exclama Gérard. Comment on va faire pour les solos de guitare ?

— On s'est arrangés avec le studio pour demain. D'après son médecin, il devrait aller mieux dès demain. Donc, il pourra jouer les parties qu'il n'a pas pu faire aujourd'hui.

— Tout de même… répondit Gérard en secouant la tête.

Une voix de femme qui sortait de la régie dit alors :

— David, tu peux venir me donner un coup de main, s'il te plaît ? Je ne m'en sors pas avec ce fichu équaliseur !

David dit alors :

— Ah, Mélanie, je te présente Élodie.

Une jeune femme blonde, d'une beauté incendiaire, s'avança en souriant amicalement à Mélanie. Cette dernière la regarda avec les yeux écarquillés et semblant ne pas savoir quoi dire.

Élodie lui tendit la main amicalement et dit :
— Bonjour, Mélanie.

N'obtenant toujours pas de réponse et voyant que Mélanie était complètement amorphe, elle tenta :
— Allo ? Bonjour ?
— Pardon ! Bonjour, désolée...
— Eh bien, dois-je commencer à m'inquiéter ? Vous me dévisagez comme si vous veniez de voir un fantôme ! s'exclama la jeune femme.
— Oh, je vous demande pardon, balbutia-t-elle. Mais, c'est que... on ne vous a jamais dit que vous ressembliez étonnamment à Mégane Tuyé ?

La jeune femme regarda les autres d'un sourire complice. David dit alors :
— Un point pour elle, zéro pour nous ! On voit bien la fan !
— Je te l'avais bien dit que tu étais aussi physionomiste qu'une taupe ! dit Élodie en riant ; elle regarda Mélanie et lui répondit : Mégane Tuyé ? Euh... ben non, jamais.
— Sérieusement ? demanda la jeune femme en la regardant de manière encore plus insistante.

Elle continua à regarder les autres avec un grand sourire aux lèvres, et Gérard dit :
— Mélanie, c'est Mégane Tuyé.
— Mais c'est un pseudo ! chuchota-t-elle d'un air complice. Vous pouvez m'appeler Élodie. Je vous demanderai juste de ne pas révéler mon vrai prénom, s'il vous plaît. Gérard m'a dit que je pouvais avoir confiance en vous.
— Bien sûr... dit-elle machinalement, mais toujours amorphe.

— Bon, et si nous allions voir cet équaliseur, dit David, ça la débuggera peut-être un peu si tu t'éloignes.

— Ah oui, l'équaliseur ! J'avais oublié ! dit Élodie en riant.

Ils montèrent et entrèrent en régie. Puis Mélanie se tourna vers Gérard qui avait un immense sourire aux lèvres.

Elle lui dit :

— Mais tu es idiot ou quoi ? Tu aurais pu me prévenir que c'était Mégane Tuyé votre âme charitable.

— Et me priver de ce moment ? Jamais ! Tu aurais vu ta tête !

— C'est pas drôle ! Tu sais à quel point j'adore cette fille !

— Justement ! C'est pour cela que j'ai tant insisté pour que tu sois là aujourd'hui, je voulais aussi te faire plaisir.

— Je n'en reviens pas, je viens de serrer la main de Mégane Tuyé, c'est incroyable ! Mais comment tu as fait pour qu'elle soit là, qu'elle vous aide, enfin raconte-moi tout ! dit-elle avec l'enthousiasme d'une adolescente en délire qui vient de rencontrer son idole.

— C'était il y a deux ans. J'avais été invité à un dîner de gala pour la promotion et l'aide des jeunes talents de la chanson française. J'y ai rencontré Mégane et nous avons parlé de Anubys. Elle m'a avoué qu'elle nous avait écoutés assidûment à l'époque de nos premiers albums et qu'elle avait été très déçue de ce qui nous était arrivé lors des deux derniers. Elle m'a dit que nos deux derniers albums étaient les plus aboutis musicalement, mais que le public n'était pas prêt à les recevoir. Et elle pensait que c'était pour ça qu'ils ne s'étaient pas vendus et que tout le monde nous avait lâchés. C'est à ce moment précis que j'ai décidé de m'en sortir. Je me suis dit que si une immense artiste telle que Mégane Tuyé écoutait Anubys, nous n'avions pas le droit de sacrifier le groupe à notre déchéance. Et c'est là que j'ai pris la décision d'arrêter mes conneries. J'ai longuement parlé avec elle, puis elle m'a donné sa carte en me demandant de la contacter lorsque j'aurais réussi à remettre le groupe à flot.

C'est ce que j'ai fait. Nous avons travaillé d'arrache-pied pour composer de nouveaux titres, puis j'ai appelé Mégane et cela fait six mois que nous travaillons ensemble. Elle a écrit un certain nombre de nos nouveaux textes et aussi participé à la musique sur la moitié des morceaux. Certains ont même été presque entièrement écrits par elle. Depuis qu'on travaille ensemble, elle m'a vraiment bluffé ! Elle a des ressources musicales insoupçonnées, cette petite femme. Et un immense talent.

— Sérieux ?

— Oui.

— Oh, mon Dieu, je n'en reviens pas !

Ils entendirent soudain une basse jouer très puissamment et un solo de guitare l'accompagner. Le tout d'une clarté sonore incroyable.

Gérard s'étonna alors :

— Mais, qui joue le solo ?

Il monta à hauteur de la régie et ouvrit la porte. Il vit Mikey debout avec sa basse et Mégane assise avec la guitare de Bob.

Il dit :

— C'est toi qui joues comme ça ?

— Ben… oui. Pourquoi ? répondit la jeune femme en se retournant avec un air ahuri.

— Mais tu joues super bien ! Je ne savais pas que tu pouvais jouer des solos de guitare !

— Moi non plus ! répondit-elle avec un sourire espiègle. Je l'ai prise et… je ne sais pas ce qu'il s'est passé, j'ai dû être touchée par la grâce… Mes mains se sont mises à jouer et puis…

— Sois sérieuse, Elo ! coupa Gérard.

Elle continua de le fixer sans rien dire avec un sourire facétieux.

— Bon, OK, sinon, blague à part, tu ne voudrais pas nous jouer les parties de Bob sur les titres qu'on doit enregistrer aujourd'hui ? Ça nous ferait gagner un temps fou !

— Tu connais ma position là-dessus. C'est votre album, pas le mien. Et puis, il vaudrait mieux que ça soit Bob qui joue, pas moi, dit-elle gênée. Je ne voudrais pas le vexer et qu'il ait l'impression que vous le remplacez ainsi au pied levé ! Et puis, de toute manière, je ne connais pas ses parties.

— Il s'agit de notre album, bien sûr, répondit Mikey. Mais j'ai eu Bob au téléphone et il m'a dit que si l'on trouvait quelqu'un pour jouer à sa place, il n'y voyait aucun inconvénient. Tu sais, Bob, c'est une feignasse ! S'il peut trouver quelqu'un pour faire le boulot…

— Quant aux partoches, je peux te les trouver ! répondit David en se mettant à chercher.

— Alors, il faut que tu le fasses, Elo, s'il te plaît, répondit Gérard.

— Franchement, ça me gêne pour Bob. S'il y a la moitié des morceaux qu'il n'interprète pas, il risque fort de se sentir frustré. Tu ne crois pas ?

David trouva enfin lesdites partitions et dit :

— Tiens, voilà. Essaye pour voir.

Il lui donna les papiers et elle commença à les déchiffrer. Mikey se remit à la basse, Gérard prit la guitare rythmique et ils commencèrent à jouer l'accompagnement du morceau. Élodie entama le solo et, devant les yeux éberlués de tous, l'interpréta magistralement.

Elle stoppa et dit :

— Bon, ça va, c'est du solo assez classique. Sans vouloir critiquer, c'est même un peu « *bateau* ».

— Alors improvise, ne te gêne pas, au contraire ! Si ça peut donner plus de punch à la musique.

— Mouais… Ça me gêne encore.

— Bon, écoute, je te propose qu'on fasse un essai sur ce morceau, on le joue en entier avec toi et on voit ce que ça donne, qu'en dis-tu ?

— Allez, on essaye, dit-elle en soupirant.

Ils sortirent de la régie. Mélanie était devant la porte, encore plus éberluée ; voyant que son idole avait des talents cachés et qu'elle était désormais une des rares personnes au monde à le savoir.

Élodie chuchota à Gérard :

— Elle a l'air toute bugée, ton amie !

— C'est normal, tu es sa plus grande idole.

— Tu aurais pu me prévenir, j'aurais amené le pop-corn ! dit-elle en riant.

Mikey salua Mélanie à son tour, puis ils commencèrent à jouer.

Mélanie fut encore plus impressionnée de voir son idole jouer de la guitare telle une vraie *métalleuse* et époustouflée de la voir jouer des solos aussi bien que l'aurait fait un soliste *metallo-épileptique*. Ça semblait même déconcertant de facilité entre ses mains.

Elle trouvait qu'elle avait toutefois plus de classe, mais c'était un avis très personnel. Elle était pourtant toute simple comme lors de ses concerts. Elle n'avait pas fait de chichis et portait une tenue de tous les jours, composée d'un petit t-shirt à manches courtes, d'un pantalon large mais serré au niveau du bassin, et des baskets. Mais son corps était tellement parfait qu'elle était belle avec n'importe quoi. Mais peut-être aussi que Mélanie n'était pas très objective sur le sujet.

Vers la fin du morceau, tandis que Gérard reprenait le refrain en boucle, Élodie fredonna également ce refrain et, encouragée par Gérard, finit par chanter avec lui et ils conclurent la chanson tous les deux au micro. Le morceau se terminait de manière très abrupte, ce qui donna encore plus une impression de puissance.

Mélanie était subjuguée et elle les applaudit de bon cœur. Élodie, quant à elle, semblait s'être bien amusée.

Gérard prit le micro et dit :
— Incroyable cette fin, je te veux aux chœurs !
— Tu plaisantes !? Si je suis déjà à la guitare, je ne vais pas non plus faire les chœurs.
— C'est toi qui plaisantes, j'espère ! Tu n'as pas senti ce feeling qu'il y avait à la fin ?
— Si, si…, c'est vrai. C'était vraiment cool, dit-elle un peu gênée et dans l'expectative.
— Alors, s'il te plaît, fais-nous les chœurs.
— Bon, je veux bien, mais à une condition. Tu ne me mentionnes pas sur l'album. À aucun moment. Que ça soit pour la guitare ou pour le chant. C'est clair ?
— Comment ça ? Tu n'es pas sérieuse.
— Au contraire, je ne souhaite pas apparaître, insista-t-elle.
— Mais enfin, si tu fais les chœurs, il faut tout de même te mentionner, c'est du travail et tu dois en tirer une certaine gloire.
— Écoute, j'ai déjà bien assez de gloire avec ma musique, je n'en ai pas besoin de plus. Et puis, ça doit rester votre succès, pas le mien.
— Certes, mais tout de même, on ne peut pas te demander de chanter sur notre album et ne pas te mentionner.
— D'accord ! Alors je vais te le dire autrement. Qu'attends-tu vraiment de cet album ? Que les gens l'achètent parce qu'ils aiment Anubys ? Ou qu'ils l'achètent parce qu'il y a Mégane Tuyé qui joue et qui chante dedans ?
— Ben…
— Tu vois, il ne faut pas me mentionner. Surtout que j'ai quand même une voix assez identifiable. Et même si tu ne me mentionnes pas, les gens risquent tout de même de faire le rapprochement. Et, dans ce cas, tu devras nier.
— Bon d'accord, mais dans ce cas, tu acceptes le compromis ?
— Oui, dans ce cas uniquement.

— Excellent ! Allez, les gars, allons préparer la régie pour le deuxième morceau !

Ils avaient tous des sourires immenses sur les lèvres. Élodie secouait la tête comme une mère saisie par les caprices de ses enfants.

Elle posa sa guitare, alla à la rencontre de Mélanie et lui dit :

— Alors Mélanie, comme ça, tu es fan de Mégane Tuyé ?

— Euh… bien euh… oui, répondit Mélanie, complètement paniquée.

— Eh bien moi aussi ! dit-elle en riant.

— Euh… répondit Mélanie de façon niaise.

— Je te charrie ! Eh bien vois-tu, dit-elle en se montrant de ses mains, de haut en bas, je suis une fille ! Tout ce qu'il y a de plus normal, comme toi !

— Je sais, mais vous êtes plus que ça pour moi! Je vous écoute depuis votre premier album que j'ai, comment dire… adoré ! Plus que ça encore, ça a été une vraie révélation pour moi. C'était parlant, je me reconnaissais dans vos chansons et puis je vous adore, vous êtes trop belle, vous êtes…

— Oh, là, doucement ! Arrête ton char, tu n'es pas obligée de m'encenser ainsi.

— Mais non, tout ce que je vous dis est sincère. Croyez-moi. Je vous adore.

— Merci, dit-elle en riant. Je dois bien reconnaître que j'ai rarement vu des fans aussi perturbés que toi lorsqu'ils me rencontrent ! Mais dis-moi, nous semblons avoir à peu près le même âge, tu pourrais me tutoyer, ça me vieillirait moins.

— Wouah… Dans la même journée, je rencontre Mégane Tuyé et elle me demande de la tutoyer ! Je n'aurais jamais imaginé ça en me levant ce matin !

— Tu m'étonnes ! répondit la chanteuse en se moquant d'elle-même.

— En tout cas… j'avais tellement entendu parler de ton humilité et de ta simplicité. Je constate que ta réputation n'est pas usurpée.

— Tu fais allusion à ce que j'ai dit à Gérard ?

— Oui et tout le reste, fit-elle d'un hochement de tête.

— Tu sais, Mélanie, la gloire, l'argent, le succès... toutes ces choses ne rendent pas plus heureuse. Ce n'est que du vent, et comme le vent, ça passe un jour ou l'autre. Ce qui rend heureux, c'est de faire les choses que l'on aime. En ce qui me concerne, j'aime la musique et j'aime la faire partager. Si je peux aider Anubys d'une manière ou d'une autre à rendre ses fans heureux de les écouter, alors je dis oui sans hésiter.

— Même quitte à ce qu'on ne sache pas que c'est toi qui les as aidés ? Moi, je trouve au contraire que c'est une bonne action et c'est tout à ton honneur.

— Peut-être bien, mais je ne vois pas l'intérêt de me glorifier avec ça. Eux savent que j'ai consacré du temps et de la sueur à leur réussite et ça me suffit largement. Et puis, je m'éclate avec eux ! Ils ont l'air de grosses brutes comme ça, mais ce sont de vrais nounours.

— Eh bien, je crois que je t'admire encore plus qu'avant.

— Allez, arrête un peu avec tes compliments de fan déjanté... Mais et toi, dis-moi, que fais-tu dans la vie ?

— Moi... je fais des études en chimie.

— Ah, ça doit être sympa ! J'étais assez bonne en chimie au lycée et ça me plaisait en plus. Je crois que c'est l'une des orientations que j'avais choisies pour la fac avant que mon album ne fasse la une des ventes, et qu'il faille renoncer.

— Tu n'y as pas perdu au change, si tu veux mon avis. Car toi tu t'éclates dans ce que tu fais.

— Ah, parce que tu ne t'éclates pas ?

— Euh... si, mais c'est pas comparable à ce que tu vis tout de même !

— Alors je vais encore te ramener sur terre, parce que tu m'as l'air de bien planer, ma belle ! Aujourd'hui, je m'éclate. C'est vrai. Mais dans dix ans ? Qui te dit que je plairai toujours ? Qui te dit que le public aimera encore ce que je fais et que ma vie ne sera pas devenue un champ de ruines ? Toi, dans dix ans, tu auras certainement un métier et une situation. Une famille aussi peut-être. Moi, qui suis toujours sur la route, dans des studios ou je ne sais où encore, je ne pense pas que j'y aurai droit, vois-tu.

— Mais, on voit plein d'artistes avec des familles et de bons amis à la télé et ailleurs.

— Oh, c'est vrai ! Et quelles belles images que celles que véhiculent les médias ! Mais quand tu grattes un peu, quelle vie décousue ils ont ces artistes. Et leurs pauvres enfants, tu y as pensé ? Tu t'imagines être le fils ou la fille de Mégane Tuyé ? Quelle vie à l'école ! Il ou elle ne pourra jamais vivre normalement.

— C'est vrai que vu comme ça…

— Enfin, tout ça pour dire que tout ce que te montrent les médias est loin d'être aussi idyllique que ce que tu imagines. Mais toi alors, tes études ne te plaisent pas on dirait ?

— Oh si, d'ailleurs je commence une thèse. Donc je crois bien que j'aime ça.

— Une thèse, eh bien… tu es une grosse tête !

— Pas tant que ça. Aujourd'hui, pour peu qu'on s'accroche, n'importe qui peut avoir une thèse. Dans quelques années, ça sera comme le bac, tout le monde l'aura !

— Arrête, il faut tout de même un bon potentiel, j'imagine !

— Pas du tout, d'ailleurs, quand tu vois le niveau de certains étudiants, voire des post-docs, tu as vite compris que l'instruction ne fait pas l'intelligence !

— Pour ça, je suis cent pour cent d'accord avec toi ! dit-elle en riant. Même sans avoir fait de thèse, c'est quelque chose que j'ai déjà observé à maintes reprises. Et question cœur ? Tu trouves le temps ?

— J'ai un ami avec qui je travaille et que j'aime bien. J'imagine sa tête lorsque je lui dirai que je t'ai rencontrée aujourd'hui. Je pourrai lui parler de toi, ça ne te gêne pas ?

— D'accord, mais ne lui dis pas avant lundi, s'il te plaît. Ça n'est pas que je n'ai pas confiance en tes amis, mais j'aimerais bien pouvoir revenir ici demain sans avoir une marée de journalistes ou de paparazzis devant la porte. Et surtout, dis-lui bien de ne pas parler de ma collaboration avec Anubys, rien ne doit filtrer !

— Oh, rassure-toi, je ne dirai rien et lui non plus, je m'en assurerai ! J'ai trop d'estime pour toi pour te trahir ou faire quelque chose qui te ferait du tort.

— Je te crois. Mais tu sais, même des petites choses qui nous paraissent insignifiantes peuvent parfois porter préjudice dans des proportions que l'on a du mal à imaginer. Du moins, tant qu'on ne l'a pas vécu.

— Je comprends.

— Et donc, cet ami, il est mignon ?

— Oui, très ! Et adorable avec ça ! dit-elle avec des étoiles plein les yeux.

— Eh, bien, raconte ! demanda Élodie qui adorait les histoires d'amour.

— Eh bien…, je l'aime beaucoup ! Il est beau, doux, charmant, attentionné, empathique, enfin… un rêve quoi.

— Mais ?

— Mais je ne suis pas seule en ce moment. Et ma situation avec mon copain est telle, qu'il m'est très difficile de le quitter.

— Mais es-tu heureuse avec lui ?

— Ben, c'est-à-dire que je pense que notre relation a atteint ses limites. Et je préférerais arrêter avant qu'on se s'encroûte dans la routine. Ça ne nous mène plus à rien. Et puis, c'est mon amour de jeunesse, le genre d'homme dont toutes les lycéennes sont dingues, beau, musclé, sourire ravageur, mais pour ce qui est de la stabilité, on fait mieux… Il m'a déjà trompée une fois, tu sais.

— Je vois le genre. Et malgré ça, tu es restée avec lui ?

— Mais, c'est qu'il est amoureux de moi.

— Tu parles ! Un homme qui est vraiment amoureux de toi ne te trompera pas.

— Tu ne le connais pas. Il sait faire la différence entre une relation purement charnelle et faire l'amour à la femme qu'il aime.

— Ah bon ? Et tu étais dans le lit de l'autre pour savoir comment il lui faisait l'amour ?

— Euh… non, répondit-elle bêtement, devant l'implacable pertinence de sa remarque.

— Alors, tu n'as que sa parole ! dit-elle sur un ton mordant. Et pardonne-moi de me mêler de ce qui ne me regarde pas, mais la parole d'un homme qui va coucher avec une autre, alors qu'il est en couple… ça n'est pas vraiment digne de confiance.

— Tu as raison… dit-elle piteusement. De toute façon, j'ai décidé d'arrêter avec lui. Mais en ce moment, ça n'est pas le bon moment.

— Et qu'est-ce qui te retient ?

— Il a de gros problèmes familiaux avec ses parents et il est très seul. Si je pars, je ne sais pas de quoi il serait capable.

— Tu sais, Mélanie, permets-moi encore de te donner un conseil : un homme est prêt à invoquer tous les prétextes possibles pour garder sa femme. Si tu pars et qu'il te fait du chantage affectif, ou tente de te culpabiliser, c'est uniquement pour te retenir. Maintenant, si tu décides de partir vraiment, je te conseille d'aller voir de temps en temps là où il habitera et de compter le nombre de jours où il restera seul. Il n'y en aura pas tant que cela, tu verras.

— Je trouve que tu dépeins un portrait bien noir des hommes.

— Eh bien, je suis surprise qu'une fan telle que toi n'ait pas plus écouté les paroles de mes chansons ?

— Si, bien sûr. Mais je ne pensais pas que c'était à ce point du vécu.

— Crois-moi, la plupart des hommes n'ont que deux préoccupations en ce qui concerne les femmes : exhiber un beau tableau de chasse, ou remplacer leur mère.

— En tout cas, je suis persuadée que ça n'est pas le cas de Stéphane.

— Alors, c'est ainsi qu'il s'appelle ? dit-elle en voyant qu'elle avait changé de sujet.

— Oui, et il faudrait vraiment que je te le présente un jour. J'imagine sa tête !

— Je ne sais pas si nous en aurons l'occasion. D'ailleurs, aurons-nous l'occasion de nous revoir après cela ?

— Ça serait vraiment bien ! J'aimerais vraiment beaucoup !

Elle la regarda alors avec un sourire piquant, comme si elle l'analysait de l'intérieur et répondit :

— C'est vrai que je te trouve très sympathique. Une fois ton stress et ton excitation passés, tu ressembles presque à une personne normale.

— Merci… répondit Mélanie, sans trop savoir comment elle devait le prendre.

— Mais je ne sais tout de même pas s'il sera possible de nous revoir. Je ne voudrais pas te donner de faux espoirs.

— En tout cas, même si l'on ne se revoit pas, ça aura été la meilleure journée de ma vie !

— N'exagère tout de même pas. Comme je te l'ai dit, je ne suis qu'une fille.

— Et toi tu ne devrais pas être aussi humble sur le sujet. Je suis peut-être une fan déjantée, mais je ne suis pas la seule ! Ils sont nombreux ceux et celles qui aiment ce que tu fais, et ceux à qui tu as redonné espoir avec tes textes énormes et qui font mal.

— Merci, voilà un compliment qui me touche beaucoup. Et

si je peux continuer à aider les autres avec ma musique et mes textes, alors je continuerai.

— Bon ben, en attendant, si nous, on continuait ?! lança Gérard qui était prêt avec le groupe.

Élodie sourit de manière complice à Mélanie et remonta sur scène.

Ils continuèrent à jouer toute la journée et totalisèrent cinq nouveaux morceaux du groupe et le lendemain, ils en auraient six à boucler. À nouveau, Mélanie écouta chaque composition et fut en extase quasi religieuse devant son idole.

Elle fut même comblée, car, vers la fin, le groupe rendit hommage à la chanteuse en entamant les notes de *Sorry*, un des morceaux de *Humanity*. Mégane prit alors le micro et sa chanson, interprétée en live, et, accompagnée par un groupe de Metal, prit une autre dimension.

En fait, Gérard avait prévu de faire cela avec le groupe pour faire la surprise à Élodie, mais surtout à Mélanie, car ils l'enregistraient et lui donneraient une copie personnelle.

Lorsqu'ils eurent terminé, la journée touchait à sa fin comme prévu. Il était 19 h 30 et le groupe décida d'aller manger un morceau dans une petite brasserie qui n'était pas loin.

Élodie les accompagna et Gérard invita Mélanie bien évidemment. Élodie changea de tenue et s'habilla, comme elle disait, en « *jeune lycéenne fashion* ». Elle mit des ballerines, un jean slim délavé, un petit top à bretelles et un petit gilet en coton noir. Elle dissimula son visage par de grosses lunettes noires et attacha ses cheveux. Ce que Mélanie n'avait pas vu, c'est qu'elle s'était maquillée de sorte à changer son visage de manière drastique. Et même sans lunettes, elle était difficilement identifiable comme étant Mégane Tuyé la chanteuse.

En arrivant à la brasserie, elle retira ses lunettes et Élodie fut totalement éberluée. Elle avait réussi, rien que par du maquillage, à complètement transformer son visage. Elle était douée assurément. Elle la complimenta et continua à la dévisager pour essayer de voir comment elle avait fait. Élodie lui expliqua que c'était un art qu'elle avait appris auprès de ses maquilleurs professionnels lors de ses concerts.

Ils dînèrent donc dans la joie et la bonne humeur, car leur journée avait été productive et les cinq morceaux étaient bouclés. David avait appelé Bob le soliste qui serait là le lendemain. Donc tout allait pour le mieux.

Mais, durant la soirée, Gérard sembla pensif et préoccupé. Mélanie, qui le connaissait mieux que personne, dit :

— Qu'est-ce qui t'arrive, Gégé, tu n'es pas censé être heureux aujourd'hui ?

— Si, bien sûr, mais je repense aux deux derniers albums et à notre descente aux enfers. C'est tout de même une drôle de fatalité pour un groupe de Metal que de descendre aux enfers, non ? dit-il d'un rire jaune.

— Tu devrais cesser de penser à ça. Cette mauvaise période est derrière vous. Ça va aller maintenant.

— Je ne peux pas m'empêcher de douter, c'est plus fort que moi. Et si l'album ne plaisait pas, et si toute cette merde recommençait ?

— L'album sera un succès ! coupa Élodie qui sirotait un soda. Ne t'inquiète pas. Il est très bon et vous êtes très bons.

— Je te remercie de tes encouragements, Elo. Mais tu ignores par quoi nous sommes passés. Et crois-moi, nous avons et nous aurons toujours des doutes.

— Nous avons déjà eu cette conversation, Gérard. C'est vrai, je ne peux pas comprendre ce par quoi vous êtes passés. Toutefois, comme je te l'ai déjà dit, j'ai affronté des périodes de ma vie que tu ne pourrais même pas imaginer, quand bien même je te les raconterais. Et ce qui m'est arrivé aurait brisé n'importe qui. Pourtant, je n'ai jamais flanché, ayant la foi que si je me battais, si je consacrais la moindre parcelle d'énergie et de volonté à lutter, j'arriverais à m'en sortir. Je me suis battue et je m'en suis sortie ! Et aujourd'hui, j'en suis fière. Tu en feras autant.

Tandis qu'elle racontait cela, ils virent apparaître sur son visage une profonde douleur, montrant clairement qu'elle n'exagérait rien de ce qu'elle racontait. Tout le monde savait que son enfance avait été particulièrement difficile et qu'elle en voulait au monde entier, car ses chansons parlaient d'elles-mêmes. Mais cette petite phrase qu'elle lui livra et son regard en dirent bien plus que ses chansons n'en diraient jamais.

Gérard était confus et dit :

— Je te demande pardon, Elo. Je n'aurais pas dû.

— Ça n'est rien, répondit-elle en reprenant un visage serein.

— Je peux te poser une question ?

— Je t'écoute.

— J'ignore ce dont tu parles, et je ne te demande pas de me raconter, mais j'aimerais savoir : comment as-tu fait pour ne pas sombrer dans ces périodes difficiles ? Qu'est-ce qui t'a maintenue en vie ?

— Quand tu n'as plus rien, quand tu es seule face aux ténèbres et que tu ne peux compter que sur toi-même, alors tu te mets à croire. Et j'ai accroché le moindre espoir que, là-haut, quelqu'un veillait et qu'un jour il m'entendrait, qu'un jour, il me sortirait de là ; de cet enfer dans lequel ma mère m'avait plongée. Mais rien. Rien n'est arrivé, car rien n'arrive jamais si l'on attend passivement une aide miraculeuse. Alors, je me suis battue, j'ai appris à maîtriser le système, à l'utiliser, à manipuler les gens, à obtenir ce que je voulais, quel que soit le moyen et quel qu'en soit le prix. Il y a de nombreuses choses que j'ai faites dont je ne suis pas fière, mais il fallait que je les fasse. J'ai appris l'égoïsme et l'égocentrisme et je les ai utilisés. Et je m'en suis sortie. Et aujourd'hui, j'abhorre toutes ces mauvaises choses que j'ai faites et ces mauvais principes, et je fais ce qu'il faut pour aider les gens qui, comme moi, ont souffert, pour qu'ils n'aient pas à faire ce que j'ai dû faire. Alors quand je te dis que ton album marchera, il marchera, car j'ai décidé de t'aider et je n'ai qu'une parole.

Ils furent tous touchés par sa déclaration. Mélanie avait même la larme à l'œil. Finalement, son idole était encore plus digne de respect qu'elle ne l'avait imaginé.

— Merci de ton aide, Elo. J'ai tout de suite su, lorsque nous nous sommes rencontrés la première fois, que tu ne me laisserais pas tomber.

David, qui était l'un de ceux qui avaient le plus plongé lors de leur période sombre, dit alors :

— Mais dis-moi, Elo, loin de moi l'idée de minimiser ce que tu as pu vivre par le passé, mais si jamais tes deux prochains albums faisaient un bide, que ferais-tu ? Comment envisagerais-tu ton avenir musical ? Ton avenir tout court d'ailleurs ?

— Sereinement !

— Comment cela ?

— J'ai toujours dit que je faisais de la musique pour le plaisir. Si les gens n'aiment plus ce que je fais, alors tant pis ! L'important, c'est que moi je puisse continuer à prendre du plaisir, à composer et à jouer. Et puis tu sais, un album n'est jamais aussi mauvais que les maisons de disques veulent bien nous le faire croire. Ça n'est pour eux qu'une question de chiffres. Même vos deux derniers albums se sont vendus et vos fans sont toujours là ! Certains vous ont peut-être lâchés, mais les vrais sont restés et vous en avez gagné de nouveaux.

— Certes, mais notre maison de production nous a virés parce qu'on ne vendait pas assez. Comment continueras-tu à faire de la musique si personne ne te suit et ne t'appuie ?

— Si demain ma maison de disques me lâchait, je pourrais parfaitement m'autoproduire. D'ailleurs, je pourrais le faire dès maintenant. Ma situation est certes très enviable, mais vois-tu, ça ne m'intéresse pas pour deux raisons. La première, c'est que ça n'est pas mon métier, et que je suis nulle là-dedans. La deuxième, c'est que j'aime faire de la musique, pas compter l'argent que j'ai accumulé.

— C'est certain que si nous avions eu tes moyens, on aurait pu continuer par nous-mêmes, comme tu le dis. Mais on ne les avait pas ! répondit David.

— Ça n'est pas tout à fait vrai ! coupa Gérard qui savait à quel point ils avaient été déraisonnables et avaient dilapidé tout leur capital en achats inutiles et futiles à leur grande époque. Nous aurions pu nous autoproduire nous aussi, si nous n'avions pas été grisés par le succès et l'argent. Souviens-toi !

— C'est pas faux… admit David.

— C'est aussi cela qui a précipité notre chute : le fait de savoir que si nous avions été un peu plus humbles face à tout ça, nous aurions pu nous en sortir. C'est une erreur que je ne commettrai plus en ce qui me concerne.

— Et c'est tout à ton honneur de le reconnaître, répondit Élodie. En tout cas, je constate que tu es vraiment guéri et j'en suis très heureuse pour toi.

— Et moi très fière de toi ! répondit Mélanie en l'embrassant tendrement sur la joue, comme une fille embrasserait son père.

— Bon, et si nous y allions ? Je tombe de sommeil… dit Élodie en bâillant.

— Allez, et puis on se voit demain de toute manière, répondit Gérard.

Ils se levèrent, Gérard paya l'addition pour tout le monde et ils sortirent de la brasserie. Il n'était que 22 h 20.

Gérard proposa à Élodie :

— Veux-tu que je te ramène ?

— Oh non, je te remercie, je vais prendre le métro, ça ira plus vite. Et puis, j'aime bien voir les gens, ça m'inspire.

— Tu prends le métro ? s'étonna Mélanie, presque choquée.

— Ne panique pas, Mélanie, je ne crains absolument rien.

As-tu vu une seule personne me reconnaître ce soir dans la brasserie ? Non, alors ne t'en fais pas, dans le métro, personne ne me verra. Je passe telle l'anguille entre les algues ! dit-elle en riant et en les quittant d'un *au revoir* de la main.

— Alors ? dit Gérard à Mélanie, tandis qu'ils la regardaient s'en aller.

— Je ne sais pas quoi dire… C'est le plus beau cadeau qu'on m'ait jamais fait. En plus, elle est exactement comme je l'avais imaginée. Oui, même plus encore !

— Je suis content de t'avoir fait plaisir.

— Elle a raison, en tout cas, tu as vraiment changé. Je te retrouve comme je t'ai toujours connu ! dit-elle en appuyant tendrement sa tête contre lui.

Il la prit dans ses bras et ils restèrent quelque temps ainsi à regarder la rockeuse emprunter les souterrains de Paris et disparaître.

Chapitre 3

Mais Mégane ne chômait pas, même lorsqu'elle prenait le métro. Comme elle avait un sens de l'observation des plus avisés, elle était capable de voir de nombreuses choses que la plupart des gens ne voient pas. Aussi dans le métro, elle avait un lieu d'étude des plus complets. Elle y voyait de tout : des hommes et des femmes fatigués d'une dure journée de travail, des touristes en vadrouille, des adolescents qui découvraient peu à peu leurs sentiments vis-à-vis du monde les entourant, vis-à-vis d'eux-mêmes…

Ce soir-là, elle vit une jeune femme totalement préoccupée par son apparence et qui jetait des coups d'œil discrets à droite, à gauche pour voir quel regard les gens portaient sur elle.

Elle vit aussi un homme qui semblait au bout du rouleau et qui vit cette jeune femme. Il sourit en voyant sa beauté et elle en fut flattée. On sentait que cet homme était sur le point de commettre l'irréparable. Il regarda Élodie l'espace d'un instant. Alors, elle lui sourit doucement et avec empathie. Elle ne le sut jamais, mais en faisant cela, elle lui avait sauvé la vie.

Elle vit également ce couple dont la femme paraissait très soumise à son mari. L'homme semblait d'une volonté implacable et on voyait poindre chez lui une agressivité latente. Elle vit d'ailleurs que sa femme dissimulait la moindre partie de son corps, probablement pour qu'on ne puisse pas voir les bleus et les ecchymoses.

Elle vit aussi cette femme assise dans le fond du wagon et dont les longs cheveux avaient peine à dissimuler la moustache, pourtant parfaitement rasée et cachée par du fond de teint. Elle exagérait une féminité presque surfaite. Elle devait cacher certainement bien plus qu'une moustache.

Elle vit aussi cette petite femme très belle avec son tailleur jupe qui marchait à une vitesse telle qu'on aurait dit qu'elle fuyait quelqu'un. Probablement pour éviter de se faire aborder par des fâcheux sans éducation. Vu la vitesse à laquelle elle trottinait, on imaginait que cela avait dû être le cas plus d'une fois.

Mégane aimait bien prendre le métro pour tout ça. Voir toutes ces vies, toutes ces histoires l'inspirait, lui donnait des idées de textes et de chansons.

Elle ne resta pas très longtemps et rentra chez elle pour prendre une nuit de repos bien méritée.

Le lendemain, Mélanie retrouva ses amis au studio ; Bob était enfin de retour. Elle était contente de le revoir, et lui aussi.

Élodie arriva quelque cinq minutes après. Elle était dans sa tenue d'adolescence à la mode et à nouveau elle se changea pour être plus à son aise pour travailler.

Mélanie lui demanda :

— Alors, tu es encore venue en métro ?

— Eh oui, comme hier.

— Tu m'impressionnes !

— Pourquoi ?

— Ça ne te met pas mal à l'aise de passer ainsi au milieu des gens, en ne sachant pas si l'un d'eux va te reconnaître ?

— Au contraire, c'est si je suis mal à l'aise qu'ils risquent de me reconnaître. Alors que si je suis naturelle et que je vis ma vie comme tout le monde, je ne crains rien. Et puis c'est vraiment passionnant de prendre le métro ; on y croise tant de gens, tant d'histoires ! Tiens, rien qu'hier soir, j'ai écrit deux textes grâce à ma petite balade de retour via le métro. Ce matin, j'ai aussi été inspirée et j'ai déjà quelques couplets qu'il va falloir que je note ce midi pendant le repas pour ne pas les oublier.

— Tu veux dire que tu écris dans le métro ?

— Bien sûr ! Pourquoi crois-tu que mes chansons parlent autant aux gens ? C'est parce qu'elles parlent d'eux. C'est en étudiant les gens, en les observant, en devinant ce qu'ils cachent que je trouve l'inspiration et que j'écris. Ce sont leurs histoires que tu entends lorsque tu écoutes mes compositions.

— Je croyais que c'était personnel ?

— Aussi, bien sûr ! Je pars de cette base et je reviens souvent sur des histoires personnelles. Ce qui arrive aux gens n'est pas exceptionnel et nous arrive à tous. Il suffit d'avoir un point de départ pour rebondir sur du vécu, tout comme dans les conversations. La plupart du temps, on écoute les autres et ça nous rappelle une histoire personnelle que l'on raconte ; ce qui donne aux autres, à leur tour, un point de départ pour rebondir sur une nouvelle histoire qui leur est propre. Et ainsi vont les choses.

— Et tu arrives à voir tout ça rien qu'en observant ?

— Oui. Tu veux un exemple ? Avec toi ?

— Euh… le dernier qui a fait ça, m'a presque vexée… dit-elle en faisant allusion à Stéphane.

— Ah, il faut savoir ! Mais si tu crois que je vais te vexer, alors je ne le ferai pas.

— Bon d'accord, je suis prête.

— Tu es une jeune femme qui n'assume pas son âge, tu cherches à te rendre plus jeune en achetant des vêtements de quatre ou cinq ans de moins que toi. Au travers de cela, tu veux qu'on te remarque car les couleurs que tu choisis flashent bien. C'est même un peu *too much*. Ton maquillage, aussi, attire l'attention et contraste avec tes choix vestimentaires, car il te vieillit. Ça dénote un petit manque de maturité chez toi et surtout un manque d'encadrement maternel. Tu traînes avec Gérard, un homme qui n'est pas ton amant, car beaucoup trop vieux pour la jeune femme que tu es. Il n'est pas non plus ton père, car vous ne vous ressemblez pas. Ça n'est pas non plus un de tes potes, car une femme de ton âge fréquente des gens de son âge en général. Vu la complicité qu'il y a entre vous, j'en conclus donc que c'est un ami de très longue date, peut-être un ami de tes parents et que tu cherches chez lui un substitut pour ton père, certainement parce que ton père n'a jamais été présent pour toi. Tu as également souffert de l'absence de ta mère, et ça, je l'ai vu à tes réactions qui montrent que tu as été plutôt en contact avec des hommes tout au long de ta vie.

Mélanie s'assombrit, car il lui sembla qu'elle pouvait lire en elle comme dans un livre et cela la mit mal à l'aise. Élodie le comprit et cessa son argumentation.

Elle reprit :

— Je suis désolée de t'avoir mise mal à l'aise, mais c'est toi qui me l'as demandé. Je n'ai fait que te livrer les conclusions de mes observations.

— Je le sais bien, mais c'est extrêmement gênant. J'avais l'impression d'être nue devant toi.

— Ne t'inquiète pas Mélanie, coupa Gérard en riant, nous y avons tous eu droit… Le *détecteur Élodie*, comme je l'appelle ! Il est vrai que c'est déconcertant.

— Comment fais-tu ? demanda Mélanie.

— J'observe les gens.

— Oui, mais comment ? Je serais bien incapable de déduire tout ça rien qu'en regardant les gens !

— Peut-être parce que tu ne les regardes pas vraiment. J'aime me mêler à eux. J'aime être au contact des gens dans la vie de tous les jours, et j'apprends ainsi. Tu devrais essayer un jour ; à force, tu finirais par y arriver toi aussi.

— Je ne sais pas. Ça me paraît insurmontable.

— Bon, les pipelettes, et si nous commencions ? proposa Gérard à Élodie.

Ils montèrent sur scène et commencèrent leur dure journée de travail. Ils jouèrent toute la matinée dans une atmosphère à la fois studieuse et incroyable, car on sentait la complicité revenue entre les membres d'Anubys. Élodie avait parfaitement sa place en tant que chœur, mais également en tant que guitariste. Comme Bob était revenu, elle participait aux rythmiques.

Vers midi, elle s'installa un peu en retrait avec un bloc-notes et elle commença à griffonner les textes qu'elle avait improvisés le matin même.

Mélanie, qui était curieuse, vint la voir et dit :

— Alors, ça marche ?

— Oui, ça va bien, ces petites balades m'ont bien inspirée.

— Ce sont des textes pour ton prochain album ?

— Prochain ? Oh non ! Peut-être sixième, voire septième.

— Comment cela ? demanda Mélanie interloquée.

— Voyons, Mélanie, ne sais-tu pas que tout artiste à peu près organisé a toujours un, voire deux albums d'avance dans ses poches ?

— Mais alors, cela veut dire que tu as déjà plusieurs albums de prêts ?

— Bien sûr, mais garde cela pour toi, s'il te plaît ! Je ne tiens pas à ce que cela se sache. Sinon je ne te raconte pas la pression que me mettra ma maison de disques.

— Mais je ne comprends pas. Si tu as terminé de nouveaux albums, pourquoi ne les sors-tu pas ?

— OK, laisse-moi t'expliquer, dit-elle en lâchant ses notes. Lorsque tu sors un nouvel album, les maisons de disques sont très contentes, car c'est au moment de sa sortie et pendant une période allant de quelques semaines à quelques mois qu'il se vend le plus en général. C'est durant cette période que ta maison de disques gagne le plus d'argent sur ton dos. Ensuite, tu as une période durant laquelle les ventes sont moins bonnes, mais où elles restent à peu près constantes. Cette période peut aller de quelques mois à un an, voire deux, grand max. Durant cette période, ta maison de disques continue à gagner de l'argent et te fiche en général la paix. Ensuite, tes ventes dégringolent car l'album est connu, tout le monde ou presque l'a déjà, les gens l'ont copié, piraté, se le sont prêté et il ne se vend plus. C'est là que la maison de disques commence à te mettre la pression pour que tu sortes un nouvel album, car son chiffre d'affaires est moins bon de semaine en semaine. Et c'est à ce moment-là que tu rencontres deux types d'artistes : ceux qui n'ont rien fait et vivent sur leurs acquis. Ils sont contents car leurs ventes sont bonnes. Ils donnent des concerts à n'en plus finir, ils font des émissions télé, passent dans des magazines, donnent des interviews et j'en passe. Lorsque les maisons de disques commencent à les relancer pour un nouvel album, alors ils doivent travailler sous pression, vite et mal en général, et leur album n'est pas ce qu'il aurait pu être s'ils avaient eu le temps de faire les choses correctement. Et puis tu as les artistes organisés, qui ont dans leur sac un, voire deux albums d'avance, et qui eux sont beaucoup plus relax. Ils peuvent même se permettre de jouer avec les maisons de disques en les faisant attendre et en se faisant désirer, puisque le travail est déjà fini. Et lorsque le moment est opportun, ils sortent l'album ; tout recommence et ainsi de suite. En ce qui me concerne, comme tu le sais, la musique est mon plaisir et ma passion dans la vie. Si je veux que cela continue et pas que cela se transforme en corvée, alors je prends de l'avance dans mon travail. Ainsi, dès que l'inspiration me vient, je note, je compose, j'écris ; et je peux continuer à faire ma musique en y prenant du plaisir et sans être astreinte à une quelconque pression financière. Bon, bien sûr, tout ce que je viens de te dire concerne uniquement la musique, il faut aussi tenir compte des produits dérivés qui font rentrer beaucoup plus d'argent dans les caisses de ta maison de disques que les albums. Mais ça n'est pas trop mon truc ce genre de chose.

— En fait, c'est incroyablement stratégique la musique ! dit Mélanie avec stupeur.

— Évidemment ! Il est bien naïf celui qui, aujourd'hui, croirait que la musique est encore de l'art ! La musique est devenue un business, un secteur financier comparable à tous les autres secteurs qui rapportent. Les artistes qui veulent continuer à faire de l'art sont obligés de s'adapter à ses règles et à ses contraintes. Mais bon, on s'en sort tout de même ! Il suffit d'être un peu organisé et très rigoureux.

— Eh bien ! Moi je trouve que c'est à vous dégoûter de faire de la musique ! Je comprends maintenant ce que Gégé et les autres ont dû ressentir lorsqu'ils se sont fait lâcher par leur maison de disques.

— C'est sûr, ça n'a rien de facile que de vivre ce qu'ils ont vécu. Mais comme je te l'ai dit, il faut savoir s'adapter. Et comme je l'ai déjà dit à Gérard, ils auraient dû anticiper ce qu'il leur est arrivé et prévoir en conséquence. Leur erreur a été de se laisser griser par leur succès et ils ont oublié l'essentiel quand tu fais ce métier : l'humilité. Mais ça n'est pas facile et je peux comprendre ce qui les a poussés à sombrer. Lorsque mon premier album a atteint, dès les premières semaines, des records de ventes, ni moi ni même ma maison de disques n'étions préparés à ce qui se passait. Du coup, ils ont commencé à m'organiser en urgence d'incroyables tournées, des interviews, des passages à la télé, chez les journalistes et j'en passe. Au début, j'ai cru que cela serait une bonne chose et après la première interview pour un magazine rock, lorsque j'ai vu tout le battage qu'on faisait autour de moi, lorsque j'ai vu tout cet argent, tout ce côté superficiel et futile, j'ai compris que tout cela, ça n'était pas moi ; cela ne me correspondait pas. J'ai contacté mon agent et la maison de disques et j'ai tout refusé en bloc sauf les concerts. Bien sûr, ils ont essayé de me mettre la pression, mais comme j'avais eu de nombreux appels du pied d'autres maisons qui me voulaient pour mes albums suivants, j'ai eu de quoi leur répondre. En plus, j'avais bien négocié mon contrat : je gardais l'exclusivité des droits de mes morceaux, ce qui fait que je pouvais parfaitement prendre mon premier album, et aller chez la concurrence. Ils ont cédé. Cela m'a permis de rester dans ma bulle ; de m'exposer le moins possible à tout ce milieu clos du showbiz et surtout de garder mon humilité face à tout ça en continuant à fréquenter des gens normaux. Ensuite, le succès de mes albums grandissant, j'ai mis énormément d'argent de côté, au cas où ma maison de disques ne voudrait plus de moi et que le public ne me suivrait plus. Et si c'est le cas, alors je m'autoproduirai et je pourrai continuer à faire ce que j'aime. En attendant, eh bien, j'utilise mon argent pour aider des groupes dans le besoin comme Anubys, car ça me fait mal au cœur de voir tous ces talents gâchés par ce système musico-capitaliste.

Mélanie semblait transportée par ce qu'elle venait de lui dire.

— Tu es vraiment LA Mégane Tuyé que j'imaginais rencontrer dans mes rêves les plus fous. Je suis vraiment contente que cela se soit réalisé.

— Moi aussi je suis contente de te connaître, Mélanie, répondit Élodie en riant. J'espère vraiment que nous aurons l'occasion de nous revoir dans le futur.

— Oh, moi aussi.

La pause touchait à sa fin et Élodie remonta sur scène avec le groupe pour terminer leur journée et leur album.

Gérard, qui revenait de la régie, dit à Mélanie :

— Alors ? Tu as appris plein de choses ?

— Je suis interloquée…

— Par quoi ?

— Par elle… Tu te rends compte, elle a le même âge que moi et j'ai l'impression d'être avec un de mes professeurs de 20 ans de plus que moi… Elle a une maturité et un vécu incroyables !

— C'est déroutant, hein ?

— Un peu, oui.

— Tu sais, lorsque nous nous sommes rencontrés la première fois à cette soirée, ça m'a fait le même effet. J'avais l'impression d'être un petit enfant qui avait tout à apprendre face à elle. Je pense que cette fille est au-dessus du lot.

— C'est certain !

Gérard remonta sur scène à son tour et ils redevinrent tous très studieux, et l'album fut enfin terminé en fin d'après-midi. Il n'y avait plus qu'à le soumettre à la maison de disques de Mégane Tuyé, car Mégane s'était engagée sur le groupe, auprès de Classic-Records, pour qu'ils leur donnent une chance. Elle n'avait plus qu'à négocier avec eux qu'ils acceptent qu'elle soit présente sur l'album d'Anubys sans la citer, ce qui n'était pas prévu au départ.

À nouveau, ils quittèrent le studio et partirent manger à la même brasserie que la veille. Mélanie était vraiment heureuse, car le courant passait plutôt bien avec Élodie et elle espérait vraiment qu'elles puissent rester amies. Durant le repas, Élodie combla ses attentes en lui proposant de se voir la semaine suivante, et de se faire une sortie entre filles. Au programme, cafés en terrasse, après-midi shopping, et dîner dans un bon restaurant. Que du bonheur pour Mélanie qui était déjà sur un petit nuage.

Élodie aussi était heureuse, car elle aimait bien Mélanie. Elle la trouvait très naïve pour son âge et elle appréciait ce petit côté enfantin ; elle la trouvait touchante. Elle trouvait cela d'autant plus amusant qu'elles avaient le même âge. Mais Mélanie n'avait pas vécu ce qu'avait vécu Élodie pendant son enfance. Elles n'étaient toutefois pas encore assez proches pour qu'Élodie lui révèle la vérité sur son passé. Toutefois, elle voyait au travers de cette amitié naissante une chance de rencontrer une nouvelle personne, un nouveau témoignage qui l'aiderait certainement à trouver l'inspiration pour ses futures compositions.

Et le lendemain, Mélanie se rendit à la fac avec des étoiles plein les yeux. Elle y retrouva Stéphane qui la vit arriver toute joyeuse, voir un brin fofolle comme on dit. Il savait parfaitement pourquoi, mais fit comme si de rien n'était. Il n'était pas encore prêt à lui révéler la vérité sur sa relation avec Mégane. Mélanie lui raconta son fabuleux week-end, ce qui le fit sourire intérieurement, car elle lui brossa un parfait portrait de la chanteuse. Il fit mine d'être surpris et même époustouflé par ce qu'elle lui disait. En tout cas, il était heureux que le courant soit aussi bien passé entre elles.

Ils terminaient tôt cet après-midi et Mélanie proposa à Stéphane de passer chez elle pour commencer à répéter l'oral qu'ils devaient présenter pour leur exposé.

Ils mirent un disque de Mégane Tuyé en fond sonore et commencèrent à travailler. Mais Mélanie n'arrivait pas vraiment à se concentrer avec cette musique. Elle repensait trop à son génial week-end.

Stéphane le vit, stoppa la musique et dit :

— Ça sera mieux sans !

— Mais pourquoi fais-tu cela ?

— Parce que tu n'es pas là, ici avec moi, à travailler sur l'équation de Schrödinger ! Tu es encore avec Anubys et Mégane Tuyé. Et j'ai besoin de toi pour cet exposé. Je ne vais pas le faire tout seul.

— C'est vrai, tu as raison. Je te présente mes excuses. Mais comprends-moi. Si ça t'était arrivé, tu ne serais pas, toi non plus, sur un petit nuage ?

— Certes, mais il y a un temps pour tout. Le plaisir et le travail. Et ton plaisir n'en sera que plus grand, si ton travail est terminé correctement, non ?

— C'est vrai. N'empêche que j'aimerais bien te voir à ma place si tu avais vécu ce que j'ai vécu ce week-end !

— Je comprends bien ce qu'il t'est arrivé ce week-end, mais n'es-tu pas censée revoir Mégane cette semaine ?

— Si.

— Alors ne penses-tu pas que ça sera plus agréable, en sachant qu'on a terminé ce fichu exposé ?

— Si.

— Bien, on progresse ! Le fait est que nous avons un exposé à terminer et un oral à préparer. Et que tu aies passé le week-end avec Mégane Tuyé ou pas n'y changera rien. Nous devons le faire, sinon nous serons recalés. Mégane Tuyé ou pas !

— Tu as raison, une fois de plus. Désolée. Je vais me concentrer à partir de maintenant.

— Merci.

Ils se remirent donc au travail et cette fois dans une atmosphère plus studieuse que jamais. Mélanie le trouvait dur avec elle, mais elle savait qu'il avait raison, qu'elle le veuille ou non.

Stéphane, quant à lui, était parfaitement conscient de l'effet que pouvait avoir Mégane sur ses fans les plus assidus comme l'était Mélanie. Aussi, il se devait de la ramener vers la réalité, quitte à être un peu dur avec elle.

Suite à cette petite dispute, ils avancèrent bien et efficacement.

Une fois leur travail terminé, ils prirent une collation et Mélanie remit le disque de Mégane dans sa chaîne.

Elle raconta de nouveau son week-end à Stéphane. Ça l'amusait beaucoup, car il feignait d'être surpris, même si, au final, il savait parfaitement tout ce qu'elle lui disait.

Il constata que Mélanie avait vraiment été subjuguée par son idole, car la bonne réputation de la chanteuse était loin d'être usurpée et elle correspondait parfaitement à l'image qu'elle s'en faisait. Elle était tout excitée à l'idée de passer une journée entre filles avec Mégane. Elle ne cessait d'en parler, à tel point que Stéphane tentait de dévier la conversation vers d'autres sujets. Mais rien n'y faisait. Mégane revenait en premier plan, quoi qu'il arrive.

Stéphane était un peu déçu tout de même, car il avait pensé que cela serait une bonne idée que Mélanie la rencontre, afin de voir si elles s'entendaient, sauf qu'il n'avait pas prévu qu'elles s'entendraient aussi bien. Et le résultat était que l'ébauche de relation affective qu'il avait commencé à créer avec Mélanie n'existait tout bonnement plus. Elle n'avait que Mégane en tête. Il avait beau déployer des efforts considérables pour la ramener vers lui, elle ne l'écoutait pas ; elle était sur un petit nuage.

La semaine fut donc un peu longue pour Stéphane qui, hormis Mélanie, n'avait pas de vrais bons amis dans sa promo. Mais il faut préciser qu'il était assez solitaire et se liait difficilement avec les gens. Il était très exigeant en amitié et avait, par le passé, été trop souvent déçu. Comme ces déceptions étaient très douloureuses, il ne souhaitait plus se lier avec les gens qu'il rencontrait, sauf s'il sentait le courant passer de manière sérieuse.

Le jeudi après-midi, Mélanie se rendit donc à son après-midi entre filles avec la chanteuse. Elles se retrouvèrent pour prendre un petit café près de la fac des Saints-Pères ; pas au *Café de Flore* ni au *Deux Magots*, car ils étaient trop fréquentés par des personnalités et il était probable que Mégane soit reconnue. Elle ne souhaitait pas subir une attaque journalistique aujourd'hui. Elle leur préféra donc la petite taverne Saint-Germain, une petite brasserie juste à côté de la brasserie *Lip*.

Élodie aimait bien la bière, même si ça n'était pas bon pour sa ligne. Mais elle estimait que prendre du plaisir en mangeant ou en buvant était bien plus motivant pour garder la ligne que de passer son temps à se restreindre.

De la terrasse, Mélanie pouvait voir les gens passer de l'autre côté du boulevard et elle jubilait à l'idée de se dire que ses camarades de promo circulaient innocemment sur le boulevard, alors qu'elle-même discutait avec l'une des plus grandes stars du rock de la planète.

Élodie, quant à elle, trouvait aussi cela intéressant de se dire qu'elle était l'une des stars les plus connues dans le monde et que, malgré tout, elle parvenait à passer totalement inaperçue aux yeux de tous et à vivre une vie presque normale. Mélanie le lui avait rappelé.

Et elle se disait que, finalement, les gens voyaient ce qu'ils voulaient voir et surtout ce qu'on voulait bien leur montrer. Il suffisait d'être naturel, de ne pas trop en faire et on passait inaperçu aux yeux de tous ; nul besoin de se cacher sous des lunettes de soleil ou une écharpe.

Elle n'y avait encore jamais vraiment réfléchi, mais elle commençait à se dire que cela pourrait être intéressant de mettre cela en musique et en chanson.

Il y eut comme un éclair de communication dans les yeux des deux femmes et elles partirent d'un fou rire et s'avouèrent ce à quoi elles pensaient.

L'atmosphère entre elles se détendit d'un seul coup, car Mélanie était très stressée à l'idée de revoir son idole et Élodie le sentait.

Élodie lui dit alors :

— Alors, dis-moi, ta semaine s'est bien passée ?

— Elle n'est pas encore terminée, mais, pour le moment, ça va ! Stéphane et moi avons terminé notre exposé que nous devons présenter la semaine prochaine.

— C'est bien. Alors, comment ça va avec Stéphane ?

— Oh, bien. Mais je l'ai trouvé un peu distant cette semaine. D'ordinaire, il est plus sympa.

Élodie bouillait intérieurement, car elle savait la vérité évidemment.

Elle dit alors :

— Et ne serait-ce pas plutôt toi qui étais à l'ouest toute cette semaine ?

— C'est vrai que j'ai eu beaucoup de mal à me concentrer, à la fois sur mes cours et sur ma relation avec lui.

— C'est peut-être pour cela qu'il t'a paru distant. Peut-être que c'est toi qui as mis de la distance entre vous.

— Le pire, c'est que tu as raison ! dit-elle, comme si soudainement elle réalisait. J'ai fait n'importe quoi cette semaine. Pourtant, il a essayé de m'avertir dès lundi, mais je n'ai rien écouté. J'étais sur mon petit nuage, bercée par les airs d'Anubys et la splendide version de *Sorry* que vous m'avez donnée !

— Il faut tout de même que tu gardes les pieds sur terre. Nous n'allons pas nous voir aussi souvent que tu le souhaites. Cette semaine, c'est assez exceptionnel, car mon emploi du temps me permet de faire un peu ce que je veux, mais ça ne sera pas tout le temps ainsi. Tu dois en être consciente et te faire à l'idée que nous risquons de ne pas nous voir avant un bon bout de temps. Arrête de rêvasser et vis ta vie, car c'est ça qui est le plus important ; vivre ta vie pleinement avec les joies et les déceptions qu'elle t'apportera.

Mélanie avait la larme à l'œil en pensant à Stéphane, mais aussi à Jérôme. Car elle ne lui avait même pas donné de nouvelles depuis le week-end dernier. Elle avait honte d'avoir été aussi égoïste.

— Mais bon, je comprends ton attitude... reprit Élodie. Écoute, je te propose un marché : aujourd'hui, c'est notre journée et on va penser à nous ; à nous faire plaisir, à nous amuser et après cela, tu vas m'oublier et essayer de te remettre dans ta vie de tous les jours, aller voir Stéphane, lui dire que tu l'aimes et que tu veux sortir avec lui, laisser tomber ton actuel crétin de petit copain et réussir tes études. Qu'en dis-tu ?

Mélanie la regarda des plus sérieusement et constata qu'elle aussi était sérieuse. Mais elle remarqua un très léger rictus dans le coin droit de sa lèvre.

Elle sourit et Élodie lui rendit son sourire.

Elle dit :

— L'espace d'un instant, j'ai cru que tu étais sérieuse.

— Mais je l'étais, chère Mélanie ! Car, au final, c'est ce que tu dois faire. C'est ce qui importe pour le moment. Rappelle-toi ce que je t'ai dit la dernière fois : l'important dans la vie, c'est d'être heureux et de faire des choses que l'on aime. Crois-moi, ça n'est pas en restant dans mon ombre que tu le seras. C'est en vivant pleinement et en essayant de faire les choix qui te combleront de bonheur pour ta vie à toi, dit-elle en insistant sur le *toi* et en la montrant du doigt.

— Je sais tout ça, mais tu ne peux pas reprocher à une fan de l'être, si ?

— Certes, mais de là à tirer un trait sur tout le reste, il faut être sérieux, non ?

— Oui... c'est vrai...

Elle la regarda d'un air piteux, semblant réfléchir et dit :

— Mais comment tu fais pour être aussi mature à ton âge ? J'ai l'impression d'entendre mon p... Gérard ! changea-t-elle, d'un air confus.

— Je ne suis pas plus mature que toi, j'ai juste peut-être vécu plus de choses et accumulé plus d'expériences de la vie que toi.

— En tout cas, j'aimerais tant pouvoir rester amie avec toi.

— Mais nous allons rester amies ! s'exclama Élodie en riant. À quel moment t'ai-je dit que nous n'allions pas le rester ? Ce que je t'ai dit, c'est que, amies ou pas, nous n'aurons pas l'occasion de nous voir souvent. Il va falloir t'y faire. Je ne pourrai jamais, et je dis bien jamais, être l'amie que tu viens voir lorsque ça ne va pas, ou celle qui vient te remonter le moral et te propose de sortir dans un club pour te changer les idées.

— Ça tombe bien, je n'aime pas sortir en boîte !

— Tu me déconcertes Mélanie ! répondit Élodie en riant.

— C'était une blague !

— Dans ce cas, tu m'as eue. Bravo !

— Non, mais je comprends parfaitement ce que tu me dis, et je trouve ça dommage. Parce qu'en faisant abstraction de la star du rock, du fait que je sois une fan totalement subjuguée, je te trouve vraiment géniale. Je me sens bien avec toi. J'ai envie de tout te dire. Je sais, c'est un peu idiot…

— Non, pas du tout, car je ressens la même chose à ton égard, coupa Élodie en lui prenant la main. Et c'est vrai que s'il n'y avait pas cette fichue barrière qu'est Mégane, ça serait plus simple, je te l'accorde. Mais je peux tout de même essayer de faire des efforts. Je consacre beaucoup de temps pour moi, bien plus que la plupart des artistes. Je peux essayer d'aménager un peu de temps pour toi là-dessus. Mais, en contrepartie, je souhaite ; non, j'exige que tu me considères comme Élodie, ton amie et non comme Mégane Tuyé la chanteuse.

— Bien sûr ! Bon, c'est vrai que, pour le moment, je te vois encore comme mon idole. Mais comme je te l'ai dit, le peu de temps que nous avons passé ensemble m'a fait découvrir qui tu étais vraiment. Et cette fille-là, je souhaite vraiment devenir amie avec elle.

— Dans ce cas, je suis d'accord, répondit-elle en souriant.

Élodie comptait bien lui faire tenir sa parole, car la plupart de ses vrais amis étaient ceux qu'elle s'était faits avant de devenir célèbre ; le meilleur d'entre eux étant Bruno Sumaq, le directeur des ressources humaines de la société de courrier. Tous ceux qui avaient suivi sa célébrité étaient soit intéressés, soit cherchaient à se rendre intéressants en fréquentant la grande Mégane Tuyé. Depuis qu'elle avait compris cela, la chanteuse cherchait à se protéger le mieux possible de tous les parasites potentiels. Toutefois, dans le cas de Mélanie, elle avait ressenti une vraie amitié naissante. C'est pour cela qu'elle lui avait fait sa proposition. Mais elle allait la surveiller de près et si elle constatait le moindre comportement suspect de sa part, elle couperait les ponts immédiatement.

Elles terminèrent leur café et partirent faire les boutiques dans le quartier Saint-Germain. Élodie cherchait de nouvelles bottes et elles se rendirent dans la rue Du Four où les boutiques de chaussures étaient hors de prix, mais où l'on trouvait des modèles inattendus et dont les finitions étaient de bien meilleure qualité que dans les magasins classiques.

Mélanie faillit avoir une attaque en voyant les prix, mais ce n'était pas ce genre de détails qui arrêtait Élodie. Elle considérait que le prix importait peu, ce qui était important, c'était d'être bien dans ses chaussures, en particulier avec onze centimètres de talons. Elle impressionna Mélanie d'ailleurs, car elle marchait parfaitement et avec élégance, quelle que soit la hauteur des talons. Elle ne semblait même pas fatiguée de porter ça toute la journée.

Élodie lui confia qu'il suffisait de savoir marcher et qu'elle était sidérée par le nombre de femmes qui portaient des talons hauts et qui ne savaient pas marcher avec. Mélanie ne dit rien, car elle estimait en faire partie. Élodie vit qu'elle ne se sentait pas à l'aise sur le sujet, mais en entrant dans un autre magasin, elle remarqua que son amie semblait adorer une paire de bottines en cuir marron avec douze bons centimètres de talons et une petite plateforme.

Elle lui dit :
— Essaye-les !
— Tu plaisantes, t'as vu la hauteur ! Et le prix…
— Et alors, qu'est-ce qui t'empêche d'essayer quand même ?
— Non, mais je pourrai jamais marcher avec ça !
— Tu as les yeux qui brillent lorsque tu les regardes.
— Ben… elles sont trop belles, aussi.
— Alors essaye-les ! répondit-elle d'un ton autoritaire.
— Oui maman ! répondit Mélanie en faisant la moue.

Elle demanda sa pointure et mit les deux bottines. Elles lui allaient à merveille, en plus de s'assortir parfaitement avec la petite jupe marron et le collant opaque qu'elle portait.

Elle fit quelques pas et s'exclama :

— Elles sont confortables en plus ! Je n'aurais pas pensé que cela serait si simple de marcher avec.

— Arrête de te la jouer, tu as juste fait trois pas !

— Oui, mais je pense quand même que c'est le genre de chaussures que je pourrais garder aux pieds plus de dix minutes ! dit-elle, sur un ton d'autodérision.

— Je t'ai dit que l'important, c'était la qualité. Tu as là un talon qui ne se déforme pas avec le mouvement, une semelle qui épouse bien ton pied lorsque tu marches, et un laçage qui maintient bien ta cheville. C'est impeccable. Tu sais quoi ? Tu vas les garder aux pieds. Je te les offre.

— Ça ne va pas ? T'as vu leur prix ?

— Et alors, t'as vu combien je gagne !

Élodie, sur cette dernière phrase prononcée sur un ton éminemment provocant, partit régler la note, laissant Mélanie sans voix.

Elle revint et prit les ballerines de son amie qu'elle rangea dans la boîte neuve et elles sortirent de la boutique.

— Alors, comment te sens-tu ?

— Grande… grande et instable.

— Tu te débrouilles très bien. Tu as juste besoin de pratique, car ta démarche n'est pas encore bien assurée. Mais je peux te donner quelques tuyaux pour cela.

— Ici, dans la rue ?

— Bien sûr, quoi de mieux que la rue pour marcher en talon aiguille ? Le sol est quasiment toujours plat, on a de la place, parfois ça monte ou ça descend. C'est impeccable. Mais il va quand même falloir que je trouve mes bottes pour qu'on soit à égalité.

— Oui, j'aimerais bien, parce que tu marches un peu vite pour moi.

— Excuse-moi. Je ne n'en étais pas rendu compte.

Elles continuèrent à arpenter les boutiques et Élodie finit par trouver ce qu'elle cherchait : de grandes bottes italiennes en cuir avec un talon vertigineux et très peu de compensation. Elle les enfila pour sortir du magasin et elles continuèrent leur balade.

Mélanie était très gênée, à la fois par le fait qu'elle lui avait offert des bottines qu'elle n'aurait jamais pu se payer elle-même et par le fait que tous les gens les regardaient : deux belles jeunes femmes en jupes avec des talons aussi hauts, ça ne passait pas inaperçu.

Élodie lui conseilla de ne pas s'en soucier et qu'elle devait se concentrer sur ses pas, sa démarche et son équilibre. Ça n'était pas évident, car la démarche, si elle était exagérée, rendait l'allure vulgaire, alors qu'au contraire, si elle était négligée, faisait camionneur en talons hauts, ce qui était presque pire. Il fallait trouver le juste équilibre.

Au bout de quelques heures à faire les boutiques, elle finit par être plus à l'aise et par atteindre la démarche qu'elle souhaitait. Elle était tout de même bien en deçà d'Élodie qui dégageait une élégance et une sensualité indéniables. Elle aurait bien aimé marcher ainsi, mais elle ignorait qu'Élodie avait porté ses premiers talons à l'âge de douze ans et que, depuis, elle marchait rarement à plat. Elle avait donc une grande expérience en la matière.

Du fait, Élodie attirait tous les regards et forcément par association elle aussi. Elle n'avait pas l'habitude, car bien qu'étant une très belle jeune femme, Mélanie mettait rarement des choses voyantes.

Que les autres femmes la regardent de travers n'était pas un problème en soi. Ce qui la gênait le plus était le regard des hommes. Un regard insistant, dénotant une lubricité évidente pour la plupart et même de la perversion pour certains.

Elle avait clairement l'impression d'être une proie entourée de bêtes fauves prêtes à bondir et à la dévorer toute crue. C'était très désagréable et cela venait gâcher tout le plaisir qu'elle pouvait ressentir à s'être faite belle et à vouloir en profiter.

Élodie, à nouveau, lui conseilla de ne pas s'en soucier. Elle semblait d'ailleurs faire peu de cas de l'image qu'elle renvoyait. Elle lui confia néanmoins que ce qui l'amusait le plus était les hommes qui se dévissaient carrément la tête pour la suivre du regard et qui parfois rentraient dans un mur.

Mélanie aurait aimé avoir son assurance, mais là encore, elle n'avait pas le vécu de la chanteuse.

Malgré ce petit désagrément, elles passèrent une merveilleuse après-midi et terminèrent leur journée au *Procope*, un restaurant réputé près de la place de l'Odéon.

Ce restaurant, richement décoré et avec goût, offrait un cadre somptueux pour des repas d'affaires, des dîners galants ou simplement des dîners entre amis.

Elles s'installèrent et commencèrent à discuter en regardant le menu.

— Alors, demain, dernier jour de la semaine ? demanda Élodie.

— Oh oui, m'en parle pas ! Je suis contente que cette semaine soit terminée.

— C'est si difficile que cela que d'aller à la fac ?

— Oui et non. Oui, parce qu'il faut être concentré toute la journée et que souvent il t'arrive de décrocher. Heureusement que Stéphane et là ! Car, à nous deux, on arrive à se repasser les trucs que l'autre n'a pas entendus, ou pas compris. Et puis non, justement parce que Stéphane est là. Et rien que pour cela, j'ai envie de me lever le matin. Demain, il va falloir que je lui présente des excuses pour mon attitude de cette semaine. J'ai vraiment été égoïste et je n'ai pensé qu'à moi-même.

— En même temps, c'est normal, on ne rencontre pas tous les jours son idole, si ?

— C'est vrai. Mais tu as raison lorsque tu dis que je me suis éloignée de la réalité. J'aurais dû focaliser sur ce qui est important et non sur des chimères.

— Merci du superlatif !

— Ça n'est pas ce que je voulais dire !

— Je plaisante, patate !

— Ne joue pas avec mes nerfs comme ça. Ça n'est déjà pas facile, car je passe mon temps à réfléchir à tout ce que je dis pour ne pas dire n'importe quoi.

— Tu ne devrais pas. Ne t'ai-je pas dit d'être naturelle ? Si nous devons devenir vraiment amies, je veux quelqu'un de sincère et pas quelqu'un qui analyse la situation pour ne pas me froisser.

— C'est vrai. Tu vois, là encore, je fais n'importe quoi ! Je crois que je n'ai jamais été aussi perdue de ma vie.

— Alors écoute mon conseil : la fille que tu as en face de toi s'appelle Élodie et non Mégane Tuyé. C'est ton amie et tu peux dire ce que tu veux, quand tu le veux, d'accord ?

— Oui, bien sûr, mais tu comprends, c'est magique pour moi que tu acceptes de devenir mon amie et j'ai toujours peur de dire une bêtise qui t'incite à faire marche arrière.

— On dit tous des bêtises ! Et puis je préfère un millier de fois que tu sois sincère avec moi, et que tu dises ce que tu as envie de dire. C'est ça, les vrais amis, ils se disent tout, même les choses qui fâchent !

— Je sais… répondit-elle piteusement.

— Et puis, tu sais, si j'ai accepté de devenir ton amie, ce n'est pas pour que tu sois d'accord avec moi tout le temps et que tu dises *amen* à tout ce que je dis ! J'ai déjà bien assez de mes producteurs et de mes musiciens. Tu vois d'ailleurs, j'ai particulièrement apprécié de jouer avec les membres d'Anubys. Car eux, au moins, ils n'étaient pas systématiquement d'accord avec mes choix. Il y avait une vraie discussion entre nous, de vrais débats musicaux, et c'est ça qui est intéressant. Tu comprends ?

— Oui, bien sûr. Je vais faire de mon mieux.
— Je te fais confiance. Bon, alors dis-moi, comment tu vas t'y prendre avec Stéphane ?

Soudain, elles se firent aborder par un jeune homme. Il était grand, cheveux d'ébène, plaqués par du gel sur son crâne, une belle chemise en popeline de coton avec deux boutons de défaits au niveau du col et un beau pantalon de costume assorti avec des chaussures en cuir, montrant qu'il n'avait pas de soucis d'argent. L'archétype du beau jeune homme narcissique et frimeur qui met tous ses atouts dans son apparence et doit certainement avoir une grosse voiture rutilante et puissante.

— Bonsoir, mesdemoiselles. Je vous observe depuis quelque temps et je me demandais : comment se fait-il que deux aussi belles femmes que vous soient seules dans ce beau restaurant ? Je vous offre un verre et ma compagnie ! Vous ne le regretterez pas, croyez-moi.

Élodie pouffa de rire et répondit en caressant la main de Mélanie de manière sensuelle :

— Et qu'est-ce qui vous fait croire que deux aussi belles femmes que nous seraient intéressées par un beau jeune homme ?

— Ah, je vois ! répondit l'importun. Et vous n'avez pas envie de tenter de nouvelles expériences ? Comme je vous l'ai dit, je ne vous décevrai pas !

— Je pense, cher monsieur, reprit Mélanie en caressant à son tour la main d'Élodie, que si nous avions été intéressées par ce genre d'expérience, nous aurions essayé depuis longtemps.

— Ne perdez pas votre temps, il y a bien d'autres belles jeunes femmes seules dans ce restaurant, conclut Élodie en l'ignorant.

Le jeune homme les salua et quitta leur table. Elles se regardèrent, attendirent un peu qu'il soit loin et éclatèrent de rire.

— Il était pourtant charmant ! dit Mélanie.

— Charmant, mais crétin ! Et sans éducation… Enfin, si c'est juste une soirée de plaisir que tu recherches, ça peut le faire !

— Toi et tes jugements à l'emporte-pièce sur les hommes… Elle se ravisa aussitôt, mais Élodie reprit :

— Eh bien voilà de l'honnêteté ! J'aime quand tu me parles comme ça. Continue.

— Euh… ben je te trouve très dure avec les hommes. Il n'avait pas l'air bien méchant.

— Méchant ? Non, pas méchant. Mais ça n'est pas le genre d'homme qui vient te voir pour fonder quelque chose de sérieux. Tout ce qui l'intéresse, c'est de tirer son coup. Et si possible, avec la plus belle fille du bal !

— Tu crois ? Il avait l'air sympa moi, je trouve.

— Il avait surtout l'air de regarder tes jambes et ton décolleté !

— J'ai pas vu.

— Comme tu es naïve ! Ça ne m'étonne pas que tu aies du mal à te débarrasser de ton boulet !

— Jérôme n'est pas un boulet ! Je te défends de l'appeler ainsi !

— Appelle-le comme tu veux, n'empêche qu'il te manipule et que tu ne t'en rends même pas compte.

— Il est malheureux en ce moment, et ça serait méchant de ma part de le quitter à un moment pareil.

— Tu parles ! Fais ce que je t'ai dit le week-end dernier et tu verras à quel point il est malheureux !

— Tu m'énerves ! Je ne veux plus discuter de Jérôme !

— Bon, tu as raison, évince le problème au lieu d'essayer de le résoudre.

— Dis donc, tu ne lâches pas l'affaire, toi !

— Ah non, je suis la pire obstinée que tu aies jamais rencontrée ! Mais c'est ça qui fait mon charme ! dit-elle en riant.

— Mouais… répondit Mélanie, ne sachant pas trop si elle plaisantait ou si elle était sérieuse.

— Si je te titille autant là-dessus, c'est parce que je ne sais que trop bien quel genre d'homme est ton Jérôme.

— Mais tu ne le connais pas !

— Non, mais le peu que tu m'en as décrit m'en a dit suffisamment sur lui pour que je me fasse mon idée. J'ai déjà fréquenté ce genre d'homme et je te parle d'expérience. Et si je te dis tout cela, c'est avant tout pour toi, pour que tu ne tombes pas de haut lorsque, inévitablement, tu comprendras qu'il t'a abusée.

— Je sais bien tout ça, mais je ne peux pas croire qu'il soit comme ça. Je sais qu'il m'aime sincèrement, ça se voit dans ses yeux. Il a peut-être fait des erreurs de jeunesse par le passé, mais il a fait tant d'efforts pour s'assagir et devenir raisonnable ! C'est aussi pour cela que je ne puis me résoudre à lui faire du mal.

— Crois ce que tu veux. Moi, ce que je dis, c'est que ces hommes-là ne changent pas au fond d'eux-mêmes. Ils vont peut-être bien se tenir et bien se comporter un temps, mais un jour ou l'autre, le naturel reviendra au galop, crois-moi ! Et ce jour-là, j'espère que tu auras les épaules solides.

— Tu crois vraiment ?

— Si tu veux, je te le prouve.

— Comment ?

Elle sembla réfléchir à cent à l'heure puis lança :

— Samedi ! Dis-moi où le trouver ton Jérôme et je te prouverai que tu ne peux pas avoir confiance en lui.

— Qu'est-ce que tu vas faire ?

— Le séduire et nous verrons bien s'il est aussi sage qu'il y paraît.

— Tu n'y penses pas ?

— Si, au contraire ! Et toi, ne souhaites-tu pas savoir s'il est aussi digne de confiance que tu te plais à le croire ?

— Si, bien sûr, mais si toi, mon amie, tu le séduis, ça fait un peu… malsain, non ?

— Je ne vais pas coucher avec lui, rassure-toi ! Je vais juste lier connaissance avec lui et lui proposer un rencard. On verra bien s'il accepte.

— Il n'acceptera pas.

— Nous verrons.

Elles se mirent d'accord sur les modalités de leur piège et rentrèrent chacune chez elles.

Chapitre 4

Mélanie ne savait pas trop quoi penser de sa journée avec Élodie. Elle avait passé une excellente journée entre filles, mais cette histoire de piège avec Jérôme la mettait mal à l'aise. Elle comprenait bien le besoin d'Élodie de la mettre en garde, mais elle ne comprenait pas pourquoi elle s'acharnait tant contre Jérôme et, de manière générale, contre les hommes.

Le lendemain matin, elle se rendit en cours et retrouva Stéphane qui répétait à voix basse leur exposé à la cafétéria. Elle se joignit à lui et lui présenta ses plus plates excuses pour son attitude de la semaine. Stéphane les accepta et ne lui en tint pas rigueur, en regard de ce qu'elle avait vécu le week-end précédent. Il lui demanda même quand allait sortir l'album d'Anubys. Elle fut contente qu'il s'intéresse toujours à elle et lui parle du groupe.

Ils devaient encore faire la maquette de la pochette de l'album et, pour cela, contacter leur ex-graphiste qui, depuis leur chute, travaillait pour d'autres groupes. Ensuite, il fallait envoyer la démo de l'album à la maison de disques de Mégane et attendre sa réponse. C'était donc une question de semaines, voire de mois, avant que l'album ne voie le jour dans les rayons.

Stéphane lui demanda aussi comment s'était passée son après-midi entre filles. Mélanie lui raconta presque tout hormis la partie avec Jérôme. Elle lui parla du magasin de chaussures et lui montra, car elle avait remis ses bottines, et s'était fait remarquer en venant à la fac avec. Stéphane la trouva très jolie, quoiqu'un peu grande pour le coup. Cela la flatta et lui redonna confiance. Il lui fit même des compliments quant à sa tenue, car elle avait parfaitement assorti le tout et ne ressemblait plus à une ado sur le retour, mais à une belle jeune femme qui s'assumait.

Mélanie aimait bien qu'il la complimente ainsi sur ses choix. Elle se fit la réflexion que Jérôme ne lui faisait jamais de tels compliments en dehors de lui tenir de propos de *mec de base* comme elle le disait elle-même ; des propos du genre « *rhaaa, t'es canon aujourd'hui, tu m'excites* », ce dernier terme revenant systématiquement dans un tel cas. Elle en arriva à conclure que ce genre de propos mettait en exergue le fait qu'ils étaient ensemble depuis bien trop longtemps. La magie du début n'était plus.

Ils se rendirent à nouveau en travaux dirigés pour leur dernière journée de cours.

Le soir, Mélanie appela Élodie qui lui avait confié son numéro de téléphone portable. Elle n'était plus vraiment sûre de vouloir monter un piège à Jérôme. Mais elle céda face à l'obstination de la chanteuse qui avait des arguments imparables et qui semblait très affairée au beau milieu d'une foule. Elle ne s'éternisa donc pas et resta ferme avec Mélanie.

Le lendemain donc, Élodie s'était transformée en fantasme masculin : un micro-short en jean ultra-moulant avec des collants résille couleur chair et des bottes américaines en cuir verni, serrant le mollet et avec 14 bons centimètres de talons. Avec cela, elle avait mis un petit top noir à fines bretelles qu'elle avait descendu sur sa poitrine, juste au bon endroit. Par-dessus, elle avait mis un t-shirt en dentelle transparente qui ne cachait rien et un cache épaule en jean à manches longues. Elle s'était fait un maquillage de clubbeuse, avait mis une perruque rousse et de larges lunettes de soleil.

Mélanie lui avait même fait remarquer à quel point elle faisait « *poufiasse* » comme elle avait dit elle-même. Cela avait bien fait rire Élodie, car sa remarque était spontanée et elle avait apprécié cela de la part de son amie.

Après s'être synchronisées toutes deux, la chanteuse sortit de sa voiture, adopta une démarche à la limite du vulgaire afin d'être certaine que tout le monde la remarque, et avança dans la rue.

Au coin de la rue, elle emplafonna Jérôme qui venait de la ruelle de gauche et qui faillit la renverser.

Élodie prit l'air excédé :

— Mais enfin, vous pouvez pas faire attention ?!

— Je suis désolé, mademoiselle, dit-il confus, je ne vous ai pas vue ! Je vous présente toutes mes excuses. Je ne vous ai pas fait mal au moins ?

— Non ça va, mais j'ai failli casser mon talon avec vos bêtises ! Quand je pense au prix qu'elles m'ont coûté !

— Je vous présente toutes mes excuses, répéta-t-il.

— Oui, vous l'avez déjà dit ! Pas besoin d'être lourd en plus d'être maladroit ! dit-elle en feignant d'être excédée.

Puis il réalisa à quel point cette femme était belle et sexy.

Il faillit en perdre ses moyens, mais finit par bégayer :

— Puis-je me faire pardonner en vous offrant un verre ?

— Je suis un peu pressée. Il va falloir trouver mieux, jeune homme.

Il remarqua qu'elle avait, passé sur son avant-bras, un petit sac « *la maison du chocolat* ». Il dit alors :

— Et que diriez-vous d'un bon chocolat chaud pour faire passer ces émotions ? Je connais un bar où ils en font de très bons. Et il n'est pas très loin d'ici !

Elle fit la moue, tortilla son corps en mettant la tête légèrement en arrière et de côté, et dit d'un air snob :

— Bon, allez d'accord, mais c'est bien parce que je suis contrariée !

Elle portait sur elle un petit micro sans fil qu'elle avait dissimulé dans son décolleté et qu'elle utilisait habituellement en concert. De l'autre côté du micro, Mélanie entendait tout ce qu'ils disaient et elle voyait aussi la scène, cachée dans un petit square non loin de là.

Elle n'en revenait pas de la manière dont Élodie faisait faire à Jérôme ce qu'elle voulait. C'était assurément une grande manipulatrice. Mais là encore, si elle avait connu la vérité sur l'enfance d'Élodie, elle aurait su pourquoi.

Ils se rendirent donc dans le petit café en question et Jérôme commanda un chocolat chaud pour Élodie et un café pour lui. Il se trouvait face à la rue et elle dos au soleil, l'astre du jour éclairant sa belle chevelure. Il était fasciné, subjugué par la beauté de cette femme. Elle lui rappelait quelqu'un, mais il n'arrivait pas à mettre de nom sur son visage.

— Je n'arrive pas à savoir à qui vous me faites penser, mademoiselle… ?

— À Mégane Tuyé, tout le monde me le dit.

— Mais oui ! C'est ça !

— Sinon je m'appelle Mélodie et pas Mégane.

— Votre prénom se prête plus à la musique que Mégane, assurément ! déclara-t-il avec toute l'assurance de ces hommes certains de leur effet.

— Mais c'est qu'il a de l'esprit en plus ! dit-elle de nouveau de son un air snob.

— Eh bien, Mélodie, je vous présente une fois de plus toutes mes excuses pour avoir failli vous faire tomber et casser vos bottes. Ça aurait été dommage, d'autant qu'elles vous font des jambes superbes !

Elle sourit niaisement et se mit à rougir en répondant d'une voix puérile :

— Nan, c'est vrai ? Oh, vous êtes gentil, vous !

— Gentil, oui ! Mais avec les belles jeunes femmes telles que vous, on ne peut que l'être !

Elle pouffa alors d'un rire cloche.

— Mais je travaille aussi dans la Bourse et je sais être intraitable lorsqu'il le faut !

— Dans la Bourse ! Wouhaaa… Vous devez gagner beaucoup d'argent, n'est-ce pas ? dit-elle en se cambrant vers lui et en mettant bien en évidence sa poitrine.

Ses yeux le trahirent, mais il essaya de ne pas trop avoir l'air captivé par ce qu'il avait en face de lui.

— Je me débrouille, en effet, répondit-il. Je me suis acheté un petit loft du côté de Montparnasse dernièrement.

Elle se rassit normalement et dit, dépitée :

— C'est un homme comme vous qu'il faudrait que je me trouve ! Le mien travaille à la RATP. Vous imaginez un peu ? Son salaire ne suffit même pas à payer mes cinq paires de bottes mensuelles !

— J'imagine ! répondit Jérôme, qui avait bien flairé la femme vénale.

— Non ! Vous n'imaginez pas à quel point c'est difficile de trouver de bonnes chaussures quand on taille dans les demi-pointures ! Ah, mais je vous le dis, ne cherchez pas ! C'est chaussures italiennes ou rien.

— Et la bourse qui va avec ! répondit-il en souriant d'un air rusé.

— Exactement… dit-elle en se penchant à nouveau en avant. Et vous bellâtre, vous êtes célibataire ?

— Eh non, malheureusement, sinon je vous aurais déjà proposé le mariage.

Elle gloussa d'un rire idiot et dit :

— Eh bien !… Vous au moins, vous n'y allez pas par quatre chemins ! Mais beau comme vous êtes, votre amie doit être canon certainement ?

— Elle l'est, mais lorsque je vous ai bousculée, croyez-moi ou pas, je l'ai oubliée d'un seul coup !

— Arrêtez, ça n'est pas la peine de me faire du rentre-dedans. Je suis très fidèle.

— Ah… répondit-il un peu déçu.

— Fidèle aux dollars ! répondit-elle, en lui prenant la main et en dandinant des hanches.

Elle se cambra encore plus en avant, de sorte qu'il ait une vue imprenable sur son décolleté. Cette fois, il ne se fit pas prier et dit en lorgnant sans aucune discrétion :

— J'adore votre façon de vous habiller ! Vous savez parfaitement mettre en valeur vos formes délicieuses.

— Enfin quelqu'un qui le reconnaît ! dit-elle en se rasseyant d'un air satisfait. Tout le monde me dit : « *Mais enfin, Mélodie, tu devrais t'habiller plus discrètement, un jour il va t'arriver des bricoles.* » Moi, je ne vois pas pourquoi je cacherais mes attributs féminins ? Je suis belle et c'est bien normal que je le montre, non ?

— Absolument d'accord avec vous ! Les gens qui disent ça sont jaloux, c'est tout !

— Ah… vous pensez ? demanda-t-elle en prenant l'air ingénu.

— Oui, c'est même certain. Et comme je dis toujours, une belle femme ne devrait pas avoir à cacher sa beauté. D'une part, elle se fait plaisir en s'habillant comme elle le veut et, d'autre part, elle fait plaisir à ceux qui apprécient la beauté !

— Comme vous ?

— Moi, ce que j'apprécie particulièrement, c'est vous.

— Et jusqu'à quel point m'appréciez-vous ? demanda-t-elle en lui prenant la main.

— Ça me paraît évident pourtant, non ?

— Ça suffit, j'en ai assez entendu ! dit Mélanie qui les avait rejoints et qui se tenait debout face à Jérôme.

Il était tellement obnubilé par la beauté d'Élodie qu'il ne l'avait même pas remarquée.

— Mélanie !? balbutia-t-il.

— Oui, Mélanie ! Tu te souviens de moi maintenant que tu me vois ?

— Euh… mais oui, bien sûr ! répondit-il surpris.

— Quand je pense que tu m'avais promis de ne jamais recommencer !

— Mais enfin, je prends juste un café avec mademoiselle.

— Ne me prends pas pour une idiote ! Je sais exactement ce que vous vous êtes dit. Je connais mademoiselle et c'est elle qui m'avait mise en garde contre toi. Je ne l'ai pas écoutée, car j'ai voulu te laisser le bénéfice du doute et te croire lorsque tu disais que tu…

— Mais Mélanie…

— Laisse-moi finir, Jérôme ! coupa-t-elle autoritairement. J'ai cru que tu m'aimais sincèrement et je constate aujourd'hui que c'était encore un de tes mensonges. Tu passeras demain pour prendre tes affaires et me rendre la clef de chez moi. Je ne veux plus te revoir !

Élodie se leva, lui prit le bras et dit :

— Allons-nous-en, ma chérie. Il ne vaut même pas la peine que tu t'expliques.

Elles partirent toutes deux et Élodie lui jeta un regard noir avant de disparaître au coin de la rue. Il se retrouva tout penaud, fusillé du regard par les autres femmes qui étaient assises en terrasse.

Mélanie était dans tous ses états. Élodie la conduisit jusqu'à la voiture et l'installa à l'arrière. Elle vint s'asseoir à ses côtés et dit :

— Ma pauvre chérie, tu ne devrais pas te mettre dans des états pareils. Il n'en vaut pas la peine.

— Ça n'est pas à cause de lui. C'est à cause de moi. Je m'en veux tellement d'avoir été aussi crédule. Une idiote, c'est tout ce que j'ai été.

— Mais non tu n'es pas idiote. Comme je te l'ai dit, il faut avoir déjà connu ce genre d'homme pour ne pas tomber dans leurs pièges. C'est en quelque sorte une épreuve du feu pour toi. C'est difficile aujourd'hui, mais ça te rendra plus forte, tu verras.

— Comment tu fais, toi ?

— Moi ?... Eh bien... je ne fréquente pas d'hommes ! dit-elle en riant. C'est aussi simple que cela.
— Comment cela ?
— Ben, je fréquente des femmes ! Il faut te faire un dessin ?
— Non, mais... je suis surprise, c'est tout.
— Mais rassure-toi, je n'ai aucune vue sur toi. C'est purement amical.
— Mais, dans ce cas, comment connais-tu aussi bien les hommes ?
— Parce qu'avant de les renier, j'en ai fréquenté. Et je suis tombée sur de sacrés spécimens, tu peux me croire.
— J'imagine, surtout si tu les draguais comme tu as fait avec Jérôme.
— J'ai assuré, non ?
— Oui. Et je ne sais pas comment tu fais pour faire aussi bien la pouffiasse.
— J'en ai fréquenté aussi ! dit-elle en riant.
Elles se mirent à rire toutes deux, ce qui apaisa un peu Mélanie.
— Bon, allez, je vais te ramener chez toi et je vais rester jusqu'à midi. Ça te va ?
— Oui, bien sûr, mais tu n'es pas obligée...
— Allez, c'est moi qui t'ai mise dans cette situation, alors je vais rester un peu avec toi, ça te fera du bien de voir quelqu'un.
Elle reprit la place du conducteur et la ramena chez elle. Elles entrèrent dans son appartement et Élodie lui tira son chapeau pour le standing. Mélanie leur prépara un café tandis qu'Élodie passait des habits plus passe-partout, puis elles s'assirent autour de la table du séjour.
Mélanie semblait perdue dans ses pensées et elle faisait une tête digne d'un enterrement. Élodie lui dit :
— Cesse de te faire du mal, car, finalement, si tu réfléchis, tu l'aurais laissé tomber de toute façon après que ses problèmes

familiaux eurent été terminés. Mais tu te rends compte du temps que tu aurais perdu ! Et surtout en pensant qu'il t'aurait menée en bateau tout du long ! Finalement, c'est un mal pour un bien, non ?

— C'est vrai, mais comme je te l'ai dit, ça n'est pas ça qui me gêne. C'est le fait de ne pas t'avoir crue, le fait d'avoir été aussi naïve. Et je m'en veux parce que c'est mon plus gros défaut, je suis trop naïve et je fais confiance trop facilement. Ce genre de chose m'arrive tout le temps. Si ça se trouve, ça recommencera avec Stéphane. Tiens d'ailleurs, je devrais peut-être tout arrêter tout de suite avec lui, ça m'éviterait bien des désillusions !

Élodie, qui la voyait venir et qui ne souhaitait pas briser les espoirs de ce futur couple, prit sa défense.

— Oui, mais là, pour le coup, et vu ce que tu m'en as dit, je pense que ton Stéphane ne se comportera jamais ainsi. Ça n'est pas ce genre d'homme. Au contraire, je pense que ça te ferait du bien de fréquenter quelqu'un comme lui. Est-ce que tu veux que je fasse pareil avec lui ? Le tester pour toi ? proposa-t-elle en riant intérieurement.

— Non, ça m'a suffi, merci ! répondit-elle en souriant. Et puis après tout, tu as certainement raison une fois de plus. Cette fois, je vais t'écouter.

— À la bonne heure ! Ne t'en fais pas, ça n'est pas grave. Tout le monde fait des erreurs. Moi aussi j'en ai fait par le passé, et avec des garçons comme Jérôme ! Je sais que ça fait mal, mais ça endurcit aussi. Tu me trouves souvent très dure avec les hommes et tu as raison. Mais c'est aussi grâce à des personnes comme Jérôme que je me suis forgé une carapace et que je suis devenue aussi dure. Toi aussi ça te servira plus tard, tu verras. Pour le moment, tu ne vois que l'aspect négatif et c'est normal, mais tu verras que, dans l'avenir, tu considéreras ça comme une bonne expérience.

— Ce que j'admire aussi chez toi, c'est ta faculté à tirer des choses positives, même de situations tragiques. Ça me sidère parfois.

— Eh bien, je suis comme ça ! dit-elle amusée.

— Et ne me raconteras-tu donc pas ce qui t'a rendue comme ça ?

Élodie fit silence, comme si elle rentrait dans une profonde introspection. Elle sembla se remémorer de douloureux souvenirs et cela se vit à un tel point sur son visage, que Mélanie reprit :

— Oublie ! Je n'ai rien dit.

— Un jour peut-être, je te raconterai ce qui m'est arrivé. Mais je ne suis pas encore prête. Et toi non plus.

Mélanie vit dans ses yeux un mélange de peine, de haine et de colère ; le tout dans des proportions qui faisaient froid dans le dos.

Elle comprit alors que son amie avait dû vivre quelque chose de vraiment terrible et inavouable pour qu'elle en fasse un tel secret. Elle relativisa alors et se dit que ses problèmes devaient paraître bien insignifiants à côté.

Elles burent leur café et Élodie lança la conversation sur Anubys, et elles discutèrent de l'album et de leur fabuleux week-end avec le groupe de Metal durant le reste de la matinée.

Vers midi, Élodie se leva et dit :

— Bon, je vais devoir y aller, j'ai un rendez-vous avec ma maison de production, justement au sujet d'Anubys.

— Ils ont eu l'album ?

— Non, pas encore. Ils veulent mon ressenti à leur sujet. Bien sûr, je ne vais faire que des éloges ! dit-elle en faisant un clin d'œil.

Au moment de partir, elle regarda Mélanie et vit son air perdu et hagard, puis elle dit :

— Bon, je vais annuler mon rendez-vous et rester avec toi.

— Mais pourquoi ? Va à ton rendez-vous, c'est important.

— Certes, mais pas autant que toi. Tu es mal, ma chérie, ça se voit. Et comme c'est en partie de ma faute, je vais rester avec toi pour te tenir compagnie.

— Mais non, ça va mieux, je t'assure ! Vas-y.
— Hors de question, ma décision est prise. As-tu un endroit où je pourrais téléphoner tranquillement ? Excuse-moi, mais j'ai des trucs confidentiels à leur dire et je dois le faire par téléphone, puisque je n'y vais pas.
— Tu n'as qu'à aller dans la chambre du fond, elle est calme.
Élodie s'y rendit et passa son appel. Peu après, le téléphone de Mélanie sonna. C'était Stéphane.
Il dit :
— Salut Mélanie, comment vas-tu ?
— Ben... pas trop bien, répondit-elle avec un nœud dans la voix.
— Qu'est-ce qu'il t'arrive ? demanda-t-il, inquiet.
— C'est Jérôme, on s'est séparés.
— Oh mince alors... dit-il à la fois troublé et heureux. Mais que s'est-il passé ?
— Je l'ai surpris en flagrant délit, prêt à me tromper une fois de plus, dit-elle avec émotion.
— Mais comment ? Tu l'as croisé par hasard ?
— Non, c'est grâce à Mégane, c'est elle qui m'a aidée à le confondre. Je ne la croyais pas lorsqu'elle me disait du mal de lui et elle a voulu me prouver qu'elle avait raison. Elle l'a aguiché, et lui, il a répondu du tac-au-tac.
— Mégane a fait ça pour toi... Ça, c'est une amie ! Et bien, quelle histoire ! Mais tu es seule ? Tu dois avoir besoin de voir du monde, Tu veux que je vienne ? Ça va ?
— Ça va... Mégane a annulé son rendez-vous pour rester avec moi cet après-midi. Mais si tu veux passer, ça me fera plaisir, et puis tu la rencontreras comme ça.
— Euh... bien d'accord, j'espère que j'aurai pas trop l'air nouille devant elle. Je ne m'étais pas préparé à rencontrer Mégane Tuyé aujourd'hui.

— Ne t'inquiète pas, elle est toute simple et sympa ; c'est vraiment une amie, une vraie amie !

— Bon, ben je vais passer vers 14 h 00, car j'ai deux/trois choses à terminer.

— D'accord, on t'attend.

Elle raccrocha alors qu'Élodie sortait de la chambre.

— Bon, je les ai eus, j'ai repoussé le rendez-vous. Je reste avec toi.

— Tu ne devineras jamais qui je viens d'avoir au téléphone.

— Non.

— Stéphane !

— Et alors ? demanda-t-elle avec empressement.

— Et alors, il m'a proposé de passer. Je lui ai dit oui et que ça serait l'occasion de te rencontrer.

— Ça, c'est une très mauvaise idée ! répondit Élodie.

— Mais pourquoi ?

— Parce que Stéphane t'appelle pour venir te remonter le moral, et tu lui proposes de passer l'après-midi avec toi alors que je suis là ?

— Ben oui et alors ?

— Et alors ? Il propose de venir te remonter le moral... Il faut te faire un dessin ?

— Non, mais je me disais que ça serait l'occasion de te le présenter.

— Arrête un peu de penser à moi, ou à lui ! Pense un peu à toi ! Mais puisque tu n'y arrives pas encore, je vais le faire à ta place. Je vais rappeler ma maison de disques, leur dire que finalement je viens, et toi tu vas passer une après-midi géniale avec ton futur amoureux.

— Mais je ne suis pas encore prête à me lancer dans une relation avec lui !

— Je ne te dis pas de lui faire l'amour ! Du moins, pas tout l'après-midi... dit-elle en souriant d'un air complice.

Elle prit son téléphone portable et rappela pour dire que finalement elle venait.

— Bon allez, j'y vais maintenant. Éclate-toi bien ma chérie ! dit-elle avec un large sourire aux lèvres.

Elle embrassa Mélanie et sortit de l'appartement.

La jeune femme se retrouva seule et se prépara de quoi déjeuner. C'était sans grande conviction, car son état d'esprit ne se prêtait pas à avoir très faim. Mais elle se dit que ça lui ferait peut-être du bien. Et ça lui fit du bien.

Puis, à deux heures pile, Stéphane arriva. Il était toujours très ponctuel et lorsqu'il donnait un horaire, il s'y tenait.

Mélanie lui ouvrit la porte. Elle avait les larmes aux yeux de le voir, car, quelque part, elle se sentait également coupable d'avoir eu des vues sur lui en étant toujours avec Jérôme.

Il la prit dans ses bras et la serra pour la réconforter.

Elle fut surprise, mais ne le rejeta pas. Au contraire, son contact lui plut et elle l'enlaça également. Elle se sentit bien dans ses bras et elle remarqua qu'il sentait bon ; une odeur subtile de fleur d'oranger. Elle aimait bien cela.

Il finit par dire :

— Alors, ça va mieux ?

— On fait aller...

— Et Mégane ? Elle t'a réconfortée un peu ?

— Oui, mais elle est partie.

— Ah, dommage ! Moi qui m'étais préparé à dire des trucs intelligents pour ne pas passer pour un fan débile.

Sa remarque la fit rire, comme si toute cette pression accumulée se relâchait d'un seul coup. Il lui sourit et dit :

— Je suis content de te faire rire.

— C'est un exploit, étant donné mon état d'esprit.

— Bon, dans ce cas, je te propose de sortir un peu. Il fait beau et chaud dehors, ça te fera du bien.

— Je ne suis pas très motivée pour aller dehors. Je préférerais rester ici, si ça ne te dérange pas.

— Je veux bien, mais si tu veux mon avis, ça ne va pas t'aider de rester entre tes quatre murs.

— Je ne sais pas, moi, on pourrait regarder un film, ça me changera les idées.

— Oui, bon, je vois. On va sortir ! Et puis tu n'as pas le choix ! Je suis venu pour te remonter le moral et te changer les idées, donc c'est moi qui décide ! dit-il d'un ton autoritaire.

— D'accord, chef... acquiesça-t-elle sans grande conviction.

Il la prit par le bras et l'incita à le suivre. Elle prit sa veste et ils sortirent. Il l'emmena tout d'abord dans les jardins des Tuileries, comme c'était tout à côté du Louvre.

Le soleil était radieux et le temps printanier. Ils marchaient côte à côte parmi les badauds et les sportifs, Mélanie appréciait la caresse du soleil sur son visage, cela lui faisait un bien fou.

Ils étaient tous deux silencieux et aucun n'osait lancer la conversation.

Puis Stéphane dit :

— Je n'arrive pas à croire qu'on puisse faire ça !

— Faire quoi ?

— Sortir avec d'autres femmes, alors qu'on est en couple.

— Écoute, tu veux bien éviter de parler de ça, s'il te plaît ?

— Je suis désolé, dit-il confus. Je n'avais pas de mauvaises intentions.

— Je le sais, mais c'est juste que je suis censée me changer les idées, pas ressasser ce qui vient de m'arriver.

— Désolé encore, je voulais juste te dire que ça ne me viendrait jamais à l'esprit de faire ça. C'est tout ce que je voulais dire.

Elle le regarda dans les yeux tout en continuant à marcher.

— Tu n'as pas besoin de me dire cela. Je sais qui tu es et comment tu es. Je vais être très directe. Je t'apprécie beaucoup et tu me plais. Mais, pour l'instant, je ne suis pas prête à me lancer dans une nouvelle relation avec qui que ce soit. Du moins pas aujourd'hui ! dit-elle en riant. Je te demande juste d'être patient.

— Tu sais, ça fait des années que je suis célibataire. Alors quelques mois de plus… En tout cas, sache que toi aussi tu me plais beaucoup ; et s'il faut attendre, alors j'attendrai !

— Comment un gentil et beau garçon comme toi est-il toujours célibataire ?

— Comme quoi, ça arrive à des gens bien ! dit-il en riant à son tour.

— Et tu ne cherchais pas ?

— Non, pas spécialement. Mon expérience en la matière m'a appris qu'il ne sert à rien de chercher l'amour. Il nous tombe dans les bras au moment où on ne l'attend pas.

— C'est tout à fait vrai… Mais comment se fait-il que tu n'aies pas au moins une relation passagère.

— Parce que j'ai moi-même été déçu par une femme, il y a longtemps. Disons que j'ai décidé de faire une pause, une longue pause !

— Que s'est-il passé ?

— Elle m'a trompé.

— Ah… Mais pourquoi ?! dit-elle presque furieuse. Tu es pourtant gentil, doux, attentionné, sensible, stable. Comment peut-on aller voir ailleurs ?

— Tu sais mettre la pression, toi ! rit-il nerveusement. Eh bien justement, je pense que c'est l'excès de stabilité qui lui a déplu. Je pense qu'elle ne se voyait pas passer le reste de ses jours attachée au même homme. Je crois qu'elle m'aimait sincèrement, mais qu'elle avait quand même besoin d'aller voir ailleurs. Il y a des gens comme ça qui ne se contentent pas d'un seul partenaire.

— On devrait lui présenter Jérôme, je suis certaine qu'ils s'entendraient bien ! dit-elle ironiquement.

— C'est ce qu'il t'a fait ?

— Oui, exactement. Et si un jour tu rencontres Mégane, ne lui dis pas que tu penses que ton ex t'aimait. Sinon tu auras droit à une leçon sur les amoureux menteurs.

Voyant que, malgré elle, elle souhaitait parler de ce qui était arrivé le matin, il l'encouragea et demanda :

— Donc, c'est Mégane qui l'a confondu…

— Oui, ce salaud ! Quand je pense qu'il me disait que, la première fois, c'était une erreur de jeunesse, que c'était purement sexuel, qu'il ne recommencerait jamais !

— Mais, je n'ai peut-être pas bien compris. Il a couché avec Mégane ?

— Mais non, bien sûr ! Mais elle l'a convenablement attirée vers elle et il ne s'est pas fait prier, tu peux me croire. J'ai entendu tout ce qu'ils se sont dit et j'ai honte ; honte pour moi en particulier, d'avoir été aussi naïve lorsque je l'ai cru quand il me disait qu'il m'aimait.

— Mais il ne faut pas, voyons ! Pourquoi devrais-tu avoir honte de lui avoir fait confiance ? Il est normal de se faire confiance dans un couple. Tu ne pouvais pas savoir qu'il trompait cette confiance ; et c'est tout à ton honneur de ne pas l'avoir remis en cause. Si quelqu'un doit avoir quelque chose à se reprocher, ça n'est certainement pas toi, c'est lui !

— Tu as sûrement raison, mais je n'ai ni le recul ni la maturité de raisonner ainsi pour le moment. En tout cas, si Mégane ne l'avait pas fait, je serais encore dans les bras d'un salaud !

— Bon, parlons d'autre chose, je vois bien que ça t'énerve et que ça te rend triste. Et je n'aime pas te voir triste.

— Tu es gentil.

Alors qu'ils passaient à côté d'un vieux manège à chevaux de bois, Stéphane eut les yeux qui brillaient et dit :

— Tiens, ça te dirait de faire un tour de manège ?
— Tu plaisantes ? C'est pour les enfants !
— Tiens donc ! Tu vas voir si c'est pour les enfants.

Il acheta deux billets à la guitoune du manège et ils se mirent côte à côte sur deux chevaux voisins. Le manège se mit en mouvement et cela amusa beaucoup Mélanie.

Stéphane sortit son téléphone pour prendre des photos.

Il descendit sur le manège, tourna autour du cheval de Mélanie en la prenant en photos. Elle riait aux éclats ; grisée par la rotation du manège, par Stéphane qui l'amusait et qu'elle commençait à aimer, et par le fait que sur ce manège tout semblait magique, comme si ses soucis s'étaient évaporés derrière elle.

Puis Stéphane, qui voulait la cadrer de loin, s'approcha du bord et tomba du manège. Il se rattrapa comme il put et de tout son poids sur sa jambe gauche, mais tomba tout de même par terre. Il faillit heurter sa tête contre un banc. Mélanie hurla de frayeur et pour qu'on arrête le manège.

Elle descendit en catastrophe pour ramasser son ami et de nombreux passants leur portèrent secours.

Ils aidèrent Stéphane qui se redressa péniblement. Il était contusionné avait mal un peu partout.

Il avait fait une bonne chute.

— Ça va, Stéphane ? demanda Mélanie paniquée.
— J'ai mal, mais je suis en vie !
— Mon Dieu, comme j'ai eu peur !
— Il en faut plus que ça pour m'abattre ! dit-il en souriant.
— Dis pas de sottises, ça aurait pu être très grave !

Il se releva et sentit une douleur à sa jambe gauche.

— Je ne comprends pas, j'ai très mal au mollet… dit-il en tâtant son mollet gauche.
— Est-ce que tu peux bouger ton pied ?
— Pas vers l'arrière en tout cas.
— Je pense que tu t'es cassé le tendon d'Achille.

— Tu crois ?
— Ça m'est déjà arrivé et j'avais les mêmes symptômes que toi. Il faut t'emmener à l'hôpital.
— Mince alors…
— Bouge pas, je les appelle tout de suite.

Elle appela le Samu avec son téléphone portable et ils emmenèrent Stéphane à l'*Hôtel-Dieu*. Mélanie fut même autorisée à monter dans l'ambulance avec le chauffeur.

Il eut de la chance, une fois arrivé là-bas, car il fut pris en charge presque immédiatement. L'opération se passa très bien et, une fois celle-ci terminée, le médecin lui rendit visite dans sa chambre.

— Bon alors, comment va notre malade ?
— J'ai toujours mal, docteur.
— C'est normal, vous allez avoir encore mal un certain temps, mais ne vous inquiétez pas, vous marcherez !
— Tant mieux. Et dans combien de temps ?
— Avec le plâtre de marche, dès demain ! Je vais vous garder en observation cette nuit et on se verra demain matin. En attendant, vous avez de la visite.

Il vit alors Mélanie s'avancer prudemment dans l'entrebâillement de la chambre.

Il dit en lui souriant :
— Mélanie ! Tu es là ?
— Je peux même vous dire qu'elle est restée durant toute l'opération ! dit le médecin en s'en allant et en les saluant de la main.
— Il ne fallait pas ! dit Stéphane en souriant amicalement à son amie.
— Je n'allais pas te laisser tout seul tout de même.
— Mais ça a dû être long. L'opération a duré longtemps ?
— À peine…
— Et tu es restée tout ce temps.

— Ben oui, comme je te l'ai dit, je n'allais pas te laisser tout seul.

Il prit sa main et lui donna un baiser.

Elle sourit de plaisir et dit :

— En tout cas, je suis contente d'être sortie avec toi finalement, plutôt que de rester broyer du noir dans mon appart.

— Je suis sûr que tu n'imaginais pas te retrouver à l'hôpital !

— Certes non ! Et ça fera des souvenirs ! dit-elle en riant.

Elle rentra chez elle pour la nuit et fut de retour aux premières heures, le lendemain matin.

Stéphane fut autorisé à sortir et elle le ramena chez lui en voiture. Elle eut l'occasion de voir où il habitait, car c'était la première fois qu'elle venait. Elle l'aida à monter et l'installa confortablement sur son sofa. Elle lui demanda s'il voulait quelque chose à boire ou à manger, mais Stéphane voulait surtout se reposer et dormir.

Elle l'aida à s'allonger, plaça des coussins sous sa tête et il ferma les yeux. Il était bien et heureux, car c'était la première fois depuis longtemps qu'il sentait que quelqu'un en qui il avait confiance veillait sur lui.

Mélanie s'installa dans un fauteuil avec un livre et le regarda dormir. Elle aimait bien le regarder ainsi. Il avait les traits fins et un joli visage, et il semblait apaisé et heureux. Elle resta ainsi à le regarder une bonne partie de la matinée tout en lisant son livre, puis elle finit elle aussi par s'assoupir.

Chapitre 5

Trois mois difficiles passèrent pour Stéphane durant lesquels il marcha laborieusement avec son plâtre de marche. Mais il affichait une volonté de fer à continuer à se déplacer et à se rendre à la fac quoi qu'il arrive.

Mélanie l'aida très souvent durant cette période, que cela soit pour faire ses courses, pour se rendre à Paris ou ailleurs et, à cette occasion, leur relation continua d'avancer dans le bon sens. Ils y allaient doucement, mais sûrement.

Quant à Élodie, elle continua de travailler avec Anubys, car sa maison de production souhaitait remanier la post-production de l'album et la pochette. Mais, au bout de ces trois mois, l'album fut enfin prêt.

La sortie était imminente et c'était une question de jours. Mélanie était tout excitée pour son ami Gérard. Elle espérait vraiment que leur nouvel opus soit un succès. Mais vu la manière dont Élodie s'était impliquée, ça ne pouvait pas être un échec.

Un samedi matin, Mélanie avait rendez-vous avec Gérard à la terrasse d'un café sur la rive gauche. Il avait quelque chose d'important à lui dire, mais était resté très lacunaire quant à ses propos.

Elle le trouva déjà installé et se joignit à lui.

— Alors ma belle, comment vas-tu ? demanda Gérard.

— Bah, bien… Un peu stressée en ce moment, mais ça va.

— Ah, les partiels approchent.

— Eh oui… soupira-t-elle. Alors, qu'avais-tu de si important à me dire ?

— Salut vous deux ! dit une voix qu'elle reconnut entre toutes.

— Mégane ! dit-elle spontanément.

Puis elle mit sa main sur sa bouche, confuse. Mais cela faisait tellement longtemps qu'elles ne s'étaient pas vues que sa parole avait dépassé son esprit.

Elle dit alors plus doucement :
— Oops, pardon ! Elo…
Élodie gênée répondit en faisant de l'humour et en souriant :
— Tu devrais carrément brandir un poster, tant que tu y es !
— Désolée, je suis vraiment désolée. Mais je suis tellement surprise et contente de te voir que ça m'a échappé…
— Pas grave, personne n'a entendu heureusement !
Elles se firent la bise et Gérard dit :
— Mais comment tu m'as trouvé ?
Elle le regarda avec un sourire qui en disait long.
— Bah, je ne sais même pas pourquoi j'ai posé la question ! dit-il en regardant Mélanie. Je ne sais pas comment elle fait, elle arrive toujours à me trouver. T'es trop forte, Elo.
— Chaque femme a ses petits secrets ! Bon, trêve de plaisanteries, je passe te voir en coup de vent pour t'annoncer une bonne nouvelle.
— Ah ?
— L'album sort lundi !
— Non, c'est vrai ?
— Si je te le dis !
— Mais, et les problèmes de droits d'auteur ?
— Réglés !
— Incroyable ! Tu permets, je préviens les autres de suite ; c'est trop beau !
Pendant que Gérard appelait un à un les membres du groupe, Mélanie et Élodie prirent place à la table de Gérard et commandèrent un soda.
Mélanie dit alors en aparté à Élodie :
— C'est quoi ces histoires de droits d'auteur ?
— Oh, m'en parle pas, la galère ! C'est mon agent, Max, qui nous a emmerdés avec les droits. Il considérait qu'en tant que participante à l'album, je devais absolument y figurer. Je lui ai expliqué mes raisons, mais il ne voulait rien entendre. Du coup,

ça a retardé la sortie. Sais-tu que l'album aurait dû sortir il y a trois semaines déjà ?

— Non, sérieux ! Mais alors, comment tu as fait pour le convaincre ?

— Je l'ai viré.

— Quoi ? Tu as viré ton agent ?

— Eh oui ! répondit-elle en riant.

— Mais comment tu vas faire ?

— Oh, ne t'inquiète pas, il va revenir !

— Je ne comprends pas.

— Mon agent et moi, nous travaillons ensemble depuis mes débuts. Il fait un excellent travail et j'en suis extrêmement satisfaite. Il le sait et c'est pour cela qu'il m'a mis la pression pour l'album d'Anubys. Il ne voulait pas lâcher de lest, alors je l'ai menacé de le virer. Il n'a toujours pas lâché, je l'ai viré ! Et il va revenir lorsqu'il aura compris son erreur. On a beau être travailleur et ultra-rigoureux, il y a des fois où il faut déroger aux règles si l'on veut que les choses avancent. Il va finir par le comprendre et, crois-moi, il reviendra et s'excusera ; il l'a déjà fait. Je le connais.

— Eh bien, quelle histoire ! Je passe du coq à l'âne, mais ton voyage aux États-Unis, ça s'est bien passé ?

— Oh oui, très bien !

— Tu ne me diras toujours pas pourquoi tu y es allée ?

— Hum… je ne sais pas… répondit-elle avec un air malicieux.

— Un nouvel album ?

— Je ne sais pas… dit-elle en souriant.

Gérard raccrocha et coupa Élodie :

— Alors les droits ?

— Je l'ai viré.

— Ben mince alors !

— Il y a des fois où de graves décisions s'imposent. En tout cas, c'est bon pour lundi du coup !

— Tu peux pas savoir comme je suis content ! J'ai cru qu'on s'en sortirait pas avec ces fichus droits. À un moment, j'ai même désespéré. Être passé par autant d'épreuves et de souffrance avec le groupe, pour se retrouver coincés pour une histoire de droits d'auteur !

— Tu m'étonnes, mais en tout cas, j'ai réglé le problème ! Tu vois, je t'avais dit que je ne te laisserais pas tomber.

— Je sais. Merci, chère Élodie, qu'aurait-on fait sans toi ?

— Allez, arrête ! Bon, c'est pas tout ça, j'ai dit que je passais en coup de vent, donc je file.

— Attends, coupa Mélanie, tu fais quelque chose de particulier là maintenant ?

— Non, mais je ne veux pas m'imposer.

— Je voulais savoir si ça te dirait de sortir, d'aller nous balader ? J'en peux plus en ce moment avec les révisions des partiels. Il faut que je sorte.

— Bien sûr, on peut aller se balader dans Paris.

— Attendez, les filles. Avant que vous n'y alliez, j'ai quelque chose de très important à te dire, Mel.

— Je t'écoute, répondit la jeune femme.

— La production de Mégane veut nous mettre à l'essai pour le nouvel album et ils ont prévu une mini-tournée pour cet été. Il s'agirait des mois de juillet, août et septembre.

— Mais c'est génial !

— Oui, certes, mais alors, je te raconte pas la surprise ! On ne s'y attendait pas et on n'est pas préparés.

— Ah, mais alors… dit-elle en regardant Élodie, c'est ça que tu étais allée faire aux États-Unis !

Élodie regarda Gérard avec un sourire complice et répondit :

— En fait, je suis allée négocier les termes de la tournée. Ils voulaient qu'ils démarrent dans deux semaines et je les ai convaincus de repousser à cet été. Comme l'a dit Gérard, ils n'étaient pas prêts.

— En tout cas, je suis très contente pour vous.
— Moi aussi, et j'espère que le public sera au rendez-vous.
— Il le sera, confirma Élodie.
— Et vous allez aller loin ? demanda Mélanie.
— On va se balader : on ira aux États-Unis, en Angleterre, en Europe, au Japon…
— Eh bien !
— Bon bref, donc tout ça pour dire que la production a autorisé chaque membre du groupe à emmener une personne de son choix. Et je voulais savoir si tu serais intéressée.
— Euh… dit-elle, toute confuse. Ben…
— Je te laisse le temps de la réflexion si tu veux.
— En fait, je comptais travailler cet été…
Elle fit mine de réfléchir, puis dit :
— Oh, et puis non ! J'ai déjà bien économisé, je ne suis pas à la rue. D'accord, je viens !
— Tant mieux !
— Et toi, tu viendras aussi ? demanda-t-elle à Élodie.
— Je passerai de temps en temps, pour faire coucou, dit-elle avec un sourire complice à Gérard.
— Tu parles, elle va même jouer avec nous.
— Hein ? demanda Mélanie éberluée.
— Oui, mais uniquement pour le concert de New York, le dernier de vos concerts.
— Mais comment se fait-il que tu aies accepté ? Je croyais que tu ne voulais pas qu'on t'associe à leur album ?
— Non, je ne voulais pas qu'on m'associe à leur succès. Mais le dernier concert aura lieu à la fin du mois de septembre ; soit après environ quatre mois de vente de l'album. L'album aura donc le temps de devenir un succès. Que je joue avec eux après ces quatre mois ne changera rien aux ventes déjà faites. Donc le succès d'Anubys sera le succès d'Anubys et non celui de Mégane Tuyé. Après ce concert, on verra bien si les ventes augmentent,

mais je ne pense pas. L'album sera déjà connu par les fans et le plus gros des ventes aura déjà été fait.

— Eh bien, c'est compliqué tout ça !

— Je te l'ai déjà dit maintes fois, c'est du business, ma chérie. Rien que du business.

— En tout cas, il y a tout de même quelque chose qui me gêne à partir avec vous, répondit Mélanie à Gérard.

— Quoi donc ?

— Stéphane. Tu vois, durant tout le temps où il a été malade, on s'est vus très souvent et nous sommes devenus plus proches. Nous n'avons pas encore conclu, mais j'ai de très bons espoirs quant à cette relation. Je ne voudrais pas partir comme ça, trois mois, en le laissant tout seul. Ça me gêne vraiment.

— Eh bien, on n'a qu'à l'emmener ! Après tout, David n'emmène personne, il y a donc une place de libre.

— C'est vrai, il pourrait venir ?

— Si je te le dis !

Tandis qu'elle disait cela, le sourire d'Élodie s'assombrissait, mais elle ne le vit point.

Puis elle se retourna vers elle toute contente et dit :

— Comme ça, je pourrai te le présenter. C'est bien, non ?

— Oh oui, c'est super ! Je serais très heureuse de le rencontrer, dit-elle en réaffichant un large sourire pour préserver les apparences. Bon, et si nous y allions ?

Elles se levèrent et Gérard les imita. Au moment de se séparer, Mélanie l'embrassa pour lui dire au revoir et le prit dans ses bras :

— Merci Gérard ! Au fait, rappelle-moi à l'occasion de t'appeler Papa !

— Arrête, Mèl, j'aime bien ton père. Il n'est pas si mauvais que tu sembles le croire. Et un jour, il te montrera qu'il t'aime, tu verras.

— Peut-être bien, mais ce jour n'est pas encore arrivé.

Elles s'en allèrent et Élodie, après un certain temps de silence, le brisa et dit :

— C'est quoi cette histoire avec ton père ?

— Mon père, mon père, mon père… répéta-t-elle un peu excédée. Mon père, après ma naissance, a oublié que j'existais. Il n'y en a que pour sa recherche, sa science ! dit-elle en exagérant le ton. Son travail est tout pour lui. Moi, je n'existe pas.

— J'en suis désolée.

— Ça n'est pas grave, j'ai appris à m'y habituer, tu sais.

Elles continuèrent à marcher en silence, puis Élodie dit :

— Tu sais, je finis par me dire que c'est toi qui as de la chance.

— Comment cela ?

— Il vaut mieux avoir un père inexistant qu'une mère qui te déteste au point de passer sa vie à pourrir la tienne.

Elle dit cela avec tant de haine dans la voix, que Mélanie fit silence à son tour et finit par dire doucement :

— Alors, c'est ça qui t'est arrivé ?

— Oui. Et si mes textes sont aussi violents au sujet de la famille, c'est à cause d'elle.

Elle fit silence.

— J'ai une mère qui a pris un malin plaisir à m'humilier et à me blesser, au lieu de m'aimer comme elle aurait dû faire.

— Je suis désolée.

— Tu sais, moi aussi j'ai appris à m'y habituer. Mais bon, parlons d'autre chose de plus joyeux. Tu ne voulais pas décompresser ?

Élodie avait lâché un peu d'informations, mais n'était pas encore prête à lui révéler toute la vérité sur cette histoire avec sa mère. Mais le peu qu'elle avait dit et surtout le ton qu'elle avait pris pour le dire en avaient dit long. Mélanie prit conscience que cela devait être encore plus grave que ce qu'elle avait imaginé.

— Si, bien sûr. Il faut que je m'achète de nouvelles chaussures de sport, j'ai achevé mes baskets. Mais d'ailleurs, en parlant de chaussures, je te trouve bien petite aujourd'hui ! fit-elle en faisant allusion au fait qu'elle voyait rarement Élodie avec des chaussures plates.

— Eh oui, moi aussi je suis à plat de temps en temps.

— Tu as surtout mis ta tenue de lycéenne fashion ! dit-elle en riant.

— Et alors, ça marche, non ? Tu as vu quelqu'un me demander un autographe ?

Elles se mirent à rire et entrèrent dans le premier grand magasin qu'elles croisèrent. Elles passèrent la matinée à faire les boutiques et déjeunèrent dans la brasserie où Stéphane avait retrouvé Mélanie au début de cette histoire. Puis, l'après-midi, elles écumèrent les grands magasins de la rue de Rivoli.

Vers le milieu d'après-midi, Mélanie semblait exténuée et elle finit par dire :

— Je pense que je vais m'arrêter là.

— Eh bien, qu'est-ce qui t'arrive ? Tu craques déjà ?

— Ça doit être tout ce stress des partiels, je suis morte ; et ça m'a achevée de crapahuter toute la journée. Mais ne le prends pas mal ! J'ai passé une excellente journée avec toi, c'est juste que j'en peux plus.

— Je comprends.

— Je pense que je vais rentrer chez moi, poser tout ça et je vais me reposer.

Elle avait quatre sacs remplis de vêtements, chaussures et accessoires. Elles s'étaient fait plaisir toutes deux.

— Et puis, il faut que je passe voir Stéphane, pour lui annoncer la nouvelle pour cet été, dit-elle comme s'il s'agissait d'une corvée, vu son état de fatigue.

— Pourquoi ne l'appelles-tu pas ?

— Parce que je préfère lui annoncer de vive voix. C'est trop important comme nouvelle, je ne vais pas lui dire ça par téléphone.

— Fais comme tu veux. C'est juste que tu as vraiment l'air fatiguée, je ne t'ai jamais vue comme ça !

— C'est vrai que je suis vraiment naze. D'ailleurs, je pense que je vais me prendre un bon café bien costaud avant d'y aller. Ça te dit ?

— Maintenant ?

— Oui. On passe chez moi, je te paye un bon café bien corsé, puis je passe chez Stéphane, je lui annonce et je retourne chez moi pour dormir. Qu'en penses-tu ?

— Va pour un café !

Elles prirent le métro et se rendirent chez Mélanie. Elles posèrent tous leurs paquets. Et s'affalèrent confortablement dans le sofa autour d'un bon café.

Élodie demanda :

— Est-ce que, par hasard, tu aurais une guitare ici ?

Mélanie, surprise, répondit :

— J'ai ma vieille guitare d'enfant qui doit traîner dans un placard... Mais je ne te garantis pas qu'elle fonctionne.

— Ça fera l'affaire.

Mélanie partit donc à la recherche de l'instrument et finit par le trouver après moult fouilles dans ses placards et recoins.

— Ah ! je savais bien que je l'avais ! dit-elle triomphalement en brandissant la guitare. Mais qu'est-ce que tu veux en faire ?

— J'ai un air qui me trotte dans la tête, il faut que je le couche sur papier pour ne pas l'oublier. À ce propos, est-ce que tu as aussi du papier et un crayon, s'il te plaît ?

Mélanie lui fournit ce dont elle avait besoin et Élodie prit la guitare, tendit les cordes et l'accorda parfaitement à l'oreille. Elle avait apparemment l'oreille absolue, car lorsqu'elle commença à plaquer quelques accords, Mélanie reconnut aussitôt ses airs favoris comme si elle les entendait dans son baladeur mp3.

Elle commença alors à jouer un air que Mélanie ne connaissait pas et elle notait au fur et à mesure ce qu'elle jouait. Une fois le morceau maîtrisé, elle fredonna un air qui était certainement le chant qu'elle comptait poser dessus.

Mélanie était très perturbée de la voir ainsi : depuis qu'elles avaient fait connaissance, elles s'étaient tellement bien entendues toutes les deux, qu'elle en avait oublié la chanteuse et ne voyait désormais que son amie. Le fait de voir à nouveau son idole chanter devant elle, sans prévenir, faisait remonter toute son émotion et son incertitude et, en même temps, elle en frissonnait de plaisir.

Lorsque Élodie eut terminé, elle posa son crayon, la regarda dans les yeux et lui dit :

— Je suis heureuse.

— Pourquoi ?

— Parce que tu as su voir en moi autre chose que Mégane Tuyé. J'en ai maintenant la preuve. Donc je suis heureuse.

En effet, Élodie était très heureuse, car, comme elle l'avait dit à Mélanie au début, ses vrais amis étaient ceux qu'elle s'était faits avant de devenir célèbre. Tous les suivants n'étaient que des amis par intérêt ou des collègues de travail. Voir sa réaction face à l'artiste lui avait confirmé que Mélanie était devenue l'une de ses vraies amies et elle était aussi émue qu'elle.

— Est-ce que tu accepterais de me jouer *Bloody Human* ? demanda fébrilement Mélanie.

Élodie la regarda avec un sourire et entama les notes du morceau. Elle avait un peu de mal sur cette guitare ¾, mais une fois le manche maîtrisé, elle commença à chanter.

Mélanie était comme dans un rêve. Elle assistait à un concert privé rien que pour elle, dans son séjour et donné par sa plus grande idole. Elle remarqua qu'Élodie changeait de visage lorsqu'elle chantait, et, malgré le maquillage, malgré les multiples accessoires dont elle s'était parée pour qu'on ne la reconnaisse pas, elle ne voyait que Mégane ; Mégane Tuyé qui chantait devant elle.

Lorsqu'elle eut terminé, Mélanie prit sa main et dit :

— Merci d'être mon amie. Je n'ai jamais eu d'amie comme toi avant, et je suis heureuse moi aussi.

Elles se regardèrent en souriant, puis Élodie posa la guitare et reprit un peu de café.

— Alors, c'est un air qui t'est venu comme ça, ce que tu as écrit tout à l'heure ?

— Oui, comme la plupart du temps. Tu sais, l'inspiration, ça ne se commande pas.

— Je ne savais pas qu'on écrivait la musique comme ça.

— Chaque musicien a sa méthode. Moi, j'ai des airs qui me viennent comme ça et il faut en général que je les note rapidement ou je les oublie comme ils sont venus. Le pire, c'est quand ça m'arrive en dormant ! dit-elle en riant de bon cœur. Alors il faut d'abord prendre conscience qu'on est réveillé, avoir le courage de se lever, prendre la guitare et tout ce qui suit, et faire l'effort de noter tout ça. Je ne te raconte même pas le nombre d'airs que je n'ai pas noté parce que j'ai eu la flemme de me lever.

— C'est dommage !

— Oui, surtout pour l'un d'eux que je regrette amèrement de ne pas avoir noté. Et c'est d'autant plus dommage que j'avais presque fait la totalité du boulot. J'avais la musique dans son intégralité, il suffisait de trouver le texte.

— C'est ballot !

— Tu l'as dit.

Élodie remarqua que son amie avait l'air pensive et lui demanda pourquoi.

— Oh, ça n'est rien. Je repensais à mon père. C'est à cause de mes partiels. Je me dis que si jamais je suis assez bonne pour décrocher une bourse de thèse, est-ce que mon père le verra ?

Est-ce qu'il s'intéressera à moi ? Est-ce qu'il me considérera, si je finis par faire comme lui et devenir chercheur ?

— Moi, je pense que oui. Je ne connais pas ton père et je ne dis pas ça de manière négative, mais si tu te mets à entrer dans son domaine, alors tu deviendras intéressante pour lui.

— Ce qui est bizarre, c'est que ça me plairait, je crois. Mais ça m'embêterait également de me dire qu'il a fallu que je fasse tout ça pour que mon père s'intéresse à moi.

— Je pense que tu ne devrais pas prendre la chose ainsi. Je suis également d'accord avec Gérard, ton père viendra vers toi au moment où tu ne l'attendras pas. Et lorsqu'il le fera, tu devras l'accepter et ne surtout pas le rejeter, car ça sera certainement ta seule et unique chance.

— Tu crois ?

— Oui, j'en suis persuadée. Ton père t'aime, mais il ne sait peut-être pas comment te le montrer.

— Comment peux-tu être aussi affirmative ?

— Parce que Gérard m'a souvent parlé de lui, indépendamment de toi. Et crois-moi ou pas, mais en matière de parents étranges, je m'y connais. Ton père t'aime, ça, j'en suis persuadée.

— Mais alors pourquoi est-il aussi distant avec moi ?

— Parce que certaines personnes sont ainsi. Certaines personnes sont très avenantes et aiment le contact avec les autres et d'autres préfèrent rester seules et se sentent mal à l'aise avec d'autres êtres humains. C'est ainsi, on n'y peut rien.

— Mais je suis tout de même sa fille, sa famille, sa chair, non ?

— Bien sûr, tout comme moi avec ma mère. Pour autant, cela ne l'a pas empêchée de m'humilier durant toute mon enfance.

Mélanie se tut en réalisant à quel point ses problèmes avec son père semblaient insignifiants face à ceux de son amie. Et Élodie hésita à continuer. Elle ne savait pas encore si elle pouvait lui faire suffisamment confiance pour lui dévoiler toute sa vie. Mais elle commençait à sentir qu'un jour, elle pourrait lui parler.

Elle finit par conclure :

— Bon, je vais y aller, je n'ai que trop traîné. Et toi, il faut que tu passes voir Stéphane et que tu te reposes. Tu as tes examens bientôt et tu dois être en forme.

— Oui maman ! répondit Mélanie en souriant. Tu prends quel métro ?

— Je vais à pied à la concorde.

— On peut aller jusqu'au Louvre ensemble si tu veux ?

— D'accord.

Elles descendirent de l'immeuble et Élodie quitta Mélanie au métro Palais-Royal. La deuxième se rendit chez Stéphane et lorsqu'elle arriva elle sonna, mais sans réponse.

Elle sonna plusieurs fois et entendit de loin une voix qui criait qu'elle arrivait.

Stéphane ouvrit, il était en peignoir de bain et tout mouillé.

— Ah, c'est toi ! dit-il surpris.

— Tu étais dans ta douche ?

— Dans mon bain, oui !

— Désolée, j'aurais dû prévenir, mais j'ai une très bonne nouvelle à t'annoncer si tu as deux minutes à me consacrer.

— Entre, assieds-toi, répondit Stéphane en lui ouvrant la porte.

Elle s'assit sur un des fauteuils qui se trouvaient face au sofa et lui dit :

— Que dirais-tu de passer l'été en tournée aux côtés d'Anubys ?

— Comment ça, en tournée ?

— Gérard et son groupe vont partir en tournée pour les trois mois d'été ; juillet, août et septembre, et il m'a proposé de venir avec eux, et j'ai accepté à la condition que tu viennes avec nous. Qu'en dis-tu ?

— Euh… je ne sais pas quoi dire. Ben merci d'abord. Mais que fais-tu de la thèse ?

— Oh, il doit bien y avoir moyen de négocier le début, non ?

— Ben, je ne sais pas… Mais, sans vouloir jouer les rabat-joie, je pense que nous devrions d'abord savoir ce que nous allons faire l'année prochaine, avant d'accepter de telles propositions.

— Ça n'engage pas sur une année.

— Certes, mais si par malheur nous n'avons pas, ni toi ni moi, de bourse en juin, nous allons devoir passer notre été à ramer pour trouver un labo et un financement.

— En ce qui me concerne, si je ne l'ai pas en juin, je pars quand même avec Anubys. J'ai vraiment envie de les accompagner.

— À nouveau, je ne voudrais pas gâcher ton plaisir, mais si tu tires un trait sur tes recherches de bourse, tu auras encore plus de mal à trouver quelque chose après septembre. Ou ça risque d'être un mauvais labo avec de mauvais chercheurs.

Mélanie soupira et dit :

— Et le pire, c'est que tu as raison !

— Ben oui, j'ai raison ! Je me suis renseigné.

— Alors tu veux qu'on refuse la proposition de Gérard ?

— Pas forcément, mais on peut lui dire qu'on ne viendra que si nous avons tous les deux un point de chute pour l'année prochaine. Sinon nous ne pourrons pas venir.

Mélanie était contrariée, mais elle savait que Stéphane agissait avec sa raison alors qu'elle agissait avec son cœur.

Elle s'en mordit les lèvres, mais finit par accepter l'évidence.

Elle s'en retourna chez elle et elle appela Gérard pour le prévenir. Elle téléphona ensuite à Élodie pour la mettre au courant. Tous deux comprirent parfaitement ses impératifs et approuvèrent sa décision.

Ça la contrariait, mais elle était contente d'avoir un ami

comme Stéphane qui la remettait dans le droit chemin lorsqu'elle en sortait.

Elle fit donc ce qu'elle avait dit et passa la soirée à dormir. Elle ne se réveilla que le lendemain vers 11 h 00.

Le lundi matin suivant, elle était tout excitée car sortait l'album d'Anubys. Ils avaient finalement décidé de l'appeler *Rebirth* ; *Renaissance*, pour annoncer leur retour. Dès qu'elle en eut l'occasion, elle partit l'acheter et en prit un autre pour Stéphane.

Elle le ferait dédicacer par ses amis dès qu'elle les verrait.

Le soir, elle alla chez Stéphane et ils écoutèrent l'album ensemble. Elle proposa un jeu à son ami : il devait retrouver les morceaux qui avaient été composés entièrement ou en partie par Mégane.

Stéphane se prêta au jeu, même s'il savait parfaitement lesquels avaient été composés par la chanteuse.

Il prit même un grand plaisir à réécouter ces morceaux et à réaliser quel travail formidable Mégane avait effectué sur cet album.

Il fit même mine d'être surpris en entendant le dernier morceau que Anubys avait entièrement écrit pour la chanteuse, à la fois pour la remercier et pour lui rendre hommage. C'était un morceau fleuve de plus de dix minutes, entièrement dans le style rock-country, comme le premier album de Mégane. Elle chantait d'ailleurs les chœurs et on la reconnaissait sans peine. Ce morceau possédait également un magnifique solo de plusieurs minutes qui le terminait et qui se voulait un clin d'œil aux Eagles. Sur ce solo, Bob et Mégane se répondaient et l'album se terminait avec classe et émotion.

On sentait au travers de cet album toute la puissance d'Anubys et le désespoir de leurs sombres années. C'était un immense groupe de Metal qui avait sombré, mais qui était revenu plus fort que jamais. Gérard imposait sa voix, tel un combattant parti pour la guerre, et l'album en était transcendé.

C'était assurément une belle réussite, personne ne pourrait le nier. Stéphane finit même par trouver qu'il était l'un des meilleurs albums de métal qui lui ait été donné d'écouter. Finalement, Mégane n'avait fait que leur donner le petit coup de pouce qui leur manquait pour revenir au top. Il était content pour Anubys, ils l'avaient mérité.

Mélanie lui révéla que la chanteuse passerait les voir de temps en temps lors de la tournée et que ça serait l'occasion pour lui de la rencontrer. Il prit l'air très heureux et motivé, mais il riait intérieurement.

Plus il passait de temps avec elle, et plus il se demandait s'il devait lui parler de ses rapports avec Mégane. Quand bien même elles étaient devenues très proches et qu'il pouvait avoir confiance en Mélanie, il ne se sentait pas encore prêt.

Le lendemain, Gérard envoya un SMS à Mélanie qui lui disait qu'en une seule journée, ils avaient vendu plus d'albums qu'aucun groupe de Metal n'avait fait jusque-là. Pour le moment, la participation de Mégane n'avait pas encore été évoquée par la presse.

Il faut dire que le style musical de la chanteuse était tellement éloigné du Metal que personne n'avait fait le rapprochement, malgré sa présence vocale sur certains morceaux.

Elle montra le SMS à Stéphane alors qu'ils étaient en cours et il lui fit un clin d'œil complice montrant qu'il était satisfait pour elle.

Le soir, elle appela Élodie pour le lui dire. Évidemment, la chanteuse était la première au courant via sa maison de disques. Elle rappela à Mélanie qu'elle avait prédit que l'album ne pouvait pas être un échec.

Une semaine passa et Anubys confirma son succès en dépassant les 400 000 exemplaires vendus rien qu'aux États-Unis où le groupe avait rencontré le plus de succès depuis sa création.

C'était assurément une réussite et ils pouvaient en être fiers.

Plus le temps passait et plus Mélanie avait de mal à joindre Gérard et elle n'avait de nouvelles de lui que par l'intermédiaire d'Élodie. Ils étaient sollicités un peu partout et l'annonce de leur tournée avait fait grand bruit.

Malgré toute la passion qu'elle mettait à suivre le retour fulgurant de son père d'adoption, les partiels approchaient à grands pas et Stéphane était là pour le lui rappeler.

Ce matin-là, l'inévitable arriva. Les deuxièmes partiels de l'année, les partiels de juin qui allaient décider de leur avenir, commençaient.

La deuxième année de master était une année traître : elle correspondait à un examen, mais également à un concours ; ceux qui avaient la moyenne validaient leur master, mais ceux qui étaient les mieux classés avaient droit à une bourse de thèse.

Stéphane trouvait que c'était la plus grosse perte de temps de sa vie que cette deuxième année de master. Autant il avait apprécié ses précédentes années de fac, car il s'agissait de réfléchir, de s'instruire et d'en faire la synthèse ; autant il exécrait cette deuxième année de master car elle consistait à apprendre par cœur des cours et à les coucher sur la copie des partiels. C'était apparemment le seul moyen qu'avait trouvé l'éducation française pour départager les meilleurs et pour décider qui aurait le droit au doctorat.

En cela, on ne jugeait en rien les aptitudes des futurs chercheurs à être de bons chercheurs. Même ceux qui avaient fait leur stage dans des laboratoires où ils avaient obtenu de bons résultats, voire où ils avaient été publiés dans de bons journaux, étaient astreints à cette règle absurde.

On se retrouvait donc avec des candidats ayant un potentiel énorme, qui se faisaient recaler simplement parce qu'ils n'avaient pas été capables d'avaler un cours par cœur et de le recracher sur la copie. À côté de cela, on se retrouvait aussi avec des candidats faisant un doctorat et n'étant pas capables d'intégrer des notions élémentaires qu'ils avaient vues en troisième année de licence.

Stéphane ne s'étonnait plus que l'on parle de la fuite des cerveaux à l'étranger. Le système français était explicitement conçu pour les faire fuir.

Malgré tout, il s'était plié comme tout le monde à la règle et avait tout mémorisé, autant que faire se peut.

Il était quand même angoissé, plus que d'habitude en tout cas, et lorsqu'il était parti ce matin, il avait regardé le ciel bleu et ses nuages bien contrastés. Il avait prêté une attention particulière à tous ces petits détails du trajet quotidien qui nous échappent d'ordinaire car on ne s'en soucie guère. Son angoisse le poussait à essayer de s'évader en contemplant le soleil, un arbre dont certaines feuilles commençaient déjà à jaunir, des pigeons qui squattaient les bancs publics, les gens qui passaient.

Les odeurs aussi l'interpellaient : il captait des odeurs de pain cuit, de boucherie qui faisait dorer ses poulets. Également les odeurs de la ville, les petits jardins avec des fleurs plantées pour égayer et qui dégageaient une douce fragrance ; les pots d'échappement, le soufre, la pollution.

Tout cela lui faisait réaliser à quel point on néglige ce qui nous entoure au quotidien et il se proposa, désormais, d'être plus attentif à tout cela.

Mais, quels que fussent ses moyens d'évasion, une seule chose était certaine ces jours prochains : ils allaient devoir réussir leurs partiels.

Mélanie elle aussi était dans un état de stress avancé et elle n'avait pas l'aptitude d'abstraction de Stéphane. Son angoisse était palpable dans tout son être.

Lorsqu'ils se retrouvèrent dans la salle d'examen, ils étaient placés l'un derrière l'autre et Mélanie qui était devant se retourna pour lui parler.

— Alors, ça va ?

— Bien et toi ?

— Pas vraiment, je stresse.

— Tu n'as pas de raison, on a travaillé comme des dingues pour cet *exam*, on va y arriver.

— J'espère.

Le professeur surveillant rappela tout le monde à l'ordre. L'épreuve commençait.

Mélanie prit un grand bol d'air et se retrouva seule face à sa copie.

Mais Stéphane avait été efficace et l'avait fait travailler, même jusqu'à pas d'heure certains soirs. Elle était prête.

Étonnamment, elle trouva les épreuves faciles et, finalement, ils avalèrent le partiel aussi facilement qu'une bouchée de chocolat. Lorsque ce fut terminé, ils n'avaient plus qu'à attendre les résultats.

Ils comparèrent leurs réponses à chaud après les épreuves et, à quelques détails près, ils avaient trouvé les mêmes solutions. Stéphane vérifia aussi dans leurs cours et dans des livres. Il était confiant.

Une fois tout ce stress passé, Mélanie put enfin se remettre à s'intéresser à Anubys.

Elle parvint enfin à renouer un contact avec Gérard qui paraissait moins occupé. Mais Élodie semblait injoignable et elle commença à s'inquiéter pour son amie. Puis, elle finit par l'appeler pour la prévenir qu'elle était partie aux États-Unis pour rencontrer ses producteurs, mais elle ne lui dit pas pourquoi.

Deux semaines après était annoncée la sortie prochaine du quatrième album de Mégane Tuyé, quelques mois à peine après le troisième.

Mélanie l'apprit par la presse et n'en revenait pas. Pourquoi ne lui avait-elle pas dit ? Elle s'interrogeait sur sa relation avec elle, car elle avait l'impression qu'Élodie ne lui avait pas fait suffisamment confiance pour la mettre dans la confidence.

Mais elle eut la réponse à ses questions un matin en allant prendre le café avec Gérard.

Il lui expliqua qu'Élodie avait trouvé particulièrement intéressant de jouer *Sorry* avec les musiciens d'Anubys. Elle avait trouvé que la musique avait plus de punch et plus d'âme qu'avec ses musiciens qui différaient à chacun de ses albums, ainsi que sur chacune de ses tournées.

En vérité, elle commençait à s'ennuyer musicalement et en avait assez d'être entourée de gens qui changeaient tout le temps.

En outre, elle avait pris conscience de l'alchimie qui existait au sein du groupe. Ils étaient tous amis et formaient quelque chose qui ressemblait à une famille, et ça se ressentait musicalement. Ils se connaissaient par cœur et la musique coulait de source chez eux. Ils n'avaient pas agi comme des musiciens professionnels, se contentant de suivre leur chanteuse ; ils avaient insufflé leur âme dans la musique qui en était plus spontanée et plus vivante.

Ce qu'Élodie avait particulièrement apprécié, c'était ces séances d'improvisations que le groupe faisait régulièrement lorsqu'il ne savait pas quoi faire. L'un d'eux lançait un thème et les autres rebondissaient dessus. Cela donnait parfois de sombres et ineptes brouhahas, mais cela conduisait aussi parfois à des airs magnifiques et entraînants. Élodie travaillait également ainsi lorsqu'elle composait.

Aussi, peu de temps après l'enregistrement, elle avait demandé à Gérard s'ils pouvaient se revoir pour jouer des morceaux du répertoire de Mégane. Gérard en avait parlé avec les autres et ils avaient accepté pour remercier la chanteuse de toute l'aide qu'elle leur avait apportée.

Ils s'étaient donc retrouvés dans les studios de Mégane : la chanteuse s'était offert un studio pour elle seule afin de pouvoir répéter tranquillement et dans l'anonymat. En effet, dans un studio classique, on rencontre forcément d'autres groupes à la langue bien pendue, et on a tôt fait d'avoir la presse sur le dos.

Suite à cette deuxième rencontre avec Anubys, elle avait eu confirmation du feeling qu'elle avait ressenti en jouant avec eux la première fois.

Eux-mêmes avouèrent que l'expérience avait été plaisante. Même si la musique de Mégane était aux antipodes de celle du groupe, ils ne pouvaient nier qu'il s'était passé quelque chose entre eux et que le courant musical passait vraiment bien.

Ces derniers jours, elle était partie négocier avec sa maison de disques pour que désormais ses musiciens soient officiellement le groupe Anubys.

Gérard, quant à lui, n'étant pas que chanteur, mais aussi guitariste, l'accompagnerait aux chœurs, comme elle l'avait fait lors de l'enregistrement de *Rebirth*.

Voyant que Mélanie s'interrogeait, il lui expliqua que ça ne remettait pas en cause la carrière de son groupe, mais simplement qu'en plus d'être le groupe Anubys, ils seraient désormais aussi les musiciens attitrés de Mégane Tuyé.

Ils avaient convenu de ne parler de cela à personne, pas même à Mélanie, tant que la maison de disques n'avait pas été mise dans la confidence.

Le quatrième album de Mégane serait donc aussi leur album, mais il restait à l'enregistrer.

La chanteuse avait souhaité que cet album soit un album de reprises, rock et Metal de grands titres de groupes connus comme AC/DC, Scorpions, Aerosmith, ou encore les Rolling

Stones. Quatre morceaux seraient originaux et elle les avait donnés aux membres du groupe et leur avait explicitement demandé de rajouter leur touche personnelle, dans le respect de son style musical.

Gérard était très excité et expliquait à Mélanie qu'en ce moment, ils passaient leur temps dans le studio de Mégane, qui était désormais aussi le leur, à répéter et à enregistrer pour elle.

Ils en profitaient également pour réviser en toute tranquillité leur propre répertoire en prévision de la tournée.

Leur collaboration officielle avec Mégane serait révélée à la fin de leur tournée, lors du concert de New York, lorsqu'elle jouerait avec eux.

Mégane avait réussi un tour de force que peu d'artistes de son envergure peuvent se permettre : imposer à sa maison de production que la première partie du concert d'Anubys de New York soit assurée par Mégane Tuyé, accompagnée des musiciens d'Anubys. Ils joueraient les morceaux de son nouvel album avant même sa sortie, puis elle jouerait ensuite de la guitare pour Anubys, pour leur propre concert.

La maison de disques avait refusé tout net, car l'immense notoriété de Mégane aurait voulu que cela soit Anubys qui assure sa première partie. Mais comme Mégane avait menacé de les quitter et d'aller chez la concurrence, ils avaient fini par accepter. En outre, elle les avait amadoués en proposant une vente spéciale en édition limitée de son nouvel album et de produits dérivés à la sortie du concert et avant même la mise en vente officielle. Et avec toute cette agitation, son agent, Max, était revenu en rampant, comme elle l'avait prévu.

Mélanie fut à la fois surprise et heureuse d'apprendre tout ça. Elle regrettait tout de même un peu qu'Élodie ne lui en ait pas parlé directement. Mais elle se souvint aussi que tout cela, Élodie le lui avait déjà dit, lors de leurs conversations : l'alchimie avec Anubys, ses méthodes de travail, son idée de ce que devait être la musique. Connaissant bien son amie, elle se rendit compte qu'Élodie faisait passer de nombreux messages de manière subtile et qu'elle aurait dû s'en douter finalement.

Chapitre 6

Stéphane était en train de travailler sur un ordinateur du laboratoire où il avait fait son stage de recherche de master. Cela faisait plus de trois jours qu'il écrivait un programme de minimisation de structure chimique dans un obscur langage de programmation que seuls quelques initiés et lui-même comprenaient.

Mélanie et lui attendaient leurs résultats fébrilement, et le seul moyen que Stéphane avait trouvé pour ne pas angoisser était de se changer les idées en concevant ce programme qui était très prenant.

Il avait les yeux cernés et les traits tirés. Il travaillait toute la journée et aussi le soir en rentrant chez lui, car on lui avait ouvert un accès informatique au laboratoire pour qu'il puisse continuer sa programmation de l'extérieur. Il était vraiment passionné par ce qu'il faisait et ne comptait pas s'arrêter tant qu'il n'aurait pas terminé.

Mélanie, quant à elle, sortait se promener dans Paris pour visiter des musées ou des expositions. Elle était nettement moins stressée que Stéphane et paraissait en meilleure forme.

Stéphane était tellement concentré, qu'il en avait même oublié que c'était le jour des résultats. Mais Mélanie le lui rappela lorsqu'elle le rejoignit.

Elle le trouva, hagard, sur son ordinateur. Il était tellement imprégné par ce qu'il faisait qu'elle eut presque l'impression qu'il faisait partie de la machine.

Elle lui dit :

— Quelle tête tu as !

— Ah, c'est toi Mélanie ? dit-il en levant des yeux égarés, tel un doux idiot.

— Tu me reconnais ? C'est rassurant !

— Désolé, je suis absorbé par ce truc qui m'obsède. Je ne me rends même plus compte du temps que je passe dessus.

— Beaucoup trop de temps, j'en suis certaine ! J'imagine que tu ne sais même pas quel jour on est.

— Euh… non.

— C'est aujourd'hui qu'on a nos résultats, dit-elle en souriant.

— C'est vrai ? Mon Dieu, je ne m'en suis même pas rendu compte. Alors ça veut dire que je bosse non-stop depuis quatre jours ?!

— Eh oui !

— Et tu veux qu'on aille voir si on a été reçus ?

— C'est pas la peine, j'en viens.

— Alors… ? demanda-t-il fébrilement

— Alors, tu es major de la promo !

— Tu plaisantes ? dit-il en écarquillant les yeux et en se les frottant.

— Non, pas du tout.

— Mais… et toi ?

— Je suis juste derrière, en deuxième position.

— Mais c'est génial ! dit-il, alors que ses yeux se mettaient à briller.

Il semblait à peine réaliser l'importance de la nouvelle. L'un de ses collègues du laboratoire, appelé Étienne, les rejoignit et dit :

— Félicitations à tous les deux !

— Les nouvelles vont vite ! répondit Mélanie.

— Étant donné que vous êtes nos deux meilleurs étudiants depuis pas mal d'années, c'est bien normal qu'on vous suive de près ! Donc félicitations, Stéphane. Je pense que tu pourras choisir de rester ici pour ta thèse, si tu le souhaites bien entendu.

— D'accord, mais à deux conditions ! Commencer en octobre, et uniquement si Mélanie reste aussi.

— Mélanie est seconde dans le classement, donc je pense qu'elle aura une bourse comme toi et qu'elle pourra certainement choisir aussi. Par contre, deux bourses pour le même labo, je ne sais pas si l'école doctorale acceptera. Il va falloir négocier. Toutefois, je sais que Janine Noesy a eu un contrat industriel dernièrement et n'a toujours pas de thésard à mettre dessus. Donc, y aura sûrement moyen de s'arranger.

— Attention ! répondit Mélanie. Vu mon classement, je veux une bourse du ministère, pas une bourse industrielle. C'est plus valorisant pour la suite.

— Je sais, mais on aura peut-être moyen de s'arranger avec un autre labo pour faire une sorte d'échange de bourses. Comme ça, tu pourras rester ici, mais encadrée par Janine. C'est pas toujours évident, mais en bidouillant un peu on arrive toujours à faire ce qu'on veut.

Stéphane et Mélanie se regardèrent et se serrèrent dans les bras en se chuchotant à l'oreille : « *On a réussi !* »

Étienne s'en alla et les laissa savourer leur victoire. Stéphane laissa tomber son programme et ils sortirent tout l'après-midi pour se changer les idées et évacuer la pression. Il commençait à reprendre des couleurs.

Mélanie prévint Gérard et lui dit que c'était en bonne voie pour qu'ils puissent partager la tournée avec Anubys. Elle était très heureuse et, dès le lendemain, ils auraient rendez-vous avec leur futur chef de laboratoire afin de définir les modalités de leurs trois années de thèse.

Le soir, il invita Mélanie au restaurant. Il avait repris visage humain et elle s'en félicitait, car, cette fois, c'est elle qui l'avait forcé à sortir. Lui, serait bien resté à flemmarder toute la journée devant la télé. Mais, en réalité, c'était une excuse qu'il avait trouvée, car il avait surtout envie de plancher sur un calendrier pour voir comment organiser tout ça avec la future tournée de Mégane qui devait commencer à la fin de l'automne. Il ne savait pas quelle allait être sa marge de manœuvre, déjà qu'il allait exiger de commencer en octobre. Il se dit qu'il verrait bien, après tout.

Mélanie, quant à elle, aurait bien aimé pouvoir partager sa victoire avec Élodie. Mais elle était toujours injoignable, probablement en train de « *négocier quelque chose avec sa prod* », comme elle disait.

Le lendemain, ils se rendirent donc à la fac auprès de leur futur chef et ils convinrent de commencer la thèse le 1er octobre. Mélanie travaillerait dans le laboratoire à côté de celui de Stéphane, car leur futur chef avait le bras très long et il avait réussi à négocier les deux bourses *ministère* pour son laboratoire.

Tout allait donc pour le mieux pour les deux amis qui commencèrent à se préparer pour la formidable tournée à travers le monde qu'ils allaient vivre aux côtés de Gérard et de ses amis.

Mélanie était aux anges, elle allait enfin voir de quoi avait l'air la scène depuis l'intérieur.

Par le passé, elle avait souvent assisté aux concerts d'Anubys, mais jamais de l'autre côté du décor. En outre, elle attendait avec impatience le fameux concert de New York où Mégane allait jouer la première partie accompagnée par le groupe. Un concert de sa plus grande idole, accompagnée par son père d'adoption et ses amis, c'était pour elle un rêve éveillé.

Stéphane et elle avaient prévu de nombreuses valises, mais, pensant que c'était trop, ils avaient constitué les valises par priorité : celles indispensables et celle qu'on prend s'il y a la place. Il faut dire qu'ils ne savaient pas à quoi s'attendre avec la tournée. Seraient-ils logés à l'hôtel, dans quelles conditions ? Quelle serait leur marge de manœuvre pour laver leurs vêtements ? Pourraient-ils au besoin en racheter ? Du coup, ils avaient prévu large, l'un comme l'autre.

Ils partirent un matin vers 5 h 00 pour l'aéroport de Roissy. Gérard arriva chez Mélanie à bord d'un mini-camion avec les autres membres du groupe pour les prendre eux et leurs affaires et amener tout ce petit monde à l'aéroport.

Le camion était conduit par un membre de l'équipe technique qui allait les accompagner durant toute leur tournée. Il était américain, mais parlait parfaitement le français, et presque sans accent.

Il semblait connaître toutes les petites rues de Paris, car il les fit passer par des raccourcis que Mélanie ne connaissait pas. Il les amena au canal Saint-Martin en un rien de temps et ils récupérèrent Stéphane, qui lui aussi avait emporté sa maison dans ses valises.

Ils retrouvèrent une partie de leur équipe qui les attendait à l'aéroport. Un avion avait été affrété pour le transport du matériel. C'était un avion de ligne qui avait été aménagé spécialement pour cela. Il y avait peu de places passagers, mais beaucoup de stockages. La production n'avait pas fait les choses à moitié.

Ils découvrirent plus tard que l'avion était celui de Mégane et que la production l'utilisait souvent pour d'autres artistes. Elle le faisait tourner.

Ils s'envolèrent pour l'Asie à Tokyo où leur tournée allait commencer.

Leur voyage fut très agréable. Le groupe avait gardé ses instruments avec eux, mis à part la batterie qui était réduite à quelques *Djembés*. Aussi, ils égayèrent le trajet en jouant quelques reprises de groupes comme Pink Floyd, ou Rolling Stones, ou encore Eagles. Ils se rendirent même auprès des pilotes pour leur faire partager leur musique, ce qui fut très apprécié par ces derniers, bien qu'allant à l'encontre de toutes les règles de sécurité dans l'avion. Lors de leur arrivée, ils prirent possession de leurs chambres dans un magnifique hôtel dont on imaginait à peine le prix.

Ils s'installèrent confortablement et Stéphane et Mélanie ne profitèrent même pas du temps libre qui leur était imparti. Ils préféraient suivre le groupe partout où ils allaient pour voir comment tout cela allait s'organiser.

Ils se rendirent dans le stade où allait avoir lieu le concert le lendemain soir et ils furent sidérés par le nombre de gens qui s'affairaient pour tout mettre en place. On aurait dit une immense fourmilière qui s'agitait dans tous les sens, ça en donnait presque le vertige.

Mélanie et Stéphane étaient comme grisés par tout cela ; car à chaque détour, à chaque recoin, ils voyaient quelque chose de nouveau et qui les surprenait. C'était incroyable.

Le soir, Stéphane était resté sur le lieu du concert pour discuter avec les ingénieurs et techniciens du son. Il était passionné par ça et pour une fois qu'il avait l'occasion d'en parler avec des pros, il ne comptait pas se gêner.

Mélanie rentra à l'hôtel, car elle accusait le coup du décalage horaire et voulait se reposer un peu.

Dans la soirée, Élodie passa dire bonjour au groupe, mais Mélanie dormait toujours. Elle ne la vit donc pas. Toutefois, elle eut une discussion très intéressante avec Gérard au sujet du concert de New York, car elle venait, une fois de plus, de se brouiller avec son agent.

Il lui mettait à nouveau la pression pour une histoire de droits, totalement sans intérêt pour elle, et elle l'avait à nouveau menacé de le mettre à la porte. Ayant compris la leçon de la fois dernière, il s'était rapidement calmé. Mais Élodie le connaissait bien et savait qu'il n'allait pas en rester là. Elle attendait le moment où, invariablement, il reviendrait à la charge par un biais subtil, voire fourbe, dont lui seul avait le secret.

Élodie n'était pas une femme vénale ni ne courait après la reconnaissance et le succès. Cela l'énervait donc proportionnellement de voir tous ces petits poissons tourner autour du gros à la recherche de miettes qu'il n'aurait pas mangées.

Mais ce qui l'inquiétait surtout était le fait que Max gardait un moyen de pression sur elle concernant le secret de sa participation sur l'album et sur la tournée d'Anubys. Il risquait très gros s'il dévoilait ce qu'il savait. Mais viré pour viré, il n'avait plus rien à perdre, si ce n'était un cuisant procès et une somme colossale à payer, car il était tenu par le secret, même ne travaillant plus pour Mégane.

Gérard la calma et lui expliqua que lorsqu'il avait commencé ce métier, il abhorrait lui aussi tous ces parasites tels que Max, mais qu'à la fin, on finissait par faire avec. Mais surtout, on apprenait à y aller en douceur avec tous ces gens, en leur faisant croire qu'ils allaient faire ce qu'ils voulaient ; mais en gardant à l'idée de faire ce que l'on voulait soi-même. C'était de la manipulation et ça ne lui plaisait pas, mais il fallait le faire.

Élodie avait une grande expérience dans ce domaine, mais elle avoua qu'elle en avait assez de procéder ainsi, et que, désormais, elle utiliserait ce qu'elle appelait *la méthode de grosse brute* : « *je menace, et si ça suffit pas, je tape* ». Étant donné son statut, elle pouvait se le permettre.

Lorsque Mélanie réapparut, elle était partie ; et la jeune femme fut très déçue de l'avoir ratée.

Stéphane revint tard dans la soirée et il fit mine d'être aussi déçu de ne pas avoir vu la star lorsqu'elle était là.

Durant la soirée, comme dans l'avion, Anubys se mit à improviser quelques airs avec les instruments qui se trouvaient dans leurs chambres et Mélanie en fut transportée. Stéphane était vraiment très heureux, car il avait été fan du groupe de Metal et les voir jouer ainsi sans ambition particulière, juste pour la musique, le ravissait.

Ils passèrent donc une soirée en musique comme rarement ils en avaient vécu.

Le lendemain, le stress commençait à poindre chez les membres du groupe. En effet, ils n'étaient pas remontés sur scène depuis l'échec de leurs deux précédents albums et ils ne savaient plus comment négocier tout ça.

Ils savaient que leur nouvel album avait un succès énorme et ils savaient que, normalement, le public allait leur faire bon accueil, malgré cela, le doute s'était installé en eux.

Ils avaient perdu la force et la confiance qu'ils avaient avant leur échec et ça se sentait. Ce fut, contre toute attente, Stéphane qui les remotiva à l'occasion du repas du midi. Il leur parla des concerts d'Anubys auxquels il avait assisté par le passé. Ainsi, au travers de ses propres souvenirs des tournées, et des concerts du groupe, il leur rappela leurs souvenirs de la belle époque où tout était clair, précis et certain, et il les remotiva plus que jamais.

Le soir, le groupe ouvrit sa tournée de manière magistrale, à tel point que le public en redemanda à n'en plus finir. Ils firent trois rappels de trois morceaux par rappels, morceaux qu'ils puisèrent dans leurs premiers albums, les préférés de leurs fans.

Ce fut une grande réussite et la presse qui avait assisté au concert fut unanime : Anubys n'avait rien perdu de sa fougue. À l'image du nom de leur album, c'était une véritable renaissance !

Le soir même, ils reçurent les compliments téléphoniques de Mégane Tuyé dont les espions sur place avaient bien fait leur travail. Elle leur expliqua qu'elle s'était elle-même chargée d'appeler les dirigeants de sa maison de production, pour enfoncer le clou quant à la réussite qu'elle leur avait annoncée.

En fait, ils n'avaient pas eu besoin d'elle, ayant eux-mêmes leurs propres espions sur place. Mais ça lui faisait plaisir de les narguer.

Le lendemain, ils s'envolaient pour Singapour où ils allaient jouer le surlendemain. Ils n'avaient que peu de temps pour se reposer entre chaque concert. Toutefois, pour Mélanie et Stéphane, l'emploi du temps était totalement libre. Ils n'étaient d'ailleurs même pas tenus d'assister aux concerts. Mais, pour le moment, ils étaient tout excités par le fait de suivre le groupe dans ses moindres déplacements et d'étudier les moindres faits et gestes de tout le monde.

Il faut dire que c'était très intéressant, car tant que l'on ne l'a pas vécu, on ne réalise pas l'organisation qu'il faut pour une pareille tournée. Cela va des ingénieurs du son, à l'équipe qui nourrit le personnel, en passant par les techniciens qui installent le matériel.

Les membres du groupe étaient sollicités en permanence, par les journalistes, par les organisateurs, par les ingénieurs. Ils n'avaient que peu d'instants de loisir et de repos.

Stéphane noua de très bonnes relations avec les ingénieurs du son et la plupart des techniciens. Cela enthousiasma Mélanie également, car elle s'intéressait au son, même si elle n'était pas aussi passionnée que son ami à ce sujet.

Durant les premières semaines de tournée, leur complicité évolua bien plus qu'elle ne l'avait fait durant cette année de cours.

Mais justement, le fait de ne plus avoir la pression des cours et de la fac devait y être pour beaucoup.

Mégane passa les voir assez régulièrement, pourtant au grand désarroi de Mélanie, elle ne parvint pas à les faire se rencontrer. À chaque venue de la chanteuse, Stéphane s'arrangeait toujours pour être parti quelque part sur le lieu de concert, à discuter avec les ingénieurs, ou à aider quelqu'un à quelque amélioration. Bref, il était introuvable. Mélanie commençait à croire qu'il anticipait les venues improvisées de la star ou bien qu'il le faisait exprès. Elle n'était pas loin de la vérité.

Vers la fin de leur tournée, deux semaines avant le concert de New York, alors qu'ils s'apprêtaient à donner leur concert italien, près de Rome, il y eut un gros stress chez Anubys. En effet, Bob faisait à nouveau une gastro.

Il faut dire que la veille, ils s'étaient rendus dans un restaurant où ils avaient mangé et bu à n'en plus finir. Les autres membres n'étaient pas très frais non plus.

Gérard prit son téléphone et appela la seule personne qui pouvait les sortir de là. Mégane.

Il lui expliqua la situation et la jeune femme demanda :

— Et qu'attends-tu de moi exactement ? en connaissant d'avance la réponse.

— Que tu joues avec nous.

— Je ne suis pas censée intervenir avant votre dernier concert à New York.

— Je le sais bien, mais c'est un cas de force majeure. Écoute, j'y ai beaucoup réfléchi. Notre album se vend bien depuis le début. Tu as réussi ton coup, car il n'y a que depuis la semaine dernière que certains spécialistes ont commencé à émettre l'hypothèse de ton influence sur l'album. Quelques-uns ont même été jusqu'à dire que tu avais participé. Quant aux puristes, ils dénoncent cela comme étant une hérésie, comme s'il était impossible d'imaginer un seul instant que Mégane Tuyé puisse composer du Metal ! Franchement, vu tout ce qu'on a fait et vécu ensemble, entendre ça, ça nous fait chier ! Et tous autant qu'on est dans le groupe, on aimerait vraiment profiter de cette occasion pour leur clouer le bec à tous ces cons. Tu montes sur scène avec nous et tu t'imposes comme une magistrale soliste, capable d'en remontrer à bien des chevelus ! Qu'en dis-tu ?

Elle ne répondit pas, mais il la sentit hésitante.

— C'est vrai qu'on peut dire désormais que votre succès est bien le vôtre et non le mien.

— Bien oui, c'est évident !

— Je ne sais pas... dit-elle en pensant à son deuxième argument qui avait fait mouche. C'est vrai que ça pourrait être intéressant comme expérience de scène...

Mais elle était toujours quelque peu dubitative et Gérard le sentit. Mais il sentit aussi au ton de sa voix qu'il ne fallait pas grand-chose pour qu'elle se laisse convaincre.

Il tenta une autre approche :

— Dis-moi, Elo ?

— Quoi ?

— Tu n'as pas envie de titiller un peu Max ? Si tu montes sur scène avec nous, ça devrait bien l'embêter question *droits d'auteur*, non ? En plus, ça n'est pas prévu, ni par la prod ni par nous. Du coup, on prend tout le monde de court et on remet les choses en place en leur montrant que c'est nous qui décidons de ce que l'on fait de notre musique, pas eux !

Elle poussa un petit rire sardonique au téléphone et dit :

— Tu te débrouilles bien finalement comme manipulateur !

— Comm… balbutia-t-il

— Écoute-moi attentivement, Gérard, coupa-t-elle, très calme. Je te conseille de ne pas jouer à ça avec moi. D'une part, comme tu l'as dit toi-même, après tout ce qu'on a vécu, je prends très mal le fait que tu puisses croire qu'il faille en venir là pour me convaincre. D'autre part, on va travailler ensemble désormais. Alors je vais clarifier un point qui me paraît essentiel. Si tu veux que ça colle bien entre nous, ne joue jamais à essayer de me manipuler pour obtenir ce que tu veux. Tu n'es pas assez armé pour lutter contre moi sur ce terrain et tu n'as pas envie de voir ce visage-là chez moi.

— Euh… je suis désolé Elo… répondit-il, tout piteux face à l'autorité et au sérieux de la jeune femme. Mais ne le prends pas mal. Tu sais, ça n'était pas méchant… J'avais pas de mauvaises intentions…

— Je le sais très bien, et c'est pour cela que je ne t'en veux pas. Mais je ne te laisserai pas une seconde chance. Que ça soit la première et dernière fois que je te fais cette remarque.

— Euh… bien sûr Elo… Oh, je te demande pardon… vraiment !

Il comprit qu'il était entré dans un domaine où il ne fallait pas trop chercher la chanteuse. Cela devait être, encore une fois, probablement en rapport avec son enfance.

Il ne dit plus rien et attendit.

Élodie soupira et dit :

— Je connais bien les solos de votre nouvel album. Ça ne me posera pas de problème de jouer avec vous cette partie. Toutefois, je suis incapable de jouer ceux de vos anciens morceaux.

— Eh bien, il te reste une journée pour apprendre !

— Sympa ! dit-elle avec ironie.

— Eh, c'est toi qui veux que je sois honnête, non ?

— C'est vrai ! répondit-elle amusée.

— S'il te plaît ! Elo ! Et pardon encore…

— C'est bon, arrête avec les excuses, c'est du passé. Bon… tu vas illico m'envoyer la liste des morceaux ; de tous les morceaux que vous allez jouer, rappels inclus, avec les partitions du soliste et celle des rythmiques. J'arrive demain matin et on va passer la journée à répéter. Alors tu annules tous vos rendez-vous de demain, je vous veux pour moi toute seule, OK ?

— Tout ce que tu voudras. C'est toi le boss du groupe désormais ! Mille mercis, Elo, je te revaudrai ça !

— Ne me remercie pas pour le moment, tu le feras si ce concert n'est pas un échec cuisant !

— Avec toi aux solos, cela ne se peut !

— J'ai dit manipulation, mais évite aussi les flatteries, gros nul !

— Désolé… répondit-il sur un ton pitoyable.

Elle raccrocha avec un sourire de satisfaction aux lèvres. De son côté, il ne savait pas trop si elle venait de faire de l'humour ou si elle était sérieuse.

Le lendemain matin, Élodie arriva aux aurores et ils s'enfermèrent dans un petit studio de répétition et commencèrent à jouer.

Mélanie se leva assez tard, car elle avait veillé tard avec Stéphane, et lorsqu'elle frappa à sa porte pour aller déjeuner, elle n'eut pas de réponse. Même en insistant, il ne se passait rien.

Elle descendit donc et déjeuna seule, puis elle partit à sa recherche.

Elle se rendit sur la future scène du concert que toute la fourmilière de techniciens et d'ingénieurs était en train de monter. Elle posa la question à plusieurs personnes, dont elle savait que Stéphane les appréciait, mais nul ne l'avait vu.

Toutefois, elle entendit des rumeurs de çà et de là comme quoi le groupe était enfermé en répétition et le nom de Mégane Tuyé revenait souvent.

Après s'être renseignée, elle finit par comprendre que Mégane était ici avec le groupe et qu'ils jouaient ensemble dans le petit studio de répétition.

Elle s'y rendit donc et trouva en effet tout son petit monde en train de jouer.

Le groupe répétait un de leurs vieux morceaux et Mégane s'était lancée dans un solo qui semblait très technique.

Mais elle se trompa dans ses notes, et tout le monde cessa de jouer.

— Saleté de solo ! maugréa-t-elle.

— Ne t'embête pas à reprendre exactement les notes de Bob ! L'important, c'est que le solo soit là, répondit Gérard.

— Oui, mais là, je me suis plantée ! Il est très difficile ce solo. Ah, le Bob des débuts, c'était autre chose qu'aujourd'hui !

— Quand je dis que c'est devenu une feignasse ! lança sardoniquement Mikey.

— Dans ce cas, si tu penses que tu n'y arriveras pas, improvise. Ça n'est pas grave. Bob lui-même est souvent incapable de rejouer en concert ce qu'il a composé pour nos albums, reprit Gérard.

— Sans commentaire... conclut Mikey.

Ils le regardèrent d'un œil noir.

Élodie reprit :

— D'accord, on va faire comme ça. J'espère que votre public ne m'en voudra pas si je me permets des largesses sur les solos.

— Je suis certain que non.

— Salut… coupa Mélanie.

— Salut Mèl ! dit Élodie qui prit soudainement conscience de sa présence.

Elle descendit de l'estrade et la prit dans ses bras, heureuse de la revoir.

Mélanie lui dit :

— Que fais-tu ici ?

— Je dépanne… Bob est malade et il ne pourra pas jouer demain.

— Et tu vas le remplacer ? demanda-t-elle surprise.

— Oui, Gérard m'a convaincue.

— Mais je croyais que tu ne souhaitais pas te faire remarquer avec le groupe, hormis pour le concert de New York.

— Oui, certes ! Mais Anubys a suffisamment prouvé qu'il n'avait pas besoin de moi pour rencontrer le succès. Je peux déroger à ma règle. Et puis, ça sera amusant de jouer avec eux !

— Tu feras les chœurs, comme sur l'album ? demanda Mélanie.

— Sûr ! répondit Élodie.

— À mon avis, le public va en rester sans voix ! dit Mélanie.

— On verra bien, dit Élodie en riant.

— Tu plaisantes ? La grande Mégane Tuyé qui joue les solos d'Anubys ! Tout le monde ignore que tu sais jouer de la guitare aussi bien. Ça va être bluffant. Je serai au premier rang !

— N'en fais pas trop.

— Tu me connais, c'est pas mon genre. Mais dites-moi vous tous, vous n'avez pas vu Stéphane ?

— Dans la mesure où je ne sais toujours pas à quoi il ressemble, euh… non ! répondit Élodie en riant.

Les autres en firent de même.

— Mais où est-il donc encore passé ?! Ça n'est pas dans ses habitudes de ne pas déjeuner avec moi. Et puis, pour une fois que tu es là, en plus ! Mais dis donc, tu restes jusqu'à demain soir, non ?

— Oui, jusqu'au concert.

— Alors vous vous verrez forcément. Ce soir, on n'a qu'à dîner tous ensemble !

— Moi ça me va.

— Parfait, alors je vais continuer à le chercher.

Mélanie les laissa à leur répétition et elle partit à la recherche de Stéphane à nouveau. Mais il s'était débrouillé pour se rendre introuvable. Il ne souhaitait toujours pas dévoiler la nature de sa relation avec Mégane.

Mélanie resta donc bredouille la journée durant. Le soir, Stéphane réapparut au moment du repas et ce fut alors Élodie qui se décommanda : elle allait voir un ami de longue date qui habitait la ville.

Lorsqu'elle lui demanda où il était passé toute la journée, il lui expliqua qu'il était parti en ville avec des techniciens de *l'équipe son* qui, comme lui, étaient passionnés et ils avaient fait tous les magasins spécialisés dans l'audio qu'ils avaient pu trouver sur leur route.

Mélanie n'en fut pas surprise, mais elle lui expliqua qu'il avait raté une bonne occasion de rencontrer Mégane. Stéphane en fut très attristé.

Le lendemain matin, Mégane revint et Stéphane disparut à nouveau. Cette fois, Mélanie en était certaine, cela faisait trop d'isochronismes pour être des coïncidences.

Elle commença à se demander si finalement ils ne se connaissaient pas et si tout cela n'avait pas été orchestré dans son dos. Toutefois, elle ne comprenait pas le lien qui leur permettait de ne jamais être au même endroit au même moment. Elle s'imaginait aussi que peut-être Stéphane était impressionné par le fait de devoir rencontrer Mégane. C'était un garçon très sensible après tout.

Mégane passa à nouveau toute la journée à répéter avec le groupe, et le soir ils furent enfin prêts.

Le concert commença dans le noir total par un morceau du groupe de métal dont l'introduction était un solo de guitare qui démarrait lentement et s'accélérait crescendo. Les projecteurs rétro-éclairaient le guitariste soliste, de sorte que l'on ne puisse voir de qui il s'agissait. Puis, lorsque le solo fut terminé, et que tout le groupe enchaîna la suite du morceau, les projecteurs éclairèrent la scène et le public fut complètement stupéfait de voir que Mégane Tuyé tenait la place de Bob et qu'elle avait placé la barre très haut.

Tous lui firent bon accueil et, durant le concert, Gérard précisa qu'elle était venue en toute amitié pour remplacer leur soliste et faire en sorte que le concert ne soit pas annulé. Le public n'en fut que plus ravi.

Mélanie était totalement conquise. Elle trouvait que Mégane avait un charme fou et son humilité se ressentait au travers de son jeu, de son attitude, elle ne cherchait pas à tirer la couverture à elle. C'était le concert d'Anubys et elle s'y était intégrée en tant que rouage indispensable au bon fonctionnement de la machine.

Elle chanta les chœurs, tels qu'ils étaient enregistrés sur l'album. Et aussi bien les mélomanes que les critiques comprirent que c'était bien elle qui chantait avec le groupe sur l'enregistrement, comme le voulait la rumeur.

Au lendemain du concert, la presse se déchaîna et on put lire dans tous les journaux et magazines d'information des articles sur cette apparition surprise de la star mondiale dans un concert de Metal. Le rapprochement entre le nouvel album du groupe et elle était désormais acté. Et tous les magazines spécialisés se mirent à en faire leur chou gras. Toutefois, rien n'avait encore filtré concernant le concert de New York. Mégane, comme Anubys, espérait que cela reste secret, car ils comptaient bien faire la surprise à nouveau.

Après le concert, Mélanie rejoignit son amie dans les loges. Elle ne manqua pas de l'inonder de compliments. Toutefois, et cela surprit Élodie, les compliments qu'elle lui fit ne ressemblaient pas à ceux d'une fan, mais plus à ceux d'une amie, car ils étaient objectifs. Elle lui parla de ce qu'elle n'avait pas aimé, critiqua même certains morceaux et donna un vrai avis sur le concert. Cela fit très plaisir à Élodie, car elle préférait mille fois une critique objective, quitte à être cassée, que des éloges qui ne servent à rien, et surtout pas à s'améliorer.

Élodie la prit dans ses bras et lui dit :

— Maintenant, je sais que tu es mon amie.

— Parce que tu en doutais encore ? répondit-elle en lui souriant amicalement.

— Ne m'en veux pas, mais si tu étais à ma place, tu aurais des raisons d'être suspicieuse envers les autres.

— Je comprends, rassure-toi. Ce que je ne comprends pas toutefois, c'est l'absence de Stéphane. Je ne l'ai même pas vu pendant le concert.

— Il y avait beaucoup de monde.

— Oui, mais il sait où je me trouve et en général, il me rejoint.

— Peut-être a-t-il trouvé un meilleur point de vue.

— Je ne sais pas, mais il va avoir intérêt à me trouver une explication convaincante. C'est dingue, on a l'impression qu'à chaque fois que tu es là, il disparaît ; comme s'il te fuyait ou qu'il ne voulait pas te voir. Je ne comprends pas !

Élodie n'avait qu'une envie : lui révéler la vérité, mais elle n'était pas encore décidée. Elle ne pouvait donc rien dire.

— Si ça se trouve, il est anxieux et il n'est pas prêt à assumer de me rencontrer. On voit ça souvent chez les fans. C'est connu.

— C'est ce que je me dis également. Mais je ne comprends pas pourquoi il ne m'en parle pas.

— Il a peut-être honte de l'avouer. Ça pourrait être considéré comme une faiblesse d'un point de vue de mec.

— Il n'est pas comme ça.

— Ils sont tous comme ça.

— Pas lui ! dit-elle en la fusillant du regard.

— Très bien, je ne vais pas chercher à te convaincre, sinon ça va encore nous entraîner dans une conversation sans fin !

— Il vaut mieux.

Elle la regarda d'un air très provocant et lui dit :

— Dis donc, tu n'acceptes pas vraiment la critique, lorsqu'il s'agit de ton *Stéphanichou adoré* !

— Stéphane est au-dessus de tout soupçon pour moi. Il est l'homme parfait.

— Rien que cela ! Il faut vraiment que tu trouves un moyen de me le présenter. Avec un peu de chance, il pourrait me faire changer de bord à nouveau !

Élodie la regarda d'un air narquois, ce à quoi Mélanie répondit :

— Ne me jette pas ce regard !

— Quel regard ?

— Ton regard de pimbêche !

— Je ne fais pas un regard de pimbêche, je te dis ce que je pense.

— Et j'apprécie ta franchise, mais ce n'est pas parce que tu as eu une expérience désastreuse avec les hommes que tu dois généraliser. Ils ne sont pas tous comme ça. Et surtout pas Stéphane ! dit-elle, passablement énervée.

Élodie fronça les sourcils et répondit sèchement :

— Et d'une, je n'ai pas eu une expérience désastreuse ! J'ai aussi connu des hommes bien. Et de deux, je ne généralise pas lorsque je dis que les hommes cherchent soit un beau tableau de chasse, soit un substitut à leur mère. Ils sont tous comme ça, même ceux qui sont bien, que tu le veuilles ou non.

— Je ne suis pas d'accord ! Stéphane n'est pas comme ça ! Il est doux, attentionné, me respecte pour ce que je suis, et il ne me prend pas pour sa... Bon d'accord, je ne connais pas sa mère. À vrai dire, il ne me parle pas de sa famille, mais ça ne change rien. Tes propos sont venimeux et totalement basés sur l'affectif ! Reviens discuter de ça avec moi quand tu seras devenue factuelle, en attendant, je ne veux plus en parler !

Toutes deux se regardaient de façon presque agressive. Élodie se radoucit alors et dit en souriant :

— En tout cas, je suis heureuse.

— Pourquoi ?

— Parce que j'avais raison, tu es vraiment devenue mon amie.

— Parce qu'on s'engueule ?

— Oui, parce qu'on s'engueule. Tu sais, ça fait une éternité que je ne me suis pas engueulée avec quelqu'un !

— Tu es sérieuse ?

— Oui ! Quand tu deviens célèbre et adulée, soudainement toutes tes relations, y compris tes vrais amis, deviennent gentilles, mielleuses et attentionnées envers toi ; pas un mot plus haut que l'autre, les gens sont toujours d'accord avec ce que tu dis, ils ne te contrarient jamais... Rien de plus énervant, quoi ! Toi au moins, tu me dis ce que tu penses, quitte à ce qu'on se fâche. Mais je préfère mille fois ça ! Et je n'imaginais pas possible de me faire de nouvelles amies, après être devenue ce que je suis. Je me rends compte aujourd'hui que je me suis trompée.

— Eh bien, pour une fois que tu reconnais que tu n'es pas parfaite ! dit-elle d'un ton mordant.

— N'en fais pas trop quand même, sinon tu vas vraiment me mettre en colère !

— En même temps, si tu n'étais pas en permanence en train de me provoquer avec tes affirmations à la noix, je ne m'emporterais pas comme ça !

— C'est vrai que j'ai tendance à provoquer, je le reconnais.

— Après, c'est normal comme comportement. Si tu dis que la plupart des gens que tu côtoies te lancent des fleurs… Il faut bien que tu les pousses à bout, pour voir jusqu'où ils seront capables d'aller pour te passer de la pommade ! C'est ce que tu as fait avec moi, non ?

Élodie se rendit compte qu'elle avait vu clair dans son jeu et elle dit quelque peu gênée :

— Tu es perspicace, ma chérie, et je te demande pardon.

— Tu n'as pas à t'excuser, je comprends. Il fallait que tu sois sûre. J'espère seulement que maintenant que je t'ai montré que tu pouvais compter sur moi en tant qu'amie, tu vas te comporter un peu plus normalement !

Élodie était très gênée. Elle afficha un air coupable et elle la prit dans ses bras.

— Je te le promets.

— En tout cas, ce que tu me dis me touche beaucoup. Et en ce qui me concerne, toi aussi tu es certainement devenue ma meilleure amie. Même s'il est vrai que je ne sors pas beaucoup et que je ne fréquente pas grand monde.

Elles se serrèrent à nouveau dans les bras l'une, l'autre.

Puis Mélanie dit :

— Je peux te poser une question indiscrète ?

— Oui.

— Tu as eu beaucoup de relations avec des femmes, depuis que tu as abandonné les hommes ?

— Non.

— Ah bon ? Mais combien ?

— Quand je disais non, c'était au sens propre.
— Tu veux dire que tu n'es jamais sortie avec une femme ?
— Non, en effet.
— Mais… je ne comprends pas. Comment peux-tu savoir que tu aimes les femmes, si tu n'as jamais eu de relation avec une femme ?
— Parce que je le sais, c'est tout. Toi tu savais bien que tu étais attirée par les hommes avant même de sortir avec l'un d'eux, non ?
— Oui… certes… Mais, en même temps, je suivais les principes qu'on m'avait inculqués et qui veulent qu'une femme doive aimer un homme. J'aurais très bien pu me rendre compte en sortant avec mon premier mec que je n'aimais pas cela et virer de bord. Un peu comme toi finalement… Et d'ailleurs, tu l'as su dès ta première relation ou plus tard ?
— Je n'ai pas eu besoin de relation pour le savoir.
— Que veux-tu dire ?
— C'est pourtant clair, non ?
— Attends, tu veux dire que tu n'as jamais couché avec un homme non plus ?
— Eh bien non !
— J'en reviens pas ! répondit-elle consternée.
— Tu as l'air déçue !
— Non, pas déçue. Juste surprise. C'est que… je me disais qu'une femme aussi belle que toi, et avec ta position et ta notoriété, aurait forcément eu des tonnes d'aventures. Et puis tous les magazines *people* t'ont prêté des relations avec tant de gens célèbres !
— Ce sont des magazines *people*.
— Alors, tout ce qu'ils disaient sur toi était faux ?
— Tu m'as déjà vu faire étalage de ma vie privée au grand jour ?
— Non, c'est vrai… dit-elle songeuse. Finalement, je réfléchis et je me dis que j'aurais dû le savoir.

— Oui, certes.
— Je suis désolée.
— Ce n'est pas grave.
— Mais, sans indiscrétion, ça ne te manque pas ?
— Comment quelque chose que tu ne connais pas pourrait-il te manquer ?
— Oui, vu comme cela ! Mais… pourquoi alors ?
— Parce que je n'ai pas encore trouvé la bonne personne. Et pour moi, c'est très important. Je n'aurai de relation avec personne tant que je n'aurai pas trouvé la bonne.
— Eh bien ! Je suis impressionnée.
— Il n'y a vraiment pas de quoi, tu sais.
— Et alors pour toi, à quoi ressemble la femme idéale ?
Elle la regarda de ses grands yeux vert profond et dit :
— À toi.
— Euh… répondit Mélanie confuse.
— Mais ne te méprends pas, je ne te fais pas d'avances. Je n'ai aucune vue sur toi. Toutefois, j'ai bien considéré notre relation et je me rends compte qu'en à peine quelques mois, tu es devenue l'une des meilleures amies que je n'ai jamais eues. Alors je pense que c'est quelqu'un comme toi qu'il me faudrait. J'apprécie ce que tu es, ton caractère, ta personnalité. Et puis tu es très belle, ce qui ne gâche rien à l'affaire. Oui, c'est quelqu'un comme toi que je recherche ! répondit-elle, sûre d'elle.
Mélanie était à la fois heureuse et gênée de ce qu'elle venait de lui dire. Elle en devint toute rouge.
— Tu sais mettre la pression, toi !
— Mais, encore une fois, ne le prends pas pour toi ! Je ne te demande rien. Cela n'est qu'une constatation objective que je fais par rapport à mon ressenti vis-à-vis de toi. Je ne te drague pas. Et puis, de toute façon, ça serait illusoire puisque tu aimes les hommes !
— Oui, c'est sûr. Enfin, tu sais, si jamais j'échoue avec Sté-

phane, ce qui m'étonnerait, je pourrai toujours venir te voir ! dit-elle guillerette.

— Ne te moque pas, s'il te plaît.

— Mais je suis très sérieuse ! répondit-elle.

— Sérieuse ?

— Oui ! Tu sais, je n'ai eu que des déceptions avec les hommes jusque-là. Si je me plante une fois de plus, ou si ça ne marche pas, pourquoi ne pas essayer avec une femme ? Et puis comme tu le dis, en à peine quelques mois, nous sommes devenues très proches. Je comprends bien ce que tu viens de me dire, puisque je ressens la même chose pour toi.

— Dans ce cas, je suis contente que l'on se comprenne. Mais, en y réfléchissant, je ne sais pas si cela serait une si bonne idée pour autant ; je ne voudrais pas qu'une relation intime vienne tout gâcher entre nous. Je tiens énormément à ton amitié.

— Moi aussi.

— Et puis, j'ai toujours mon vibro !

Elles éclatèrent de rire, puis s'enlacèrent amicalement. Elles sortirent ensuite des loges pour retourner à l'hôtel.

Comme elle s'y attendait, Mélanie ne trouva pas Stéphane qu'elle aurait bien aimé présenter à Élodie. Elle salua donc son amie, qui devait partir très tôt le lendemain matin, et qui alla rapidement se coucher dans sa chambre.

Et le lendemain matin, Stéphane vint la réveiller. Mélanie n'était ni très contente de se lever, ni très contente que son ami ait subitement disparu tout le temps où Élodie était là. Elle préféra ne pas lui poser de question, car elle savait d'avance que son alibi serait parfait. Elle laissa donc faire et les concerts d'Anubys continuèrent en Europe pour se finir aux États-Unis avec le fameux concert de New York qui devait sonner la fin de la tournée éclair du groupe.

Le secret absolu entourait le concert quant à la première partie et le groupe qui allait l'assurer. Circulaient de nombreux noms de jeunes groupes de Metal en pleine ascension, mais personne n'avait, ne serait-ce que supposé, que cela pourrait être Mégane.

Aussi le public fut très surpris lors du début du concert.

Tout commença dans un noir total, sur les notes de *Hallowed Be Thy Name*, une chanson du groupe Iron Maiden. Les premières notes de guitares retentirent et le public reconnut immédiatement le morceau. Toutefois, ils ne s'attendaient pas à y entendre une voix féminine. Voix qui collait d'ailleurs parfaitement à ce type de musique ; Bruce Dickinson, le chanteur de Maiden ayant une voix de ténor dramatique.

De nombreuses personnes s'interrogèrent alors, car cette voix était familière à beaucoup. Mégane elle-même n'avait pas conscience de la portée de ses morceaux, car de nombreux fans de Metal l'écoutaient. Sa musique, si elle était bien moins violente que du Metal, était toutefois l'œuvre d'une âme torturée et déchirée par les tourments. De nombreuses personnes s'y reconnaissaient, même certaines que l'on n'aurait pas imaginées.

Le morceau d'Iron Maiden commençait de manière dépouillée avec juste une guitare, une cloche et un chant, puis, au bout de quelques secondes, partait d'un seul coup avec l'ensemble des membres du groupe. C'est à ce moment-là que les lumières s'allumèrent et que les plus perspicaces comprirent qu'ils avaient eu raison : il s'agissait bien de Megane Tuyé qui assurait la première partie.

Mais quelle fut la surprise de tous les fans de la voir aux côtés du groupe à l'affiche. Il y eut comme trente secondes de stupeur dans la salle. Mégane elle-même se mit à douter, mais elle continua avec assurance et le public fut conquis.

Ce fut un soulagement à la fois pour elle et pour Mélanie qui ne savait pas comment elle s'en sortirait. Gérard aussi avait de sérieux doutes. Il avait beau savoir qu'Élodie avait d'exceptionnelles capacités, il ne savait pas si elle aurait ce qu'il faut au fond d'elle pour pouvoir assurer un concert de Metal, quand bien même il s'agissait de reprise de groupes connus. En outre, ils comptaient jouer des morceaux originaux à la fin. Y arriverait-elle ? Serait-elle convaincante ? C'étaient les deux questions qui hantaient le groupe depuis pas mal de semaines. Mais Élodie n'avait pas peur, car elle savait que ces nombreuses années où elle avait écouté du Metal deviendraient payantes le jour du concert.

Et elle avait raison, car ce fut un immense succès.

Elle se permit même le luxe de reprendre *This Love*, un titre phare du groupe Pantera où la voix du chanteur original était proche du growl et sur lequel elle hurla telle une furie déchaînée, ce qui pour le coup donna une sacrée claque à son public.

Elle rayonnait tel un soleil et leurs morceaux originaux reçurent, eux aussi, une ovation. Mégane était impressionnante, à la fois sensuelle, brutale, voire inquiétante parfois. On sentait qu'elle était habitée par ce qu'elle faisait. Mélanie perçut qu'elle avait trouvé dans la musique Metal un exutoire à toute sa colère et à toute la haine qu'elle avait envers sa mère.

Le public fut stupéfait de voir ce petit bout de femme, si belle, si fragile, assurer tel un *Metal Slayer* au zénith de sa carrière.

Il y eut même des demandes de rappel par les fans, ce qui arrivait rarement lors d'une première partie.

Comme ils n'avaient rien prévu pour faire face à un tel cas de figure, le groupe se regarda et c'était comme si la même idée leur avait traversé l'esprit. Ils reprirent la version de *Sorry* qu'ils avaient jouée en studio. Mais c'était une version que le public ne s'attendait pas à entendre, plus punchy, plus rapide et plus déchirée que l'originale. Ce fut une réussite à tout point de vue. À nouveau, Mégane fut au paroxysme de ce qu'elle savait faire et tous furent conquis.

Ensuite, le groupe ne laissa pas au public le temps d'en redemander et se lança dans son propre concert. Mégane céda le micro à Gérard et prit possession de sa place de deuxième soliste et elle donna la réplique à Bob durant une heure et demie de concert. Cela s'ajoutant à la première partie, le public en prit pour trois heures d'un concert de Metal inoubliable.

Dès le lendemain, les critiques et la presse spécialisée se déchaînèrent. On pouvait lire çà et là : « *Mégane Tuyé, la rockeuse de Metal* », ou encore « *The Iron Megan* » ou bien « *Elle peut TOUT jouer* ». Finalement, ce dernier concert passa plus aux yeux de la presse pour celui de Mégane que pour celui d'Anubys. Mais le groupe considérait que ça n'était que justice, en regard de tout ce qu'elle avait fait pour eux. En outre, toutes les critiques acclamaient la performance du groupe et de l'ensemble.

Suite au concert, Mégane donna une conférence de presse où elle annonça officiellement son association avec les musiciens d'Anubys pour ses prochains albums. Elle annonça également la sortie prochaine d'un album de reprises de rock et Metal, ce qui sema un grand trouble parmi les fans de la chanteuse, qui ne savaient pas à quoi s'attendre. Mais son concert avait eu un tel succès que le Metal semblait revenu à la mode, même chez monsieur tout-le-monde qui s'était, de toute manière, connecté sur Internet afin de visualiser les vidéos pirates du fameux live.

Sa maison de disques, qui avait eu quelques réticences, se ravisa et lui céda tout. Mais ils n'avaient pas vraiment le choix s'ils ne voulaient pas perdre la chanteuse de leur catalogue.

Puis le soir même du concert, alors que tout le monde était encore dans les loges, surexcités par tout ce qui venait de se passer, comme à son habitude, Stéphane montra le bout de son nez, alors que Mélanie l'avait cherché durant les trois heures de concert.

Il avait les traits tirés, comme s'il venait de passer une dure journée. Mélanie était trop heureuse de tout ce qu'elle avait vu ce soir-là et avait des étoiles plein les yeux. Elle ne lui posa aucune question, le prit par le bras et l'emmena dans sa chambre.

Ils entrèrent et Mélanie le regarda d'une drôle de manière. Stéphane lui demanda :

— Ça ne va pas Mélanie ? Tu as l'air bizarre !

— J'en ai assez de prendre des gants, il est temps de passer à la vitesse supérieure.

Elle le regarda dans les yeux, enivrée par sa présence, et se jeta dans ses bras en l'embrassant de manière torride. Il ne s'y attendait vraiment pas, car il n'avait pas réalisé à quel point il avait été son unique centre d'intérêt durant toute la tournée. Elle le poussa violemment sur son lit et vint sur lui avec tout autant de fougue.

Mais Stéphane la repoussa gentiment et dit :

— Écoute Mélanie, avant que nous n'allions plus loin, il faut que je te dise quelque chose.

— Oh non, je craignais que tu ne me rejettes. Ne me fais pas ça, s'il te plaît !

— Tu te méprends ! Je ne te rejette pas. Mais il y a un secret qui me pèse et que je ne peux pas continuer à garder, surtout si nous allons plus loin ensemble. J'ai repoussé l'échéance du mieux que j'ai pu, et pas toujours de manière habile, mais là il faut que je te lâche le morceau.

— Je sais depuis le début que tu me caches quelque chose. Mais je ne t'oblige pas à me l'avouer. Je t'aime comme tu es, avec tes secrets.

— Merci, mais moi, je dois te le dire. Bon allez, je me lance. C'est au sujet de Mégane.

À son air sérieux et au ton de sa voix, elle comprit que c'était important et dit :

— Eh bien, ça a l'air important, dis-moi !

— On peut dire cela. Tu m'as souvent dit que tu aimerais que Mégane te parle de son enfance, n'est-ce pas ?

— Oui... bien sûr fit-elle un peu surprise. Mais je ne vois pas le rapport ?

— Te souviens-tu d'avoir demandé à Élodie de te raconter ce qui l'avait rendue aussi dure avec les hommes ?

— Oui… Mais comment es-tu au courant de cela ? Et puis comment connais-tu son vrai prénom ?

— Parce que je la connais depuis toujours.

Mélanie en soupira de satisfaction.

— Alors voilà pourquoi tu l'évitais et qu'elle aussi ! Je comprends mieux ! Vous ne vouliez pas qu'on sache que vous étiez amis.

— C'est un peu plus compliqué que cela. Mégane et moi…

Il avait la voix hésitante et un gros nœud dans la gorge

— C'est très difficile pour moi te de dire ça, et excuse-moi d'avance si je perds un peu mes moyens, ou si je suis confus.

— Je t'écoute.

— Le plus simple, c'est encore que je laisse Élodie t'expliquer.

Il tira sur ses cheveux, et Mélanie découvrit avec stupeur qu'il s'agissait d'une perruque : ses vrais cheveux étaient plaqués contre son crâne et retenus par une sorte de filet qu'il détacha, laissant apparaître une magnifique chevelure longue et blonde. Mélanie reconnut alors qu'il avait un air lointain de ressemblance avec son amie Élodie.

Il lui dit :

— Voilà !

— Je ne comprends pas ! répondit-elle incrédule.

— Bien sûr, il faut que tu rajoutes le maquillage, les formes féminines et tout ce qui suit, mais Mégane, c'est moi. Ton amie Élodie, que tu as rencontrée avec Anubys et qui t'a aidée à voir clair avec Jérôme, c'est moi. Je t'ai menti tout ce temps et je te présente toutes mes excuses, mais comprends que j'avais de très bonnes raisons.

— Je veux bien avouer que vous vous ressemblez un peu, mais de là à dire que c'est toi… Tu es un homme et franchement, tu n'as pas vu Élodie ni comment elle est fichue ! Ça ne peut pas être toi !

— Je connais parfaitement le corps d'Élodie, mais écoute, tu vas mieux comprendre.

Il prit une guitare qui traînait et commença à jouer les notes de *Bloody Human*. Puis à la stupéfaction de Mélanie, la voix de la chanteuse sortit de sa bouche.

Elle était sciée. Elle vit son visage changer, s'adoucir, devenir féminin tandis qu'il chantait. Elle le vit se transformer en femme devant elle, ce qui était pour le moins étonnant. Elle la reconnut alors, c'était bien elle, sans artifices, sans maquillage avec une légère moustache et barbe ; elle était en direct devant Mégane Tuyé.

Elle secoua sa tête et dit avec force :

— Arrête s'il te plaît !

Il stoppa.

— Mais qu'est-ce que tu me fais là ? Je n'y comprends rien. Qui es-tu ?

— Je te l'ai dit, je suis Stéphane, Mégane et Élodie. Nous sommes la même personne.

— Mais comment est-ce possible ? Tu es un homme ou une femme ?

— Je… répondit-il avec émotion. Je suis, comme on dit, une femme qui est née avec un corps masculin. Et crois-moi, ça n'est pas facile pour moi de vivre comme ça et encore moins de me livrer à toi, car je sais à quel point tu dois te sentir trahie.

— Trahie ? Je t'avoue que je ne sais pas moi-même comment je me sens ! Je… je suis éberluée… C'est vrai que la ressemblance m'apparaît plus nette maintenant, mais je ne comprends toujours pas comment tu peux faire pour être ces deux personnes si différentes. Et puis, Élodie est une bombe ! Toi… tu es un homme ! Comment peux-tu devenir Élodie ?…

Il retira alors des prothèses en silicone qui galbaient ses épaules, tira précautionneusement sur sa fausse moustache et sa fausse barbe, retira des postiches de sourcils, de poils à différents endroits, puis secoua ses cheveux et les mit en forme, et Élodie apparut au grand jour. Mélanie n'eut plus aucun doute, il s'agissait bien de son amie.

Stéphane adopta la voix d'Élodie et dit :

— Je n'ai pas fait ça du jour au lendemain, tu sais.

— Alors explique-moi tout, s'il te plaît.

Chapitre 7

Élodie baissa les yeux, tandis qu'elle se remémorait son passé. Elle avait une intense douleur sur le visage, Mélanie y vit même comme de la haine poindre fugacement.

— Ma mère a toujours souhaité avoir une fille, dit-elle. Lorsque je suis née, elle a été très déçue ! rit-elle d'un rire sardonique.

Elle fit une pause.

Mélanie répondit, un peu hésitante :

— J'imagine.

— Alors, elle a été jusqu'au bout de ses idées et, dès ma naissance, elle a décidé que je serais une fille. Je ne sais pas comment elle s'est débrouillée, mais elle m'a baptisée Élodie et a fait ce qu'il fallait pour mon état civil. Puis elle m'a habillée et élevée comme une petite fille. Je me souviens de ma chambre d'enfant, toute rose avec des jouets de petites filles, des princesses, des poupées, des barbies… tout jusqu'aux vêtements comme je te disais. Elle m'a féminisée et a commencé mon éducation comme si mon vrai sexe d'homme n'existait pas.

— Mon Dieu ! chuchota Mélanie consternée.

— Oui, jusqu'à trois ou quatre ans, je ne me souviens plus trop. J'étais encore toute jeune. Enfin, jusqu'à la maternelle.

— Tu veux dire que là encore ?

— Oui, là encore.

— Mais et ton père ?

Élodie s'assombrit encore plus.

— Je n'ai que peu de souvenirs de mes 4 ans, mais il en est un qui reste ancré dans ma mémoire. Un jour où ma mère était de sortie, mon père est venu me voir. Il n'était pas comme d'habitude. Il avait un air grave et je ne comprenais pas pourquoi. Il m'a dit qu'il m'aimait, m'a pris dans ses bras et m'a fait un câlin. Je me souviens encore de ce câlin, dit-elle avec les yeux humides. Dans ce court moment d'intimité, j'ai ressenti tout l'amour qu'il avait pour moi. Puis il est sorti de ma chambre.

Elle cessa de parler et sembla en proie à un profond désarroi.

— Peu après, j'ai entendu un grand bruit et je suis allée voir. Je l'ai trouvé dans le salon, pendu à l'accroche de la lampe.

— Mon Dieu ! s'exclama Mélanie.

— J'imagine sans peine pourquoi il avait fait cela. Elle le manipulait, elle était toute-puissante. Il n'avait ni la volonté ni la force de lutter contre elle.

— Quelle horreur !

— Après cela, la vie a repris son cours. Ma mère n'a pas fait grand cas de son suicide. Je finis par me demander si elle l'aimait, ou s'il n'avait été que le concepteur de l'enfant qu'elle souhaitait ardemment.

— Mais, personne ne s'est inquiété de son suicide ? Je veux dire, la police, la protection de l'enfance ?

— Ma mère savait se montrer convaincante. Elle leur a fait un tour de passe-passe comme elle savait y faire et ils n'y ont vu que du feu. Et moi, j'étais encore si naïve qu'elle m'avait convaincue que ces gens n'étaient pas de notre côté et qu'il ne fallait rien leur dire.

— Mais quel monstre !

— Attends la suite, je ne t'ai pas encore tout dit ! Après cela, elle m'a inscrite en maternelle et m'a envoyée là-bas habillée en petite fille, avec mes petites robes, avec tous les petits accessoires dont disposent les petites filles de cet âge. Elle se servait de moi comme d'une petite poupée, m'achetait des tonnes de vêtements, des petites chaussures roses ou blanches, me coiffait, me bichonnait. Ça n'était pas désagréable en soi. Mais c'est à l'école que j'ai commencé à me poser des questions. Je n'étais pas idiote et j'ai très vite remarqué que j'avais quelque chose entre les jambes que les autres petites filles n'avaient pas. J'avais aussi remarqué que les petits garçons avaient cette chose dont j'ignorais le nom. Et elle avait été fine, ma mère, car elle m'avait bien mise en garde de ne jamais montrer mon entrejambe, pas même à la maîtresse. À ces âges, on peut aisément faire passer un petit garçon pour une petite fille. Et en procédant ainsi, personne ne s'est jamais douté de mon vrai sexe. Heureusement, j'ose à peine imaginer la réaction des autres. Bref, j'étais très précoce et je sus lire et écrire très tôt. Un jour, en fouillant dans ses affaires, j'ai trouvé des papiers me concernant sur lesquels je m'appelais Stéphane et non Élodie. Je ne comprenais pas ! J'avais vu les mêmes papiers sur lesquels j'étais Élodie. Alors, je suis allée la voir avec ces documents et je lui ai demandé comment cela se faisait que j'avais eu un prénom de garçon et pourquoi j'étais une petite fille maintenant et que j'étais aussi différente des autres physiquement. Elle m'a répondu que j'étais sa petite fille et que je ne devais pas avoir de doute là-dessus et surtout, que je ne devais parler de ce secret à personne, que ça risquait de me faire du mal et à elle aussi. Je ne souhaitais pas faire de mal à ma mère !

Mélanie vit que les larmes lui montaient aux yeux.

Elle continua :

— Alors j'ai continué à aller à l'école grimée ainsi. Puis, les années passaient et un jour, je suis allée m'acheter des habits de petit garçon avec l'argent de poche que ma mère me donnait. Je les ai essayés en cachette, ils m'allaient bien. Je relevai mes cheveux que j'attachai derrière ma tête et là, je vis un vrai petit garçon, un peu efféminé certes, mais un petit garçon malgré tout. J'étais perdue, je ne comprenais pas pourquoi…

Elle se tut un instant.

— Et qu'as-tu fait ?

— J'ai caché mes vêtements et je me suis dit que c'était peut-être normal, que ma mère avait raison : j'étais une fille, mais j'avais ce truc bizarre qui pendait entre mes jambes. Tu sais, quand on n'a que huit ans, on croit ses parents… Que j'étais naïve quand j'y repense ! Mais un jour, ma mère a trouvé mes vêtements de petit garçon.

Elle baissa encore plus les yeux, d'un air de douleur intense. Mélanie, qui perçut sa détresse, lui dit avec douceur :

— Veux-tu faire une pause ?

— Non, ça me fait du bien de vider mon sac. Donc, lorsqu'elle vit mes vêtements, elle entra dans une colère noire. Je me souviens encore de ses mots : « *Ah, tu veux être un garçon, mon petit ? Eh bien, tu vas être un garçon !* » Et, pour me punir, elle m'a humiliée publiquement : elle m'a passé mes vêtements de garçon, m'a coupé les cheveux et m'a envoyée à l'école ainsi, alors que tous mes copains et copines ne m'avaient toujours connue qu'en fille. Elle m'a accompagnée elle-même pour être certaine que je ne m'enfuie pas et que j'y aille bien. Elle a expliqué à tous qu'en réalité, j'étais un petit garçon, mais que depuis tout petit j'avais voulu être une petite fille. Elle a ensuite dit qu'il était temps que je cesse de vouloir être ce que je n'étais pas et que je devais assumer mon sexe de garçon.

— Mon Dieu ! reprit Mélanie atterrée.

— Et il s'est passé ce qui devait se passer. J'ai été la risée de tous. Mes copines se sont senties trahies et m'ont rejetée, et les garçons se sont moqués de moi. Je me suis retrouvée seule. Il n'y a que les maîtresses et les maîtres qui m'ont soutenue et ils ont fait la morale aux autres, mais en vain.

— Ma pauvre, je n'imagine même pas ce que tu as dû vivre !

— Personne ne le peut. C'est à ce moment-là que tout l'amour que j'avais pour ma mère s'est implacablement transformé en haine. Elle a d'ailleurs tout fait pour que cela empire. Après m'avoir envoyée à l'école habillée en garçon, sur un coup de colère, elle a pris mes vêtements, les a jetés, m'a privée d'argent de poche pour être certaine que je n'en rachète pas et m'a renvoyée là-bas, habillée en petite fille en expliquant à tous que finalement c'était trop dur pour moi et que je préférais être une petite fille et qu'ils devaient m'accepter comme telle. Je me souviens encore du regard des professeurs. C'était un regard mêlé d'incompréhension à son égard et de pitié pour moi. Mais il faut dire que là-dessus, elle avait dérapé. En fait, lorsqu'elle m'a envoyée là-bas en petit garçon, elle a essayé de convaincre les professeurs que je souffrais d'une dysphorie de genre. Et ça a plus ou moins marché. Mais dès qu'elle m'a renvoyée là-bas en petite fille, ils ont compris qu'elle s'était jouée d'eux. Ils ont compris qu'elle se vengeait de quelque chose sur moi.

— Et ils n'ont pas appelé les services sociaux pour t'aider ?

— Mais je ne voulais surtout pas ! Sinon je n'aurais pas pu me venger à mon tour.

— Tu en étais là… dit-elle consternée.

— Oui, j'en étais là. Comme je te l'ai dit, je n'avais que haine et vengeance en tête. Et rien ni personne ne pouvait me convaincre du contraire.

— Mais comment as-tu fait ?

— J'ai menacé de me suicider s'ils appelaient les services sociaux. Ça a marché, car j'ai été plus que convaincante lors d'une tentative. Mon père m'avait montré l'exemple.

— Mon Dieu… dit-elle mortifiée.

— Ensuite, j'ai tenté de demander pardon à ma mère, d'apaiser sa colère, histoire de faire semblant d'arranger les choses. De lui expliquer que j'avais bien compris la leçon et que je ne recommencerais pas, car désormais tout le monde se moquait de moi à l'école. Au travers de cela, je voulais voir si elle avait tout de même des regrets pour ce qu'elle m'avait fait. Mais sa seule réponse fut froide et détachée : je l'avais profondément déçue, il fallait maintenant que j'en assume les conséquences.

— Quel monstre !

— Tu n'as pas idée…

— Quand je pense que je t'ai demandé si tu avais vécu une enfance pire que la mienne !

— Mais attends, je ne t'ai pas tout dit. Cette expérience m'a fait toucher le fond, au point que j'ai cru que je ne m'en remettrais jamais. Mais cela m'a fait aussi comprendre très tôt le principe du « *ce qui ne vous tue pas vous rend plus fort* ». Alors, j'ai commencé à élaborer un plan pour m'en sortir. J'ai tout fait pour essayer de changer d'école et aller dans un endroit où l'on ne me connaîtrait pas, où je pourrais recommencer à zéro. Bien sûr, ma mère a refusé. J'ai alors décidé de gagner de l'argent pour pouvoir prendre mon destin en main. Et pour cela, j'ai commencé à avoir de mauvaises fréquentations à l'école. J'ai commencé à fréquenter des garçons du collège public d'à côté, qui vendaient tout un tas d'objets plus ou moins légalement et obtenus plus ou moins légalement. Et dès dix ans, et grâce à eux, j'ai pu gagner un peu d'argent de poche, que je cachais à ma mère et que je mettais de côté. Je pensais naïvement donner de l'argent aux professeurs pour qu'ils m'aident à partir. Mais je n'eus pas besoin de le faire : à cause de ce travail en parallèle, mes notes ont dégringolé et les professeurs m'ont prise en pitié, car ils savaient bien avec qui je traînais et pourquoi. Avec le principal, ils ont donc fait pression sur le rectorat pour qu'on me change d'établissement et surtout, pour qu'on prévienne l'équipe pédagogique du nouvel établissement de ma situation afin qu'ils gèrent cela au mieux. Dès mon changement d'école, ma mère fut interceptée. Et ils l'empêchèrent de recommencer.

— Parce qu'elle a essayé ?

— Mais, bien sûr ! À qui crois-tu avoir affaire ? répondit Élodie d'un air blasé. Quand je te dis que cette femme est un monstre, je n'exagère pas. J'ai eu beau la prier, me prosterner pour qu'elle se tienne tranquille dans cette nouvelle école où j'étais redevenue une fille aux yeux de tous, elle avait tout de même décidé de me le faire payer à nouveau. Elle a racheté des vêtements de garçon, m'a obligée à les porter et m'a amenée à l'école ainsi, dès la troisième semaine. Et là, j'ai vu tout mon malheur recommencer. En plus, cette fois elle n'a même pas pris la peine d'expliquer quoi-que-ce-soit à qui-que-ce-soit, comptant sur le fait que j'allais devoir expliquer moi-même devant tout le monde pourquoi j'étais vêtue ainsi, mettant un point final à mon humiliation.

— Je n'en crois pas mes oreilles ! Comment peut-on être aussi cruel !

Élodie sourit alors et dit :

— Pourtant, ce fut une erreur que de faire cela et ce fut ma chance ! D'une part, parce que habillée et coiffée ainsi, personne ne m'a reconnue en un temps aussi bref ; et d'autre part, parce qu'une fois loin du regard de ma mère, j'ai tout de suite été récupérée par les professeurs qui m'ont emmenée dans une petite salle pour me changer. Ils avaient tout prévu, vêtements chaussures, tout. Je me souviens encore de madame Gardés qui m'a aidée à me changer, et qui m'a coiffée, et qui a pris soin de moi… J'ai donc réussi à passer à nouveau pour une fille aux yeux de tous. Et ma mère n'y a vu que du feu. Je dois beaucoup à ces gens et je leur en serai éternellement reconnaissante. J'ai d'ailleurs gardé contact avec certains d'entre eux, comme madame Gardés.

— Et ta mère s'est tenue tranquille après cela ?

— Oui, par chance, car mes professeurs ont réussi à la persuader que son coup pendable avait marché. Le soir même, elle venait me rechercher, alors qu'ils m'avaient rhabillée en garçon. C'est d'ailleurs en retraversant la cour habillée ainsi, au beau milieu de tous mes copains, que j'ai remarqué pour la première fois que si je me comportais comme un garçon, j'arrivais à me faire passer pour tel et que personne ne me reconnaissait. Ils ne faisaient tout simplement pas attention à moi, si je parvenais à avoir l'air naturel. Et c'est après cet épisode qu'a germé en moi l'Idée pour me venger : grâce à l'argent que j'avais gagné, j'ai racheté quelques vêtements de garçon et, tous les matins, je partais de la maison avec ces derniers, histoire de lui faire croire que j'assumais désormais qui j'étais et ce que j'étais. J'ai re-décoré ma chambre dans un style des plus masculins. J'ai jeté mes poupées et mes jouets de fille par la fenêtre et je me suis comportée en permanence comme un garçon devant elle. Je me souviens encore de sa tête. Ça la faisait enrager de croire que j'avais retourné sa punition à mon avantage ! Elle avait échoué et elle le savait. Et, pour enfoncer le clou, je restais habillée en garçon à la maison et même le week-end, ce qui l'énervait encore plus, car elle n'avait plus sa petite fille chérie qu'elle pouvait pouponner et choyer. En fait, je suis devenue très dure à cette époque ! Je disais non à tout, je lui rentrais dedans dès que j'en avais l'occasion... J'ai acheté des jouets de garçons et je m'amusais avec devant elle, rien que pour la voir bouillir de rage ! Pour l'école, j'avais trouvé un moyen de me changer dans un petit local en bas de notre immeuble. Et là, je redevenais une fille pour aller à l'école.

— J'imagine à peine la confusion que cela a dû être dans ta tête.

— En fin de compte, pas tant que ça... Cela devenait même amusant pour moi de jouer ainsi avec mon identité de genre. C'est par la force des choses que j'ai commencé à observer les autres et que j'ai appris à reconnaître les différences entre hommes et femmes, tout ça pour me parfaire dans mon rôle d'homme pour lequel je n'avais aucune expérience. Je me suis rendu compte, finalement, que j'avais pris conscience de ces différences beaucoup plus tôt que les autres enfants de mon âge. Mais là où ça a commencé à se corser pour moi, c'est au moment de la puberté.

Elle fit une petite pause.

— Eh oui, à 12 ans, les filles commencent à avoir des formes et les garçons de la moustache. C'était mon cas. Heureusement que je suis une vraie blonde, car ça ne s'est pas vu tout de suite. J'ai même acheté du maquillage pour cacher ça le plus longtemps possible. Mais, au bout d'un moment, il a bien fallu que j'agisse, car je ne pouvais plus continuer comme cela sans éveiller l'attention. J'ai donc épilé et j'ai eu mal.

— Ma pauvre, je sais ce que tu as subi.
— Sur le visage ? dit-elle en la fixant.
— Ah… non. C'est vrai…
— Bref, au bout d'un moment, il a fallu que je me rende à l'évidence que l'épilation ne suffisait plus, car ils repoussaient toujours plus nombreux, plus gros, plus voyants. Le fond de teint ne suffisait plus à couvrir le rasage, sans avoir recours à des cache-barbes bien gras, épais et voyants eux aussi. Je n'avais pas envie d'être l'une de ces filles que l'on traite de pots de peinture, alors j'ai commencé à me renseigner sur l'épilation définitive vers 14 ans.
— Si tôt ?
— Oui, je sais. D'ailleurs, j'ai eu toutes les peines du monde à trouver quelqu'un qui accepte de me le faire. Mais j'ai fini par trouver, par relations, un étudiant en médecine dans un hôpital qui a accepté de me faire les séances et de me suivre pour vérifier que tout allait bien ; après tout, j'étais en pleine puberté ! En fait, j'ai su plus tard qu'il s'était servi de moi pour un mémoire qu'il devait écrire. Qu'importe ! J'ai eu ce que je voulais. Ça a été long, long et douloureux ; très douloureux ! Mais mon visage ne m'a plus jamais posé de problème. Plus tard, j'ai fait aussi le haut du torse, indispensable aux décolletés ! dit-elle en riant. Pour les formes, j'ai commencé en bricolant avec des petits ballons pleins d'eau pour les seins, des épaulettes pour les fesses et des coussinets en silicone pour les hanches. Puis, j'ai trouvé des produits professionnels tout en silicone, prothèse de hanche, de fesse de seins ; ça n'a pas été le plus difficile.
— Mais comment as-tu pu faire tout cela à seulement 14 ans ?

— Tu sais, quand on vit ce que j'ai vécu, on apprend vite à se débrouiller. Internet aide bien aussi, pour trouver des choses atypiques. Mon seul but était de quitter ma mère et de vivre ma vie ; majeure ou pas. Mais pour cela, il me fallait d'abord assumer ma double identité et puis gagner de l'argent. J'ai travaillé comme une folle à faire des petits boulots payés au noir, à droite à gauche, tout en continuant à avoir une scolarité normale. À l'école, j'étais Élodie, et en dehors, j'étais Stéphane. J'ai dû compartimenter ces deux existences, j'ai dû m'adapter et faire en sorte que ma scolarité n'en pâtisse pas. Mais comme j'ai consacré l'essentiel de mes premiers revenus à l'épilation intégrale de ma barbe et de mon torse, je n'avais pas encore les moyens de quitter ma mère. En tout cas, lorsque j'ai commencé à avoir de la barbe, je me suis dit que ça pourrait être un double avantage, à la fois pour continuer ma vengeance avec ma mère, mais aussi pour travailler. J'ai donc acheté des postiches de barbe et de moustache. Ils n'étaient pas aussi bons que ceux de maintenant, mais au moins ça donnait le change. Et puis ça me vieillissait et cela m'a permis d'avoir l'air plus sérieux, lorsque je postulais à des emplois au black. J'ai fait des chantiers, du baby-sitting, de l'informatique ; enfin, plein de petits jobs différents. Et j'en ai profité pour porter mes postiches en présence de ma mère, histoire d'affirmer encore plus ma virilité à ses yeux. En grandissant, j'ai constaté que mon visage changeait, mais assez peu finalement. J'ai eu de la chance de ne pas devenir toute carrée comme le sont certains hommes. Je suis restée filiforme et de visage ovale, ce qui était parfait pour une femme, mais aussi pour un homme. Aujourd'hui, avec le recul, je finis même par me demander si la puberté n'est pas réglée par un aspect purement autodéterminé : étant une fille dans ma tête, j'ai toujours eu la sensation que, malgré l'opposition de mon corps, l'esprit était plus fort. Que finalement, c'est ce qui m'a conféré cet aspect androgyne et passe-partout. Enfin…

je faisais du sport le plus possible pour garder la ligne, car je voulais qu'Élodie soit parfaite aux yeux de tous, que l'on ne puisse pas douter un seul instant de ma féminité. J'ai appris à me maquiller et à m'habiller pour magnifier tous les aspects féminins de ma personnalité et j'y ai bien réussi.

— Et malgré tout ce que ta mère t'a fait, tu as continué à te comporter comme une fille ?

— Tu sais, depuis ma naissance, j'ai toujours été une fille. Ma mère m'a élevée comme telle. Et même après avoir découvert la vérité sur mon sexe, même si, en grandissant, j'ai compris que mon corps n'était pas accordé avec ça, je suis restée une fille dans ma tête. J'ai eu beau endosser très souvent le rôle de Stéphane, que ça soit dans les petits boulots ou à la maison, ça n'était jamais qu'un rôle. Bien sûr, j'ai souvent douté de moi, de mon apparence, en particulier après ma puberté, et il y avait de quoi ! Mais je me souviens d'un jour où j'ai eu un déclic. Un matin, je suis sortie de chez moi en Stéphane, puis je me suis changée dans mon petit local et j'ai pris la route de l'école. Il y avait un petit vent printanier ce matin-là, j'étais toute joyeuse et sûre de moi. Et en marchant vers l'école, je suis passée devant un camion de miroitier qui transportait un immense miroir. Je me suis vue dedans en passant. C'était la première fois que je me voyais aussi clairement de jour et dehors. Je me suis même arrêtée pour me regarder. Tu sais, il fallait absolument que je me fonde le plus possible dans le moule de l'adolescente à la mode si je voulais passer inaperçue. J'avais donc mon petit slim de sport, mettant bien mes fesses en valeur, mon top à bretelles recouvert de l'indispensable sous-pull avec la petite veste en cuir, les petites bottines en cuir avec des petits talons et les cheveux tirés à quatre épingles. Le tout légèrement maquillé pour sublimer mon visage. Avec mes prothèses en silicone, j'étais l'incarnation même de l'*adolescente fashion*. Je me suis regardée sous toutes les coutures et je me suis dit : *Quelle belle fille* ! Pour la première fois, j'ai pris conscience que j'aimais les filles ! Alors je ne sais pas si c'étaient mes hormones mâles qui parlaient, mais j'ai eu l'impression de me regarder avec les yeux d'un homme. Pourtant, jusque-là, je n'avais jamais regardé les autres femmes que via ce regard analytique que nous portons souvent sur nous-mêmes. Ce matin-là, je pense que l'homme que j'étais a vu en face de lui une femme qu'il pouvait désirer. Du coup, je me suis sentie femme, plus que jamais. Je ne sais pas si j'arrive à te faire comprendre, mais en même temps, tout se bousculait dans ma tête et c'est assez difficile à exprimer avec des mots simples, même encore aujourd'hui.

— Je crois que je comprends, même si je suis incapable d'imaginer ce que tu pouvais ressentir.

— Bref, c'est là que j'ai vraiment compris ce que j'étais : une femme homosexuelle, piégée dans le corps d'un homme ! Même habillée en garçon, mon côté féminin restait omniprésent.

— Je crois que je vois… Alors, finalement, ta mère avait gagné ?

— Oui. Elle avait eu ce qu'elle voulait : une fille. Je lui en voulais tellement que je me suis rendu compte que j'avais vraiment changé depuis ma puberté. J'étais devenue dure et aigrie. Même moi je ne me reconnaissais pas. Plus le temps passait et moins je la supportais ! Moins je supportais de me trouver à son contact et plus je passais de temps dehors, à travailler pour ne pas la voir. J'ai commencé à écrire des textes, des poèmes dans lesquels je déversais ma colère et ma haine envers ma mère, envers les autres et envers le monde. Puis m'est venue une nouvelle idée : jusque-là, c'était toujours Stéphane qui avait travaillé et Élodie qui allait à l'école. Pourquoi je ne pourrais pas travailler en tant qu'Élodie, puisque de toute manière j'étais une fille ? C'est là que j'ai trouvé un vrai travail entre guillemets dans la société de courrier dont tu as forcément entendu parler et d'où est partie ma carrière. J'y ai travaillé pendant deux ans jusqu'à ma majorité.

— La fameuse société de courrier de Mégane ?
— Oui, celle-là même.
— Mais alors, du coup… Mégane ?
— Mégane est née de mon envie de chanter. J'ai toujours aimé chanter, à l'école dans la chorale, dans ma salle de bains, dans ma chambre… J'ai donc décidé de pousser cela à fond. J'ai travaillé ma voix de femme sans relâche pour éliminer toutes les intonations masculines que m'avait données la puberté et faire en sorte que ma voix soit aussi parfaite que l'était mon apparence physique. J'ai commencé à composer des chansons, aidée de ma guitare ; j'y ai porté mes textes et je les ai enregistrés avec un petit magnétophone que je m'étais acheté. Tout cela, bien sûr, en cachette de ma mère. Et puis il y a eu Bruno. Bruno Sumaq qui travaillait dans la société de courrier. Le seul autre à savoir qui je suis vraiment.
— Comment cela ?
— C'était le responsable des ressources humaines de la société. Je l'ai rencontré dans la rue, par hasard, et nous avons sympathisé très rapidement. On se ressemblait beaucoup. Il voulait me proposer un travail à plein temps. Je lui ai expliqué que ça ne serait pas possible, puisque j'étudiais en même temps. Nous avons pas mal discuté et comme il était aussi doué que moi à percer la carapace des gens, il a rapidement compris qui j'étais et il a compris que ma situation était compliquée. Je lui ai alors tout raconté et je pense qu'il m'a prise en pitié pour mon histoire. Il m'a donné ma chance et m'a fait entrer dans sa boîte en gardant seul le secret de mon identité. Puis un jour où je triais le courrier et que je fredonnais un de mes airs, il est passé par là et m'a entendu. Il s'est arrêté et m'a écouté sans que je le sache et il est ensuite venu me voir et m'a dit que j'avais du talent et une très belle voix. Il m'a raconté qu'il se passionnait pour le son et qu'il avait plein de matériel chez lui. J'ai alors décidé de me lancer et je lui ai passé la démo que

j'avais enregistrée. Il l'a écoutée et l'a trouvée très bonne. Il m'a donc proposé de l'enregistrer chez lui avec du bon matériel et de l'envoyer à des maisons de production. Il m'a répété maintes fois que je ne pouvais pas rester dans l'ombre avec un talent pareil. Moi, je n'y croyais pas trop. Je commençais déjà à être blasée par la vie et les contes de fées, ça n'était pas pour moi ! Mais j'ai bien fait d'écouter ses conseils car, ensemble, nous avons fait du bon travail ! Il m'a enregistrée, il a rajouté des effets, de la batterie avec des échantillons sonores qu'il avait achetés avec son matériel. Il m'a joué du piano pour ajouter à la musique et j'ai eu une première démo de *Humanity Au-Low-Cost*. Je l'ai envoyée à Classic-Records, une petite maison de disques qu'il connaissait, et ils m'ont appelée dans les trois jours qui ont suivi l'envoi. Et puis la suite, tu la connais. Il y a eu les sessions acoustiques, tout s'est emballé très vite et j'ai fini par ne plus maîtriser grand-chose. J'avoue honnêtement que je ne m'attendais pas à rencontrer autant de succès pour un premier album. En tout cas, j'ai enfin gagné ma vie et pu quitter ma mère. J'ai passé mon bac, ce qui a été très difficile étant donné les circonstances, puis j'ai acheté le loft dans lequel je vis.

Elle semblait avoir terminé, alors Mélanie dit :

— Mon Dieu, quelle histoire ! J'étais à mille lieues d'imaginer tout ça !

— Je suis désolée de devoir t'apprendre tout ça ainsi, dans la précipitation. Mais vu la manière dont tournaient les évènements entre nous, je ne pouvais pas continuer à te mentir. En plus, si je t'ai dit tout cela, c'est parce que pour la première fois de ma vie je suis amoureuse… dit-elle un peu gênée. Bref, je tiens vraiment à cette relation. Et je ne pense pas que l'on puisse construire quelque chose de solide, basé sur des mensonges. C'est aussi pour ça que j'ai vidé mon sac.

— Tu as dit, amoureuse ?

— Oui. Je t'aime, Mélanie.

Et elle répéta cette phrase avec la voix de Stéphane.

Mélanie ne savait pas quoi répondre. Mais il faut dire que la situation était pour le moins étrange : elle avait Élodie en face d'elle qui parlait comme Stéphane.

Elle s'en rendit compte et reprit sa voix normale :

— Je ne t'en voudrais pas si tu me rejettes, je comprendrais même. Mais sache que mes sentiments pour toi sont réels. Et encore une fois, si je t'ai raconté tout ça, toute ma vie, c'est parce que je tiens vraiment à toi et que je souhaite vraiment construire quelque chose de sérieux à tes côtés.

Elle fut très touchée par ce qu'elle venait de lui dire et elle répondit :

— Moi aussi je t'aime ! Et tu es la meilleure amie que j'ai jamais eue. J'ai vraiment apprécié tous nos moments entre filles et tout ce qu'on a fait ensemble. Je ne tiens pas à te rejeter, mais je pense qu'il va me falloir du temps pour m'habituer à cette situation.

— Bien sûr, prends le temps qu'il faudra.

Elle la regarda d'un œil avisé, comme pour essayer de comprendre et de voir Stéphane sous les traits d'Élodie. Elle commença à voir les ressemblances, mais elle les trouvait à peine perceptibles. *Il, ou elle, avait vraiment fait un travail formidable* se disait-elle.

— Maintenant que j'y pense, dit-elle, c'est pour ça que je ne vous ai jamais vus ensemble au même moment !

— Et ça n'a pas été facile, crois-moi, répondit Élodie en riant.

— J'imagine.

— Tu te souviens de la fois où tu m'as invitée à prendre le café, alors que tu devais rejoindre Stéphane pour lui annoncer la tournée d'Anubys ?

— Oui.

— Je t'ai accompagnée jusqu'au métro et je peux te dire que ça a été un miracle que je puisse arriver chez moi avant toi ce jour-là.

— Alors c'est pour ça que lorsque j'ai sonné, tu as mis une éternité à répondre !

— Oui, il fallait bien que je me change, que je remette mes poils au visage, ma perruque et que j'efface l'odeur d'Élodie sous une douche rapide pour ne pas que tu te doutes de quelque chose.

— Quel boulot !

— Tu m'étonnes.

— Mais je dois avouer que ton déguisement est vraiment parfait. Pas un seul instant je n'ai reconnu l'un ou l'autre. Même lorsque tu as manipulé Jérôme. Oui, je me souviens, qu'est-ce que tu étais belle et sexy ce jour-là !

— Merci. Ça me touche vraiment.

— Non, mais c'est vrai ! Maintenant que tu m'as tout révélé, j'ai encore du mal à croire que tu étais un homme ce jour-là.

— Mais je ne l'étais pas ! dit-elle en secouant la tête de gauche à droite. Je ne suis pas un homme. Du moins, je ne le suis que physiquement.

— Excuse-moi... répondit-elle gênée.

— Pas de mal.

— Mais quand même, comment as-tu fait pour paraître aussi... féminine en ayant un corps d'homme ?

— C'est ce que j'essaye maladroitement de dire depuis tout à l'heure. Comprends bien que je suis une femme. Et c'est pour ça que les gens n'y voient que du feu. Je ne joue un rôle que lorsque j'essaye de passer pour un homme. Le déguisement, comme tu dis, c'est Stéphane qui le porte. Le reste du temps, je suis une femme, même si mon corps ne suit pas. Mais pour ça, il suffit de quelques accessoires et le tour est joué !

— Mais, et ton décolleté ? Je m'en souviens très bien, j'étais même jalouse !

— Pourtant, il n'y avait rien qu'un peu de silicone, du maquillage et deux ou trois dentelles, et voilà ! Les gens ne font pas attention aux détails. Ils ne voient que la superficie.

— Et donc, tu étais intéressé, lorsque tu m'as poussée à rompre avec Jérôme ?

— C'est un peu plus compliqué que cela. Te connaissant depuis longtemps en tant que Stéphane, j'avais déjà des sentiments pour toi. Mais surtout, en tant que femme, je ne pouvais pas te laisser ruiner ta santé avec ce sale type.

— Mais alors, toi et Stéphane êtes deux personnalités bien distinctes ?

— C'est compliqué. Comme je te l'ai dit, je suis une femme. Toutefois, tout ce temps que j'ai passé en tant que Stéphane m'a aussi fait prendre conscience de mon côté masculin. Ces deux côtés font et ont toujours fait partie de moi. Comme tout le monde d'ailleurs : chaque femme à un côté masculin, comme chaque homme un côté féminin. Il suffit d'ouvrir les yeux sur soi-même pour s'en rendre compte. Bref, avec le temps, il m'a fallu développer une sorte de mécanisme de cloisonnement de ces deux côtés, afin qu'en tant qu'Élodie je puisse être une femme sans aucun doute possible ; et que Stéphane puisse être un homme de son côté sans efféminiation excessive. Je ne pouvais pas me permettre d'agir à l'encontre de l'apparence que je voulais donner. Mais tout cela c'est à cause de Mégane.

— Que veux-tu dire ?

— Eh bien, que s'il n'y avait pas eu Mégane, je pense que je serais restée Élodie toute ma vie. Mais, étant devenue célèbre, c'était trop risqué. J'avais beau me maquiller différemment, changer ma coiffure afin qu'on ne reconnaisse pas la chanteuse ; à chaque instant, je courais quand même un risque. C'aurait été encore plus problématique dans le cadre de mes études. J'ai donc décidé de profiter de ce corps d'homme pour ma vie de tous les jours, ce qui me permet de passer incognito. Et le reste du temps de devenir Élodie ou Mégane.

— Mais tu as dû te sentir hyper frustrée de ne pas pouvoir devenir ce que tu étais au fond de toi, non ?

— Oui et non. Je sais qui je suis et c'est l'essentiel. Et puis, j'ai la chance d'avoir un physique tellement androgyne que ça n'était pas trop contraignant. Et puis quand j'y réfléchis, quelque part, grâce à l'inhumanité de ma mère, j'ai la chance quasi unique pour une artiste connue de pouvoir vivre une vie tranquille, loin des projecteurs et des paparazzis.

— Vu comme ça, c'est sûr ! dit-elle en souriant.

— Voilà, maintenant tu connais le secret de Mégane Tuyé. Tu n'es pas trop déçue ?

— Déçue ? Non. Étonnée, oui ! J'imagine à peine comme ta vie a dû être compliquée ! Devoir tantôt être un homme, tantôt une femme ! Et quelle femme ! Tu as trompé la terre entière, tu as vraiment bien réussi ton coup !

— Je te remercie. Mais encore une fois, je n'ai trompé personne en étant Élodie ou Mégane. C'est en étant Stéphane que je trompe les gens.

— Mais, c'est ton vrai sexe pourtant ?

— Mon sexe physique, mais ça n'a rien à voir avec mon genre.

— C'est vrai… excuse-moi si j'ai quelques difficultés à comprendre.

— Non, ne t'excuse pas, car il n'y a pas d'offense. En ce qui te concerne, ton sexe physique est bien accordé avec ton genre, il est donc normal que tu ne puisses pas comprendre.

— Mais du coup, comment tu as fait pour te faire passer pour un homme, sans que ça fasse faux ? Moi j'en serais incapable, même déguisée. Ah, je m'exprime mal, c'est idiot ! Excuse-moi !

— Cesse de t'excuser, il n'y a pas de questions idiotes ! dit-elle en lui souriant amicalement. Ce qui me manquait au début, c'était le côté viril. Alors j'ai appris en observant les autres et je m'en suis inspirée. Au début, j'ai exagéré ma démarche et ma gestuelle, pour ne pas me comporter comme une fille. Et puis, à force de fréquenter d'autres hommes, dans les chantiers, en informatique et ailleurs, j'ai appris à me comporter comme eux, à marcher comme eux, à faire des blagues pourries comme eux. Et puis j'ai fini par donner le change comme eux. C'est aussi pour cela qu'il m'a fallu compartimenter mes deux côtés. Mon côté masculin finissait par m'influencer en tant que femme et je me comportais parfois comme une camionneuse. Mais j'ai fini par trouver les bons compromis et c'est ce qui a donné le Stéphane que tu connais.

— Voilà pourquoi tu connais aussi bien les hommes ! s'exclama Mélanie.

— Et tu n'as pas idée des propos que les hommes peuvent tenir sur les femmes dans leur dos !

— Non, en effet, mais j'imagine que cela ne doit pas être très flatteur.

— Eux, ils le croient en tout cas ! dit-elle en riant.

Mélanie étudia un peu sa fausse moustache et sa barbe en l'observant, puis en remettant cette dernière sur sa lèvre supérieure et en l'enlevant ensuite. Elle fut impressionnée par la qualité de ses accessoires. Elle s'y serait trompée. En plus, ça imitait à s'y méprendre la peau entre les poils. Élodie lui expliqua qu'il s'agissait de postiches professionnels que l'on ne trouvait que dans le milieu du maquillage haut de gamme. Il fallait connaître les bonnes adresses et les bons noms. Mais pour ça aussi, être Mégane Tuyé l'avait bien aidée.

En effet, lorsqu'elle avait commencé sa carrière, elle avait été aussitôt entourée de maquilleurs pour les concerts et les scènes live, et elle avait noté les noms des produits, des marques, demandé les adresses. C'est par ce biais qu'elle avait fini par obtenir ce qu'elle voulait en termes de prothèses, de postiches et de maquillage.

— Et les maquilleurs n'ont rien vu en ce qui te concerne ?

— Non, mais j'avais déjà bien fait le travail, avec l'épilation et tout le reste. Pour les décolletés, c'était plus difficile au début et je refusais purement et simplement le maquillage à ces endroits stratégiques.

— Parce qu'ils te maquillent, là ?

— Oh, tu n'as pas idée de tous les endroits où ils peuvent te maquiller, lorsque tu dois monter sur scène.

— Et tu n'as jamais envisagé de devenir une femme définitivement ? Après tout, avec tous ces accessoires haut de gamme, tu aurais pu continuer à jouer ton rôle d'homme sans problème. Et puis, tu es déjà tellement gâtée par la nature qu'il n'y a presque rien à faire !

— Tu plaisantes ? Si je veux le devenir physiquement, il faudra que je suive un traitement hormonal et des opérations de chirurgie lourdes et douloureuses. Sinon, évidemment que je l'ai envisagé ! Mais pas tout de suite ; et pour une bonne raison : je veux des enfants. C'est d'ailleurs pour cela que je ne prends pas d'hormones. C'est aussi pour cela que je suis restée célibataire si longtemps : je ne savais pas si je devais fréquenter une femme, en tant que femme ou en tant qu'homme. Je ne savais même pas si j'arriverais à trouver une femme qui m'accepterait comme je suis et qui serait d'accord pour avoir des enfants avec moi… Et Mégane n'aidait pas…

— Pourtant, d'après nos discussions, tu es déjà sortie avec des hommes.

— Oui, j'ai essayé à l'adolescence. Je me cherchais encore. Je ne savais pas sur quel pied danser. Alors j'ai expérimenté. Mais les hommes ne m'ont pas convaincue. Est-ce parce que j'en étais un sexuellement parlant ? Je ne sais pas. Pourtant, je me souviens de l'un d'eux qui était adorable, gentil comme tout et avec le cœur sur la main. Mais ça n'a pas marché.

— Pourquoi ?

— Attends, tu me vois l'accrocher au point de le rendre amoureux de moi, puis lui avouer que j'ai un pénis entre les jambes ? Je me cherchais, mais je n'étais pas un monstre. Je ne voulais faire souffrir personne.

— Tu m'avoues bien à moi, qu'étant un homme sexuellement, tu n'en restes pas moins une femme dans ta tête, c'est très similaire, non ?

— Certes, mais toi, je t'aime. Lui, c'était juste un flirt.

— Vu comme ça… Alors après tu es donc allée voir chez les femmes ? dit-elle en détournant la conversation.

— Oui, et là, ça m'a plu. Mais encore une fois, je n'ai pas eu de relation plus sérieuse que ça avant toi.

— Et c'est pour cela que tu es encore vierge !

— Oui… répondit-elle avec gêne.

Mélanie comprit que, pour la première fois, elle voyait son amie totalement esclave de la situation. Élodie dressait en permanence un mur entre elle et les autres, mais là elle s'était mise à nu devant elle et cela la rendait complètement démunie.

— Ne sois pas gênée. Tu n'as aucune raison de l'être.

— En fait si… répondit-elle. J'ai joué la grande sœur avec toi sur de nombreux points ayant à voir avec le cœur, alors que dans ce domaine tu as certainement plus d'expérience que moi.

— Tu n'as aucune raison de t'en vouloir, car tous les conseils que tu m'as donnés se sont avérés justes et bons. Je pense que, côté cœur, même si tu n'as jamais consommé, tu as une bien plus grande expérience que moi.

— Merci, dit-elle gênée.

Elle fut touchée par sa réaction. Elle se leva, prit Élodie dans ses bras et la serra fort contre elle. Elle ne s'y attendait pas, mais elle la prit elle aussi dans ses bras et se blottit contre elle.

Elles restèrent un moment ainsi. Puis Mélanie sortit de son étreinte et la regarda tendrement de ses grands yeux. Ceux d'Élodie étaient rouges car l'émotion l'envahissait.

Elles rapprochèrent leurs visages peu à peu, puis leurs lèvres s'effleurèrent, doucement et à plusieurs reprises, avec une tendresse et un érotisme qui les gagnèrent l'une comme l'autre.

Mélanie l'embrassa doucement sur le visage puis descendit subtilement dans son cou. Élodie était comme possédée par son désir, un désir qu'elle avait toujours gardé sous contrôle, mais qu'elle ne maîtrisait plus, complètement à la merci de son amie, abandonnée dans ses bras.

Mélanie l'allongea sur le lit et mena la danse. Elle l'embrassa langoureusement, retira ses vêtements, caressa son torse imberbe ; sa peau était douce, comme celle d'une femme, mais elle ressentait la virilité en elle, celle-là même qu'elle pensait ne pas avoir. Elle caressa alors ses zones érogènes, tantôt avec sa langue, tantôt avec la douceur de ses mains.

Élodie était perdue, complètement perdue dans sa tête. C'était la première fois qu'une femme lui faisait cela. Et cette femme, elle en était amoureuse. Elle ne savait pas ce qu'elle devait ressentir, car toutes ces sensations étaient nouvelles pour elle. Elle était à la fois heureuse et gênée de ces caresses. Et en même temps, le désir montait en elle, comme le mercure d'un thermomètre plongé dans l'eau bouillante.

Encore une sensation nouvelle qu'elle avait du mal à maîtriser.

Mélanie le comprit et se fit moins excitante pour faire baisser la tension.

Son côté masculin prit alors le dessus et elle commença à son tour à caresser sa belle. Elle savait parfaitement quoi faire : toutes ces discussions entre filles dans la cour du lycée portaient enfin leurs fruits. Elle fut tellement avisée, qu'elle lui donna plusieurs orgasmes rien qu'avec ses mains. Mélanie était aux anges.

Puis vint le moment qu'elle redoutait tant.

Mélanie sentit son stress et l'apaisa en l'embrassant tendrement. Puis, sans même qu'elle s'en rende compte, elle fut en elle. Elle sentait tout son corps vibrer à son contact jusqu'à l'extase qu'elles atteignirent ensemble.

Mélanie avait atteint son septième ciel et Élodie avait l'impression d'être passée dans une autre dimension.

Mélanie avait une étrange sensation, comme si elle venait de faire l'amour avec deux personnes : Élodie puis Stéphane. Elle ne savait pas dire laquelle des deux elle avait préférée. Mais cela n'avait pas d'importance, car elles s'endormirent toutes deux, enlacées et heureuses comme jamais.

Chapitre 8

Le lendemain matin, Mélanie s'éveilla dans les bras d'Élodie. Elle l'étreignait tendrement et respirait doucement dans son cou. Elle bougea légèrement et Élodie la serra un peu plus, pour lui montrer qu'elle aussi était éveillée. Mélanie appréciait cette étreinte, elle se sentait bien, enlacée ainsi par une femme avec une douceur et une tendresse qu'elle n'avait encore jamais ressenties chez un homme.

Élodie était éveillée depuis déjà un bon moment et elle pensait à tout ce qu'il venait de se passer. Mélanie avait réalisé ses rêves les plus fous. Jamais elle n'aurait pensé que cela puisse se passer ainsi. Elle s'était même imaginé des scénarios, tous plus pessimistes les uns que les autres. Élodie était une personne qui avait toujours plusieurs coups d'avance sur les évènements, car elle avait une extraordinaire faculté à anticiper. Mais là, elle se trouvait face à une probabilité qu'elle avait elle-même jugée trop faible pour en tenir compte : Mélanie l'avait acceptée telle qu'elle était et elle venait de faire l'amour avec elle. Elle était comme dans un rêve.

Elle lui dit :

— Bien dormi ?

— Une nuit parfaite, dit-elle en se retournant doucement.

Elle la regarda de ses grands yeux pleins de bonheur. Elle en était d'ailleurs radieuse, tant elle était heureuse. Élodie aussi semblait aux anges. Elle aussi avait des yeux magnifiques, les yeux de Mégane. Mélanie avait du mal à croire qu'elle partageait le même lit que son idole et que c'était aussi avec elle qu'elle avait fait l'amour de manière aussi parfaite la veille.

Elles traînèrent encore un peu, enlacées dans le lit, puis finirent par se lever doucement et firent monter le petit-déjeuner dans leur chambre car Élodie avait la flemme de devoir remettre ses postiches et sa perruque pour descendre dans la salle des petits-déjeuners.

Après le petit-déjeuner, Mélanie lui demanda si elle voulait bien s'habiller devant elle, car elle était curieuse et voulait voir comment elle faisait.

Elle eut presque mal pour elle lorsqu'elle vit comment elle cachait son sexe d'homme : elle faisait pénétrer ses testicules dans son abdomen, puis tirait sur sa verge pour l'amener entre ses fesses. Elle maintenait le tout avec une culotte très gainante.

Elle mettait par-dessus un shorty dans lequel avaient été aménagées des poches pour y glisser des petites pièces de silicone, lui donnant des hanches de femme et les fesses qui vont avec.

Pour les seins, elle avait des prothèses en silicone d'une qualité remarquable ; imitant parfaitement les seins d'une femme et disparaissant en bordure, de manière qu'on ne voit pas la supercherie. Elle appliquait un fond de teint spécial, afin de masquer totalement les bords, supprimer la brillance et donner une couleur plus proche de la peau. Ensuite, elle gainait sa taille avec un petit serre-taille très discret et, une fois habillée, elle avait une apparence féminine à s'y méprendre. Mélanie était aussi subjuguée par la beauté de ses jambes. Même sans talons, elle avait des jambes d'une finesse et d'une longueur incroyables.

Elle fut même jalouse, tellement elle était belle et avait des formes parfaites. Puis Élodie se maquilla et ressortit de la salle de bains, telle que Mélanie l'avait toujours connue.

— Alors ? demanda-t-elle.

— Eh bien, quel boulot !

— C'est sûr, mais à force, j'ai le coup de main !

— Oui, ça se voit ! Mais ça doit te saouler de devoir faire tout ça tous les matins lorsque tu es Mégane, non ?

— On s'y habitue à force. Ça devient des gestes automatiques, comme de se laver les dents ou le visage. Mais là, je t'ai fait la totale. Le plus souvent, je choisis mes vêtements pour ne pas avoir à porter toutes mes prothèses. Les hanches et les fesses, je m'en passe le plus souvent avec une jupe ample ou évasée. Et le décolleté, je ne le mets que rarement car c'est assez pénible et avec la transpiration ça finit par bouger. Je le réserve aux opérations de séduction, dit-elle en lui faisant un clin d'œil. Sinon j'ai des soutiens-gorge avec des inserts en silicone, ça fait bien l'affaire sous un t-shirt ou un petit col en V.

— Et ça ne te fait pas mal à… ton sexe ?

— Au tout début, c'était douloureux. Mais, avec le temps, c'est passé. L'asticot a dû s'habituer ! dit-elle avec une touche d'humour.

— En tout cas, on a vraiment du mal à croire qu'il puisse y avoir un homme physiquement là-dessous !

— Merci.

— Mais de rien, car c'est la vérité.

— Je serai encore plus sûre de moi à l'avenir !

— D'ailleurs, je me demandais : lorsque tu sors dans la rue, tu n'as jamais d'appréhension que l'on puisse deviner que tu es un homme ?

— Jamais. Je te l'ai dit hier, j'ai toujours été une femme et élevée comme telle. Mais il est vrai qu'à une époque, je manquais d'assurance. Surtout lorsque je suis arrivée dans ma deuxième école où j'avais peur que tout recommence. J'avais perdu confiance en moi.

— Vu ce qui t'était arrivé, c'est bien normal… Et puis avec toute cette cruauté dont sont capables les enfants.

— Non, tu n'y es pas. En fait, c'est parce qu'avant cet épisode, comme tu le sais, ma mère m'avait convaincue que j'étais une petite fille, différente certes, mais une vraie petite fille. Et puis elle m'a forcée à regarder dans le miroir mon visage d'homme et ça a créé une grande confusion dans ma tête. Quand on est gamins, les parents ont une influence qu'on n'imagine pas. C'est après cela que j'ai perdu confiance. Et à chaque miroir ou vitre devant laquelle je passais, je me regardais et je voyais ce visage étranger et qui me rappelait tant de souvenirs douloureux. Malgré moi, j'avais le doute quant à ce que j'étais. Eh oui, j'avais peur ; peur que d'autres puissent le voir et savoir ce que j'étais vraiment physiquement. Mais, avec le temps, j'ai fini par reprendre confiance et par m'accepter comme je suis. Et depuis cette époque, ça ne m'est quasiment plus arrivé. Tu sais, on a peur d'être reconnu comme un homme, si l'on ne se sent pas être une femme. Et depuis cet horrible épisode, je n'ai plus jamais douté de ce que j'étais. Par contre, ce dont j'ai toujours peur, c'est que l'on reconnaisse Mégane. Car si ça arrive, aïe, aïe, aïe !

— Comment ça ?

— Au début de ma célébrité, j'ai voulu continuer à vivre normalement et à sortir. Autant, je savais parfaitement passer pour un homme, mais je ne savais pas encore bien comment changer de visage en tant que femme. Et puis, je me disais naïvement qu'avec le maquillage de Mégane sur scène, il était peu probable qu'on me reconnaisse au naturel. J'ai tout de même tenté la traditionnelle parure : lunettes noires, cheveux attachés, maquillage et j'en passe. Mais, un jour, quelqu'un m'a reconnue et ça a failli être l'émeute. Depuis ce jour, je prends beaucoup de précautions comme tu l'as remarqué.

— Je comprends mieux. Mais je ne trouve pas qu'on reconnaisse Mégane particulièrement. Du moins telle que tu es là.

— Justement, et c'est suite à cette fâcheuse expérience. Je fais très attention et j'ai fait des progrès en maquillage.

— C'est le moins qu'on puisse dire, tu assures ! Mais dis-moi, lorsque tu es passée d'Élodie à Mégane, comment as-tu fait pour disparaître ? Tu avais bien des copains et des copines à l'École. Ils ont dû te reconnaître, non ?

— Certes, mais comme je te l'ai dit, j'ai pu acheter mon loft et disparaître sous les traits de Stéphane. J'ai disparu en tant qu'Élodie. Ils pouvaient toujours aller espionner ma mère, ça ne les aurait pas menés bien loin. En plus après mon départ, elle a déménagé, alors… Et puis Bruno m'a beaucoup aidée, car il connaissait des gens qui connaissaient des gens… Bref. Il m'a obtenu des faux papiers tout à fait légaux afin que je puisse devenir Stéphane Pénot et faire disparaître *Élodie Henry,* mon vrai nom. Grâce à la maison de disques, j'ai pris un pseudo, *Mégane Tuyé,* et c'est là que ma situation s'est inversée : c'est Stéphane qui est devenu l'étudiant et Mégane qui travaillait. C'est en tant que Stéphane que j'ai passé mon bac, ainsi que tous les diplômes qui ont suivi. Les copains et copines d'école, qui m'ont connue en tant qu'Élodie, m'ont peut-être reconnue en tant que Mégane, mais j'en doute. Avec les maquilleurs que j'avais, finalement, je ne me ressemblais plus trop. Et les yeux charbonneux, ça aide ! dit-elle en riant. La preuve, c'est que pour le moment, personne n'a cherché à se rendre intéressant en disant qu'il m'avait connue enfant.

— Je pense que tu as tout de même de la chance, car si un bon journaliste se donnait la peine de mener une enquête sérieuse, on pourrait te retrouver facilement.

— Détrompe-toi. Ils ne me trouveront jamais, car mon vrai nom de famille n'existe tout simplement plus. Désormais, il n'y a plus que *Stéphane Penot, Mégane Tuyé* et *Élodie Lamarque.*

— Je ne comprends pas ?

— J'ai un peu honte de le dire, quand je pense à la difficulté qu'ont les personnes transgenres pour changer leurs papiers d'identité, mais Mégane a beaucoup d'argent… dit-elle en insistant sur le beaucoup. Et lorsqu'on a de l'argent et de bonnes relations, on peut faire des miracles. Dès que j'ai compris que mon succès allait en grandissant, j'ai tout de suite mis en route des procédures administratives pour effectuer une protection de mon nom et des changements d'états civils. Mais bon, je ne suis pas la seule artiste à avoir fait cela. Ils sont très nombreux ceux qui se sont protégés ainsi. À la différence d'eux, c'est que moi je me devais aussi de protéger mon secret.

— Et ta mère ?

— Ma mère n'a toujours pas compris que j'étais Mégane. Et en vérité depuis mon départ, au jour de ma majorité, je ne l'ai jamais revue.

— Ça me rend triste quand je pense à tout ça.

— Il ne faut pas, car moi cela m'a rendue heureuse. Finalement, on dit que l'argent ne fait pas le bonheur, mais je t'assure qu'il y contribue ; car il est à la base de tout.

— Ça, je veux bien te croire ! Enfin l'important, c'est que l'on ne sache pas qui tu es.

— Certes ! Je n'ose imaginer l'impact qu'aurait une telle révélation sur ma carrière. Comme tu le sais, je ne suis pas carriériste, mais de là à tout perdre. Je ne suis pas folle tout de même !

— Ou alors, ça te rendrait encore plus célèbre, va savoir !

—Ah, je ne pense pas. De manière générale, il est rare que les gens apprécient d'être trompés. Encore moins à grande échelle. Regarde la politique.

— Mais ça n'a rien à voir ! Tu es une artiste et tu fais de la musique. Que tu sois un homme ou une femme ne changera rien à ta musique. Franchement, si les gens arrêtent de t'écouter parce qu'ils découvrent que tu es sexuellement un homme, c'est qu'ils ont de la merde dans les oreilles !

— Quelqu'un a déjà dit cela ! s'amusa-t-elle. Non, mais trêve de plaisanterie, il est fréquent, avec les phénomènes de masse, que le bon sens soit oblitéré par je-ne-sais-quoi de totalement incohérent. Par exemple, ne plus écouter tel artiste parce qu'on découvre qu'il se drogue. C'est déjà arrivé et ça arrivera encore. Et comme tu le dis si judicieusement, drogue ou pas, ça n'enlève pourtant rien au talent du gugus. Et pour moi, ça sera certainement la même chose. Les gens m'en voudront de m'être fait passer pour une femme à leurs yeux, alors ils cesseront de m'écouter.

— Mais c'est idiot, puisque tu es une femme !

— Toi, tu le sais, car je te l'ai expliqué, mais les gens s'arrêtent souvent à ce qu'ils voient. En l'occurrence, ils ne chercheront pas à savoir si je suis une femme dans ma tête ou pas. Pour eux, je suis née avec un sexe d'homme, donc je suis un homme, point barre.

— Je ne suis pas d'accord avec toi. Je pense que si tu expliques aux gens, ils sont parfaitement capables de comprendre.

— Tu sais, avant de devenir célèbre, j'ai fréquenté les communautés trans. Et je peux te dire que les gens n'acceptent pas encore les personnes transgenres, pour ce qu'elles sont vraiment : des gens normaux. Notre sexe physique ne s'accorde peut-être pas avec notre genre, mais cela ne fait pas de nous des bêtes de foire pour autant. Pourtant, tu t'en rends compte par toi-même, c'est difficile à comprendre pour les personnes qui n'ont pas ce souci. Quelles que soient les raisons que je pourrais donner, biologiquement, je suis née homme, donc pour les autres, je suis un homme. C'est ainsi pour la plupart de gens. Mais de toute façon, pour le moment, je ne suis pas encore prête à parler de cela au monde. Mais et toi, es-tu prête à fréquenter une femme ?

Elle sembla réfléchir puis dit :

— Après ce que l'on a vécu ensemble hier, je t'avoue que j'ai un peu perdu mes repères quant aux relations entre hommes et femmes. Ce dont je suis certaine, c'est que j'aime Stéphane de tout mon cœur et que j'aime Élodie aussi, mais je ne sais pas trop comment encore.

— Comme je te l'ai dit, pour le moment, je vais rester physiquement un homme, car je veux des enfants, mais je ne peux pas te promettre que ça ne changera pas dans le futur.

— Mais... je peux te poser une question idiote ?

— Il n'y a pas de questions idiotes. Combien de fois va-t-il falloir que je te le dise ? Vas-y, je t'écoute.

— J'ai bien compris que dans ta tête tu es une femme. Mais, finalement, qui est-ce que tu préfères être ? Élodie ou Stéphane ?

Elle ne répondit pas immédiatement. Puis elle finit par dire :

— Je t'avoue que je n'ai jamais vraiment réfléchi à cela… Depuis toujours, je suis Élodie. Stéphane est arrivé, je veux dire, existe depuis moins longtemps… Il n'est rien d'autre qu'une personnalité que je me suis inventée pour pouvoir continuer à vivre normalement. Je suis Élodie et je l'ai toujours été.

— Oui, mais avec lequel de tes deux côtés te sens-tu la ou le plus à l'aise ? Car après tout, le fait d'être un homme correspond à ton aspect physique, non ? Et puis tu es très souvent habillée comme un homme, donc quelque part tu as aussi la vie sociale d'un homme.

— Eh bien… il m'arrive parfois de me sentir bien en tant qu'homme. Mais rarement. Et puis je me sens un peu gênée en tant qu'homme, car ça n'est pas moi. Je dois faire attention en permanence à mes attitudes pour ne pas avoir l'air efféminée ! Je dois faire attention à la façon dont je marche, pour avoir l'air viril et tout un tas d'autres choses contre-nature pour moi, tu comprends ?

— Oui, je crois. Mais dans ce cas, pourquoi ne pas avoir supprimé Stéphane lorsque tu as décidé de vivre en tant qu'Élodie ? Je veux dire, lorsque tu as pris ce job dans la boîte de courrier, tu as décidé en quelque sorte qu'Élodie prenait la place de Stéphane. Car c'est toujours lui qui avait travaillé avant et Élodie qui menait ses études.

— Certes, c'est vrai qu'à cette période, je passais ma vie en tant qu'Élodie, du moins dans la journée ; lorsque je rentrais le soir, je redevenais Stéphane pour contrarier ma mère. Mais c'est vrai que j'ai sérieusement pensé à rester une femme pour le reste de mes jours. Mais, d'une part, il y avait cette histoire de gamins et puis c'est aussi à ce moment-là que Mégane est arrivée. Stéphane m'a été bien utile. Il m'a permis de ne pas perdre pied avec la réalité. Je me suis en quelque sorte servi de lui pour pouvoir continuer à vivre loin des feux des projecteurs. Mais je crois que je pressens ce que tu veux dire. Tu te demandes si une fois que j'aurai mes enfants, je ne vais pas choisir de devenir une femme définitivement, c'est cela ?

— En effet, répondit-elle timidement.

— C'est probable... dit-elle en réfléchissant. C'est très probable, même. Une fois que mes études seront terminées, que j'aurai fondé une famille, je pense que je resterai Élodie de manière définitive. Et je comprendrais parfaitement, dans ce cas, si tu ne veux pas que nous allions plus loin à cause de cela.

— Je n'ai pas dit cela. Si je te pose la question, c'est parce que je veux savoir précisément dans quelle aventure je m'embarque.

— Sous-entends-tu qu'il te serait envisageable de vivre avec moi en tant qu'Élodie ?

— Comme je te l'ai dit, je suis amoureuse de toi, du moins de Stéphane, ça ne fait aucun doute. Et Élodie est la meilleure amie que j'ai jamais eue. Quant à Mégane, elle est mon idole depuis que je la connais. Alors qui sait, peut-être un jour m'habituerai-je... Et puis, finalement, maintenant que je connais la vérité, je me rends compte que Stéphane, c'est toi ! Et si je suis tombée amoureuse de Stéphane, alors je suis tombée amoureuse de toi indirectement. Après tout, l'amour doit-il vraiment avoir quelque chose à voir avec le sexe ?

Élodie prit alors Mélanie dans ses bras et la serra fort contre elle. Mélanie se sentit un peu mal à l'aise vis-à-vis de sa poitrine qui touchait la sienne, mais elle répondit à son étreinte en la serrant également dans ses bras.

Elles se séparèrent et Élodie lui donna un tendre baiser. Mélanie ne savait pas quoi penser et quoi ressentir. Après tout, maquillée ainsi, c'était Mégane Tuyé qui l'embrassait et Élodie, sa meilleure amie. Mais elle ressentait également le contact de Stéphane.

Elle se retira toute gênée, et dit :

— Je te présente mes excuses, je crois que je ne suis pas encore prête pour ça.

— Tu n'as pas à t'excuser, je comprends parfaitement.

— Tout se bouscule dans ma tête, il va me falloir du temps. Désolée.

— Ça n'est pas grave, dit-elle en lui prenant la main amicalement. Nous avons tout le temps. Et puis, je suis ton amie avant tout. Stéphane est ton amant.

— Si nous sortions prendre l'air ? On verra si j'y vois plus clair après quelque temps.

— Veux-tu que je reprenne l'apparence de Stéphane ?

— Non, reste comme ça. Il faut bien que je m'habitue. Et puis, ça fait longtemps que je n'ai pas vu Elo.

— Alors, allons faire du shopping ! Moi, ça fait longtemps que je n'ai pas fait les boutiques !

— Toi et tes boutiques… railla Mélanie de manière amicale.

Elles sortirent toutes les deux dans les rues de New York et passèrent leur matinée dans un grand centre commercial où elles arpentèrent les magasins de vêtements et de chaussures. Élodie se retint de tout acheter, car elle n'avait pas beaucoup de place pour de nouvelles affaires. Celles de Stéphane prenaient la presque totalité de ses bagages. Pourtant, Mélanie, en bonne amie, lui proposa d'en prendre avec elle.

Elle acheta juste une petite jupe noire en cuir que Mélanie trouva bien trop courte, un chemisier en soie, ample, mais sexy et très suggestif, et une paire de sandales à brides avec un talon démesuré, comme elle les aimait.

Elle décida même, au sortir de la cabine d'essayage, de rester habillée ainsi.

Mélanie lui fit la remarque que c'était peut-être un peu trop voyant et que si elle voulait passer inaperçue, elle devrait peut-être garder sa tenue actuelle ; jean et pull.

Mais Élodie semblait sur un petit nuage et fit fi des conseils de son amie. Et toute la journée elle se fit regarder par les hommes qu'elles croisaient, mais également par les femmes chez qui on sentait poindre une forme de jalousie dans le regard.

Alors qu'elles s'étaient arrêtées pour choisir un restaurant, Mélanie remarqua un homme qui avait les yeux rivés sur les jambes de son amie.

Élodie l'avait parfaitement remarqué, mais elle semblait s'en amuser.

Mélanie s'écria alors :

— Franchement, je ne sais pas comment tu fais pour supporter tout cela !

— Supporter quoi ?

— Que tous ces mecs te reluquent, comme si tu étais un quartier de viande ! C'est franchement désagréable.

— Bah, tu sais, ici tu ne risques rien, à part te faire reluquer comme tu dis. Après tout, si ça peut leur faire plaisir de mater… Tant qu'ils ne deviennent pas agressifs, moi ça ne me dérange pas. Et puis, ne fais pas ta prude ! Nous aussi on mate quand on voit un beau mec bien fichu, non ?

— Oui, c'est vrai, mais pas comme eux ! Et ce regard qu'ils ont parfois… C'est franchement dérangeant ! Quand je pense qu'il y en a qui parlent d'évolution dans l'égalité homme-femme !

— Tu sais, les choses ont beau évoluer, elles n'évoluent pas à même vitesse chez tout le monde. Et puis, il faut bien avouer que les hommes ne pensent pas comme nous en matière de sexe.

— En tout cas, sans être une féministe extrémiste, je pense que l'égalité devrait déjà passer par la liberté vestimentaire.

— Tu es un peu dure. Nous l'avons quand même.

— Ben, étant donné la manière dont certains t'ont regardée aujourd'hui, je ne trouve pas que nous l'ayons ! Tu ne t'es pas sentie violée du regard parfois ?

Élodie éclata de rire.

— On voit que tu n'as pas vraiment l'habitude de te faire mater !

— Non, pas vraiment... dit-elle en riant.

— En tout cas, c'est intéressant de penser que quelques accessoires aussi insignifiants que des chaussures ou une jupe peuvent changer à ce point le regard des autres.

— Que veux-tu dire ?

— Je veux dire que ça pourrait faire l'objet d'un texte ou deux dans un de mes prochains albums. Je n'y avais pas pensé jusque-là. Merci du tuyau !

Mélanie était stupéfaite par le fait que son amie semblait prendre chaque expérience de la vie bonne, comme mauvaise, comme une analyse de la société transposable en chansons. Elle n'était pas loin du compte, car c'était ainsi que Mégane travaillait.

— En tout cas, je t'admire de rester aussi impassible face à tous ces prédateurs !

— Tu sais, lors de mes concerts, j'ai souvent plus de 90 000 paires d'yeux braqués sur moi pendant près de deux heures. Ça apprend à relativiser !

— Ah, c'est sûr que vu comme ça ! dit Mélanie en riant.

L'importun passa son chemin et Mélanie regarda à son tour les jambes de son amie.

Elle-même n'en revenait pas de la paire de jambes qu'elle affichait. Elles étaient très fines, mais pas trop, et d'une longueur qui aurait presque fait pâlir Adriana Karembeu. Et ses éternels talons en rajoutaient à outrance. Elle s'étonna aussi de la petitesse de ses pieds pour un homme. En fait, en tant qu'homme, il n'était vraiment pas grand, ce qui lui donnait encore plus de crédit en tant que femme. Elle avait beau savoir qu'il s'agissait de Stéphane là-dessous, elle ne pouvait faire autrement que d'accepter Élodie. Sa féminité était totale et elle se rendit compte, rétrospectivement, qu'on la ressentait même au travers de Stéphane. Mais elle ne le réalisait que maintenant qu'elle savait la vérité.

Il lui parut alors évident que si elle continuait sa relation avec lui, elle terminerait invariablement avec Élodie et Stéphane serait effacé. Cela l'effraya, et à la fois l'attira. Non pas qu'elle eût des penchants homosexuels, mais parce qu'il s'agissait de la meilleure amie qu'elle avait jamais eue, et Mégane était comme une icône de la femme pour elle. Elle eut même un petit rictus en pensant à la supercherie qui abusait tous les fans invétérés comme elle. Elle se dit en son for intérieur « *S'ils savaient…* ».

Puis, elles s'arrêtèrent dans un petit café pour y prendre l'apéritif, et comme elles s'y sentirent bien, elles restèrent dîner.

Il y avait un fond sonore et régulièrement on entendait quelques airs de Mégane passer. Élodie marmonnait parfois ses paroles dans sa barbe, trop faiblement pour être entendue plus loin que leur table et Mélanie l'écoutait attentivement, comme une fan.

Lorsque passa un troisième air de Mégane, elle lui dit :

— Ça doit te faire bizarre de t'entendre à la radio, dans les lieux publics comme ça ou ailleurs, non ?

— Au début, oui. On se dit : « *La vache, c'est moi qui passe à la radio !* » Puis on s'y habitue et arrive un moment où l'on ne fait même plus attention. En ce qui me concerne, lorsque je m'entends passer sur les ondes, j'essaye de m'écouter comme s'il ne s'agissait pas de moi. Ça me permet d'être plus critique quant à mon travail, de trouver les failles, les imperfections. Et comme ça, je m'améliore !

— Mais moi je trouve qu'il n'y a pas de soucis avec tes morceaux.

— Moi j'en vois. Par exemple, regarde Sorry et regarde ce qu'on en a fait avec Anubys. C'est tout de même plus sympa que l'original, non ?

— C'est vrai que cette version-là était à tomber. Mais j'aime bien aussi l'originale. En fait, j'aime bien les deux.

— Moi en tout cas, je préfère la nouvelle et je trouve qu'il ne faut pas se reposer sur ses lauriers, on peut toujours s'améliorer !

— Mais dis-moi, tu n'as jamais envie de chanter dans les restaurants ou les karaokés, pour montrer que c'est toi, pour leur faire voir que tu n'es pas qu'une simple cliente ? Ça doit être frustrant, non ?

— Non, certes non ! Jamais ! Tout d'abord parce que je ne suis pas comme ça. Je préfère rester anonyme, car cela me permet de voir les gens tels qu'ils sont vraiment et non avec le masque qu'ils me montrent, lorsqu'ils savent qui je suis. Et puis parce que je veux pouvoir rentrer chez moi, sans être assaillie par des hordes de fans déchaînés.

— C'est vrai que je n'avais pas pensé à cela.

— Mais il est vrai que, parfois, je prends un malin plaisir à me balader dans les rayons des *Fnac* et autres *Virgin* en me disant « *S'ils savaient…* ». L'anonymat est, pour cela, quelque chose de jouissif. Et pour rien au monde je ne l'échangerais.

— Je comprends.

— Alors, comment as-tu vécu cette première journée avec moi, en sachant qui je suis vraiment ?

— C'est assez étrange… Comme tu dis, je sais qui tu es, mais je n'ai vu qu'Élodie. À aucun moment je n'ai eu de doute quant à ta nature ni même essayé de me dire « *Ce n'est pas une fille…* ». Comme quoi, malgré tout ce qui t'est arrivé, tu as bien réussi.

— Ça me touche profondément. Car tu sais, j'ai beau être une fille et en donner l'apparence, mon corps me rappelle en permanence ce que je suis physiquement.

— Eh bien, ça ne se voit pas, rassure-toi.

— Merci. Et Stéphane ne te manque pas ?

— Eh bien, là aussi, je ressens une curieuse sensation. Je sais que tu es Élodie, malgré cela, je remarque de nombreux traits de caractère communs que tu as aussi, lorsque tu es Stéphane.

— C'est bien normal, j'ai créé la personnalité de Stéphane à partir de la mienne. Il faut bien qu'on se ressemble un peu.

— Certes, et c'est d'autant plus étrange pour moi, car j'ai beau être avec toi, je ressens aussi ta présence masculine.

— Nous sommes une seule et même personne. L'homme dont tu es amoureuse n'est autre que moi qui joue la comédie.

— Pour toi, c'est jouer la comédie ?

— Jouer au mâle viril, jouer l'homme, alors qu'il n'en est rien ; oui.

— Mon Dieu, comme tu dois être mal dans ta peau !

— Mais je ne te cache pas qu'il y a de nombreux matins où je me réveille en espérant que mon sexe masculin ait disparu, que j'ai de vrais seins et que je n'ai plus à m'en faire. On s'y fait, tu sais.

— Avec tous les moyens que tu as, pourquoi n'as-tu pas cherché à… je ne sais pas comment on dit, conserver un peu de ton sperme et après, faire cette fichue opération pour devenir enfin Élodie ?

— J'y ai pensé depuis longtemps, mais j'attendais de finir mes études pour faire disparaître définitivement Stéphane. Après tout, en tant qu'Élodie, je passe parfaitement inaperçue désormais. Les gens ne reconnaissent plus Mégane sous mes traits. Je vois bien parfois que certains me regardent comme une bête curieuse, car ils ont vu une ressemblance, mais ça s'arrête là en général. En fait, Stéphane ne m'était réellement utile que pour cela et pour pouvoir passer parfaitement incognito. Mais le plus difficile n'est pas de conserver de quoi avoir un enfant, c'est de me dire que, quoi que je fasse, je ne connaîtrai jamais la grossesse car je ne serai jamais une femme capable de procréer.

— Je comprends ta déception. Mais même si je ne sais pas encore où notre relation nous mènera, je serai peut-être la mère de tes enfants, qui sait. Et pour cela, il faut tout de même que tu restes un homme quelque temps.

— Certes.

— Mais avant que nous ne nous rencontrions, qu'avais-tu envisagé comme relation avec une femme si tu comptais faire disparaître Stéphane ?

— Je ne sais pas… Je me disais que je finirais bien par trouver une gentille lesbienne qui m'accepterait telle que je suis, dit-elle en souriant. Le truc, c'est que je ne pensais pas, lorsque j'ai créé Stéphane, que c'est de lui qu'une femme tomberait amoureuse.

— Pourtant, avec ta gentillesse et ta sensibilité, ça me paraissait évident.

— Oh, mais de manière générale, lorsque je suis Stéphane, je fréquente rarement du monde. Je sors peu et j'ai peu d'amis. Donc, ça me paraissait peu probable. J'ai eu tort.

— Eh oui ! dit-elle en souriant tendrement à son amie et en lui prenant la main.

— Je suis contente d'être avec toi, aussi bien en tant qu'amie qu'en tant que… petite amie… dit-elle en hésitant.

— Oui, tu peux le dire. Je pense que nous sommes ensemble désormais. Et moi aussi je suis contente que tu m'aies parlé. J'aurais fini, et d'ailleurs je finissais, par me poser des questions quant à toi et à Mégane.

— C'est sûr ! Mais j'espère que tu comprends bien que si j'ai fait cela, c'est avant tout pour me protéger. Je ne pouvais pas me permettre qu'un journaliste ou qu'un paparazzi fasse le rapprochement entre Stéphane et Mégane, sinon j'aurais totalement perdu mon anonymat.

— Je comprends. D'ailleurs, je me demandais, comment fais-tu pour que les journalistes te fichent la paix ?

— Facile, Stéphane ! Au début de ma carrière, ils se sont tous jetés sur moi, comme sur tant d'autres d'ailleurs ; journalistes, paparazzis, photographes et j'en passe… Mais comme je disparaissais plus vite que mon ombre grâce à Stéphane, et qu'ils n'arrivaient pas à me retrouver, ils ont vite abandonné. Maintenant, je suis relativement tranquille. Mais à chaque sortie de nouvel album, leur manège recommence ; toutefois, ça ne dure jamais longtemps.

— Tu as vraiment de la chance, car tu peux vivre ta vie normalement. Ça n'est pas donné à de nombreuses stars aussi connues que toi.

— J'en suis consciente.

— En tout cas, je suis déçue que la tournée soit terminée ! J'ai vraiment pris mon pied pendant ces trois mois. J'ai vécu sur un petit nuage et je déprime en pensant qu'il va falloir que je redescende, dit-elle en soupirant comme si tous les malheurs du monde s'étaient abattus sur elle.

— Mais tu ne devrais pas, car je pense que tu en verras d'autres des tournées, répondit Élodie avec un large sourire complice.

— C'est vrai, dit-elle comme si le moral lui revenait d'un coup.

Mélanie réalisait seulement que, désormais, elle pourrait aussi suivre toutes les tournées de Mégane.

— Mais dis-moi, comment as-tu fait jusque-là pour conjuguer tes concerts avec tes études ?

— Ça n'est pas facile, tu peux me croire. J'ai même souvent dû suivre des cours par correspondance, afin de garder le niveau. Je me suis toujours arrangée pour être là les jours des examens et pour les passer. Mais il y a des fois où j'avais du décalage horaire dans les pattes et j'ai même failli m'endormir plus d'une fois lors des partiels !

— Mais pourquoi est-ce que tu continues ? C'est vrai, après tout, tu as tout : l'argent, la gloire, la célébrité. Que peut donc t'apporter une thèse que tu n'aies déjà ?

— La stabilité. Je m'explique… dit-elle en s'enfonçant dans son siège. Pour le moment, comme tu le dis, j'ai tout. Mais je suis bien consciente que ça ne durera pas. Je suis une musicienne, et j'ai l'immense chance de pouvoir vivre de ma musique. Mais si aujourd'hui le public est réceptif à mon art, peut-être que demain il ne le sera pas. On ne sait jamais comment les choses peuvent évoluer dans la vie, regarde Gérard et Anubys. Bref, si un jour cela m'arrive, je veux avoir une roue de secours. Si demain je ne peux plus donner du plaisir aux gens et les rendre heureux avec ma musique, alors je veux pouvoir me rendre utile autrement. Au moins avec ce diplôme de chimie, je sais que je pourrai aider les gens en faisant avancer la recherche.

— Eh bien, quel altruisme ! Je suis impressionnée ! Mais j'espère aussi que tu es bien consciente que les chercheurs altruistes, aujourd'hui ça n'existe quasiment plus ?

— Évidemment, je ne suis pas idiote et j'ai des yeux pour voir ! Bien sûr que je suis consciente qu'aujourd'hui la grande majorité des chercheurs sont des monstres dévorés par leur ego et leur carrière. Mais je me dis, naïvement, que je serai celle qui sera différente, celle qui pensera aux autres avant de penser à elle.

— Alors je te confirme que tu es bien naïve. Car le système est conçu spécifiquement pour éliminer les gens comme ça. Je ne te donne pas un an avant de faire tes bagages et de te remettre à la musique.

— Tu sais, le milieu du showbiz n'est guère mieux. Je pense même qu'il est pire.

— À mon avis, ça se vaut. On devrait organiser des joutes !

Elles partirent toutes les deux d'un fou rire qui renforça leur complicité. Puis vint un sourire plein de tendresse de Mélanie qu'Élodie lui rendit.

Mélanie lui prit la main et lui dit :

— Je suis heureuse d'avoir une amie comme toi. Peu m'importe qui tu es, ou ce que tu es, je t'aime telle que tu es.

Élodie serra sa main amicalement et dit :

— Moi aussi je suis heureuse, car je n'ai jamais eu d'amie comme toi, ni avant de devenir célèbre ni après.

Après le dîner, elles retournèrent à leur hôtel et passèrent une nuit aussi merveilleuse que la veille.

La tournée était terminée, les membres d'Anubys retournèrent en France avec Mélanie et Stéphane, puis, une fois rentrés, Élodie invita Mélanie chez elle pour lui montrer une pièce un peu particulière de son appartement.

Près de l'entrée, dans le vestibule, elle bougea une petite boiserie qui se trouvait près du plafond. Cela ouvrit une petite trappe, dissimulée dans le fond du vestibule. À l'intérieur se trouvait un digicode, sur lequel elle tapa un code à 12 chiffres. Puis le fond du vestibule s'ouvrit, laissant apparaître une immense pièce dérobée.

Il y avait là des instruments de musique, un grand dressing sur la gauche, suivi d'une petite salle de bains. Dans le fond, une étagère à chaussures éclairée comme dans les magasins de luxe et à droite un grand miroir avec tout le nécessaire à maquillage, coiffure et autres accessoires. Et dans le prolongement vers la porte, des amplis, du matériel d'enregistrement, une chaîne hi-fi et un canapé avec un petit coffre en bois qui servait de table.

En outre, Mélanie remarqua que le son semblait étouffé dans cette pièce.

— Mais qu'est-ce que c'est que cet endroit ?

— Mon endroit secret. C'est ici que je me change et que je passe de Stéphane à Élodie ou Mégane.

— Mais… pourquoi ?

— Parce que c'est à l'abri des regards. Cet endroit est blindé, il n'y a qu'une seule issue et je l'ai voulu parfaitement insonorisé, de manière à pouvoir composer et enregistrer mes maquettes en toute sécurité. Tu commences à me connaître, je pense ? Je trouve qu'on n'est jamais trop prudents.

— Certes, mais à ce point !

— C'est vrai, mais imagine un peu qu'un cambrioleur passe par chez moi et découvre tout ça ! Il aurait tôt fait le rapprochement entre moi, Stéphane et Mégane. Il serait en mesure de me faire chanter, surtout que les médias ne se gênent pas pour relayer l'info que je ne suis pas malheureuse financièrement. J'ai donc fait en sorte d'être tranquille.

— Eh bien ! Quelle prévoyance !

— Je te l'ai dit, on n'est jamais trop prudents.

Mélanie remarqua également que la collection de chaussures de son amie devait valoir à elle seule le prix des travaux qu'elle avait dû mettre pour faire concevoir cette pièce. Elle se dit que, finalement, un coffre-fort de banque chez soi, ça devait avoir ses avantages.

— En plus, personne ne sait que cette pièce existe. Je me suis arrangée pour la faire disparaître, administrativement parlant.

— Mais comment as-tu fait tout cela ?

— Je te l'ai dit, quand on a de l'argent et des relations, tout devient possible. Bon, comme tu le sais, j'essaye de ne pas en abuser pour mon propre compte. Toutefois, j'estime ce genre d'accessoire indispensable à ma survie.

— Tu dois te sentir à l'étroit là-dedans, non ?

— Pas du tout, c'est un peu mon Eden ici. Je suis tranquille, je peux être qui je veux, sans que personne ne puisse me découvrir. Je peux jouer ma musique, chanter, crier, dormir, bref, c'est ma tranquillité idéale.

Mélanie constata que la porte se refermait toute seule au bout de quelques minutes. Élodie prit alors sa guitare et se mit à jouer une de ses compositions. Mélanie comprit alors ce qu'elle voulait dire. Dans cette pièce, elle pouvait faire ce qu'elle voulait sans que personne ne puisse y mettre son nez. Elle comprenait également à quel point la jeune femme devait être en permanence sur le qui-vive, et la paranoïa continuelle dans laquelle elle vivait. Elle finit même par trouver cet endroit sympathique. Mais Élodie l'entretenait convenablement. Tout était propre et sentait le propre. Elle avait décoré cette grande pièce de manière chaleureuse et agréable. Il y avait tout ce qu'il fallait pour des choses aussi diverses que se préparer un café, prendre une douche, écouter de la musique ou passer des heures à faire des essayages devant le miroir. En bref, pour passer un bon moment.

Elles restèrent une bonne heure dans la pièce secrète d'Élodie, puis retournèrent dans l'appartement.

Mélanie se fit la remarque que, depuis leur fameuse nuit à New York, elle avait passé son temps avec Élodie et n'avait presque pas vu Stéphane. Le pire, se disait-elle, c'est qu'il ne lui manquait pas. La présence d'Élodie suffisait à le lui rappeler. Elle réalisait petit à petit ce qu'Élodie lui avait dit : elle avait créé la personnalité de Stéphane à partir de la sienne. Ça se voyait lorsqu'on les connaissait tous les deux.

Puis un soir, alors qu'elles dînaient, Mélanie lui dit :

— Es-tu retournée chez ta mère, depuis ton départ ?

— Non, je n'ai plus aucun contact avec elle.

Elle sembla peser ses mots et dit :

— Je sais bien tout le mal qu'elle t'a fait, mais n'as-tu jamais envisagé de retourner la voir ?

— Non, jamais.

— Pourtant, maintenant que tu es indépendante et que tu n'as plus aucun compte à lui rendre, tu pourrais y aller ? Ne serait-ce que pour lui dire tout ce que tu as sur le cœur ?

— Non, et je n'en ai pas l'envie. Je m'exprime suffisamment au travers de mes chansons.

— Mais elle ne sait pas qu'il s'agit de toi, ni que c'est d'elle dont tu parles.
— Certes, mais je préfère procéder ainsi. Je ne tiens pas à la revoir.
— Tu as peur ?
— Non, mais je n'ai simplement pas envie de m'énerver pour rien. Car de toute manière, y aller ne servirait à rien.
— Mais justement, tu ne crois pas que ça te ferait du bien de lui dire tout ce que tu ressens, de vider ton sac ? Même si ça ne sert à rien, tu te sentiras mieux et tu pourrais passer à autre chose !

Élodie lui prit les mains et les serra amicalement :
— Mélanie, je ne passerai jamais à autre chose ! Peux-tu seulement imaginer l'humiliation qu'elle m'a fait subir ? Peux-tu seulement comprendre tout ce qu'elle a brisé en moi lors de mon enfance ?
— Non, certes. Je ne le comprendrai jamais. Mais ce que je sais, c'est que tu es une femme forte ! Tu as survécu grâce à ton implacable volonté. Et c'est cette force à laquelle tu devrais faire appel pour aller lui dire tout le mal qu'elle t'a fait, pour cracher ton venin, pour lui rendre la pareille une bonne fois pour toutes ! Garder toute cette colère au fond de toi ne servira à rien, si ce n'est à te rendre haineuse.

Élodie était d'accord avec elle, sur le fait qu'elle avait bien trop de haine en elle. Elle le ressentait régulièrement, même dans ses rapports avec les autres. Son agent, Max, en était un exemple criant.

Elle répondit :
— Tu as peut-être raison.
— Si tu veux, je viendrai avec toi, si ça peut t'aider.
— D'accord. Nous irons la voir cette semaine.

Chapitre 9

Élodie marchait tranquillement à Paris, près du boulevard Rochechouart.

Elle était radieuse, du haut de ses 16 ans. Tout se passait merveilleusement bien au lycée, sa mère lui fichait une paix royale et elle aussi l'évitait comme la peste. Devant elle, elle se montrait toujours sous les traits de Stéphane pour la faire enrager et en dehors, elle était Élodie, jolie jeune femme que tous les garçons regardaient avec envie et que les autres filles du lycée jalousaient, tant sa beauté et son charisme faisaient d'elle le centre de tous les regards. Elle avait enfin terminé l'épilation de son visage et de son torse et était enfin sereine de ce côté. Pour le reste, ce n'était qu'une histoire d'attitude, de comportement. Mais son identité en tant que Stéphane avait quelque peu perturbé sa manière d'être. Se comporter comme un garçon dans ses travaux au noir finissait forcément par influencer son comportement en tant que de femme, mais elle gardait confiance. Elle avait toujours été une femme, elle n'avait donc pas de raison de s'en faire.

Ce jour-là, le temps était chaud, même pour un mois de mai. Comme elle avait terminé ses séances d'épilation, elle pouvait enfin mettre son argent de côté et elle avait décidé de se faire un peu plaisir avec des vêtements. Elle s'était acheté une petite robe beige à fines bretelles, en crochet doublé, avec de belles fleurs rouges brodées sur la jupe. Elle avait mis avec cela des petites plateformes à semelle en corde qui allongeaient ses jambes déjà superbes au naturel. Elle avait de la chance, car elle faisait un petit 38, ce qui était inhabituel pour un garçon. Mais, grâce à cela, elle trouvait toujours des chaussures qui lui plaisaient et qui lui allaient.

Elle était donc radieuse et dégageait quelque chose qui faisait tourner les têtes des hommes, comme celles des femmes.

Alors qu'elle venait de sortir du métro, un homme l'aborda comme rarement on l'avait abordé.

Il lui dit :

— Excusez-moi, mademoiselle, bonjour.

— Bonjour... répondit Élodie incertaine.

— Excusez-moi de vous importuner, mais je vous ai vue sortir du métro et je me suis fait la réflexion que si je ne vous le disais pas, je le regretterais toute ma vie.

Elle le regarda, attendant la suite, mais il semblait totalement contemplatif devant elle.

— Me dire quoi ? demanda Élodie.

— Euh... que vous êtes la femme la plus belle et charmante qu'il m'ait été donné de voir. Il fallait que je vous le dise.

Élodie ne savait pas quoi répondre et était embarrassée.

Elle dit alors, tout simplement :

— Euh... Merci...

— Oh, mais je vous en prie. Ne le prenez pas mal bien sûr. Ça n'est pas dans mes habitudes que de faire ce genre de chose, mais je dois avouer que vous m'avez retourné l'âme.

— Eh bien... j'ignorais que je pouvais faire cela à quelqu'un, s'amusa-t-elle, mais toujours un peu gênée par cet homme.

Il semblait pourtant bien. Bel homme, la trentaine, grand, brun, bien habillé. On sentait qu'il avait les moyens financiers qui allaient avec le standing de sa tenue. De bien beaux vêtements de grands couturiers, taillés sur mesure pour lui et qu'il assumait bien. Il semblait aussi bien éduqué, sans prétention, et ça n'avait pas l'air d'être un frimeur ou un dragueur invétéré.

Il dit :

— Ça n'est pas non plus dans mes habitudes que de faire cela, mais accepteriez-vous que je vous offre un café ? J'aimerais vraiment vous connaître.

— Alors, soyons clairs dès le début. S'il s'agit de passer un bon moment à discuter de tout et de rien entre adultes, aucun problème. Si, par contre, vous avez d'autres intentions concernant la suite à donner à ce café, ne perdez pas votre temps, je ne suis pas intéressée.

— Eh bien, vous êtes franche au moins, vous…
— Je préfère éviter tout malentendu.
— Dans ce cas… j'opte pour le bon moment. Qu'en dites-vous ?
— À la bonne heure ! répondit-elle en souriant.
— Je vous propose d'aller là-bas, dit-il en désignant une brasserie un peu plus loin. Ils sont très bien.
— Je vous suis, répondit Élodie.

Il passa devant, encore étonné qu'elle ait accepté sa proposition, puis arrivés en terrasse, il prit une chaise qu'il tira de sous une table et lui proposa de s'asseoir, en parfait gentleman.
À son tour, il s'assit en face d'elle et dit :
— J'en ai oublié toutes les convenances, pardonnez-moi. Je m'appelle Bruno, Bruno Sumaq.
— Élodie Lamarque.
— Eh bien, mademoiselle Lamarque, je suis bien content que vous ayez accepté mon invitation.
— Et moi bien heureuse de tant de compliments à mon égard. Mais dites-moi, cela vous arrive souvent d'aborder ainsi les femmes qui vous plaisent ?
— Euh… eh bien non, comme je vous l'ai dit, répondit-il, gêné par sa question.
— Alors, dans ce cas, est-ce vraiment un café sans arrière-pensée que vous m'offrez monsieur ?

Voyant qu'Élodie semblait prendre l'ascendance dès le début de leur conversation, il tenta de reprendre le dessus.

— Soyons clairs. Il est vrai que dès que je vous ai vue, j'ai été attiré par votre beauté. C'est indéniable, vous êtes très belle. Mais il y a une chose que vous devez savoir sur moi avant que l'on commence à discuter : je n'ai qu'une parole. C'est une question d'honneur pour moi. Je vous ai promis un bon moment entre adultes, et je vous donnerai un bon moment entre adultes, rien de plus.

— Très bien. J'en suis ravie. Je voulais juste être certaine que nous allions dans la bonne direction.

— Nous y allons. Vous pouvez me faire confiance.

— Je vous crois, car vous me semblez quelqu'un de bien, monsieur Sumaq.

— J'ose l'espérer.

Le serveur passa prendre leur commande, puis Élodie reprit :

— Et que faites-vous dans la vie ?

— Oh... eh bien, je suis responsable des ressources humaines de la société *Transexpress International*.

— Eh bien ! Quelle position ! Je comprends mieux votre attitude alors.

— Que voulez-vous dire ?

— Toujours sur la réserve... Vous pesez chaque mot qui sort de votre bouche. Vous semblez réfléchir à cent à l'heure... comme si vous étiez en permanence en train de m'analyser. Mais c'est normal, c'est votre travail qui veut ça.

— Ah... vous trouvez ?

— Un peu, oui.

— Alors, cela doit être une déformation professionnelle et je vous présente mes excuses. Ça n'était pas mon but.

— Mais cela ne me gêne pas, bien au contraire ! D'ailleurs, j'aimerais bien savoir ce qu'un responsable RH tel que vous arrive à deviner chez quelqu'un comme moi.

Élodie était d'humeur joueuse et elle voulait profiter de cette occasion de rencontrer quelqu'un comme lui pour voir ce qu'il arrivait à deviner chez elle, voir si elle donnait bien le change depuis ce traumatisme que sa mère lui avait fait subir.

— Vous voudriez que je vous analyse ? demanda-t-il surpris de sa réponse.

— Essayez donc, cela peut être amusant, non ?

— Vous ne devriez pas jouer avec cela. Parfois, les gens réagissent mal lorsqu'on leur dit ce que l'on devine chez eux, par leur comportement, par leurs gestes, leur parlé…

— Je pense être capable d'encaisser. Allez-y, ça m'intéresse.

— Très bien… dit-il en prenant son souffle. Vous êtes une belle jeune femme, très belle, même.

— Ça, vous me l'avez déjà dit ! coupa-t-elle d'un air railleur.

— Oui, je le sais. Mais laissez-moi donc le loisir de vous répondre sans m'interrompre, je vous prie, lui lança-t-il, car il avait bien compris son jeu.

— Oh, pardon. Je ne recommencerai plus.

— Bien. Vous ne faites pas votre âge. Vous êtes certainement plus jeune que ce que vous paraissez, votre maquillage en dit long là-dessus. *Élodie* est bien votre prénom, mais *Lamarque* n'est pas votre vrai nom de famille. Je l'ai senti au vacillement de votre voix, lorsque vous l'avez prononcé. Peut-être car vous n'avez pas confiance en moi et que vous ne souhaitez pas que je sache qui vous êtes vraiment. Mais cela va plus loin encore, car je sens chez vous un réflexe viscéral de protection. Vous cachez quelque chose au plus profond de vous et vous avez construit une armure impénétrable pour protéger ce secret. Vous êtes en permanence dans le contrôle et ne laissez pas l'opportunité aux autres de vous approcher. Vous avez peur, je ressens la peur en vous et aussi beaucoup de colère. Vous en voulez au monde entier. Ça se voit à votre attitude générale. Oui, c'est même étonnant de voir tant de colère chez quelqu'un de votre âge.

— Et quel âge pensez-vous que j'ai ? coupa Élodie qui voulait l'empêcher de continuer.

— Je dirais entre 25 et 28, mais, comme je vous l'ai dit, vous êtes certainement plus jeune.

— En effet, je le suis.

— Alors, j'ai vu juste n'est-ce pas ? conclut-il quant à ses observations.

— C'est pas mal, je dois dire. C'est même surprenant. Mais cela n'a rien d'exceptionnel.

— Que voulez-vous dire ?

— Que vous n'avez vu que ce que j'ai bien voulu vous montrer de moi. Quand on analyse les gens, il faut voir au-delà des apparences. Il faut percer la chair, monsieur Sumaq.

— Ah oui ? Et vous pensez pouvoir faire mieux ? Avec moi par exemple ?

— Je pense que oui, répondit-elle avec un regard provocateur.

— Dans ce cas, je vous écoute.

Elle l'observa quelques secondes et hésita.

Il dit alors :

— Ça n'est pas si facile, hein ?

— Au contraire. Mais je cherchais juste mes mots pour ne pas vous froisser.

Bruno la regarda étonné, mais attendant avec impatience ce qu'elle allait lui dire.

Il dit alors :

— Me froisser ? Oh, mais ne vous en faites donc pas ! Moi aussi je suis solide.

— Dans ce cas… Vous avez été marié et vous vous êtes séparé récemment de votre épouse. Elle était très jeune et vous avez du mal à tirer un trait sur cette séparation qui fut très douloureuse pour vous.

— Mais comment…

— Vous portez toujours votre alliance. Il y a la marque sur votre doigt. Elle est d'ailleurs dans la poche de votre veston. Je vous ai vu l'y mettre discrètement tout à l'heure. Quant à savoir comment je le sais, c'est parce qu'un homme dans votre position, s'il était marié et cherchait une maîtresse, serait beaucoup plus à l'aise pour aborder une jeune femme. Or vous hésitez et on sent le stress du premier pas dans votre voix et dans votre regard. J'en conclus donc que soit c'est la première fois que vous cherchez une maîtresse, mais cela ne colle pas avec votre personnalité honnête et droite, soit que vous êtes seul désormais et que vous cherchez par tous les moyens à retrouver quelqu'un. Mais vous cherchez quelqu'un comme elle pour la remplacer car vous n'avez pas encore tiré un trait sur cette relation. Une relation éphémère, mais passionnée. Je vous ai intéressé non pas parce que vous m'avez trouvé très belle, mais parce que vous savez que je suis plus jeune que je n'en ai l'air. Ce qui m'amène à penser que votre femme était jeune elle aussi. D'où la passion qui vous animait. Mais elle était trop jeune pour un homme de votre trempe et avec tant de capacités. C'est ce qui a ruiné votre couple. Vous vous aimiez passionnément, mais elle était incapable de vous suivre car trop immature pour vous. C'est cette passion, cette innocence dans les relations amoureuses que vous recherchez et c'est pour cela que vous cherchez une femme plus jeune que vous, car une femme de votre âge serait plus pondérée, moins spontanée. Cela m'amène à m'intéresser à vos relations en général. Car ça n'est pas pour rien que vous recherchez l'innocence et de la spontanéité en amour. Votre entourage doit être principalement composé de gens manipulateurs et égocentriques. Vous êtes obligé de faire avec, et vous-même êtes devenu un grand manipulateur pour des raisons de survie. Mais étant donné le métier que vous exercez, c'est tout de même une qualité indéniable. Votre don d'arriver à lire chez les autres est un atout considérable qui vous a permis de vous élever au-dessus du lot. Mais cela n'est pas vous, votre *vous* profond. Et cela, je l'ai vu dès le début, lorsque je vous ai dit que vous perdriez votre temps à essayer de me charmer. Et je vois, maintenant que je parle avec vous, que vous n'êtes pas un tyran. Vous avez un bon fond et vous n'utilisez pas votre don uniquement pour vous-même. Vous le partagez avec autrui.

Vous en faites profiter les autres, ce qui est très certainement dû à vos origines modestes. Je vois cela à vos habits et à votre manière de vous habiller et de vous comporter. Vous affichez ostensiblement que vous gagnez bien, très bien votre vie, et vous dissimulez le fait que ça n'a pas toujours été le cas. Vous êtes issu d'un milieu modeste et vous ne tenez pas à ce que cela se sache, probablement parce que vous y perdriez en crédibilité auprès de vos pairs. Car vous fréquentez, probablement dans votre travail, des collègues et amis issus de milieux aisés et de grandes écoles. Et ces gens-là ne tolèrent que ceux qui leur ressemblent. Vous, qui vous êtes élevé au-dessus de ce que vous étiez, avez appris les convenances, les bonnes manières à adopter dans la haute société. La façon de s'habiller, les vêtements à afficher pour mettre en avant votre niveau de vie. Grâce à votre don, vous êtes devenu une sorte de caméléon, parfaitement capable de s'adapter à toute personne que vous rencontrez. Mais je sens que vous n'êtes pas à l'aise avec tout cela ; cela n'est pas vous, dans le fond. Et je ressens chez vous une forme d'humilité, même si vous faites tout pour la dissimuler. Vous n'oubliez pas d'où vous venez et j'apprécie particulièrement cela. Mais ne rêvez pas pour autant à des lendemains qui chantent en ce qui nous concerne, je ne suis pas de ce bord-là. De toute façon, je sais que, même si au début, vos intentions me concernant allaient bien plus loin qu'un bon moment autour d'un café, je ne vous intéresse plus, sexuellement parlant, depuis que j'ai démontré la manière dont votre couple a pris l'eau.

Bruno avait les yeux grands ouverts et semblait totalement ébahi. Mais Élodie faisait toujours cet effet aux autres lorsqu'elle étalait leur vie devant leurs yeux. Et, comme à chaque fois, elle avait vu juste avec lui.

Elle s'enfonça confortablement dans sa chaise, impertinente, triomphante, et croisa ses jambes de manière très sensuelle.

Bruno dit en reprenant son souffle :

— Vous parlez de don, me concernant… Mais ce qui est certain, c'est que vous en avez un qui dépasse tout ce que j'ai vu jusque-là !

Élodie affichait un large sourire de satisfaction, ce qui la rendait encore plus charmante.

Elle dit :

— En tout cas, au moins maintenant, je suis certaine que nous allons vraiment prendre ce café pour ce qu'il est : un bon moment entre adultes.

— Et qu'est-ce qui vous permet de l'affirmer ?

— Parce que désormais ça n'est plus mon physique qui vous intéresse, c'est mon intellect, dit-elle d'un sourire narquois.

— Je dois bien avouer que vous m'avez dérouté. Je ne m'attendais pas à cela…

— Comme quoi, il ne faut jamais se fier aux apparences, monsieur Sumaq ! dit-elle en dandinant sa jambe de manière provocante.

— Et je m'en souviendrai. Mais je suis tout de même conscient du piège que vous m'avez tendu. Ça n'est pas au vieux singe que l'on apprend à faire les grimaces, comme on dit !

— De quel piège parlez-vous ?

— Du fait que vous avez habilement pris le dessus sur notre conversation, pour pouvoir la diriger comme vous l'entendiez et me montrer, tout aussi habilement, que vous m'étiez supérieure, afin que j'en oublie toute prétention autre qu'une conversation purement platonique.

— Comme c'est bien dit…

— Ne digressez pas, vous savez que j'ai raison. Et vous savez également que vous avez fait cela car je vous ai mise tout d'abord dans l'embarras, en étant un peu trop perspicace dans mes observations vous concernant. C'est une manière détournée de vous protéger et de me montrer qu'il ne faut pas aller trop loin, sinon vous risquez de devenir désagréable. N'est-ce pas ?

Élodie voyait qu'elle n'avait pas affaire à un imbécile. Elle décida de cesser momentanément son manège.

— J'avoue. Vous m'avez mise mal à l'aise tout à l'heure. J'ai voulu vous rendre la pareille.

— Et vous avez bien réussi ! J'ai eu l'impression de me retrouver nu devant vous. Une sensation extrêmement désagréable… En tout cas, vous parliez de manipulateurs, mais vous vous débrouillez bien dans votre genre, ce qui est d'autant plus surprenant de la part d'une femme de votre âge. Mais au fait, vous ne m'avez toujours pas dit votre âge. Si ça n'est pas trop indiscret, j'aimerais bien le connaître ?

— Seize ans, dit-elle triomphale.

— Oh, my god ! échappa Bruno totalement déconcerté. Une telle maturité à seize ans, ça n'est pas un don… ça relève du génie ! Vous ne cherchez pas un emploi par hasard ? Car si c'est le cas, je vous embauche de suite pour travailler avec moi aux RH !

— Non, je vous remercie, répondit Élodie en riant. Je vais déjà essayer d'avoir mon bac, pour pouvoir enfin partir de chez moi et ensuite on verra. Je vous recontacterai certainement à ce moment-là.

Sur cette phrase, Bruno la regarda alors de haut en bas, comme s'il l'analysait visuellement et il eut l'air dérouté. Mais alors, il afficha un air de triomphe à son tour. Élodie le remarqua tout de suite et s'en étonna.

Elle lui dit alors :

— Vous semblez avoir trouvé l'illumination.

— En effet. Car je sais désormais ce que vous cachez.

— Ah oui ? dit-elle incrédule. Et que pensez-vous avoir trouvé ?

— Je ne pense pas que vous teniez à ce que je vous le dise ici, avec tous ces gens autour, si ?

— Et pourquoi donc... ? demanda-t-elle.

— Eh bien, à cause de ce que vous êtes...

— Et... je suis quoi, selon vous ? hésita-t-elle, un peu inquiète quant à la suite.

— Selon moi ? Non, ça n'est pas selon moi, c'est un fait : vous êtes, comment dire... une femme d'un drôle de genre, si je puis m'exprimer ainsi.

— Ça, on me le dit souvent.

— Oui, mais moi je le dis au sens littéral.

— Comment cela ?

— Voyons, ne jouez pas les ingénues avec moi. Cela ne prend pas. Si je l'ai dit ainsi, c'est pour ne pas vous embarrasser, au cas où d'autres nous écouteraient, dit-il en faisant allusion aux autres personnes en terrasse.

Élodie fronça alors les sourcils, toujours incrédule, quant à ce qu'il avait pu deviner chez elle.

Elle dit :

— C'est le mot *genre* que vous mettez au sens littéral ?

— Exactement. Je sais maintenant qui vous êtes vraiment et je dois avouer que je suis bluffé ! Je n'aurais jamais imaginé cela vous concernant.

Elle comprit alors qu'il l'avait percée à jour. Elle était décontenancée et dit :

— Mais comment...

— Et vous tenez vraiment à une explication maintenant ?

— Ah, oui, plutôt ! dit-elle à la fois surprise, mais également à moitié en colère.

— Eh bien, c'est assez simple. Dès le début, j'ai compris que vous cachiez quelque chose, quelque chose de grave et de très profond. Un traumatisme est la première hypothèse qui me soit venue à l'esprit. Mais il me manquait des éléments pour trouver de quoi il s'agissait. Vous me les avez donnés avec votre âge et le fait que vous vouliez partir de chez vous.

— Comment cela ?

— C'est simple. Une magnifique jeune fille comme vous l'êtes, pleine d'assurance, de certitudes et aussi intelligente, n'a pas envie de quitter le cocon familial à l'âge de 16 ans. Sauf si la situation l'y oblige, ou alors qu'il s'y est passé des évènements tellement traumatisants, que le simple fait d'y rester soit vécu comme un calvaire. J'ai tout d'abord pensé à un viol ou à des sévices, mais ça ne colle pas avec votre attitude et encore moins avec votre tenue. Vous ne seriez pas aussi dénudée et n'afficheriez pas une telle assurance. Ensuite, c'est cette tenue qui m'a mis sur la voie. Vous exagérez votre féminité, alors que vous n'en avez pas besoin. Votre beauté est telle qu'elle se suffit à elle-même. Mais avec un œil exercé, on voit que vous en faites des caisses, comme si vous cherchiez à vous prouver à vous-même que vous êtes une femme. J'ai pensé au début qu'il s'agissait d'une manière de vous arroger une forme de pouvoir sur les hommes, mais ça ne colle pas avec ce que vous m'avez avoué concernant votre orientation sexuelle. J'ai vu aussi que vous sembliez mal à l'aise avec certains gestes, comme si vous tentiez de dissimuler une forme de virilité sous-jacente, qui parfois prend le dessus sur votre comportement. Pourtant, tout ce que vous m'avez dit sur moi m'a montré que raisonniez de manière totalement analytique, comme une femme, et que vous étiez le produit d'une éducation purement féminine. Il n'y a chez vous aucune influence, ni paternelle ni masculine, ça se ressent terriblement. Peut-être est-il parti quand vous étiez jeune et vous ne l'avez jamais connu. J'en conclus donc que vous devez jouer un personnage masculin de manière ponctuelle, peut-être par nécessité, ou tout simplement pour compenser le manque de cette influence masculine. J'en conclus aussi que votre mère vous a élevée seule et que le traumatisme vient d'elle. Elle a dû faire de vous sa petite poupée et vous a éduquée comme une fille toute votre vie. Et si vous cherchez à la quitter, c'est parce qu'elle vous a fait souffrir à un point tel, que nul pardon n'est envisageable. Je l'ai vu dans vos yeux, lorsque vous avez parlé de partir de chez vous. J'y ai vu une haine, comme il m'a rarement été donné de voir ! Je pense que votre mère a dû révéler ce que vous êtes vraiment aux yeux de quelqu'un ; ou même de plusieurs personnes auxquelles vous teniez et que vous avez mis des années à vous en remettre, tellement cet évènement vous aura traumatisée. C'est ce qui provoque chez vous ce réflexe viscéral de protection et qui fait que vous repoussez tous ceux qui tentent de vous approcher. C'est aussi ce qui a cristallisé cette violente colère qui couve en vous et qui vous rend aussi aigrie face à l'espèce humaine. Mais vous ne devriez pas, dit-il en secouant la tête. Il existe des gens bien, qui méritent que vous vous intéressiez à eux. J'ose d'ailleurs espérer faire partie de ceux-là. Comme vous l'avez dit vous-même, je n'utilise pas ce don pour mon intérêt, j'en fais profiter les autres.

Élodie était consternée, blessée et en colère. Pas à cause de lui, ni de ce qu'il lui avait dit, mais contre elle-même. Elle avait l'impression de se retrouver des années en arrière, lorsque sa mère l'avait révélée aux yeux de ses camarades et qu'elle avait été la risée de tous. Cet homme qu'elle connaissait à peine venait en quelques secondes de percer toutes ses carapaces et de balayer toutes ses bases qu'elle avait eu tant de mal à reconstruire.

Elle baissa les yeux, comme pour pleurer. Bruno vit qu'il l'avait blessée et il dit alors :

— Sachez que quoi que vous puissiez penser de vous, je vous trouve admirable et je persiste à vous le redire : vous êtes la femme la plus belle et charmante qu'il m'ait été donné de voir.

Elle garda la tête baissée, mais releva les yeux avec de la colère plein le regard :

— Après ce que vous venez de déballer sur moi, j'ai quelques peines à vous trouver crédible.
— Vous ne devriez pas, car je le pense. Et quoi que vous puissiez en penser, pour moi, vous êtes une femme et vous l'avez toujours été. Je suis vraiment navré de ce qui vous est arrivé.
— Et moi donc ! En tout cas, le bon moment que nous étions censés passer vient de virer au cauchemar pour moi.
— Je vous présente toutes mes excuses, si je vous ai blessée. Ça n'était pas mon but. Mais, si je puis me le permettre, vous m'avez demandé de vous analyser. Je n'ai fait que vous obéir.
— J'aurais mieux fait de me taire…
— Écoutez, je vous propose de tirer un trait sur tout ça. Comme je vous l'ai dit et je vous le répète, pour moi, vous êtes la femme la plus belle et charmante qu'il m'ait été donné de voir. Alors, je suis bien conscient qu'une relation entre nous est impossible, mais que diriez-vous d'un ami ? Un vrai ami avec qui vous pourriez tout partager ? Vos peines, vos espoirs, et à qui vous pourriez enfin vous confier ?

Elle le regarda de ses grands yeux verts et humides. Ils en étaient encore plus magnifiques.

— J'imagine que vous ne devez pas avoir beaucoup de vrais amis dans votre entourage, si ?
— C'est vrai que ça ne court pas les rues autour de moi…
— Alors laissez-moi être le vôtre.
— Un vrai ami… ? dit-elle, à la fois mélancolique et intéressée.

Ce dernier mot se fit soudain l'écho d'un lointain souvenir et Élodie s'éveilla de manière brutale.

Elle était désorientée. Une femme en habit d'infirmière était penchée sur elle et elle pointait une intense lumière dans l'un de ses yeux.

Elle lui murmura :

— Mademoiselle Tuyé, écoutez-moi attentivement, nous

n'avons pas beaucoup de temps. Je ne peux pas vous faire sortir d'ici moi-même, mais j'ai changé votre traitement en douce afin que vous ayez les idées claires. La contrepartie, c'est que vous allez devoir vous sevrer brutalement de toutes ces drogues. Je ne vous cache pas que cela sera difficile. Mais vous avez un peu de temps avant de vous sentir en état de manque. Prenez cette clé, c'est un passe qui vous ouvrira le chemin de la sortie.

Elle plaça une clé dans sa main. Élodie la referma dessus et la serra très fort.

— La relève des infirmiers est à minuit trente. Vous aurez un quart d'heure pour vous enfuir. Faites-en bon usage.

Elle lui pressa le bras amicalement, lui sourit et la quitta.

Chapitre 10

Bruno Sumaq rentrait chez lui en bonne compagnie. Il venait de passer sa journée avec une collègue de travail et ils avaient profité ensemble d'un jour de récupération. Cela faisait longtemps qu'il avait des vues sur elle, mais n'avait jamais osé se déclarer. Puis, un beau jour, il avait pris son courage à deux mains et l'avait invitée à prendre un verre après le travail. La jeune femme et lui avaient un bon ressenti l'un pour l'autre et ils en étaient à leur cinquième sortie ensemble. C'était le grand soir.

Bruno l'avait tout d'abord emmenée dans un bon restaurant, puis ils étaient allés dans un cinéma d'art et d'essai et ils rentraient tous les deux chez lui, bien disposés à finir la nuit ensemble.

Mais, arrivés devant sa porte, ils trouvèrent un invité non prévu.

À première vue, il devait s'agir d'une femme, accoutrée de haillons qui semblaient couvrir un habit provenant d'un hôpital. Elle était assise en position fœtale et tremblait de tout son corps.

— Quelle horreur ! s'exclama l'amie de Bruno. Il y a un clochard devant ta porte ! dit-elle avec dégoût.

— Attends… répondit Bruno en s'approchant de ladite personne.

Il se pencha vers elle et dit :

— Madame ? Excusez-moi, vous êtes au pas de ma porte.

La femme ne réagit pas et Bruno insista :

— Madame, s'il vous plaît, m'entendez-vous ?

Elle sortit doucement sa tête de ses genoux et leva les yeux vers lui, et Bruno devint blême, comme s'il venait de voir un fantôme.

Il bafouilla alors :

— Oh mon Dieu… non, ça n'est pas possible…

— Tu la connais ? demanda sa compagne aussi surprise par sa réaction que répugnée par celle qui l'avait provoquée.

— Euh… je crois, dit-il bouleversé en la regardant comme une bête curieuse.

— Mais qui est-ce ?

— C'est… c'est une vieille amie… Excuse-moi, reprit-il en regardant sa collègue, je crois que nous allons devoir ajourner notre soirée, je suis vraiment désolé.

— Pas tant que moi ! répondit-elle frustrée en tournant les talons.

Bruno se pencha vers son invitée surprise et l'aida à se relever.

— Désolée pour ta soirée… murmura la jeune femme.

— Elle s'en remettra.

Il la prit par le bras, l'aida à se relever, puis il ouvrit la porte tant bien que mal, tout en la retenant pour qu'elle ne tombe pas.

Il la fit entrer laborieusement et l'installa sur son sofa.

Il prit un fauteuil et s'assit en face d'elle. Elle avait les traits tirés et semblait décomposée, comme si elle sortait tout droit d'une tombe.

Il la scruta attentivement et dit avec de l'incrédulité dans le regard :

— C'est bien toi, Elo ?

— Je crois… Oui… je crois… répondit-elle hasardeusement.

— Mais… je ne comprends pas.

— Quoi ?

— Tu es censée être…

— Être quoi ? demanda Élodie voyant son étonnement grandissant.

— Tu es censée être morte.

— Morte ? répondit la jeune femme inquiète.

— Eh bien, oui… J'ai même été à ton enterrement.

— Mon enterrement ? demanda Élodie tout en tremblant.

— Comment se fait-il que tu sois là Elo et bien vivante en plus ? Je ne comprends plus rien !

— Je ne sais pas... Je ne sais pas ! Je ne comprends pas non plus... bredouilla-t-elle en haletant. Pourquoi tu dis que je suis morte ? Je suis pas morte, je suis là ! On a essayé de me tuer à l'usure... Ils ont tout essayé. Mais j'ai tenu, Bruno. J'ai tenu. Je n'ai jamais renoncé. J'ai tenu, tu comprends, j'ai tenu !

Elle était soudainement prise d'une crise de panique. Bruno vint s'asseoir à ses côtés et la prit sous son bras en essayant de la calmer, tout en caressant son visage tendrement.

— Calme-toi, ma chérie, calme-toi. Tu es chez moi, en sécurité. Il ne peut rien t'arriver ici. Calme-toi et raconte-moi. Raconte-moi comment tu es arrivée ici ?

— Je... je... répondit la jeune femme en tremblant de tout son être et en bégayant.

— Calme-toi. Je suis là.

Tandis qu'il la serrait contre lui, il remarqua qu'elle était prise régulièrement de tremblements violents.

— Mais qu'as-tu à trembler ainsi ? Tu as de la fièvre ?

— Non, je suis en manque. J'ai été droguée et je suis en sevrage... je crois.

— Droguée ? Toi ? Décidément, je ne comprends vraiment rien.

— Je n'ai que des souvenirs parcellaires... dit-elle confuse. Je me souviens de cette infirmière qui venait me voir. Elle me fredonnait mes chansons... Puis je me souviens qu'elle m'ait dit : « *Mégane, je ne peux pas vous faire sortir d'ici moi-même... Mais j'ai changé vos médicaments pour que vous ayez... l'esprit clair. La contrepartie... c'est que vous allez devoir vous sevrer brutalement.* »

— Mais de quoi tu parles ?

— Un jour, elle a ajouté : « *La relève est à minuit trente. Vous aurez un quart d'heure pour vous enfuir.* » Et elle m'a donné ceci, dit-elle en montrant une clé qu'elle tenait fermement dans sa main, comme si c'était le bien le plus précieux qu'elle possédait. J'ai caché cette clé des autres infirmières et des vigiles.

Elle reprit sa respiration.

— Ensuite... ensuite, j'ai attendu l'heure et je suis sortie. Ça devait être... une sorte de *passe,* car il ouvrait tout.

— Mais tout quoi ?

— Mais, les portes de l'asile, voyons ! murmura-t-elle comme si elle craignait qu'on l'entende.

— Un asile ?

— Mais oui... l'asile ! dit-elle plus fort, en agitant les bras comme si elle chassait des mouches autour d'elle. L'asile... Laissez-moi, vous ! Je veux parler à mon ami, laissez-moi tranquille !

Bruno la regarda avec consternation et elle reprit :

— Mais c'est normal que tu ne comprennes pas. Moi aussi je n'ai compris qu'en sortant de là. J'étais enfermée dans un asile. Et je suis sortie, tu comprends, je suis sortie. Je l'ai fait ! C'est moi... Je suis sortie !

— Oui, tu l'as fait. Tu as réussi et maintenant, tu es chez moi en sécurité.

— Oui, c'est sûr... Mais je ne me souviens pas comment j'y suis rentrée, dans cet asile.

— Ben ça alors... ! Moi non plus je ne comprends pas comment tu t'es retrouvée là-bas. Et pourquoi on t'a fait passer pour morte ?

— Morte ? Non, je suis pas encore morte, mais ça a failli là-bas. Oui... un asile. Tu me crois, dis ? Tu me crois ?

— Mais oui, je te crois, Elo. Et qu'as-tu fait avec cette clé ? dit-il en voyant qu'elle s'accrochait à l'objet.

— Ben, je suis sortie et je suis venue te voir ! Tu es la seule personne à qui j'ai pensé... Je n'ai confiance qu'en toi. Mais tu sais... j'ai eu beaucoup de mal à arriver jusqu'ici. Et puis, il y avait ces gens, tous ces gens qui me dévisageaient... Partout, ils me regardaient avec horreur et dégoût, comme si j'étais une pestiférée. Mais j'ai pas la peste pourtant… c'est juste la drogue qui me rend comme ça…

Elle sembla soudainement intéressée par ses haillons.

— J'ai trouvé ces vêtements… dans une poubelle. J'avais froid, si froid. Et ces lumières qui me brûlaient les yeux, même au travers de mes paupières fermées. Bruno ? dit-elle, comme si elle le cherchait.

— Oui, Élodie.

Elle le vit enfin et dit :

— Bruno, je suis fatiguée, je n'en peux plus… J'ai si mal !

— Je suis là ! dit-il en voyant qu'elle perdait pied.

Il la serra délicatement dans ses bras, en la caressant affectueusement de sa main et en essayant de la rassurer.

— Calme-toi, reprends tes esprits et ton sang-froid. Je suis là et je vais t'aider. Je suis ton ami. Tu le sais, non ?

— Oui, je le sais et je suis si contente que tu sois rentré…

— Oui, je suis là désormais. Je vais m'occuper de toi.

— Quand je suis arrivée, j'ai sonné, puis sonné, puis sonné et personne… J'ai cru que même toi tu m'avais abandonnée.

— Mais non, je ne t'ai pas abandonnée, Elo, et je ne t'abandonnerai jamais, tu le sais. Je t'aime, ça aussi tu le sais, non ?

— Oui, je sais.

— J'étais juste absent temporairement. Mais maintenant je suis là et je vais t'aider à y voir plus clair. Fais-moi confiance, je vais t'aider.

Elle se blottit dans ses bras, puis ferma les yeux et s'endormit. Bruno continua de l'étreindre amicalement contre lui, tout en caressant doucement son visage.

Après quelques minutes, elle s'éveilla de nouveau et dit :

— Bruno ? C'est bien toi ?

— Oui, c'est bien moi. Tu es chez moi, en sécurité, ne t'inquiète pas.

— Excuse-moi. J'ai des doutes quant à ce qui est réel et ne l'est pas...
— Oui, ça se voit. Tu es complètement désorientée.
— Où est Mélanie ?
— Mélanie ? demanda Bruno surpris.
— Mon amie.
— Celle de la fac dont tu m'avais parlé ?
— Oui.
— Tu ne t'en souviens pas ?
— De quoi ?
Il semblait très gêné de lui répondre.
— À quand remonte ton dernier souvenir exactement ?
— Je ne sais pas... Je crois... je crois que j'étais avec elle dans ma pièce secrète.
— La tournée d'Anubys, ça te rappelle quelque chose ?
— Oui, ça, je m'en souviens ! Ensuite, on est rentrés chez nous... Et puis, Mélanie a insisté pour que je règle mes comptes avec ma mère.
— Et après, tu ne te souviens pas ?
— Non... répondit Élodie inquiète par l'air grave de Bruno.
— Ils en ont parlé dans la presse, ça a fait le tour du monde en quelques heures.
— Mais de quoi tu parles ?
— Du jour où tu es censée être morte.
— Mais non, je ne suis pas morte. Regarde, je suis là.
— Oui, je sais. Et cela veut dire qu'ils ont maquillé la scène.
— La scène ?
— Oui, la scène de ta prétendue mort. Mais je ne sais pas si tu es en état d'entendre ça.
— Dis-le-moi !
— Tu es sûre ?
— Oui, dis-moi ce qu'il s'est passé. C'est encore pire de pas savoir.

— Je suis désolé de devoir te dire ça et je t'en fais mes excuses d'avance. Ils ont dit ceci en gros : « *On a retrouvé le cadavre de la chanteuse Mégane Tuyé ainsi que celui de sa mère et d'une jeune femme, Mélanie Ménard, au domicile de la mère de la chanteuse. Un fan dément serait à l'origine du carnage.* »

Élodie fut comme mortifiée.

Bruno la prit dans ses bras en murmurant qu'il était désolé et elle fondit en larmes.

— Je suis tellement désolé, répéta Bruno.

— Je ne me souviens de rien, répondit Élodie, à la fois effondrée et consternée. J'ai vu des journaux dans les kiosques en venant ici. Cela fait trois ans que j'ai disparu… Mais c'est comme si ces trois années avaient été complètement effacées de ma mémoire. Mélanie est morte. Ma mère aussi… Et je suis censée l'être ? Je suis perdue… Complètement perdue. Je voudrais vraiment y être restée aussi, tu sais.

— Ne dis pas des choses pareilles. Il ne faut pas. Tu es là et bien là. Et c'est une bonne chose ! Tu ne dois pas avoir de telles pensées morbides, cela ne te ressemble pas. Je t'ai toujours connue battante, forte comme un roc. Ne sombre pas ; bats-toi !

Élodie fondit en larmes et dit :

— Bruno, j'ai été mutilée !

Elle se leva violemment devant lui, baissa son pantalon d'hôpital et Bruno constata avec horreur que son pénis avait été tranché. On n'aurait pas pu faire pire en s'y prenant avec un couteau de cuisine. Ses testicules avaient été retirés, mais l'opération n'avait pas été faite par un chirurgien esthétique visiblement ; le praticien s'était contenté de les enlever purement et simplement.

Elle ne remit même pas son pantalon et se rassit en pleurant. Elle dit en sanglotant :

— Et je ne sais même pas comment c'est arrivé !… Ni pourquoi !… Je ne suis plus rien, Bruno. Plus rien… même plus un homme et même pas une vraie femme.

Elle s'écroula sur lui et pleura toutes les larmes de son corps.

Bruno la serra dans ses bras en la caressant amicalement et en lui soufflant des paroles rassurantes. Il était consterné par toute cette histoire et avait tant de peine pour son amie qu'il se mit à pleurer lui aussi, mais en essayant de ne pas lui montrer. Elle avait besoin qu'il soit fort pour elle, pour la rassurer.

La pauvre jeune femme pleurait à chaudes larmes, tant son désespoir était grand.

Bruno la prit dans ses bras et la porta jusqu'à son lit. Il l'y installa confortablement, s'allongea à ses côtés et la serra fort contre lui.

Au bout d'à peine quelques minutes, elle s'endormit, terrassée par le chagrin et la fatigue.

*

Mégane regardait ses pieds, en proie à un ennui mortel. La soirée promettait d'être longue. Max, son agent, était à ses côtés, en train de serrer des mains et de faire son intéressant auprès de tout ce qui avait des relations haut placées et un portefeuille bien rempli.

Il se rapprocha d'elle pour lui demander quelque chose, mais Mégane n'écouta même pas sa question.

Elle le regarda droit dans les yeux, l'air très contrarié, et dit :

— Tu peux me rappeler pourquoi je suis là, déjà ?

— Pour aider les jeunes talents ! Ça n'est pas ce que tu souhaites ?

— Parce qu'on ne peut pas faire ça depuis la maison de disques ?

— Si, bien sûr, mais cette soirée sera bénéfique pour ton image auprès du public.

— Qu'est-ce que j'en ai à faire de mon image… Depuis le temps qu'on travaille ensemble, tu ne le sais toujours pas ?

— Oh si, je le sais, et tu n'en as peut-être rien à faire, mais pas moi. Que tu le veuilles ou non, ton image est importante. C'est une clé pour améliorer nos ventes.

— Tu veux dire, mes ventes ?

— Oui, tes ventes, bien sûr. Bref…

— Encore une fois, qu'est-ce que j'en ai à faire de tout ça ? coupa Mégane.

— Encore une fois, toi peut-être rien, mais pas moi ! Tu fais de la musique pour ton plaisir, mais moi, mon but, c'est d'optimiser ce que tu fais, pour en tirer un profit maximum. Que tu le veuilles ou non !

Elle soupira puis dit :

— Rappelle-moi pourquoi j'ai accepté, déjà ?

— Pour toutes les fois où tu as refusé les interviews, les passages à la télé, les passages à la radio, les invitations des magazines, les…

— Et en quoi cette soirée change-t-elle de tout cela ? coupat-elle.

— Parce que cette soirée est une soirée caritative qui a pour but de promouvoir les jeunes talents de la musique rock. J'ai sélectionné celle-là précisément pour toi. Tu aimes aider les jeunes et tu aimes les œuvres caritatives, non ?

— J'aime aider les jeunes. Mais s'il faut pavoiser et faire des ronds de jambe, je préfère partir, ça ne m'intéresse pas.

Alors qu'elle faisait déjà mine de s'en aller, Max intervint.

— Mégane ! S'il te plaît ! dit-il autoritairement. Je t'en prie, reste. La soirée ne fait que commencer.

— Et elle pourra parfaitement continuer sans moi !

— Écoute, tu peux bien faire ça pour une fois, non ? C'est trop te demander que de consacrer une soirée de ton temps à sourire à des gens sympathiques qui sont là pour les mêmes raisons que toi, c'est-à-dire promouvoir les jeunes dans la musique ?

Elle leva les yeux au ciel et dit :

— Je ne suis pas certaine qu'ils soient réellement là pour les mêmes raisons que moi, vois-tu ! Mais s'il faut rester, j'ai mes conditions.

— Je t'écoute ! dit-il, prêt à tout pour la satisfaire.

— Dès le premier signe d'ennui, je me barre. Et tu vas me filtrer les hypocrites et les lèche-bottes, sinon je me barre ! Ça te paraît *fair-play* ?

— OK, je préviens Didier pour qu'il fasse barrage autour de toi durant la soirée.

— Très bien, tu as gagné, dit-elle en soupirant.

— Parfait ! Dans ce cas, allons saluer les invités.

Il l'emmena dans un couloir où des gens tirés à quatre épingles arrivaient. Ils étaient présentés par un maître d'hôtel à d'autres personnes qui leur serreraient la main et les remerciaient d'être venus.

Mégane dit alors :

— Mais, qu'est-ce qu'on vient faire ici ?

— Nous allons accueillir nos invités avec les formes et l'honneur qui leur sont dus.

— Mais pourquoi nous ?

— Parce que Classic fait partie des organisateurs et que nous sommes ses deux représentants ce soir.

— Évidemment, tu t'étais bien gardé de m'en parler !

— Il faut garder le meilleur pour la fin ! dit-il avec un sourire narquois, mais aussi triomphant.

Mégane grinça de dépit et ils se placèrent dans la file des organisateurs de la soirée.

À leur tour, ils accueillirent les invités qui pour la plupart étaient soit des mécènes, soit des groupes ou des artistes qui venaient chercher de l'aide et du support pour promouvoir leurs albums.

À grand renfort de « *bonsoir* », de « *soyez la bienvenue* », ou encore « *d'enchanté de vous rencontrer* », Mégane était furieuse et faisait des efforts surhumains pour garder un sourire de convenance et paraître sincère.

De temps à autre, elle regardait Max de travers, puis elle finit par lui dire :

— Rappelle-moi de te virer quand on sera sortis d'ici.

— Tu ne me vireras pas… lui répondit-il avec assurance, tout en glissant, lui aussi, des formules de politesse aux invités. Tu as trop besoin de moi pour toute la paperasse administrative et tout ce qui tourne autour. Tu es incapable de le faire toi-même.

— Certes, car j'ai la flemme. Mais qui sait, je pourrais m'y mettre.

— Même pas en rêve. Je ne te crois pas.

— Bah, en cherchant bien, je suis certaine que je n'aurai aucun mal à te remplacer pour cela. Je pense que si je te vire, il y en aura 20 comme toi qui se présenteront dans l'heure qui suit.

— Peut-être, mais tu auras trop la flemme aussi pour faire cela. Tu ne le feras pas. Et puis tu sais que malgré tout ce que tu peux penser de moi et de mes méthodes, je fais bien mon travail et tu n'as rien à redire là-dessus.

— C'est vrai, mais la prochaine fois que tu me manipules de la sorte, attends-toi à de sévères représailles. Et je ne plaisante pas cette fois. Flemme ou pas, tu sais que quand j'ai décidé de faire quelque chose, je le fais. Quelles qu'en soient les conséquences.

— Je m'en souviendrai.
— Je l'espère pour toi.

Ils continuèrent à serrer des mains et à asséner des formules de politesse, pendant des minutes qui parurent des heures à Mégane.

Elle s'ennuyait profondément, car ça n'était pas du tout quelque chose qu'elle aimait faire. Et elle aimait encore moins voir d'autres artistes qui en venaient presque à se prosterner devant elle, et lui dire qu'ils aimaient particulièrement ce qu'elle faisait ; qu'elle était un exemple de réussite pour eux et qu'ils voulaient lui ressembler.

Elle tomba même sur une adolescente, fille de l'un des mécènes, qui accompagnait son père et qui lui dit :

— Oh, Mégane, je vous adore ! Vous êtes mon modèle. J'adore comment vous vous habillez ! Tous les jours, je m'habille comme vous et mon rêve, c'est de vous ressembler. Vous êtes trop belle…

Mégane la regarda discrètement de haut en bas et vit qu'elle avait poussé le vice jusqu'à étudier l'une de ses tenues de scène dans le moindre détail et l'avait reproduit sur elle-même. Un tel travail était impressionnant et en même temps effraya la chanteuse. À ce niveau-là, cela relevait de l'obsession.

Mais elle voulut être gentille et répondit :
— Ça vous va très bien !
— Oh, je vous remercie ! C'est trop bien ! Je suis trop heureuse ! Je vais la garder toute ma vie…

Son père vit qu'elle devenait gênante, tant pour lui que pour Mégane, et il lui prit le bras et l'emmena de force avec lui, en faisant un sourire gêné à la chanteuse.

Après cet épisode, Mégane soupira et dit :
— Bon, cette fois c'en est trop ! Je m'en vais.
— Mégane, je t'en prie, reste, chuchota Max pour tenter de la retenir.

— Ça me saoule. J'ai eu ma dose, dit-elle d'un calme olympien.

— Attends, s'il te plaît ! Tu vas nous mettre dans l'embarras à partir ainsi, alors qu'on n'a pas encore souhaité la bienvenue à tous les invités.

— Je vais surtout te mettre dans l'embarras, insista-t-elle sur le « te ».

— Non, pas que moi. C'est Classic que tu mets dans l'embarras en faisant cela. Je te rappelle qu'on est mécène aussi dans cette soirée.

— Classic s'en remettra. Et moi aussi.

— Mégane, je t'en prie, regarde cette file d'invités. Il en reste au bas mot pour cinq petites minutes. Que faut-il que je fasse pour que tu restes ?

Elle jeta un œil dans la file en question et remarqua quelqu'un qu'elle connaissait. Gérard Denoix, le chanteur d'Anubys. Elle avait été, dans le passé, une fan assidue du groupe de Metal. Leur musique l'avait aidée à surmonter de nombreuses épreuves qu'elle avait vécues. Anubys avait un style violent et lourd à la fois, et ses textes faisaient souvent référence à la différence chez les gens et à l'ostracisme dont étaient victimes ces individus. Mais ses textes étaient aussi pleins d'espoirs et empreints d'optimisme. Lorsqu'elle était au plus mal, elle s'était bien retrouvée dans leur art. Elle voulait en savoir plus, car elle n'avait jamais eu l'occasion de les rencontrer.

Elle décida donc t'attendre qu'il passe les saluer.

Max avait un sursis et il souffla.

Lorsque Gérard arriva à leur hauteur, il passa devant Mégane et lui tendit la main.

Il dit :

— Mademoiselle Tuyé, c'est un honneur de vous rencontrer.

— Tout l'honneur est pour moi, monsieur Denoix.

Gérard fut très surpris qu'elle connaisse son vrai nom. C'était pour lui un signe qui ne trompait pas : elle s'était vraiment intéressée à Anubys.

Mégane continua :

— Avoir la chance de rencontrer un monstre sacré tel que vous, ça n'arrive pas tous les jours.

— Le terme « *monstre* » est bien trouvé en regard de ma musique, mais cela fait longtemps que je n'ai plus rien de sacré, dit-il d'un rire sarcastique.

— Vous ne devriez pas vous dévaloriser de la sorte. Je trouve d'ailleurs que vos deux derniers albums n'ont pas été reconnus à la hauteur de ce qu'ils sont vraiment. C'est-à-dire les plus aboutis de tout ce que vous avez fait.

— Merci… c'est très gentil, répondit Gérard, ne s'attendant vraiment pas à ce qu'elle venait de lui dire.

Mégane reprit :

— Mais je vous en prie. Et je pense sincèrement que la musique Metal mettra du temps à se remettre d'une perte telle que celle d'Anubys.

— Merci à nouveau. Quant à moi, je vous souhaite de continuer à monter tel que vous le faites. Mais je vous souhaite surtout de ne pas chuter aussi brutalement que nous l'avons fait, après être montés si haut. Car vu la manière dont vous montez, ça peut vous arriver plus vite que vous ne le pensez. Et croyez-moi, je sais de quoi je parle, ça fait très mal !

— Je vous remercie du conseil. Je m'en souviendrai. Passez une bonne soirée, monsieur Denoix.

— Vous également, mademoiselle Tuyé.

Il salua Max et continua son chemin. Ce dernier dit alors à Mégane :

— Mais quel con celui-là ! Et tu vas le laisser te parler ainsi ?

— Depuis le début de cette soirée mortelle, c'est le seul qui m'ait vraiment dit ce qu'il pensait. Alors oui.

— Ah… Et puis d'abord, c'est qui ce type ?

Elle le regarda d'un air affligé et dit en secouant la tête :

— Max… Ton manque de culture est consternant. Allez, j'ai ma dose.

Puis elle partit sans qu'il puisse la retenir.

Elle se rendit au beau milieu de la grande salle où avait lieu le cocktail qui regroupait invités, organisateurs et mécènes. C'était très guindé comme soirée et on sentait que l'hypocrisie était partout et sur tous les visages. Mégane n'était vraiment pas dans son élément.

Elle se fit aborder par de nombreuses personnes. De jeunes groupes ou artistes débutants, des mécènes, des artistes confirmés, venus comme elle pour aider les jeunes talents, ou d'autres encore pour pavoiser.

Elle passa quelques bons moments avec de jeunes artistes dont la sensibilité était proche de la sienne, mais malgré ces perles rares, elle s'ennuyait à mourir.

Puis elle remarqua, en regardant dehors, qu'il semblait y avoir une immense terrasse sur laquelle des invités étaient sortis fumer. Elle y vit Gérard qui était accoudé sur le grand balcon en pierre de taille et qui semblait perdu dans ses pensées à regarder Paris de nuit, illuminé par ses milliers de lumières.

Elle décida de le rejoindre et traversa la foule, feignant de ne pas entendre ceux qui l'appelaient ou qui désiraient lui parler.

Une fois dehors, elle s'accouda dos au balcon, face à la salle et de côté par rapport à Gérard. Elle lui dit :

— Eh bien, que faites-vous donc ici tout seul ? C'est pourtant la fête à l'intérieur.

Il sembla surpris de la voir et aussi quelque peu décontenancé. Il faut dire que Mégane avait sorti le grand jeu en portant une longue robe de soirée noire, fendue sur la droite, avec un somptueux décolleté dans le dos et une belle frange de dentelles sur le côté droit, qui partait à mi-cuisse et remontait jusqu'en haut. Le décolleté de devant était tout aussi gracieux que celui de derrière et magnifié par un somptueux collier en diamant. Pour finir, les manches de la robe se terminaient en s'élargissant avec une magnifique dentelle. Avec cela, elle portait de magnifiques escarpins noirs vernis à talon aiguille, qui allongeaient ses jambes de manière spectaculaire. Et sa pose était des plus suggestives. Gérard, qui pourtant avait connu parmi les plus belles femmes, ne pouvait s'empêcher de la trouver magnifique.

Il répondit :

— Oh, vous savez, ça n'est pas trop mon truc ces galas. Tous ces gens enclins à s'auto-congratuler et ces mécènes dont le portefeuille est réservé... Mais je pourrais vous retourner la question ? Que fait donc l'enfant chérie de la France, génie du rock, à traîner dehors avec un vieux croulant comme moi ?

— Je pourrais vous retourner la même réponse : ça n'est pas trop mon truc non plus !

Ils se regardèrent, et rirent ensemble d'une complicité naissante.

Sans même se retourner vers la salle, Gérard dit alors :

— Vous avez conscience, n'est-ce pas, que tout le monde nous regarde ?

Elle jeta un rapide coup d'œil vers l'intérieur et vit qu'en effet, de nombreux invités faisaient semblant de ne pas les observer, mais qu'ils n'en rataient pas une miette.

Elle répondit en souriant de manière narquoise.

— Oui, oui, mais ça n'a rien d'étonnant. Tiens, nous pourrions jouer à un jeu, qu'en pensez-vous ? Devinons les gros titres de la presse à scandale de demain. Allez... disons : « *La chanteuse Mégane Tuyé et sa relation secrète avec Gérard Denoix* ». Ou encore : « *Mégane se met au diapason du hard rock* ». Mieux : « *De la Country-Rock au Metal, le virage à 180° qui fait tourner la tête de l'écorchée vive !* ». Qu'en pensez-vous ?

— Je constate que vous les connaissez bien ! répondit Gérard en riant.

— Oh oui, je les connais…

— Méfiez-vous d'eux. Ils vous pourriront la vie ! Ils peuvent même pourrir votre carrière s'ils le veulent.

— Je vous remercie du conseil. Mais n'ayez aucune inquiétude. J'ai en ma possession une arme de dissuasion massive, pour les éviter.

— Ah… Eh bien tant mieux. Je souhaite pour vous qu'elle soit efficace.

Il sembla soudainement songeur.

— Même si ces ordures ne sont pas la raison de notre chute, ils y ont bien contribué, croyez-moi.

— Je sais… répondit Mégane d'un air de dépit.

— Vous savez ? demanda Gérard, un peu surpris.

— Oui, je sais, confirma-t-elle, désolée.

— Sauf votre respect, je ne pense pas que vous puissiez imaginer ce par quoi nous sommes passés et ce que nous avons vécu. Je ne pense pas que vous ayez la moindre idée de l'enfer qui a été le nôtre.

— Détrompez-vous. J'ai une idée assez précise de ce que vous avez vécu. Car j'ai moi-même expérimenté quelques désagréments très similaires aux vôtres.

Gérard l'observa attentivement pour voir si elle était sérieuse et il se rendit compte qu'elle ne plaisantait pas.

Il dit :

— Comment pouvez-vous savoir ?

— La presse en a fait étalage dans les grandes lignes. Mais il suffit de savoir lire entre ces lignes pour voir apparaître la vérité dans ce qu'elle a de plus cru, de plus horrible… Je sais lire entre ces lignes.

Gérard vit à nouveau qu'elle était très sérieuse. Elle continua.

— Loin de moi l'idée de minimiser ce que vous avez vécu, mais je pense que mon expérience est peut-être pire. Donc, oui ! Je vous comprends bien.

— M'en parlerez-vous ? demanda Gérard assez curieux de la suite.

Elle soupira et dit :

— Avez-vous bien écouté mes chansons ?

— Oh oui, autant que faire se peut.

— Alors, vous avez déjà une petite idée de ce dont je parle.

— Ah... dit-il en réalisant pour la première fois que les chansons de Mégane parlaient d'elle-même.

Il comprit rapidement que cela semblait l'importuner que de parler de cela et il vit sur elle le visage de la souffrance se manifester clairement.

Mégane s'apaisa puis reprit :

— En tout cas, quoi que ces importuns puissent penser de nous et quoi que puisse en dire la presse ordurière, j'ai surtout une raison personnelle d'être ici avec vous.

— Ah... laquelle ?

— Passer un moment en compagnie de quelqu'un qui ne porte pas le masque de la complaisance.

— Que voulez-vous dire ?

— Que vous êtes le seul ici à m'avoir vraiment parlé.

Devant son air interloqué, elle précisa :

— Vous m'avez dit tout à l'heure que ma carrière risquait de s'arrêter aussi rapidement qu'elle avait commencé et qu'il fallait que je m'y prépare. Ça n'est pas vraiment le genre de discours que l'on me sert habituellement. En particulier, quand c'est la première fois que je rencontre quelqu'un.

— Ah, je vois... Et vous en êtes déjà aux : *j'adore ce que vous faites !* ou bien *vous êtes un exemple pour moi !* Et quoi que vous puissiez dire, dès que vous ouvrez la bouche, tout le monde crie au génie ? C'est cela ?

— C'est à peu près cela, en effet ! répondit-elle en riant.

— Alors, certes ! Ça n'est pas moi qui vous tiendrai ce genre de discours.

— Eh bien, tant mieux. J'apprécie la franchise et l'honnêteté, surtout compte tenu de l'endroit.

— Quoi ? Feriez-vous allusion à tous ces professionnels des louanges ineptes ? dit-il en jetant un regard railleur aux invités à l'intérieur.

Mégane lança un rire très sonore qui finit d'attirer encore plus l'attention sur eux. Elle répondit de manière exaltée :

— J'adore votre description ! Vous savez trouver les mots.

— Ça n'est pas pour rien, si j'écrivais la plupart des textes du groupe.

— Certes... certes ! Mais dites-moi, dit-elle en reprenant son sérieux, où en êtes-vous avec votre groupe ?

— Eh bien... pas bien loin, je le crains.

— Alors ce que disent les potins est donc vrai... Anubys n'existe plus.

— À nouveau, je le crains, oui. Eh oui, les potins n'ont pas tort. Nous avons sombré, plus que de raison.

— Mais vous, vous me semblez en bonne forme, pourtant.

— C'est parce que j'ai suivi et que je suis toujours une cure de désintox. Je suis sur la bonne voie et j'ai trouvé la volonté d'arrêter ces conneries.

— Ça, c'est plutôt une bonne nouvelle, non ? Et les autres ?

— Eh bien... je sais que David est aussi en train de suivre une cure et qu'apparemment ça se passe bien. Mais pour Bob et Mikey, je ne sais pas. Je les ai quittés lorsqu'on était au plus mal et depuis je ne les ai pas revus.

— Vous n'avez pas essayé de prendre des nouvelles d'eux ?

— J'aurais bien voulu. Mais vous savez, quand on en est à suivre une cure de désintoxication, on a déjà bien assez de travail à faire sur soi-même, sans pour autant devoir encaisser les problèmes des autres.

— Je comprends... Mais quel dommage.

— Quel gâchis, vous voulez dire ?

— Je n'ai pas osé.

— Vous pouvez oser, car c'est la triste vérité. Nous avons fait un beau gâchis de quelque chose qui aurait pu continuer pendant encore des années.

— Mais c'est derrière vous tout cela maintenant, non ?

— Ça ne sera jamais derrière nous. Vous savez, quand on a atteint des sommets comme nous l'avons fait et que, du jour au lendemain, tout le monde vous lâche : les fans, le manager, la maison de disques, les banques et j'en passe, ça marque l'esprit. Et cette marque restera indélébile pour moi.

— Tout comme la mienne.

— Alors nous nous comprenons vraiment dans ce cas.

— Oui.

— Et vous, alors ? Vous vous en êtes sortie de votre trou, non ?

— Oui, et comme vous, ça n'a pas été facile.

— Mais vous aviez peut-être des personnes autour de vous, pour vous aider. Nous, on s'est retrouvés seuls face à notre échec, et croyez-moi, ça aussi ça marque l'esprit.

Mégane sembla se remémorer quelques douloureux moments, puis elle dit :

— Moi aussi, j'étais seule. Physiquement du moins. Mais spirituellement, je ne l'étais pas. Car vous étiez avec moi.

Elle le regarda avec un drôle de sourire.

Gérard, surpris, dit :

— Que voulez-vous dire ?

— Que lorsque j'étais dans mes abysses, lorsque même la vie ne valait plus la peine d'être vécue, c'est Anubys que j'écoutais. C'est vous et votre musique qui m'avez aidée à ne pas perdre la raison, à avoir la volonté de lutter face à la fatalité. C'est vous qui m'avez donné la force de m'en sortir. Je vous le redis avec toute l'immense estime que j'ai pour vous, je pense que la musique Metal se remettra difficilement de la perte d'un groupe tel que le vôtre.

Gérard ne s'attendait vraiment pas à ce qu'elle venait de dire. Il se demandait comment une immense artiste comme elle pouvait prêter autant de crédit à un perdant comme lui. C'est à ce moment-là que son désir de s'en sortir devint une évidence : si une personne telle que Mégane Tuyé avait autant de considération pour lui et son groupe, alors il devait tout faire pour remonter la pente et en faire autant avec ses amis.

Mégane le regarda de son air analytique et très sérieux et dit :

— Mais cette discussion avait en fait un seul et unique but : être certaine que vous étiez bien la personne que j'imaginais et c'est le cas. Je vais donc prendre les choses en main à partir de maintenant.

— Euh… je ne comprends pas… répondit Gérard dans l'expectative.

— J'ai une dette d'honneur envers vous. Désormais, c'est à mon tour d'être à vos côtés et de vous aider à remonter la pente.

— Mais… comment ? demanda Gérard surpris et incrédule.

— En mettant à votre disposition tous les moyens nécessaires pour que vous sortiez un nouvel album, que vous remontiez sur scène et que vous relanciez votre carrière au niveau où vous l'avez laissée.

— Mais… vous avez le pouvoir de faire ça ?

— Bien sûr. Vous ne lisez donc pas la presse ?

— Ben si, mais…

— Écoutez. Peu importe comment je vais faire. Vous avez juste à savoir que j'ai le pouvoir de le faire et que je vous le propose. Nous allons maintenant passer un contrat moral.

— Un contrat moral ?

— En voici les termes : de votre côté, vous allez remonter la pente et faire en sorte que vos trois amis en fassent autant. Lorsque vous serez tous redevenus clean et que vous aurez retrouvé votre rage et votre motivation, contactez-moi, dit-elle en lui donnant une carte de visite. Je remplirai alors ma part du contrat en honorant ma promesse.

Gérard étudia la carte et Mégane ajouta :

— Mais attention, il s'agit de mon téléphone portable privé. Vous serez le seul, avec mon agent, à le connaître. Cela veut dire aussi que si jamais je recevais le moindre appel qui ne soit pas de vous ou de mon agent, je changerais immédiatement la ligne. Vous n'aurez alors plus aucun moyen de me contacter, ce qui mettra ainsi fin à ma proposition.

— Oh, mais ne vous inquiétez pas, je ne vous trahirai pas. Et encore moins avec ce que vous venez de me proposer.

— Vous avez pourtant l'air dubitatif.

— C'est parce que je n'y crois pas, tout bonnement.

— Pourquoi ?

— Eh bien, parce que je ne comprends toujours pas pourquoi vous voulez à ce point nous aider. Vous n'avez rien à y gagner…

— Vous savez, il existe des gens qui font des choses, sans pour autant avoir quoi que ce soit à gagner à faire ces choses. Je fais partie de ces gens. Et je vous l'ai dit, je veux vous aider pour vous remercier de l'aide que vous m'avez apportée lorsque j'étais au plus mal.

— Mais cela n'était pas vraiment de l'aide au sens propre…

— Mais au sens figuré, c'en était. Et pas des moindres.

— Dans ce cas… je ne sais pas quoi dire, si ce n'est merci !

— Ne me remerciez pas. Du moins pas encore. Vous me remercierez lorsque votre album sera sorti et que vous aurez rencontré le succès que vous méritez.

Gérard la regarda en souriant avec un air obligé.

Elle lui fit un charmant sourire et dit :

— À très bientôt, monsieur Denoix. Passez une bonne soirée. Moi je m'en vais, j'ai fait ma bonne œuvre ce soir.

Elle rentra et croisa Max qui lui dit :

— Ah, te voilà ! Ça fait une heure que je te cherche. Il faut qu'on se mette d'accord sur les groupes et artistes qu'on va financer.

— En ce qui me concerne, c'est déjà fait. Tu n'as qu'à faire comme tu veux pour Classic. Je te fais confiance.

— Mais, où tu vas ? demanda-t-il, voyant qu'elle faisait mine de s'en aller.

— Je rentre chez moi. Je suis fatiguée de toutes ces courbettes. Tu n'as qu'à y aller, toi qui aimes ça. Moi je m'en vais.

— Mégane… cria-t-il, mais sans aucun effet.

*

Élodie ouvrit les yeux et cria :

— Bruno ? Tu es là Bruno ?

— Oui, je suis là, ma chérie. Ne t'inquiète pas, dit-il en arrivant précipitamment.

— J'ai cru que tu m'avais laissée toute seule.

— Mais non, dit-il rassurant. Cela fait plusieurs heures que je te veille. Tu te réveilles au seul moment où je m'absente quelques secondes.

— Je viens d'avoir un flash-back de ma rencontre avec Gérard. Dans mon délire, tout ça paraissait si réel.

— Et tu vas continuer à en avoir des drôles de souvenirs, si tu veux mon avis. Tu n'as pas encore fini ton sevrage.

— Je sais et c'est si dur… Ça fait si mal !

— Je suis là. Je suis à tes côtés et je le serai toujours. Tu le sais, non ?

— Oui… Je te remercie d'être mon ami. J'ai beaucoup de chance.

Chapitre 11

Élodie passa plusieurs jours à lutter contre le manque. Elle était très faible, pourtant Bruno sentait qu'elle luttait, malgré cette adversité qui semblait s'acharner sur elle. Elle voulait vivre et cela se voyait. Bruno prit bien soin d'elle et la forçait à s'alimenter contre sa volonté pour qu'elle reprenne des forces. Il posa, à cette occasion, quelques jours de congé pour rester à ses côtés à plein temps.

Un matin très tôt, Bruno s'éveilla. Élodie dormait d'un sommeil profond et sans rêves. Il ne la réveilla pas et se leva doucement pour préparer le café.

Il était encore vêtu des habits de la veille. Aussi, il sortit rapidement à la boulangerie du bas de sa rue pour y acheter croissants et viennoiseries.

Après avoir préparé le petit-déjeuner, il prit une bonne douche et se sentit mieux. Il amena ensuite un plateau dans la chambre avec le petit-déjeuner tout prêt à être dégusté.

Élodie ouvrit doucement les yeux et sourit en voyant tant d'attentions déployées à son égard.

Elle se redressa doucement et son visage se crispa comme si tout son corps était oppressé par une vive douleur. Elle semblait plus consciente que les jours qui précédaient.

Elle dit :

— J'imagine que tout ceci n'était pas un mauvais rêve ?

— Je crains que tu n'aies raison, en effet.

— Heureusement que tu es là pour me sortir de mes cauchemars. Tu es toujours là, quand j'ai besoin de toi.

— Et je le serai toujours, ma chérie.

— Tu es vraiment le meilleur ami que j'ai jamais eu, Bruno, dit-elle en faisant allusion à ses bonnes intentions. C'est gentil d'avoir préparé tout ça, mais je n'ai malheureusement aucun appétit.

— Il faut que tu te nourrisses, ma belle. Il te faut des forces pour retrouver la mémoire et pour qu'on essaye de recoller les morceaux de ton histoire.

— Je ne sais pas si j'ai vraiment envie de savoir ce qu'il s'est passé. Je pense que toutes ces drogues qu'on me donnait à l'hôpital avaient pour unique but de m'embrouiller l'esprit. Ça a marché ! Mais ce carnage qui a eu lieu chez ma mère… ça s'est passé avant l'hôpital ! Alors pourquoi je ne m'en souviens pas ?

— Je l'ignore… Les drogues certainement !

— Non, je ne crois pas. Je pense plutôt que ma mémoire l'a tout bonnement effacé, Bruno. Ces choses qui se sont passées sont horribles. Mon esprit s'est protégé en les oubliant. Je ne crois pas que cela soit une bonne idée d'essayer de me les remémorer.

— Ou peut-être que tu n'es pas encore prête à te les rappeler. Mais il faut tout de même que tu manges pour reprendre des forces !

— Tu ne perds pas le nord, toi ! dit-elle en souriant.

— Non, en effet, répondit-il en lui rendant son sourire. Je t'ai promis que je t'aiderais et c'est ce que je vais faire. Tu as peut-être perdu trois années de ta vie et ton amie Mélanie, mais moi je suis là ; et je ne vais pas te laisser tomber.

— Merci, répondit-elle, reconnaissante et en le serrant dans ses bras.

Ils déjeunèrent ensemble et elle se leva. Elle s'essaya à marcher quelque peu, mais n'était pas encore bien assurée. Bruno l'aida et l'amena à la douche. Il lui prépara quelques affaires pour s'habiller ; c'étaient des affaires masculines, mais cela ne la gêna pas. Elle s'attacha les cheveux comme Stéphane le faisait et prit un air masculin, que Bruno connaissait bien.

— Comment je suis ? demanda-t-elle.

— Un vrai dur ! répondit Bruno en souriant. Mais tu sais bien que je ne t'aime pas trop sous cette apparence.

— Je sais, mais c'est tout ce que j'ai à te proposer pour le moment… Bon, il faut que j'aille chez moi.

— Mais ma chérie, ton appartement a été vendu, ainsi que tous tes biens.

— Comment ?

— Eh bien, oui… Aux yeux du monde, tu étais morte. Tous tes biens ont été vendus aux enchères. Cela a d'ailleurs fait l'objet d'une vente hyper-médiatisée. Des milliers de fans du monde entier ont cassé leurs tirelires pour acheter les affaires de Mégane. C'était de la folie !

— Je le crois pas ! Mais comment ont-ils fait pour faire ça ?

— Puisque apparemment ils ne t'ont trouvé aucune famille… ta production s'est octroyé les droits sur tous tes biens. Je ne sais d'ailleurs toujours pas par quel moyen. Tous les fonds récoltés ont été employés pour aider de jeunes groupes et de jeunes talents émergents. Je crois que c'est ton ami Gérard qui a géré tout ça.

— Gérard ? C'est étonnant. Cela ne lui ressemble pas.

— Je crois me souvenir que les blogs disaient à l'époque que c'était ta boîte de prod qui le lui avait demandé.

— Dans ce cas, il fallait peut-être mieux. Si c'était eux qui s'en étaient chargés, je ne pense pas que cela aurait vraiment servi pour aider les jeunes talents. Je reconnais bien Gégé là…

— Donc tout ça pour dire que ton appartement est vendu, tu n'es malheureusement plus chez toi là-bas.

— Tu paries ?

Elle se leva laborieusement et mit une veste qu'il avait préparée à son intention.

— Tu es certaine de vouloir sortir dans ton état ?

— Il faut bien que je me remette en selle, sinon je vais rester à végéter là et je n'avancerai pas.

Bruno l'aida à sortir et la soutint assez souvent. Elle semblait tout de même en meilleure forme que la veille, mais elle avait toujours les traits tirés et les yeux cernés, ce qui renforçait le côté masculin de son visage. Elle avait des couleurs horribles, le teint terne et présentait tous les symptômes de manque.

Ils se rendirent laborieusement dans un cabinet notarial qui se trouvait non loin de l'ancien appartement de Stéphane et Élodie se présenta à la secrétaire.

— Bonjour, madame, pourriez-vous m'annoncer à maître Poux-Grinçant, s'il vous plaît ? Je suis Élodie Henry et je souhaiterais m'entretenir avec lui ?

— Avez-vous pris rendez-vous ?

— Non, mais pouvez-vous lui dire simplement que mademoiselle Henry l'attend pour sa succession, s'il vous plaît ? Il comprendra, dit-elle avec insistance et une dose d'assurance.

La secrétaire prit son téléphone et présenta la requête d'Élodie.

Puis elle raccrocha et dit :

— Asseyez-vous, je vous en prie. Maître Poux-Grinçant va vous recevoir d'ici quelques minutes.

Ils patientèrent, puis un homme d'une cinquantaine d'années vint les chercher.

— Mademoiselle Henry, comme je suis heureux de vous voir ! Je vous en prie, veuillez me suivre.

Il les amena dans son bureau, leur proposa un café et dit :

— Vous n'imaginez pas à quel point je suis content de vous savoir en vie.

— Moi aussi, croyez-le… répondit Élodie.

Il la regarda de haut en bas et dit alors :

— Puis-je me permettre de vous faire remarquer que vous n'avez pas l'air en très bonne forme.

— Je le sais bien, mais ma santé va s'améliorer. Elle le fait déjà d'heure en heure.

— À la bonne heure ! s'exclama le notaire avec un rire sonore.

— Où en est notre affaire ? demanda Élodie.

— Elle est conforme à vos exigences. La séparation du bien a été effectuée lors de votre décès. La petite pièce a été séparée de l'appartement principal et une entrée directe a été aménagée sur le palier. J'ai ici le trousseau qui vous permettra de rentrer chez vous. Mais dites-moi, je me permets d'insister, mais vous avez vraiment l'air fatiguée ?

— Oui, j'ai connu quelques désagréments.

— Est-ce indiscret de vous demander ce qu'il vous est arrivé durant ces trois années ?

— Je ne saurais vous répondre avec exactitude. J'ai été enfermée dans un asile et droguée, de sorte que je ne puisse plus bouger, ni même me souvenir de qui j'étais. Ce n'est que grâce à l'aide providentielle d'une infirmière, que je ne pourrai jamais remercier, que j'ai pu m'échapper.

— Mon Dieu, vous avez dû faire preuve d'une volonté sans faille ! Votre force de caractère m'impressionne ! Vous êtes à la hauteur de votre réputation.

— Je ne sais pas si c'est de la volonté ou de l'inconscience, mais, en tout cas, je suis là.

— Et je vous remets votre bien, comme nous l'avions convenu dans le cadre d'une telle éventualité.

— Je vous en remercie, maître, dit-elle en hochant la tête. C'est agréable de constater qu'il y a encore des gens sur qui l'on puisse compter.

— C'est bien normal, mademoiselle Henry. Si je puis me permettre, ma fille, qui doit avoir à peine quelques années de moins que vous, était une grande fan de ce que vous faisiez. Vous ne pouvez pas imaginer son chagrin lorsque l'on a annoncé votre mort. J'ai vraiment été incapable de faire quoi que ce soit pour la réconforter à ce moment. Toutefois, maintenant que je vous sais en vie, j'aimerais vous aider, si vous me le permettez bien sûr !

Il lui donna une carte d'un cabinet d'avocats sur laquelle il inscrivit un nom.

— Ce sont des gens avec qui j'ai déjà travaillé à maintes reprises. Ils ont des contacts un peu partout et le bras très long. Je vous recommande de passer voir maître Laval de ma part. Il vous aidera à décortiquer cette affaire et je pense qu'avec lui, vous pourrez faire payer à ceux qui vous ont fait cela.

— Je vous remercie, maître, cela me touche profondément de savoir que je ne suis pas seule.

— Mais vous ne l'êtes pas, croyez-le bien. Allez faire un tour sur Internet et vous verrez.

Il lui fit signer quelques documents, lui donna ses clés, puis ils se serrèrent la main et Élodie et Bruno sortirent du cabinet. Ils prirent ensuite le chemin de son ancien appartement.

Bruno avait un sourire en coin, voyant qu'en à peine quelques heures son amie commençait déjà à reprendre les rênes de sa vie.

Il dit :

— Vas-tu m'expliquer ?

— C'est simple. Lorsque l'on devient un personnage public, il est sage de prendre quelques précautions, tu le sais. Tu m'as bien aidée avec mes pseudos et mon nom d'artiste et suite à cela, j'ai travaillé sur une manière de me protéger en cas d'enlèvement, d'agression ou de toute autre chose fâcheuse. J'ai donc été voir ce notaire, qui avait une très bonne réputation, et à qui j'ai demandé de gérer mes biens immobiliers et ma fortune. J'ai négocié avec lui. Au cas où il m'arriverait quelque chose, mort publique, enlèvement, séquestration ou disparition, ils devaient séparer le petit cagibi qui ouvre l'accès à ma pièce secrète, puis lui donner un accès direct sur le palier, pour en faire un bien indépendant. J'ai, à l'époque, et avec son aide, établi un document précisant les clauses, les devoirs et droits de chacun. S'il s'avérait que je vienne à décéder, le cabinet notarial devenait propriétaire de ce bien. Mais j'y ai adjoint une clause, précisant qu'ils ne pouvaient le mettre en vente avant une période incompressible de vingt ans. Cette clause précisait aussi que si, durant cette période, j'établissais la preuve de mon existence, alors je récupérais la pleine propriété de mon bien, ce que je viens de faire.

— Et comment peux-tu être certaine que personne ne l'a visité ou y a pris quelque chose ?

— Parce que cela faisait aussi partie de la clause. L'accès à ma pièce devait rester interdit à quiconque, durant cette période de vingt ans. Vu ce qu'elle contient, il fallait que je me protège au maximum.

— Et tout ceci est légal ? Je veux dire, on a le droit de faire de telles choses, administrativement parlant ?

— On trouve toujours des failles dans le système. Et c'est pour cela que j'ai fait appel à maître Poux-Grincant. Il est connu dans sa profession pour être un limier ; quelqu'un qui connaît le système par cœur, ses atouts, ses failles et qui sait dénicher dans la loi le petit texte grâce auquel tu pourras faire ce que tu veux. C'est aussi pour cela que cette carte qu'il m'a remise est aussi importante. Ce maître Laval qu'il me recommande doit être de la même trempe, sinon il ne travaillerait pas avec lui.

Ils arrivèrent dans l'immeuble qu'Élodie connaissait bien.

À son étage, il y avait désormais une petite porte, tout près de son ancienne entrée. Elle l'ouvrit grâce aux deux clés que lui avait remises le notaire. Ils constatèrent tous deux qu'une lourde porte blindée avait été posée pour protéger l'accès. Élodie fit remarquer à Bruno qu'elle l'avait demandé.

Une fois à l'intérieur, elle bougea la petite boiserie près du plafond, puis tapa son code et le fond du vestibule s'ouvrit comme prévu.

Ils entrèrent et Élodie constata que rien ne semblait avoir bougé. Toutefois, une épaisse couche de poussière recouvrait les objets et les meubles.

Elle épousseta un peu le canapé et s'assit puis soupira de soulagement.

— Ça fait du bien de revenir chez soi.

— Tu m'étonnes ! Après tout ce que tu viens de traverser.

— Est-ce que tu as une idée de ce que voulait dire le notaire, lorsqu'il a dit que je n'étais pas seule ?

— Il doit faire allusion aux nombreux sites web de fans incrédules quant à ta mort. Personne ne leur accorde beaucoup de crédit, toutefois je te recommande de chercher le travail de Camille Bochot. C'est la plus sérieuse des fans qui ont enquêté sur ta mort soudaine. Apparemment, à l'époque, elle a tellement remué la merde qu'elle a reçu des menaces sur elle et sur ses proches. Ces menaces ont été suffisamment sérieuses pour qu'elle ne publie pas son travail en ligne. Mais elle avait, à ce que l'on dit, soulevé des lièvres et fait un super boulot.

— C'est intéressant…, la chanteuse ressuscitée par ses fans !

— Tu ne devrais pas t'en étonner, Elo. Mégane avait une telle aura auprès de son public que c'est bien normal que les fans refusent de la voir mourir ainsi. Ton public t'adorait, il adorait ce que tu étais, ta simplicité, enfin toi quoi !

Elle regarda Bruno dans les yeux et dit :

— Bruno, je veux savoir ce qui m'est arrivé durant ces trois ans ; qui m'a fait cela, et le ou les confondre. Et par-dessus tout, je veux refaire ce que j'aime : de la musique.

— Je sais, mais ne t'inquiète pas, on trouvera !

Élodie se leva, regarda sa garde-robe et dit :

— Bon… le point positif, c'est que je vais pouvoir ressembler à nouveau à une fille.

— Tu te sentiras mieux ainsi, j'en suis certain.

— Et toi aussi… dit-elle d'un sourire complice.

Il lui rendit en acquiesçant de la tête.

Elle fouilla un peu dans ses affaires, sembla chercher ce qu'elle pourrait bien mettre et se retourna vers lui et demanda :

— Dis-moi Bruno, lors de ma mort, a-t-on fait étalage de ma transidentité ?

— Non, pas un mot. Personne n'a rien dit à ce sujet.

Elle eut un temps d'arrêt, puis reprit :

— Il y a tout de même quelque chose d'anormal… Je meurs, soi-disant, ainsi que Mélanie et ma mère. Pourtant, je m'en sors. Cela veut dire qu'à un moment ou à un autre, j'ai bien dû être amenée dans un hôpital pour qu'on me soigne. Comment se fait-il que personne n'ait fait mention du fait que je m'en sois sortie et que personne ne l'ait remarqué ? En particulier avec ce que j'avais entre les jambes pour une fille. Je ne vois pas comment cela se peut ! Sauf si quelqu'un a œuvré pour garder le secret et me faire disparaître volontairement.

— Mais qui ?

— Je l'ignore. Mais il s'agit de quelqu'un qui avait intérêt à ce que je disparaisse. D'ailleurs, si moi je suis en vie, qu'est-ce qui me dit que Mélanie ne l'est pas également ?

— Ça n'est pas possible. J'ai été à son enterrement. Je l'ai vue de mes yeux. Ainsi que ta mère.

— Et moi ?

— Ils ont dit que ton corps était malheureusement trop défiguré pour que l'on puisse le montrer lors de la veillée funèbre.

— Comme c'est pratique ! dit-elle d'un rire ironique. Et le mien uniquement ! Quelle drôle de coïncidence, tu ne trouves pas ?

— Maintenant que tu le dis… C'est vrai que je n'y avais pas pensé sur le moment. Mais tu sais, à l'époque, on avait fait un tel étalage de ce tueur forcené, que cela a paru normal à tout le monde qu'il se soit acharné sur toi en particulier.

— Certes, mais tu avoueras tout de même que c'est étrange.

— Je suis d'accord.

— Qui pouvait bien tirer avantage de ma disparition… ? dit-elle en réfléchissant.

— Maintenant que tu le dis, je me demande... dit-il comme si une idée lui était venue subitement.

— Quoi ?

— Non, c'est idiot.

— Dis-le tout de même.

— Peu après ta disparition, ta maison de production a mis en avant une nouvelle venue en country-rock : Gabrielle MacLeod. Son premier album a cartonné de manière impressionnante. Pas autant que les tiens à leur époque, mais tout de même... Classic-Record est resté au top grâce à elle. Et tu veux savoir ? Personnellement, j'ai toujours trouvé que sa musique était très proche de la tienne.

Élodie ouvrit un ordinateur portable qui se trouvait posé sur la table basse et se connecta à Internet.

— Gabrielle MacLeod tu dis ?

— Oui, mais dis-moi, comment vas-tu aller sur Internet ? Tu as toujours un abonnement ?

— Bien sûr ! Le cabinet notarial se devait d'honorer tous mes abonnements et factures. C'était dans le contrat. Sinon je n'aurais même plus d'électricité ! Avec ces trois années, je vais avoir pas mal de points de fidélité, dit-elle en riant.

Bruno comprit qu'Élodie, même abattue, même détruite, conservait une parfaite maîtrise de ce qu'elle faisait. Il en était impressionné. Elle avait pensé à tout, comme toujours. Elle avait une faculté de réflexion, d'observation du monde, et d'anticipation qu'il n'avait rencontrée chez personne d'autre.

Il repensa à leur première rencontre et lorsqu'il l'avait reçue dans la société de courrier. Indépendamment de sa transidentité, il avait remarqué qu'elle était différente. Il lui avait fait passer quelques tests, sous couvert d'entretiens d'embauche, et s'était rendu compte au vu des résultats que son QI crevait le plafond. Il avait aussi remarqué la simplicité et l'altruisme dont faisait preuve la jeune femme et cela lui avait plu. C'était aussi cela qui l'avait incité à l'aider pour son premier album. Il s'était dit naïvement que c'est ce genre de personnes qui arrivent à faire changer les choses, contre vents et marées.

Aujourd'hui, son intuition lui donnait raison à nouveau. Élodie avait tout ce qu'il fallait entre ses mains pour découvrir la vérité sur son atroce histoire d'internement.

La jeune femme trouva quelques titres de la fameuse chanteuse rock qui l'avait remplacée au sein de Classic-Records. Bruno lui indiqua ceux dont il parlait et elle les écouta.

Dès les premières notes de chaque morceau, elle eut un rictus jaune. Mais termina l'écoute jusqu'au bout.

— Alors, qu'en penses-tu ? demanda Bruno.

— Ce sont mes brouillons.

— Tes brouillons ?

— Oui, les airs que je notais çà et là ; les idées qui me traversaient l'esprit ; les œuvres inachevées que j'avais commencées… Bref, mes brouillons.

— Tes albums d'avance ?

— Non, ça, c'est impossible. Ils sont tous ici, dans cette pièce. Non, il s'agit bien des ébauches sur lesquelles je travaillais. Je ne les gardais pas ici, mais dans l'appartement. J'imagine que la personne qui m'a fait disparaître le savait et c'est un bon mobile.

— Quelqu'un qui te connaît bien alors.

— Oui. Et il n'y en a pas trente-six !

Elle sembla réfléchir intensément et dit :

— Il n'y a que trois personnes qui savaient cela : Mélanie, Max mon agent, et Gérard d'Anubys.

— Donc il nous reste deux suspects.

— Ça ne peut pas être Gérard. Je ne vois que Max.

— Pourquoi ?

— Parce que cela a toujours été à couteaux tirés entre nous. Je lui ai mené la vie dure. Je l'ai viré plusieurs fois et il est revenu à chaque fois en rampant pour que je le reprenne. Quelle douce vengeance que de me faire interner ! Disparue, la chanteuse au mauvais caractère, châtrée, rendue inoffensive. Et cerise sur le gâteau, il s'enrichit en me volant mes idées. Oui… pour moi, ça en fait le suspect idéal.

— Mais pourquoi t'avoir gardé en vie dans ce cas ? N'aurait-ce pas été plus simple de te laisser mourir ?

— Non, car Max se doutait que j'avais plusieurs albums terminés sous le pied. Mais il ignorait l'existence de cette pièce. Il ne les a donc pas trouvés. C'est uniquement pour cela qu'il m'a gardée en vie.

— Maintenant que tu le dis, j'ai noté que Max a progressé très haut dans la hiérarchie de Classic, ces dernières années. Et si c'est bien lui, alors c'est surprenant qu'en te tenant à sa merci il n'ait pas réussi à te faire parler concernant la pièce ? Et qu'avec tout le pouvoir qu'il a acquis, il n'ait pas réussi à y pénétrer.

— En effet. Ou alors, c'est parce que mon cher Poux-Grinçant a bien fait son travail. Il faudra que je lui demande à l'occasion.

— Ah, ce sale type ! Je l'ai jamais aimé de toute façon.

— Oui, je sais. Tu m'avais même dit de me méfier de lui. Je m'en souviens.

— Mais tu n'en as fait qu'à ta tête, comme toujours ! dit-il, d'un sourire taquin.

— On ne se refait pas… répondit-elle, en souriant à son tour.

— Tu comptes faire quoi, maintenant ?

— Disparaître à nouveau.

— Sérieusement ?

— Oui, j'ai une chose importante à faire, à présent que je suis certaine de ne plus jamais avoir de descendance.

— Mais pourquoi maintenant ?

— Tu comprendras le moment venu.

Bruno comprit alors qu'Élodie avait déjà tissé sa toile dans son esprit. Elle avait déjà un plan ramifié et incompréhensible, hormis pour une personne raisonnant à un niveau inaccessible pour la plupart des gens normaux. Elle savait déjà comment elle allait faire pour confondre Max.

Elle dit alors :
— Il faut que je prépare mon départ.
— Maintenant ?
— Oui, maintenant.
— Tu plaisantes ? Tu n'es pas en état !
— Je sais, mais je n'ai pas le choix. Si c'est bien Max qui m'a fait cela, alors il doit être à ma recherche. Je dois donc partir rapidement, avant qu'il me retrouve.
— Mais comment veux-tu qu'il te retrouve ? Il ne connaît pas cet endroit, si ?
— Je n'en suis plus si certaine à présent. Il n'a jamais pu y entrer, mais il le connaît peut-être. Quant à toi, il te connaît aussi et il se doutera que je suis allé chez toi. Il faut donc que je parte le plus rapidement possible.
— Bon, dans ce cas, je vais t'aider.
— Non, il vaut mieux que tu restes loin de tout ça.
— Certainement pas ! Je t'ai promis que je t'aiderais, alors je t'aiderai.
— Mais tu l'as déjà fait… dit-elle en lui caressant la joue. Grâce à toi, je vais mieux et je vais me remettre en selle. Mais, à présent, il faut que tu me laisses faire le reste toute seule.

Bruno était désarçonné par la tournure que prenaient les événements et il ne voulait pas la laisser seule. Mais Élodie était une femme qui savait ce qu'elle voulait et elle finit par le faire plier.

Elle lui prit le bras et dit :
— Bruno, je te remercie pour tout ce que tu as fait. Je t'aime, tu le sais. Mais fais-moi confiance à présent. Tu dois me laisser terminer cette bataille seule. Je ne veux pas que tu t'exposes inutilement. Je tiens trop à toi et je ne veux pas que les gens qui m'ont fait cela puissent s'en prendre à toi.

Elle le remercia encore pour son aide et ils se séparèrent. Puis elle disparut à nouveau, comme elle l'avait dit.

*

Le lendemain de la fuite d'Élodie, Max Antonilli reçut un appel de l'hôpital psychiatrique lui annonçant l'évasion de la jeune femme. Il devint blême et commença à s'énerver contre la personne qui l'appelait.

— Je ne veux pas de vos excuses, je veux que vous la retrouviez ! Je vous paye assez cher pour ça !… Débrouillez-vous ! Je sais qu'elle n'a plus d'existence légale, vous n'avez qu'à faire appel à des privés, débrouillez-vous ! Je veux qu'on la retrouve !

Élodie avait vu juste. Son ancien agent, Max Antonilli, était bien à l'origine de son internement. Et cela lui avait été particulièrement profitable. En effet, le succès immédiat de Gabrielle MacLeod lui avait permis de s'enrichir considérablement. Il avait profité de l'innocence et de l'inexpérience de la jeune chanteuse pour lui faire signer des contrats et des clauses avec lui en tant que son agent exclusif et qui le favorisait plus qu'elle-même.

Grâce à tout cet argent, il avait investi et avait fait fructifier sa fortune. Il s'était assuré une position confortable chez Classic-Records, puisqu'il en était désormais le président-directeur général. Il y faisait donc la pluie et le beau temps et cela avait fait de lui un acteur incontournable du marché de la musique en France et même dans certains autres pays d'Europe. En effet, de nombreux groupes connus signaient désormais chez Classic et le demandaient comme agent. Son succès et celui de

Classic-Records commençaient même à s'exporter outre-Atlantique.

Cette disparition inopinée de sa *poule aux œufs d'or* l'avait considérablement contrarié et avait gâché sa journée.

Chapitre 12

Deux années s'écoulèrent pendant lesquelles Élodie ne donna aucune nouvelle à Bruno. Ce dernier finit même par croire que la jeune femme avait été à nouveau enlevée. Mais un jour, il constata que sa porte avait été forcée et, étonnamment, rien n'avait bougé dans son appartement. Il comprit que l'on n'était pas venu le voler, mais qu'on était venu chez lui afin d'y trouver quelqu'un. La personne, quelle qu'elle soit, était repartie bredouille. Bruno sut alors qu'Élodie n'avait pas été reprise.

Un jour, l'attaché de presse de Max Antonilli vint le voir dans son bureau avec un air grave. Il lui dit :

— Max, je suis désolé de vous amener ceci.

Il lui donna un document que Max reconnut entre tous. Il s'agissait d'une plainte pour plagiat.

Il l'étudia attentivement et s'exclama :

— Attends, dis-moi si je comprends bien, Anselm nous accuse de plagiat ?

— Oui, concernant deux titres du dernier album de Gabrielle.

— Et qu'avancent-ils comme preuve d'antériorité ?

— La date de sortie de leur album. J'ai demandé à nos juristes de tout vérifier en termes légaux. Je suis désolé, mais ils ont l'antériorité. Je ne vois pas ce qu'on va bien pouvoir faire.

— On n'a qu'à noyer le poisson. Ça ne sera pas la première fois qu'on le fait, si ?

— Certes non, mais on a un autre problème. On a deux autres groupes qui ont déposé des plaintes concernant d'autres titres de *Crazy*. Les juristes sont en train de plancher dessus, mais il semblerait aussi que nous ayons tort. Si ça se confirme, je crains qu'on n'ait plus qu'un seul titre de *Crazy* qui ne fasse pas l'objet de soupçons de plagiats. Mais il y a pire. J'ai écouté le dernier album de Steve Carell. Cinq de ses titres sont exactement les mêmes que ceux que nous sommes actuellement en train d'enregistrer pour Gabrielle. Pourtant, rien n'a filtré cette fois concernant l'album. Je n'y comprends rien !

— Moi, si… C'est un coup monté ! Elle se montre enfin la salope !

— Mais Gabrielle n'y est pour rien ? Enfin je crois.

— Pas elle. Mégane !

— Qui ?

— Rien. Je vais aller voir le service juridique moi-même pour voir ce que l'on peut faire.

*

La sonnette retentit et Bruno vint ouvrir.

Il en tomba de haut. C'était elle. Au bout de deux ans, elle revenait enfin. Il la regarda de haut en bas. Elle était vêtue d'une petite robe d'été avec un boléro léger et des sandales à talons. Elle portait un petit sac à main assorti à ses chaussures. Elle avait un beau décolleté laissant voir une poitrine plus petite que dans ses souvenirs, mais qui lui allait mieux. Elle était la même qu'avant, mais elle avait tout de même quelque chose de changé : elle était plus belle que jamais. Il en eut le cœur qui partit à battre la chamade.

— Élodie ! Mon Dieu comme tu es belle !

— Merci, dit-elle en le prenant dans ses bras.

Il sentit son parfum qui l'enivra et il la serra fort en soupirant. Elle lui avait tant manqué et il s'était tellement inquiété pour elle.

— Eh bien, ça fait plaisir ! dit-elle toute guillerette.

— C'est parce que je suis si content de te revoir !

Il la fit entrer et dit.

— Tu as changé. Tu es rayonnante !
— C'est parce que je suis une femme maintenant, dit-elle en lui souriant avec complicité.
— Pour moi, tu l'as toujours été.
— Merci, tu es gentil. Mais tu ne peux pas imaginer à quel point on en est plus convaincue, lorsque l'on a le corps qui va avec l'esprit.
— Je ne peux que l'imaginer, en effet.

Il la fit entrer dans le salon et lui offrit du thé. Il prépara quelques bricoles à grignoter, mais elle les refusa à cause de sa ligne.

— Alors Elo, raconte-moi ce que tu as fait durant ces deux années.
— Pas mal de choses…

Elle dit cela comme si elle se remémorait une dizaine d'années de sa vie. Bruno comprit alors qu'elle n'avait pas chômé.

— Comme je te l'ai dit, je suis désormais ce que ma mère a fait de moi.
— Moi je dirais plutôt que tu es ce que tu as choisi d'être. Comme cela se devait avec toi.
— Que veux-tu dire ?
— Que tu gardes toujours le contrôle de ta vie, quoi qu'il puisse t'arriver.
— Non, pas toujours… J'ai été l'esclave de quelqu'un durant trois ans et je ne puis le supporter, répondit-elle avec une pointe de haine dans la voix.
— Et comment se sont passées tes opérations ? demanda Bruno en essayant de détourner la conversation. Cela a dû être difficile, j'imagine ?
— Difficile ? Non. Douloureux ? Oui ! Très douloureux. Mais rien à côté de ce que les drogues m'ont fait endurer.
— Et maintenant, ça va mieux ?
— Oh oui, bien mieux. Regarde un peu ça !

Elle baissa les bretelles de sa robe et lui montra ses seins. Il fut très surpris et ne sut quoi répondre. Elle avait à présent une petite poitrine délicieuse et bien galbée qui allait parfaitement avec son joli petit buste fin et montrant une fragilité touchante. Il avait envie de la prendre dans ses bras et de la serrer fort contre lui, comme pour la protéger. Mais de voir cette si belle femme se mettre à nu devant lui exacerba aussi son désir d'homme et il devint tout rouge.

— Et ce sont mes vrais seins ! dit-elle avec une pointe d'espièglerie dans la voix. Les hormones ont eu un effet miraculeux sur moi. Je n'ai même pas eu à faire d'opération d'augmentation mammaire. Le docteur qui m'a suivie m'a avoué avoir été surpris du résultat.

— C'est vrai qu'ils sont très beaux… Mais si ça ne te dérange pas, est-ce que tu pourrais remettre ta robe ? Je me sens un peu gêné.

— Que tu es rose ! dit-elle en cachant à nouveau sa poitrine et en lui souriant d'un air moqueur. Je te montrerais bien le bas, mais vu ta réaction…

— Je te fais entièrement confiance ! dit-il totalement gêné.

— Tu peux. D'ailleurs, le docteur qui m'a opérée a fait des miracles de ce côté-là. Il pense même que je pourrai ressentir du plaisir, malgré l'absence de tissu pénien. Bon, je n'en suis pas encore là, mais c'est une bonne nouvelle, non ?

— Euh… oui, j'imagine.

Elle s'amusa de le mettre ainsi mal à l'aise face à tant de désinvolture de sa part.

Elle reprit plus sérieusement :

— Il m'a également expliqué, après avoir vu mon pénis sectionné, qu'il se souvenait d'avoir entendu parler, il y a quelques années, d'une personne ayant été admise aux urgences en France. Elle avait eu le pénis sectionné et les testicules définitivement lacérés à coups de couteau. La chirurgie avait été très difficile et le membre n'avait pas pu être remis en place. Les praticiens avaient donc recousu la victime, de sorte qu'elle puisse uriner en s'asseyant, mais sans pour autant lui construire un vrai vagin, ne sachant pas si elle choisirait de rester un homme ou pas, après un tel choc.

— Et tu penses qu'il s'agissait de toi ?

— Je le crois, en effet. Les dates correspondent.

— Alors cela confirmerait l'idée du maniaque qui vous a agressées, toi, Mélanie et ta mère ?

— Oui, en effet. Les deux autres ont eu la gorge tranchée et je suis la seule qui ait été en assez bon état pour pouvoir être sauvée.

— Tu dis ça si froidement.

— Parce que je n'ai pas le cœur à le dire autrement. Cette histoire m'a beaucoup trop remuée et je préfère en parler comme un observateur extérieur. Sinon je finirais par péter un plomb.

— Je comprends.

— Moi, ce que je n'ai toujours pas réussi à comprendre, c'est l'intervention de Max ! Qui l'a prévenu que je m'étais fait agresser ? Et qui lui a dit où me trouver ?

— Tu n'as pas réussi à obtenir des réponses durant ces deux années ? Et ton docteur, il ne connaissait pas celui qui t'a opérée ?

— J'ai obtenu beaucoup de réponses, mais de nombreuses zones sont encore floues. Et tant que je n'aurai pas éclairci certains points, je resterai dans l'ombre. Mais j'ai tout de même commencé à agir.

— Ça ne m'étonne pas le moins du monde, venant de toi ! dit-il avec un large sourire. Raconte-moi.

— Tu connais Bruce Murphy, je présume ?

— Bien sûr ! Qui ne le connaît pas, dans le milieu de la country-rock ?

— Eh bien, lorsque je t'ai quitté il y a deux ans, j'ai fait mon enquête et j'ai noté que la carrière de Bruce était largement en perte de vitesse. Son dernier album avait fait un flop et il avait du mal à s'en remettre. Alors je l'ai contacté.

— En tant que Mégane ?

— Oui. Je connais bien Bruce. C'était un des artistes amis, sur qui je pouvais compter avant que je meure. Je lui ai donc dit la vérité sur ma fausse mort et je lui ai demandé son aide.

— Qu'as-tu fait ?

— Je lui ai proposé de lui composer son prochain album, à la condition qu'il le sorte dans les trois mois qui allaient suivre. Je voulais faire vite.

— Mais, dans quel but ?

— Celui de signer ses compositions, afin d'avoir de nouvelles demandes ! Tu n'es pas sans savoir qu'il existe un certain nombre d'artistes qui composent exclusivement pour les autres et ne se mettent pas en avant en tant que vedettes. Je voulais devenir un de ces artistes. J'ai agi avec un nouveau pseudo. Je me suis dit que si je donnais à Bruce un des albums que j'avais d'avance, il y avait une chance que cela soit un succès. En particulier chanté par lui. Et ce pari était risqué, mais je l'ai réussi.

— Oui, je me souviens. Il s'agit bien de *Blue-Meg*, son dernier album qui a fait un carton ?

— Oui, d'ailleurs, je n'étais pas forcément d'accord sur le nom, mais bon… Bruce cherchait à me remercier, d'une manière ou d'une autre.

— Et tu lui as donné un de tes albums comme ça ?

— Oui, mais attends, je n'ai pas terminé. Mon plan va bien au-delà de ça. Suite à la sortie de l'album de Bruce, les demandes se sont bousculées de la part de groupes et d'artistes qui cherchaient à travailler avec moi pour leurs titres. J'ai collaboré avec tous ces gens, en tout une vingtaine d'artistes différents.

— Tu ne leur as tout de même pas offert tes autres albums ?

— Mieux ! Je leur ai offert la totalité des brouillons en possession de Max.

— Mais… comment ? Tu les as récupérés ?

— Non, bien sûr ! Mais j'ai une excellente mémoire.

— Impressionnant ! Tu t'es souvenue de tout ?

— Tu sais, lorsque l'on reste des semaines dans un lit d'hôpital, à se faire construire un vagin, on a tout le temps de se rappeler ! J'ai donc travaillé sans relâche depuis mon lit au début, puis depuis ma clinique de convalescence, où j'étais suivie par les médecins. Puis enfin, depuis différents hôtels et studios, lorsque j'ai commencé à aller mieux et à pouvoir bouger. C'est devenu tellement facile de tout faire à distance avec Internet.

— Et donc, tu as ruiné toutes les possibilités que pouvait avoir Max de te voler ton travail ! C'est tout simplement brillant ! Je savais bien que tu préparais un truc de ce genre, lorsqu'on s'est quittés. Mais je ne m'attendais pas à cela. Je te félicite !

— Oh mais attends, je n'ai pas terminé. L'affaire *Homeless Cowboys*, ça te dit quelque chose ?

— Bien sûr, c'était un groupe country-rock qui signait chez Classic-Records.

— Et ils se sont fait virer par Max, car ils ne vendaient pas assez.

— Et il a dû s'en mordre les doigts, car ils ont bien rebondi d'après ce que j'ai vu sur le Net. Ils signent chez Sony désormais, non ?

— Oui, et leur nouvel album a fait un tabac. Je suis le nouveau soliste du groupe et c'est encore un de mes brouillons.

— Hein ? Stephen Pires, c'est toi ?

— Oui, tu ne m'as pas reconnue ?

— C'est impossible ! dit-il en ouvrant son ordinateur et en cherchant des photos du groupe.

Il en trouva rapidement et zooma sur le soliste du groupe. Il vit alors à quel point il avait été aveugle.

— Ça alors ! Mais pourquoi ?
— Pour pouvoir refaire de la musique moi-même. Cela me manquait trop. Je me suis dit que cela serait une bonne idée pour rester anonyme et qu'en plus ça agacerait Max d'avoir perdu un si bon filon !
— Mais alors, tu fais de la musique en tant qu'homme désormais ? C'est le monde à l'envers !
— Certes, mais ça marche ! Et puis, passer pour un homme n'est pas très compliqué pour moi !
— Même maintenant que tu as subi toutes ces opérations ? Ça doit être frustrant, non ?
— C'est un peu vrai. D'autant que j'ai souvent envie de crier au monde qui je suis vraiment, mais c'est encore prématuré.
— Et qu'attends-tu ?
Elle s'assombrit soudainement et dit :
— Je veux mettre Max à genoux !… Je vais le faire ployer si fort, qu'il va se briser. Il ne s'en relèvera pas ! Après cela, je me dévoilerai.
Bruno fut presque mal à l'aise en voyant la haine se manifester à ce point dans ses yeux. Elle lui fit presque peur. Assurément, il ne fallait pas être son ennemi.
Il dit, un peu hésitant :
— Mais tu sais à qui tu t'attaques au moins ?
— Oui, et c'est à mon avantage, car lui ne sait pas qui il a en face de lui.
— Il est vrai que je ne voudrais pas être ton ennemi. Tu peux être un tel démon !
— Merci, même si je ne sais pas comment je dois prendre ça.
— Bien ! Prends-le bien. C'est un compliment.
— Alors merci ! répondit-elle en souriant. Bon, je vais devoir te laisser, j'ai encore beaucoup de travail devant moi. En plus, on a une tournée à préparer avec le groupe.
— Merci d'être passée me voir, je suis vraiment heureux que

tu ailles bien. Tu sais, je me suis beaucoup inquiété ces deux dernières années.

— J'en suis navrée, mais tu comprends bien que je ne pouvais pas te contacter, sans courir le risque de t'impliquer. Max est à mes trousses depuis que je suis sortie de l'asile. Tu étais surveillé.

— Je l'ai bien constaté ces derniers temps. Et maintenant ?

— Maintenant, ils cherchent ailleurs. J'ai donc un peu de temps avant qu'ils ne réalisent que je suis rentrée à Paris. Quand tout ceci sera terminé, nous pourrons passer du temps tous les deux. Mais, pour le moment, je préfère que tu sois loin de moi, loin du danger.

— En tout cas, je te remercie encore d'être venue.

— C'est bien normal. Je n'en serais pas là sans toi. Tu es le meilleur ami que j'aie jamais eu.

— C'est parce que je t'aime…

Il ravala sa salive, voyant que sa parole avait dépassé ses pensées

— Du moins… comme ma petite sœur, balbutia-t-il confus.

— Ça me touche beaucoup, même si je sais que tu mens. Mais moi aussi je t'aime et vraiment comme un frère, dit-elle en souriant de manière taquine.

Elle se leva et se dirigea vers la sortie.

— J'imagine que j'entendrai parler de toi indirectement dans la presse et sur le Net ?

— Je te tiendrai au courant, ne t'inquiète pas.

— En tout cas, si tu as besoin de quoi que ce soit…

— Merci Bruno.

Ils s'embrassèrent et Élodie rentra chez elle.

Ce jour-là, il faisait un temps magnifique. On était au début de l'été et il faisait chaud. Élodie se fit remarquer avec sa belle robe d'été beige constellée de petites fleurs rouges et roses. Elle remarqua qu'aussi bien les hommes que les femmes l'observaient avec, pour certains, un désir évident et pour d'autres une jalousie qu'elles peinaient à dissimuler.

Elle était contente car enfin elle pouvait vivre sa vie de femme, en étant aussi bien dans son corps que dans sa tête. Et à voir le regard que les gens portaient sur elle, elle n'en était que plus confiante. Quoi qu'elle ait pu dire à Mélanie, au fond d'elle, elle avait toujours gardé cette peur panique qui avait été engendrée par sa mère, lorsqu'elle l'avait amenée à l'école grimée en petit garçon.

Elle n'avait pas envie de prendre le métro pour rentrer. Avec un temps aussi magnifique, c'aurait été dommage de s'enfermer, pensa-t-elle. Elle y alla donc en bus afin de rester dehors.

Dans le bus, elle s'assit dans un carré en face d'une petite fille et de sa mère.

La petite fille la regardait avec insistance. Élodie lui sourit alors. La petite fille lui rendit son sourire et, timide, elle regarda ses pieds. Puis elle lança à nouveau quelques regards en coin à Élodie. Elle lui souriait toujours.

La petite fille se rapprocha de sa mère et lui dit en chuchotant :

— Elle est très jolie la dame.

Sa mère regarda Élodie et vit que sa fille n'exagérait pas.

Élodie se pencha alors vers la petite fille et répondit :

— Et toi, tu es une adorable petite fille, dis-moi.

L'enfant se blottit contre sa mère tout en continuant de la regarder et de lui sourire.

La mère sourit à son tour à Élodie et lui dit :

— Ma fille a raison. Vous êtes vraiment très jolie, mademoiselle.

— Je vous remercie, répondit Élodie en souriant.

Elle était aux anges. Sa transition était une réussite totale.

Elle resta un peu dans ce bus et, après plusieurs changements, arriva enfin chez elle. Elle avait déménagé afin de brouiller les pistes. Elle avait conservé sa pièce secrète, mais avait fait l'acquisition d'un petit pavillon en banlieue qu'elle avait fait aménager selon sa convenance, avec comme toujours une pièce secrète et parfaitement protégée.

Élodie n'avait pas seulement négocié la gestion de ses biens immobiliers avec maître Poux-Grinçant, elle avait également demandé au notaire de veiller sur un certain nombre de comptes bancaires qu'elle avait ouverts dans des pays limitrophes, où la discrétion était assurée aux gens fortunés. En trois ans d'absence, ses comptes avaient fructifié et lui assuraient une position confortable, lui permettant de faire tout ce qu'elle voulait.

Elle rentra donc chez elle et mit en place une nouvelle partie de son plan.

Le lendemain, elle avait rendez-vous au cabinet Laval et Rochefort avec maître Laval.

Une secrétaire l'amena au seuil de sa porte et la fit entrer.

C'était un beau bureau avec de magnifiques étagères en bois arborant tous les livres sur la loi, ainsi que de nombreux autres traitants de codes et de législations diverses. Une magnifique moquette recouvrait le sol et le bureau de maître Laval était au fond de la pièce, dos à la fenêtre qui donnait sur le Tout-Paris.

L'avocat s'avança et dit :

— Mademoiselle Henry, c'est un véritable plaisir que de pouvoir enfin mettre un visage sur cette voix que j'ai tant entendue au téléphone.

— Mais le plaisir est pour moi, maître Laval. Car c'est également un plaisir d'avoir enfin l'occasion de vous remercier en personne pour tout ce que vous avez fait pour moi. Qui plus est, en refusant systématiquement tous les honoraires que je tenais pourtant à vous verser. Je ne sais pas comment vous exprimer ma gratitude…

— Lorsque vous aurez retrouvé la place qui est la vôtre, je

m'estimerai comblé. Vous n'avez donc pas à m'exprimer quoi que ce soit.

— Tout de même, je culpabilise de recevoir autant de bonté de votre part.

— Il serait très mal venu de ma part de vous demander quoi que ce soit, après ce que vous avez vécu. C'est bien normal que j'agisse ainsi, vous ne croyez pas ?

— Il est vrai que j'en ferais certainement autant à votre place. Mais je ne suis pas à votre place.

— En tout cas, votre réputation n'est pas usurpée, tant en regard de cela, que vis-à-vis de votre beauté. Et, si je puis me permettre, je vous préfère ainsi, plutôt qu'avec tout ce maquillage que vous portiez, lorsque vous jouiez votre rôle de chanteuse.

— Je vous remercie pour le compliment. Cela me va droit au cœur, dit-elle réjouie. Mais vous savez, ce maquillage était aussi un excellent masque grâce auquel personne ne me reconnaît aujourd'hui.

— Un avantage non négligeable, j'en conviens ! dit-il en riant.

— Alors, où en sont nos affaires ?

— Eh bien, j'ai une bonne et une mauvaise nouvelles. Par laquelle souhaitez-vous commencer ?

— La bonne.

— Les accusations de plagiat ont fait leur chemin. Classic est désormais au courant, au plus haut lieu. Il semble que Max Antonilli ait été pointé du doigt par certains actionnaires et il devrait réagir sous peu. Certains parlent d'un communiqué de presse.

— C'est bien. Ça va le forcer à sortir du bois.

— Oui et c'est ce qui m'amène à la mauvaise nouvelle. Antonilli a lui aussi tiré des ficelles et il a le bras long. Il a soudoyé un certain nombre de petits fonctionnaires qui travaillent aux renseignements, à la police des frontières et aux douanes. Je pense qu'il doit déjà être au courant de votre retour sur le territoire.

— Oui, mais cela, je l'avais prévu.

— Je le sais. Mais j'ai aussi trouvé quelque chose de très inquiétant. Il semble que Antonilli ait effectué un gros transfert d'argent pour la société Millot qui est connue dans le milieu comme une société-écran, dissimulant une milice.

— Une milice ?

— Oui. Il s'agit de groupes de mercenaires organisés, qui agissent un peu partout en France et se font chèrement payer pour effectuer de basses besognes ; ou des actions qui nécessitent une certaine discrétion, si vous voyez ce que je veux dire.

— Et qu'en pensez-vous ?

— Je pense qu'il vous cherche. Et je pense que vous devriez songer à vous protéger. Engagez un garde du corps.

— Un garde du corps ? Vous n'y pensez pas. Je perdrais tout anonymat avec un malabar qui me suit partout.

— Non, pas du tout. Nous connaissons des gens très sérieux et très discrets. Ils offrent des prestations du plus haut niveau. Vous ne serez pas déçue, croyez-moi.

— Je ne sais pas… Il faut que j'y réfléchisse, dit-elle confuse.

— Dans ce cas, je vous conseille de ne pas trop tarder. Si Antonilli a embauché des mercenaires de chez Millot, ils vont rapidement vous retrouver et vous ne les verrez pas venir. Je suis très inquiet pour vous.

Élodie était quelque peu perturbée par ce qu'il venait de lui raconter. Elle traita quelques autres affaires qu'ils avaient en cours et, tandis qu'ils discutaient, elle commença à élaborer un autre plan qu'elle lui expliqua avant de le quitter.

L'avocat fut très étonné de la portée de son regard.

En effet, en très peu de temps, Élodie avait prévu un certain nombre de coups interdépendants les uns des autres. Et même si c'était risqué, cela avait de bonnes chances de marcher.

Une semaine plus tard, elle prit contact avec Camille Bochot via une lettre qu'elle lui envoya par La Poste.

Elle disait dans les grandes lignes :

« *Mademoiselle Bochot,*
Il y a quelques années, vous avez mené une enquête très sérieuse sur la disparition brutale de la chanteuse Mégane Tuyé. Je sais que vous n'avez jamais publié les conclusions de cette enquête, mais j'y ai eu récemment accès. Je trouve que le travail que vous avez fait est exemplaire et j'aimerais en discuter avec vous autour d'un café. Je ne vous oblige pas à me donner satisfaction. Toutefois, si cela vous intéresse, je me trouverai à la terrasse du Café de Flore, *jeudi, à 15 h. Je porterai un boléro rouge.* »

Quelques jours plus tard, Camille Bochot reçut la lettre et sa curiosité fut piquée au vif. Elle se posa de nombreuses questions, mais désira en savoir plus. Elle se rendit donc au rendez-vous que lui avait proposé Élodie.

Lorsqu'elle arriva, elle vit une jeune femme assise sur la terrasse et qui prenait un café. Elle portait un petit short en jean avec un top à bretelles et un boléro rouge. Elle avait des jambes magnifiques qui attiraient tous les regards des passants. De grandes lunettes de soleil venaient cacher ses yeux et son visage.

Camille s'assit à sa table et dit :

— Bonjour, je suis Camille Bochot.

Élodie lui tendit la main et répondit :

— Je suis heureuse que vous ayez accepté de me rencontrer.

— J'avoue avoir été surprise par votre lettre.

— C'était mon but.

— Me surprendre ?

— Vous rencontrer.

— Est-ce pour me menacer à nouveau ? Êtes-vous au service d'Antonilli ?

— Pas du tout.

— Alors qui êtes-vous et que me voulez-vous ?

— Sachez pour le moment que je suis de votre côté.
— Mon côté ? Je ne savais pas qu'il y avait un côté.
— Il y a ceux que votre enquête dérange et ceux à qui elle est profitable.
— À ce propos, comment avez-vous eu accès aux résultats de mon enquête, malgré tout le soin que j'ai mis à les protéger ?
— Vous n'êtes pas la seule à savoir tirer des ficelles, mademoiselle Bochot. Et je sais que si je vous le demandais, vous ne révéleriez pas vos sources. Acceptez donc que, de mon côté, je protège les miennes.
— Très bien. Dans ce cas, pourquoi avez-vous souhaité me rencontrer ?
— Parce que vous êtes la seule à avoir effectué un travail réellement sérieux sur la disparition de Mégane Tuyé. Vous avez vu juste et j'ai trouvé votre détermination admirable. C'est pour cette raison que je vous ai envoyé cette lettre et que j'ai voulu vous voir en personne.
— Et qu'attendez-vous de moi ?
— Que vous terminiez ce que vous avez commencé.
— Si vous avez eu accès à mes conclusions, vous savez aussi pourquoi j'ai arrêté mon travail ?
— Oui.
— Alors vous savez quelles pressions j'ai subies de la part d'Antonilli ? Vous savez qu'ils ont menacé ma famille, mes amis ?
— Oui, je le sais.
— Et vous voudriez que je continue ?
— En effet.
— C'est absurde. En plus, je pourrai bien dire ce que je veux, je n'ai pas l'ombre d'une preuve que Mégane est vivante !
— Vous devriez faire plus attention à ce qui vous entoure, mademoiselle Bochot.

En disant cela, elle pencha la tête en avant en baissant légèrement ses lunettes de sorte que Camille puisse voir ses yeux et une partie de son visage. La jeune femme ouvrit de grands yeux incrédules en reconnaissant immédiatement la chanteuse. Élodie s'était, pour l'occasion, maquillée en Mégane Tuyé.

Elle bafouilla alors :

— Mais… ça alors ! Vous êtes…

— J'apprécierais que vous restiez discrète, s'il vous plaît, coupa Élodie. Cela a beau faire cinq ans que je suis censée être morte, il suffirait que quelqu'un me reconnaisse pour ficher en l'air tout mon travail.

— Alors j'avais raison ! Vous n'aviez pas été assassinée, lors de cette tuerie !

— Non, en effet. Je suis en vie, et vous aviez raison sur presque toute la ligne dans vos conclusions. C'est Max Antonilli qui m'a fait disparaître, afin de profiter de mon travail pour s'enrichir. Toutefois, contrairement à votre théorie, il ne me retenait pas en otage. Il m'a gardée bien au chaud, droguée dans un asile, de manière que je ne sache plus qui j'étais et que je ne puisse lui nuire.

— Vous êtes sérieuse ?

— On ne peut plus sérieuse.

— Alors, c'est qu'il est encore plus monstrueux que je ne l'avais imaginé !

— Certaines personnes sont prêtes à vendre père et mère pour un peu de pouvoir.

— Vous n'imaginez pas à quel point je suis heureuse de vous savoir en vie. Et vous n'imaginez pas à quel point la communauté de fans qui soutient mon action le sera également.

— J'en suis très flattée, croyez-le. Mais, pour le moment, personne ne doit savoir. Ce secret doit rester entre vous et moi.

— À votre convenance. Mais qu'attendez-vous de la publication de mon enquête ? En quoi cela peut-il vous aider ?

— Je veux détruire cet homme, comme il m'a détruite. Si vous publiez vos résultats, cela jettera le doute sur lui, sur son intégrité et sur son travail ; ce qui le forcera à contre-attaquer publiquement.

— Mais, j'ai déjà essayé de l'attaquer par le passé ! Il a réagi immédiatement en me menaçant ainsi que ma famille et mes amis. Et croyez-moi, ces menaces étaient sérieuses ! Ils ont été jusqu'à venir chercher mon petit frère à son école. Et avec ce que vous venez de me dire vous concernant, je n'ai pas très envie de retenter l'expérience.

— Ils vous ont menacée parce que vous n'aviez pas de preuves solides, juste des suppositions ; certes étayées de faits, mais qui ne restaient que des suppositions malgré tout. Toutefois, ils ne voulaient pas s'embarrasser d'un scandale qui les aurait un peu gênés. Ils se sont dit que, sans preuve et avec quelques menaces, vous laisseriez tomber rapidement.

— Mais de quelles preuves parlez-vous désormais, dans la mesure où je ne peux pas faire mention de notre rencontre ?

— De ceci.

Elle lui donna une enveloppe kraft, contenant apparemment de nombreux documents.

— Ne l'ouvrez pas ici.

— Que contient-elle ?

— Suffisamment de preuves factuelles et de documents pour prouver toutes vos théories. Si vous publiez ceci, ils seront déstabilisés et devront réagir et vous attaquer pour diffamation.

— Et comment y répondrai-je ?

— Pour cela, faites-moi confiance.

— C'est facile pour vous ! Ce n'est pas vous qui serez en première ligne ! Comment ferai-je s'ils me menacent à nouveau ?

— Ils ne le feront pas cette fois. Ils n'auront pas intérêt, ni même à s'en prendre à quelqu'un de votre entourage, sans que cela paraisse suspect. Croyez-moi, étaler cette affaire au grand jour est le meilleur moyen de vous protéger, vous et votre famille. En outre, Max n'est pas tout-puissant. Il a lui aussi des chefs à qui il doit rendre compte.

— Et pourquoi me donner ces preuves à moi ? Ne seraient-elles pas plus utiles dans les mains d'un vrai journaliste ?

— Je ne pense pas que le cas de *la disparition de Mégane Tuyé* intéresse encore grand monde aujourd'hui, dans les milieux professionnels. En outre, vous avez fait tout ce travail. J'estime donc normal que cela soit vous qui en récoltiez les fruits. Et si cela ne suffit pas à vous convaincre, je dirai, pour finir, que la vengeance est une motivation à elle seule. N'avez-vous pas envie de leur faire payer leurs menaces et l'affront qu'ils vous ont fait subir ?

Elle sembla pensive et dit :

— Si, en effet.

— Alors faites votre choix, mais sachez que vous tenez Max Antonilli par les couilles avec ce que contient cette enveloppe.

— Puis-je savoir d'où viennent ces documents ?

— J'ai, moi aussi, de bons enquêteurs.

— Pourquoi ne pas l'attaquer vous-même ?

— Parce qu'il a lancé une bande de mercenaires à mes trousses. Son seul but et de me retrouver et de me faire taire. J'ai déjà commencé à le mettre dans l'embarras par d'autres biais. Il se montrera plus agressif et plus virulent que jamais à mon égard. Pour le moment, je ne sais pas qui me soutient et à qui je peux faire confiance. J'ai besoin de vous plus que jamais, car je pense que je peux vous faire confiance, maintenant que je vous connais un peu mieux.

— Je vous assure que tous vos anciens fans vous soutiennent.

— Peut-être bien, mais ils ont besoin d'un meneur. Soyez cette personne, et nous aurons peut-être une chance.

— Et que ferez-vous après, si nous réussissons à l'abattre ?

— Je ne sais pas encore et je n'y pense pas encore. Pour le moment, je ne pense qu'à ma vengeance.

— Alors je vais vous aider, Mégane Tuyé. Mais, dans ce cas, j'ai moi aussi une condition.

— Que souhaitez-vous ?

— Que vous aussi vous terminiez ce que vous avez commencé.

— C'est-à-dire ?

— Votre œuvre.

— Reprendre ma carrière... Après tout ce qu'il s'est passé ?

— Vous le devez bien à tous ceux qui vous ont soutenue pendant toutes ces années. Car vous ne l'avez certes pas vu, mais je peux vous assurer qu'ils étaient là et qu'ils pensaient à vous.

Elle sembla pensive, car elle ne pouvait pas lui dire qu'elle avait déjà recommencé à travailler sous cape.

— Je vous promets au moins un album. Pour la suite, je ne peux rien vous assurer.

— Bien, c'est un premier pas.

Les deux femmes se saluèrent et repartirent chacune de leur côté.

Chapitre 13

Le lendemain, Élodie se rendit en studio sous les traits de Stéphane, car elle devait répéter avec son nouveau groupe, les Homeless Cowboys.

Lorsqu'elle arriva, elle trouva le groupe bien affairé devant un journal.

— Quelles sont les nouvelles ? demanda-t-elle.

— Regarde un peu cela ! répondit Steve, le batteur.

Élodie prit le journal. Elle s'attendait à trouver un communiqué de la part de Classic, car, ces derniers temps, la presse s'était fait écho des accusations de plagiats. Mais si l'article traitait bien de Mégane Tuyé, il était tout autre. Son titre était « *Mégane Tuyé, Le Retour* ». Et son contenu était le suivant :

C'est désormais officiel, la chanteuse Mégane Tuyé est bel et bien vivante. Son ancienne société de production Classic-Record a levé le voile sur son secret le mieux gardé. Cela faisait déjà quelques années que les spécialistes du genre s'accordaient à dire que certains titres des albums de Gabrielle MacLeod empruntaient le style de la chanteuse rock. Ces mêmes spécialistes avaient reconnu le style de composition de la prodige française, chez des artistes aussi variés que Bruce Murphy, Steve Carell, Anselm ou encore Proformat.

Classic-Records précise : « *Suite à l'horreur perpétrée chez sa mère, Mégane, pourtant à l'apogée de sa carrière, a souhaité se retirer sans retour en arrière. Nous l'avons regretté, mais n'avons pas voulu aller contre sa volonté. Nous sommes toutefois restés en contact permanent avec elle pour qu'elle collabore anonymement avec nous sur les albums de Gabrielle.* »

On constate que l'ex-prodige de la country a eu également de nombreuses collaborations au cours de ces cinq dernières années.

Les fans qui avaient, à l'époque de sa disparition, émis l'idée qu'elle était toujours vivante avaient donc bien raison, au sens figuré comme au sens propre.

La question que tous se posent maintenant est : « *pourquoi* » ? Pourquoi faire croire à sa mort, alors qu'il aurait été plus simple de se retirer discrètement ? Classic-Records n'a pas souhaité répondre à ce sujet. En tout cas, la chanteuse risque de devenir désormais la proie n°1 des paparazzis et des journalistes qui seront prêts à payer des fortunes pour avoir l'exclusivité d'une photo ou d'une interview…

C'était un coup de maître que Max avait joué, car il se dédouanait, il protégeait Classic et il s'assurait la certitude de la retrouver rapidement, même sans sa milice.

— L'enfoiré ! échappa Élodie malgré elle.

— De qui parles-tu ? demanda Steve.

— De… de celui qui a écrit cet article ! Pauvre Mégane ! Elle a souhaité disparaître et il l'affiche en place publique.

— Moi, je ne suis pas d'accord avec toi, répondit Christophe le chanteur. Si tu regardes cette affaire d'un autre point de vue, Mégane a trompé tout le monde, c'est donc normal qu'elle paye !

— Qu'elle paye pour quoi ?

— Pour tout le mal qu'elle a fait à ses fans, pardi ! répondit le chanteur.

— Tu m'étonnes ! intervint Steve. Quand on repense à cet enterrement orchestré, ces éloges, tous ces fans crédules qui pleuraient ! Ah, elle s'est bien foutue d'eux, la salope !

— Ah ça oui ! Elle a bien dû se marrer en regardant la télé ! reprit Christophe.

Élodie, sous les traits de Stéphane, ne savait pas quoi dire. Elle était coincée et n'avait pas imaginé une telle réaction chez ses propres amis. Elle se dit alors que si eux pensaient de telles choses horribles sur Mégane, ils n'étaient certainement pas les seuls. Ce coup-là, Max l'avait vraiment joué finement et il avait emporté la manche.

Mais elle finit par dire :

— Ouais, ben moi, je vous trouve injuste, les gars. Si ça se trouve, ils nous baratinent ! Je me souviens de Mégane, elle n'était pas comme ça. Ça n'est pas du tout son genre de simuler sa mort pour quitter la scène. Elle a vécu des choses atroces, non ? Je pense que si elle avait voulu quitter la musique dans des circonstances normales, elle l'aurait dit tout haut, face à son public !

— Mais dis donc, Stephen, tu la défends ardemment, la petite blonde ! s'interrogea Steve.

— Je ne la défends pas, je trouve simplement que vous ne devriez pas prendre ces allégations pour argent comptant ! Aujourd'hui, les journaux ne racontent que des conneries la plupart du temps.

— Mouais... tu sais quoi ? dit Christophe sur un ton railleur. Je me demande si Mégane ne te faisait pas tourner la tête à l'époque.

— Ouais, si ça se trouve, tu étais un de ces fans en délire qui faisaient la queue des heures pour être au premier rang, reprit Steve.

— Il faut dire qu'elle avait des arguments, la bonasse ! Ça valait la peine de se mettre au premier rang ! intervint Bogdan le bassiste.

— Bon, quand vous aurez terminé de vous conduire comme des crétins, faites-moi signe !

Elle quitta alors le studio sous les quolibets et railleries de ses soi-disant amis.

Tout cela ne lui rappelait que trop ce qu'elle avait vécu, lorsque sa mère l'avait humiliée en public la première fois. Elle était en train de revivre ça une deuxième fois.

Une fois dehors, elle se retint pour ne pas craquer. Elle rentra directement chez elle et s'écroula en pleurs sur son lit.

Elle retira son maquillage et ses postiches de faux poils en tout genre, jeta le tout violemment par terre et les piétina. Elle était en colère.

Mais tout cela se changea rapidement en chagrin et elle se lâcha enfin. Elle frappa dans son canapé, cassa quelques objets, puis s'affala en larmes.

Elle était anéantie.

Elle se releva et se regarda dans le miroir. Elle repensa à tous ces efforts qu'elle avait dû faire pour passer pour une femme à l'époque. Maintenant qu'elle était devenue une femme, elle déployait des trésors d'ingéniosité pour passer pour un homme. Tout se mélangea dans sa tête, la vie de Mégane, la sienne, les études qu'elle avait suivies en tant que Stéphane. Comment pouvait-elle encore se faire passer pour un homme aujourd'hui ? Comment pouvait-elle paraître forte alors que le chagrin et la colère s'emparaient d'elle ? Elle était triste, triste de penser que les gens puissent réagir ainsi face à cet article de presse. Mais aussi en colère contre elle-même d'avoir voulu faire partie d'un groupe comme Homeless Cowboys, dont les membres étaient aussi immatures que misogynes. Elle ne pourrait certes pas retourner travailler avec eux. Mais avait-elle toujours envie de faire une quelconque musique, quand elle voyait où cela la menait ?

Puis, elle pensa à Max.

Allait-il dévoiler sa vraie nature, si elle l'embarrassait trop ? En voyant la réaction de ses ex-amis musiciens juste avec le fait qu'elle ne soit pas vraiment morte, elle se demandait comment le public pourrait réagir en pensant qu'elle l'avait trompé toutes ces années avec son sexe. C'était aussi une des raisons qui l'avaient poussée à faire sa réassignation sexuelle. Elle ne voulait pas que l'on puisse contester publiquement qu'elle était une femme.

Elle avait beau être très intelligente et prévoyante, c'était la première fois qu'elle était confrontée à une situation aussi embarrassante et à laquelle elle n'avait pas pensé. Ça n'était pas comme ça que cela devait se passer. Elle pleura longtemps et finit par s'endormir, terrassée par la fatigue et le doute.

Elle eut un puissant flash-back dans lequel elle vit sa mère et Mélanie. C'était la première fois qu'elle voyait cela, depuis sa sortie de l'hôpital.

Elles étaient toutes les trois chez sa mère autour de la table de la cuisine. Mélanie semblait discuter avec sa mère, mais elle n'entendait qu'un bruit sourd et indistinct ; comme lorsque l'on entend parler des gens avec la tête sous l'eau.

Sa mère la regarda. Elle avait pour elle de la haine dans les yeux. Elle le sentait. Puis Élodie se vit, comme si son esprit était séparé de son corps. Elle gisait à terre, Mélanie et sa mère également. Elles avaient la gorge tranchée. Quant à elle, elle était couverte de sang et agonisait. Elle vit un bout de chair, non loin de son entrejambe. C'était son pénis qui était coupé et dont la trace sanguinolente menait jusqu'à elle.

Elle vit alors Max, complètement paniqué et qui la prenait dans ses bras. Il lâcha de sa main gauche un téléphone portable qui alla se briser au sol. Il serrait Élodie dans ses bras et pleurait.

Soudain, elle reprit conscience en haletant, comme si elle venait de courir.

Ce souvenir avait été si intense qu'elle en avait des palpitations et qu'elle sentait la douleur de son sexe entre ses jambes, bien qu'il ne fût plus là depuis des années. C'était insupportable. Elle hurla de douleur et de colère.

Elle se leva, toute groggy et avec un mal de crâne infernal. Elle prit un médicament contre la migraine ainsi qu'un somnifère, puis retourna dans son lit. Elle ne voulait plus voir personne, elle ne voulait que s'endormir et oublier.

Pour la première fois de sa vie, elle succombait avec délectation à la protection de sa salle blindée, et au plaisir de se cacher du monde tout au fond de son lit.

Pour la première fois, sa force de caractère avait vacillé. Ils avaient réussi à percer son armure. Elle ne savait pas comment réagir face à cette situation.

Le lendemain, elle passa sa journée au lit. Elle n'avait aucune envie ni de se lever, ni de manger, ni de boire. Elle végéta dans sa chambre en repensant à toute cette histoire. En repensant à elle et à tout ce qu'elle était devenue. Elle était une vraie femme désormais. Mais pouvait-on parler de vraie femme, lorsqu'on est obligée de prendre des hormones toute sa vie ? Lorsque l'on ne peut pas avoir d'enfants ? Lorsqu'il existe des gens qui savent que vous ne l'avez pas toujours été ? Lorsque certains d'entre eux peuvent utiliser cela pour vous faire du mal ?

Élodie savait qu'elle était née avec le corps d'un homme et que c'était sa mère qui avait fait d'elle ce qu'elle était devenue. Mais aurait-elle eu un autre choix ? Même si elle avait voulu devenir un homme, aurait-elle fini par accepter ce sexe entre ses jambes, alors que toute sa vie on l'avait persuadée d'être le contraire ?

Maintenant, au moins, elle en avait l'apparence. Et cette apparence était en parfait accord avec ce qu'elle avait dans la tête.

Le soir, très tard, elle finit par s'endormir à nouveau et rêva encore une fois de cette journée.

Les détails se firent plus précis. Elle se vit dans la cuisine de sa mère avec Mélanie. Elle vit soudain Mélanie gisant au sol, la gorge tranchée. Mais sa mère était toujours là près d'elle. Elle ressentit un immense chagrin et une immense douleur.

Malgré cela, elle ne se sentit pas en danger, comme si un forcené les avait attaquées. Au contraire, elle ressentait de la haine. Du chagrin et de la haine.

Puis elle vit sa mère, gisant au sol et se vidant de son sang. Soudain, elle vit une scène qu'elle ne comprit pas : elle, en train de se masturber au milieu de ce carnage.

Puis elle s'éveilla.

Elle secoua la tête, comme pour enlever cette image choquante de sa mémoire. Elle se leva, s'étira à n'en plus finir et prit la résolution de cesser de se morfondre.

La réaction de ses compagnons musiciens était une bonne chose finalement, car elle lui avait montré une autre manière d'interpréter cette histoire ; chose qu'elle n'avait pas du tout envisagée. Elle devait donc désormais prendre ce paramètre en compte, si elle voulait que ses plans aient une chance de marcher.

Elle allait retourner dans le monde et affronter toutes ces épreuves, comme elle l'avait toujours fait.

Elle jeta un œil sur Internet, trouva une information qu'elle attendait, puis elle s'habilla et sortit.

Elle prit le métro et se rendit dans le centre de Paris. Elle comptait retrouver Bruno pour lui demander de l'aide.

Mais elle se sentit soudain en danger. Elle se savait suivie depuis un bout de temps par un homme brun de taille moyenne. Rien qu'elle n'aurait pu affronter. Mais depuis quelques pâtés de maisons, un autre l'avait rejoint.

Élodie avait un sens de l'observation extrêmement développé et elle faisait attention au moindre détail de ce qui l'entourait. Elle avait vu ces deux-là dans des reflets de vitrines et de miroirs. Elle chercha à les semer, mais au détour d'une rue, un troisième homme lui fit face.

Elle se retourna et vit que les deux autres avançaient à grands pas vers elle.

Elle tenta de s'enfuir en traversant la route, mais ils la rattrapèrent sans difficulté, car l'homme qui l'avait surprise ne lui avait pas laissé l'occasion d'ôter ses talons.

L'un d'eux plaqua un mouchoir sur son nez. Elle reconnut sans ambiguïté l'odeur du chloroforme, puis la nuit l'envahit.

*

Lorsqu'elle s'éveilla, elle était attachée à une chaise, les mains derrière le dos et les chevilles aux pieds de la chaise.

Elle vit en face d'elle, assis lui aussi sur une chaise posée à l'envers, Max qui la regardait avec un sourire de vainqueur.

Il dit :

— La belle au bois dormant s'éveille enfin !

— Max ?!

— Eh oui, enfin nous nous retrouvons !

— Qu'est-ce que je fais ici ?

— J'ai décidé de mettre fin à tes manigances. Tu sais que tu es très difficile à attraper ?

— Détache-moi ! dit-elle, sentant ses quatre membres endoloris.

Elle ressentit aussi une douleur à l'entrejambe, lorsqu'elle tenta de bouger.

— Certainement pas ! As-tu la moindre idée du mal que j'ai eu à t'attraper ? Et de l'argent que cela m'a coûté ?

— Tu veux parler de l'argent que tu m'as volé ?

— Nous y voici ! Mais de quel argent parles-tu ?

— Les succès de ta protégée. Au fait, est-elle au courant qu'elle a bâti sa carrière sur mon dos avec l'aide d'un usurpateur ? Moi, à sa place, je serais furieuse.

— Mais tu n'es pas à sa place, ma belle. Tu es là où tu dois te trouver. Au trou !

— Et que vas-tu faire de moi ?

— Oh, j'ai un plan pour toi. Tout d'abord, tu vas me donner le code pour entrer chez toi ; tu sais, dans cette fameuse chambre inviolable.

— Ainsi, tu la connais ?

— Oh oui, je la connais ! J'ai passé des semaines entières à essayer de te faire cracher le code à l'hôpital. Mais non ! Quelles que soient les drogues, quelles que soient les tentatives. Non, tu étais comme bloquée par ton traumatisme ! Enfin, c'est ce que disaient les médecins… S'ils m'avaient laissé faire, j'aurais arrêté toutes ces merdes de produits chimiques et j'aurais mis au point une bonne petite séance de torture physique. Rien ne vaut la douleur, lorsque l'on veut faire avouer quelqu'un.

— Eh bien, tu vas pouvoir essayer ta théorie, répondit-elle, d'un air de défi.

— Mais c'était prévu, ma chère.

— Et penses-tu vraiment que la douleur que tu vas m'infliger puisse rivaliser avec la douleur que je ressens dans mon âme ? Comment crois-tu que j'ai résisté à ton avis ?

Il sembla réfléchir, puis dit :

— Dans ce cas, peut-être que le fait de te priver de ta seule joie pourra te faire changer d'avis.

— De quoi parles-tu ?

— De la seule chose qui importe à tes yeux.

— Il n'y a plus grand-chose qui importe à mes yeux, depuis ce que tu m'as fait.

— Oh mais si, il te reste la musique. J'ai mis du temps à le comprendre. Mais, finalement, avoir gardé d'étroits contacts avec tes anciens amis m'a aidé à y voir clair.

— Tu n'es qu'un salaud manipulateur.

— Certes, certes, ma petite ! Mais un salaud riche ! Et je vais continuer à le rester. Tes petites attaques de plagiat seront vite oubliées et Gabrielle sortira un nouvel album qui sera le reflet de ton talent. Que dis-je ? De son talent !

— Et que feras-tu, lorsque tu auras épuisé le filon ? Tu vas me garder enfermée ici et m'obliger à composer pour toi et ta pouffiasse ?

— Je crois que tu ne m'as pas bien compris. Non, je vais te faire avouer ton code pour pouvoir récupérer tes œuvres, mais je ne vais pas m'embarrasser avec toi. Je vais donner aux fans une bonne raison pour qu'ils comprennent pourquoi leur idole avait disparu toutes ces années. Tu sais, ils se posent plein de questions depuis la parution de mon article.

En disant cela, il approcha une table à roulettes en aluminium avec des outils posés dessus. Il y avait des machettes, une scie de chirurgien et une meuleuse électrique avec une lame de scie circulaire. Elle pâlit en voyant tout cela.

— Que vas-tu faire avec ça ?

— Comme je te l'ai dit, j'ai compris que je pourrais bien te séquestrer, t'abrutir par des drogues, même te détruire devant l'opinion publique, rien ne pourra te briser, tant que tu pourras continuer à faire ce que tu aimes : de la musique. Eh bien, grâce à moi, aujourd'hui tu n'en feras plus jamais !

— Tu me fais peur. Arrête ! dit-elle inquiète.

Il eut un regard qui lui glaça le sang et dit froidement en observant ses instruments avec délectation :

— Tu peux avoir peur, fillette ! dit-il en insistant sur le « *peux* ». Alors voyons, par quoi vais-je commencer ? La langue ? Oui, c'est pas mal, la langue ! Comme ça, lorsque je te couperai les mains, tu ne pourras pas crier. Et sans langue et sans mains, voyons ? Ah si ! Tu pourrais toujours trouver le moyen de taper sur des tambours avec tes moignons. Je pense que l'amputation des bras s'impose ! Ah, et puis il reste les jambes. C'est vrai qu'avec les jambes, tu pourrais encore jouer sur des batteries ! Eh bien, allons-y pour les jambes. Qu'en penses-tu ? Crois-tu pouvoir encore faire de la musique, lorsque tu seras devenue une femme-tronc ?

Elle ne répondit pas.

— Je t'aurais bien coupé ton cinquième membre, mais tu t'en es chargée toi-même il y a cinq ans. Tu es devenue une femme désormais. Une très belle femme d'ailleurs ! dit-il en la regardant d'un air lubrique.

En le voyant la regarder ainsi, son subconscient raviva sa douleur à l'entrejambe.

Elle dit avec colère et haine dans la voix :

— Espèce de salaud ! Tu m'as violée !

— Violée ? Oh, non ! Techniquement, je ne t'ai pas violée. Vois-tu, ce qu'il y a de bien avec cette drogue que je t'ai administrée lorsque tu es arrivée, c'est qu'elle transforme la plus féroce des femmes en la plus docile des poupées gonflables ! Et, on ne viole pas une poupée gonflable...

— Tu n'es qu'un enfoiré ! Un salaud ! Je te tuerai de mes mains ! hurla-t-elle en se débattant en vain sur sa chaise.

— Crie, vas-y, défoule-toi, tant que tu le peux encore ! J'aurai au moins eu la satisfaction de t'avoir baisée avant que tu ne ressembles plus à rien ! Mais rassure-toi, j'avais du lubrifiant, je ne t'ai pas blessée ! J'ai pris le plus grand soin de ta belle petite chatte toute neuve ! Quel beau travail d'ailleurs ! Je n'y aurais vu que du feu, si je n'avais pas su la vérité.

— Tu n'es qu'un monstre !

— Oh, mais je viens d'y penser ! Je suis con ! dit-il en se frappant le front. Je ne vais pas t'arracher la langue en premier. J'en ai besoin pour que tu me donnes le code !

Elle se calma soudainement, comme si plus rien ne l'atteignait, et dit :

— Débite-moi tes menaces et tes belles paroles d'intimidation, car c'est tout ce que qui te reste.

— Crois-tu vraiment que ce soient des paroles en l'air ? dit-il en prenant la scie et en la regardant d'un air pervers.

Elle avança la tête vers lui et dit avec toute sa superbe :

— Tu n'auras pas le cran de le faire. Tu n'es qu'un pleutre et tu l'as toujours été. Tu ne t'engages dans quelque chose que lorsque tu es certain de gagner. Et là, tu n'es certain de rien.

— Crois-tu ? dit-il en tapotant la lame de la scie dans son autre main.

— Évidemment ! répondit-elle avec assurance. Et quand bien même tu aurais le courage de me couper un bras avec ton engin, je ne te dirais rien de toute manière.

Il reposa la scie et la regarda sans rien dire, comme s'il l'analysait.

— En même temps, tu n'as pas tort ! Ça serait dommage d'abîmer un si beau morceau de femme. Tu sais Mégane, j'ai toujours été dingue de toi. Et même maintenant que je sais que tu étais un homme, ça ne change rien. Pour moi, tu as toujours été un symbole de féminité et tu me faisais bander à chaque fois que tu montais sur scène.

— Pourquoi me dis-tu cela ?

— Pour que tu comprennes que je ne fais pas tout cela de gaîté de cœur.

— Ah ! rit-elle nerveusement. Tu vas me faire pleurer !

— Moi, j'ai pleuré ! dit-il en haussant le ton. Et je veux que tu comprennes à quel point j'ai souffert à cause de toi !

— Toi, tu as souffert ? Qu'est-ce que je devrais dire…

— Oh, c'est sûr ! Comment la pauvre petite Mégane pourrait-elle comprendre ? Comment pourrais-tu comprendre ce que cela fait de se faire virer à maintes reprises par la *Grande Mégane Tuyé*, quand on est un petit agent sans envergure ? Tu crois que c'est facile après cela de retrouver des clients ?

Il tint alors une conversation avec lui-même :

— Bonjour, monsieur, vous faisiez quoi avant ? Oh, j'étais l'agent de Mégane Tuyé. Ah, mais c'est excellent ça ! Et pourquoi être parti ? Parce qu'elle m'a mis à la porte… Ah, je vois… Désolé monsieur, mais le poste est déjà pourvu…

Il reprit en sa direction :

— Tu crois que ma carrière n'en a pas pris des coups, à cause de toi ? Tu crois que j'ai supporté ton sale caractère comme ça, sans qu'à moi aussi ça laisse des séquelles ? Non, tu t'en foutais ! Tu t'en foutais de ce que cela pouvait bien me faire ! Moi aussi, je me suis retrouvé au trente-sixième dessous ! Moi aussi, j'ai cru que je ne remonterais plus jamais sur scène ! C'est pour ça que je t'ai enfermée trois ans dans cet asile. Pour que tu comprennes tout ça ! Et maintenant, je vais te faire comprendre autre chose. Je vais te faire comprendre ce que cela fait de convoiter quelque chose, sans jamais l'obtenir. De vouloir une chose, comme si ta vie, comme si ta santé mentale en dépendait ; mais tout en ayant la certitude que jamais tu ne l'auras !

Elle fronça les sourcils d'étonnement et dit :

— Mais, de quoi tu parles ?

— De toi, Mégane ! Je t'ai toujours voulue ! Je t'ai désirée dès le premier jour. Mais jamais tu ne l'as remarqué. Et jamais tu ne m'as fait un signe comme quoi tu m'appréciais ; comme quoi tu appréciais ma compagnie, ne serait-ce que mon travail ; ça m'aurait peut-être suffi ! J'avais appris à vivre avec, en sachant que jamais je ne t'aurais, que jamais tu ne serais ma femme. Eh bien, je vais te montrer ce que cela fait, lorsque tu seras enfermée dans ton propre corps et que tu repenseras à ta musique et à tout ce que tu pouvais faire avant. Plus jamais tu ne pourras le refaire et là tu comprendras !

Il semblait emporté par ce qu'il disait. Élodie comprit qu'il était sincère avec elle, et pour la première fois de sa vie probablement.

Elle en fut extrêmement confuse :

— Je… je suis désolée. Je ne savais pas…

— C'est bien là que se trouve le fond du problème. Tu ne savais pas ! Malgré toute l'énergie que j'employais à te faire comprendre, malgré tous les signes que je t'envoyais ! Jamais tu ne m'as prêté la moindre attention. Et tout ce que j'ai essayé d'entreprendre avec toi est systématiquement et consciencieusement tombé à l'eau, noyé, broyé par ton mépris !

Elle se radoucit et dit :

— Je ne sais pas quoi dire.

— La seule chose qu'il te reste à dire, c'est ce foutu code !
— C'est le 312026754398. Ça te permettra d'entrer.
Il en resta bouche bée.
— Tu me donnes ton code comme ça ?
— Après tout le mal que je t'ai fait, c'est bien normal, non ?
— Tu... Tu crois pouvoir m'attendrir ainsi ? Tu crois qu'en faisant cela, je t'épargnerai ? Tu crois que je ne te vois pas venir, ma petite Mégane ? Tu te trompes ! J'ai appris à te connaître avec toutes ces années passées à tes côtés. Je sais à quel point tu es manipulatrice. Je sais aussi avec certitude que ce code est faux.

Elle haussa les épaules et dit :
— Il n'y a qu'un moyen de le savoir !
— Tu fais cela pour gagner du temps.
— Et alors ? Même si tu as raison, tu as tout le temps, non ? Je suis à ta merci.

Il la regarda d'un air suspicieux.
— Je ne pense pas que tu sois vraiment à ma merci... Je ne suis pas idiot ! J'ai bien compris que, malgré tout ce qui t'est arrivé ces derniers temps, contre toute attente et avec rien, tu as réussi à repartir de plus belle. Mais je vais tout faire pour que ça n'arrive plus. Je vais mettre fin définitivement à tes agissements.

Alors qu'il disait cela, quelqu'un frappa sur la lourde double porte en métal qui était la seule sortie de la pièce.

Max semblait à la fois surpris et contrarié par cette interruption.

— Un problème ? demanda Mégane avec un léger sourire aux lèvres.

— Ne bouge pas, je n'en ai pas pour très longtemps, répondit-il avec un sourire sadique.

— Comme je te l'ai dit... Je suis à ta merci ! répondit-elle avec un soupçon de provocation.

Il se dirigea vers la porte et l'entrouvrit. Mégane vit par l'entrebâillement qu'il s'agissait de David, son assistant. Elle entendit de loin ce qu'ils se murmuraient.

— J'ai demandé à ne pas être dérangé ! dit Max avec autorité.

— Je sais bien, monsieur Antonilli, mais il s'agit du conseil des actionnaires de Classic. Ils veulent vous voir.

Cette réunion n'était visiblement pas prévue. Max semblait embarrassé.

— Eh bien, dis-leur que je n'ai pas le temps ! Dis-leur que je les verrai plus tard, lorsque j'aurai terminé… dit-il, tout en réfléchissant. Dis-leur que c'est une affaire urgente qui réclame toute mon attention et qui leur rapportera gros !

— C'est que…

— Quoi ?

— Ils ont dit que vous répondriez cela. Ils m'ont aussi dit de vous dire que vous aviez intérêt à venir sur-le-champ, faute de quoi les conséquences seraient dramatiques pour vous. Je suis désolé de vous parler ainsi, mais c'est ce qu'ils m'ont dit de vous dire.

Voyant que le pauvre bougre n'y était pour rien, et un peu inquiet, Max dit :

— Très bien, attends-moi, j'arrive.

Il referma la porte, s'approcha de Mégane et la regarda fixement.

Elle le regarda avec un sourire narquois et dit :

— On dirait que tout ne se passe pas comme tu l'avais prévu, finalement ?

— Oh, ne t'en fais pas. Juste le temps d'expédier ces bureaucrates et je reviens m'occuper de toi. J'étais juste en pleine réflexion, à essayer de savoir si je te bâillonne ou pas ? Et puis non ! De toute façon, tu peux bien crier autant que tu veux, personne ne viendra à ton secours ici.

Mégane se mit alors à fredonner tranquillement l'air de *Breakdown*, une chanson de *Humanity* qui parlait d'une femme à qui il arrivait les pires horreurs, mais qui jamais ne pliait face à l'adversité. Tout en faisant cela, elle continuait à le fixer d'un air provocateur.

Il fronça les sourcils, tourna les talons, sortit de la pièce et suivit son assistant.

Lorsqu'ils arrivèrent dans les bureaux de Classic-Records, Max remarqua que tous les gens qu'ils croisaient avaient des regards en coin à son encontre.

— Qu'est-ce qu'ils ont tous à me dévisager ? demanda-t-il à son assistant.

— Je pense que c'est à cause des nouvelles de ce matin. Et à mon avis, c'est aussi le propos de cette convocation.

— Mais de quoi parles-tu ?

— Vous n'êtes pas au courant ?

— Non.

— Dans ce cas, je ne peux pas vous en parler. Ils m'ont demandé de garder le secret si vous n'étiez pas au courant.

— Sérieusement ?

— Oui.

Il s'arrêta et dit :

— Bon, allez, cesse de tourner autour du pot. De quoi s'agit-il, ou tu es viré !

— Ils ont dit aussi que vous risqueriez de me menacer. Je ne dois pas vous écouter. Continuons.

Il avança à nouveau. Max fulminait intérieurement, mais il le suivit. Arrivés au sommet de l'immeuble qui hébergeait la maison de production, ils entrèrent dans la grande salle de réunion.

Se trouvaient là six personnes, ainsi que Isabeau Cerné, directeur administratif et Alain Oscar le directeur adjoint de la société.

Ce dernier dit :

— Max, tu es venu !

— Avais-je le choix ?

— Non, pas vraiment, en effet, répondit-il avec sarcasme.

— Bien. Alors, quel est ce propos si urgent qu'il ait fallu que j'interrompe une réunion de travail qui vous aurait rendus encore plus riches que vous ne l'êtes déjà, messieurs ?

— Pouvez-vous nous expliquer ceci ? lança un des actionnaires en lui tendant une liasse de documents.

Max prit les documents et les étudia sommairement.

Il s'agissait de divers documents administratifs d'hôpital qui étaient signés par lui. Il les reconnut. C'était les documents qu'il avait remplis et signés pour l'internement de Mégane. Il y avait aussi d'autres dossiers, des constats de police, des documents apportant la preuve de pots-de-vin et de corruption de fonctionnaires, des rapports d'enquête et, finalement, de nombreuses preuves qui montraient par $a+b$ qu'elle était toujours en vie et qu'il était à l'origine de sa détention.

Max resta stoïque et tout à fait calme et dit :

— Et alors ? Que suis-je censé expliquer ?

— Eh bien, peut-être nous dire ce que vous avez fait de Mégane Tuyé ?

— Mais rien du tout, voyons ! Mégane Tuyé a souhaité disparaître il y a cinq ans maintenant. Tout le monde le sait ! Nous avons même communiqué là-dessus il y a quelque temps.

— Ces documents prouvent le contraire ! intervint un autre des actionnaires. Ils jettent l'opprobre sur votre intégrité professionnelle, monsieur Antonilli ! Et par là même, le discrédit sur notre société, dont vous êtes malheureusement encore le président.

— Vous n'allez tout de même pas donner du crédit à ces foutaises ?! répondit Max consterné.

— Nous, non. Mais selon toi, qu'en pensera l'opinion ? coupa Alain Oscar.

— Et comment l'opinion pourrait-elle être mise au courant ? Et puis d'abord, d'où viennent ces documents ?

— Cela, nous l'ignorons, coupa Isabeau. Nous en avons tous reçu une copie identique. Quant à l'opinion, elle est déjà au courant. Vous n'avez pas acheté le journal de ce matin ?

— Non.

Alain Oscar jeta un œil circulaire autour de la table et dit :

— Quelqu'un a-t-il une édition du matin ?

Personne ne semblait en avoir. Puis David, l'assistant de Max, leva timidement la main et dit :

— Moi… ?

Max lui jeta un regard furieux et désapprobateur.

— Dans ce cas, allez nous la chercher s'il vous plaît, demanda Isabeau.

Il s'exécuta et ramena un journal acheté le matin. Alain le prit et le tendit à Max. Ce dernier constata que non seulement le journal contenait des photos desdits documents, mais qu'en outre, l'article était entièrement rédigé par Camille Bochot.

Il souffla, soudainement apaisé, et dit :

— Eh bien, vous l'avez, votre réponse ! C'est cette maudite Bochot qui vous les a envoyés. Dans ce cas, rien de grave, messieurs. Je vous rappelle que cette fille avait déjà jeté le doute sur nous, il y a quelques années. On lui a fait fermer son clapet, on aura qu'à recommencer.

— Si ça n'était que cela… répondit un des actionnaires. Mais ces preuves, qu'en faites-vous ?

— Ce sont des faux, voyons ! Comment aurait-elle eu accès à de tels documents sinon ? Des dossiers médicaux et des rapports de police, réfléchissez !

— Je veux bien vous accorder le bénéfice du doute, mais je vous invite tout de même à regarder la page suivante.

Max tourna la page du journal et n'en crut pas ses yeux. C'était Gérard Denoix, le chanteur d'Anubys, qui donnait une interview et accusait ouvertement Max de plagiat envers les compositions de Mégane Tuyé.

— Je ne peux pas le croire ! Comment ose-t-il ! Je vais le foutre dehors immédiatement, ce salopard !

— C'est inutile, coupa un autre des actionnaires. Anubys a rompu son contrat avec nous depuis hier ; comme d'ailleurs, un bon nombre d'autres artistes qui travaillaient pour nous, après qu'ils ont eu vent de tout ceci.

— Oui, Max, intervint Alain. Gérard est intervenu sur Internet hier soir et la rumeur s'est répandue comme une traînée de poudre.

— Mais vous n'allez tout de même pas croire ce ramassis de conneries, si ? s'indigna Max.

— Que nous le croyons ou pas n'est pas la question, monsieur Antonilli, coupa l'un des actionnaires. La question est de décider ce que l'on doit faire pour sauver ce qui peut encore l'être de cette société de production.

— Oui, les actions ont dégringolé depuis hier. Déjà que ça n'était pas fameux ces dernières semaines, mais là on touche le fond ! dit un autre.

— Et que proposez-vous alors ? demanda Max.

— Nous pensons qu'une démission de votre part pourrait, et je dis bien pourrait, peut-être sauver cette entreprise.

— Vous me virez ?

— Non, n'employez pas de termes si rudes ! Nous ne vous virons pas, vous démissionnez. Ainsi, vous conserverez votre honneur. Et s'il faut vous motiver un peu, nous sommes prêts à vous verser de confortables indemnités.

— Oui, en d'autres termes, vous me virez.

— Si ça vous fait plaisir de l'appeler ainsi…

— Non, ça ne me fait pas plaisir justement ! Je n'arrive pas à croire que vous puissiez à ce point donner du crédit à ces conneries, pour ne pas me faire confiance !

— Mais Max, coupa Alain, ça n'est pas que nous ne te fassions plus confiance, au contraire, nous te croyons innocent dans cette affaire…
— Parlez pour vous ! coupa l'un des actionnaires.
— En tout cas, en ce qui me concerne… reprit Alain. Mais nous en avons longuement discuté et, que tu sois d'accord ou pas, ça n'est pas toi le plus important dans cette affaire, c'est l'entreprise et les centaines d'employés qui la composent. Tu ne souhaites tout de même pas qu'ils se retrouvent tous au chômage !
— Certes non, mais mon honneur dans cette histoire ?
— Nous verrons à laver ton honneur après. Mais, pour le moment, il faut agir pour sauver Classic, sinon nous courons tout droit vers la banqueroute. Néanmoins, par égard pour toi et tout le travail que tu as accompli pour la société, j'ai proposé que nous votions. Sommes-nous tous d'accord avec cela ?
Les six actionnaires présents acquiescèrent de la tête.
— Dans ce cas, procédons au vote. Que ceux qui souhaitent la démission de Max lèvent la main.
Deux des six actionnaires levèrent la main.
— Que ceux qui sont contre sa démission lèvent la main.
Les quatre restants s'exécutèrent.
— Il n'est pas utile de demander qui s'abstient, je pense.
— Bien, alors mon cas est réglé ! intervint Max triomphalement. Il va vous falloir trouver une autre stratégie, messieurs, continua-t-il avec un large sourire.
— Je crains, monsieur Antonilli, que vous n'ayez pas compris comment fonctionne un conseil d'actionnaires, intervint l'un d'eux.
— Que voulez-vous dire ? Et puis, je ne vous ai encore jamais vu ici ! Qui êtes-vous ?
— Il est vrai que je ne me suis pas présenté. Je vous prie de m'en excuser. Je suis maître Laval, du cabinet Laval et Roche-

fort. Je représente les intérêts de monsieur Beloeil qui avait d'autres affaires urgentes à régler et qui n'a pu être présent aujourd'hui.

— Bien... répondit-il dubitatif, et donc vous vouliez m'expliquer comment fonctionne ce conseil ?

— Au cas où vous ne l'auriez pas encore compris, un vote d'actionnaire donne raison à ceux qui possèdent le plus d'actions. En l'occurrence, monsieur Pinot, dit-il en désignant l'autre à avoir voté pour sa démission, et mon client, car nous sommes les deux actionnaires majoritaires. En outre, sachez que même si mon client avait été le seul à voter pour votre démission, vous auriez dû démissionner.

— Je n'ai jamais entendu parler de ce monsieur Beloeil ! Ni ne l'ai déjà vu dans nos précédentes réunions.

— Monsieur Beloeil, intervint Alain, est l'actionnaire qui, pour le moment, nous maintient à flot. Il a racheté la grande majorité de nos actions, lorsque le cours s'est effondré au début des accusations de plagiat concernant les disques de Gabrielle. Je suis désolé, Max, mais la décision est prise. Sache toutefois que nous allons t'aider à faire la lumière sur ces accusations et que nous ferons tout notre possible pour laver ton honneur !

— J'y compte bien !

— David, vous voulez bien nous apporter les papiers qui se trouvent sur mon bureau à gauche, s'il vous plaît ?

L'assistant de Max partit donc chercher un certain nombre de documents, dont la lettre de démission qui avait été écrite à partir d'une lettre type et qu'ils lui firent signer. Il signa également d'autres documents, stipulant qu'il coupait tous ses liens avec la société.

Une fois ceci fait, maître Laval conclut en intervenant :

— Pour finir, mon client vous demande, monsieur Antonilli, de bien vouloir relâcher mademoiselle Tuyé.

Il y eut un grand silence dans la conversation.

Puis Max dit, indigné mais calme :

— Mais de quoi parlez-vous ?

— Mon client est en contact avec elle. Nous savons que vous l'avez trouvée et que vous la retenez contre sa volonté.

— C'est complètement faux !

— Si c'est vrai, je l'ai vue ! intervint David à la surprise de tous. Il la retient dans un vieil entrepôt.

Max le fusilla du regard et ne sut quoi dire. Mais il garda son calme et répondit :

— Ce que tu racontes est diffamatoire. Je suis désolé, mais je vais devoir te virer pour une telle insulte !

— Je suis désolé à mon tour, mais comment pourriez-vous me virer, alors que vous venez de démissionner ? Je ne suis plus votre assistant désormais. Et je ne vous dois plus aucun compte. J'en ai assez d'obéir à vos quatre volontés, de subir votre sale caractère et vos humeurs changeantes, et surtout de me taire ! Oui, il retient Mégane Tuyé ! Et en vérité, il comptait la torturer et lui soutirer ses derniers morceaux. Tout comme il l'a fait pendant trois ans après le carnage. J'ai gardé toutes les preuves, tous les documents et je suis prêt à vous les donner, messieurs, et à témoigner ! dit-il, triomphal, aux actionnaires.

Maître Laval sourit, car il savait tout cela.

Il dit :

— Et je présume que vous savez exactement où elle se trouve ?

— Oui.

— Dans ce cas, nous allons vous faire accompagner par deux équipes de sécurité et vous allez nous la ramener ici, si vous voulez bien.

— Avec grand plaisir.

Max bouillait intérieurement. Il était démasqué, fini. Élodie avait emporté la partie.

C'est dans ces moments-là que l'esprit perd parfois tout ce qu'il peut avoir de rationnel, pour ne raisonner qu'à l'affectif.

Max poussa violemment David contre la table et s'enfuit par la porte arrière de la salle de réunion qui donnait sur l'escalier d'évacuation incendie. Il s'imaginait arriver avant eux à l'entrepôt, récupérer Mégane et partir avec elle dans un autre pays où il pourrait tout recommencer. Ils ne l'avaient pas encore vaincu.

Mais les autres ne le voyaient pas ainsi. Alain prévint toutes les équipes de sécurité de l'entreprise et ils verrouillèrent toutes les sorties en postant des vigiles. Il faut préciser que Classic-Records accueillait fréquemment de nombreuses personnalités et possédait un service de sécurité digne d'une ambassade. Ils arrêtèrent donc rapidement le fuyard.

De son côté, David fut envoyé avec deux équipes de quatre malabars pour aller chercher Mégane. Il leur avait précisé que Max avait son propre staff à l'entrepôt et qu'il ne serait peut-être pas aisé d'y pénétrer.

Une heure après, David entrait dans la pièce dans laquelle la chanteuse était retenue. Elle était à nouveau abrutie par des drogues que lui avaient injectées les sbires de Max, car elle ne voulait pas rester calme.

Il la détacha, l'aida à se relever, et lui dit :

— Mademoiselle Tuyé, ne vous en faites pas, tout est terminé ! Max est écroué et une procédure judiciaire est lancée contre lui. Je témoignerai au procès et j'ai de nombreuses preuves en tant que son ex-assistant.

— Merci, répondit-elle encore groggy.

— Le conseil des actionnaires de Classic souhaite vous voir, je pense qu'ils veulent vous présenter leurs excuses. Je vais vous y conduire.

Elle faillit tomber, épuisée. Mais il la retint de toutes ses forces, car même si Élodie n'était pas bien lourde, dans son état elle n'avait plus aucune énergie.

— David… ? C'est bien David votre prénom ? demanda-t-elle en s'appuyant lourdement sur lui.

— Oui.

— Je suis abrutie par la drogue, j'ai été violentée et violée par Max. Je ne peux pas faire ce que vous me demandez. Pourriez-vous me conduire à l'hôpital, s'il vous plaît ? dit-elle, comme si elle était sur le point de mourir.

Puis elle perdit connaissance et faillit tomber. Il la retint à nouveau et appela à l'aide.

Deux des hommes de la sécurité de Classic lui portèrent secours. Ils prirent Mégane dans leurs bras et ils l'emmenèrent à l'hôpital le plus proche.

David prévint les dirigeants de Classic que la chanteuse n'était pas vraiment en état de leur rendre visite, ce qu'ils comprirent parfaitement, étant donné les circonstances, et ils ajournèrent leur entrevue.

Mégane, quant à elle, fut transférée à l'hôpital parisien de la Pitié-Salpêtrière et elle fut prise en charge avec beaucoup d'égards.

Chapitre 14

La porte s'ouvrit. Une femme apparut. Elle avait l'apparence d'une vieille dame, mais en y regardant de plus près, on se rendait compte qu'elle devait avoir à peine la cinquantaine.

Son visage rugueux, aux traits tirés, en disait long sur sa personnalité. Cette femme semblait tellement antipathique qu'elle devait avoir fait le vide autour d'elle, à un point tel qu'elle se retrouvait toute seule désormais. Et plus elle éprouvait la solitude, plus elle était aigrie et plus son visage se renfrognait. Il transpirait la haine et la méchanceté.

— Bonjour Maman, dit Élodie.

Sa mère la regarda de haut en bas et elle la dévisagea.

— Est-ce bien toi, Élodie ?

— Oui, c'est moi, répondit Élodie en soupirant. Et je te présente Mélanie, mon amie.

Elle sembla subitement s'adoucir et parut même amicale, l'espace d'un instant.

— Entrez, leur dit-elle.

Elle les fit pénétrer dans sa maison. C'était une petite maison de ville sur deux étages. L'entrée donnait directement sur un séjour à gauche. À droite, il y avait un mur, dont une porte un peu plus loin conduisait dans la cuisine.

La mère s'y rendit, puis elle dit :

— Suivez-moi. Vous voulez un café ?

Mélanie regarda Élodie, comme pour l'encourager, et elle acquiesça pour lui faire plaisir.

Puis elle dit :

— Oui, s'il te plaît.

Elles se rendirent toutes deux à la cuisine et la rejoignirent autour de la table que recouvrait une vieille toile cirée beige à fleurs délavée. Elle prépara un café avec une cafetière à l'ancienne. D'ailleurs, tout ici semblait vieux ; la mode mobilière des années 80-90. Même la télévision, qu'elles avaient vue en entrant, était encore à tube cathodique.

Elle leur proposa de s'asseoir, puis un grand silence s'installa. La mère d'Élodie regardait sa fille et l'analysait, ce qui la mettait mal à l'aise.

Puis elle dit :

— Alors, tu t'es décidée à vivre comme une femme finalement ?

— Ai-je vraiment eu le choix ?

— Non, c'est vrai, je ne te l'ai pas laissé. Mais tu ne m'as pas non plus laissé le temps de m'excuser.

— De t'excuser ?! Comment aurais-tu pu t'excuser ? Tu n'écoutais jamais ce que j'avais à te dire !

— Je sais et je ne l'ai réalisé que trop tard. Tu es partie et je n'ai jamais pu te présenter d'excuses. Mais aujourd'hui, sache que je te demande pardon pour tout le mal que je t'ai fait.

— Il est un peu tard pour des excuses, Maman !

Mélanie la regarda d'un air très insistant.

— Mais c'est mieux que rien… reprit-elle en soupirant.

— Tu es devenue une très belle jeune femme, tu sais.

— Merci.

— De rien, je le pense vraiment. D'ailleurs, je sais qui tu es vraiment. Lorsque je t'ai vue au journal télé, j'ai su que c'était toi. Je suis très fière de toi, ma fille.

— Et tu es fière de ce que j'ai écrit sur toi ?

— Je le méritais.

— En effet, tu le méritais !

— Elo, sois sympa ! dit Mélanie en lui mettant la main sur le genou et en le serrant amicalement.

Sa mère le remarqua.

— Et vous, mademoiselle, qui êtes-vous ? Une amie de ma fille ?

— Plus qu'une amie. Mon amie ! coupa Élodie. Je te rappelle que je suis toujours un homme physiquement. Et pour arranger le tout, j'aime les femmes. Merci pour tout ce que tu as fait pour moi, maman !

Voyant que le café était prêt, elle éluda la réponse, le versa dans les tasses, puis leur proposa de passer au salon.

Elles s'assirent autour de la table basse, puis elle reprit :

— Vous êtes donc ensemble ? demanda-t-elle, incertaine.

— Ça te choque ?

— Non, je suis surprise. J'aurais pensé qu'en tant que femme, tu te serais tournée vers les hommes.

— Encore une exigence de ma mère qui part en fumée !

— Ce n'est pas une exigence, Élodie, c'est juste un point de vue.

— Comme ton point de vue sur le sexe que j'aurais dû avoir ?

— Encore une fois, je te demande pardon, ma fille ; pour tout ce que je t'ai fait, et pour tout ce qui t'arrive aujourd'hui. C'est à cause de moi, j'en suis bien consciente, crois-le.

Élodie relâcha sa garde et se radoucit.

— Je ne sais pas si je parviendrai à te pardonner un jour. Mais avec le temps, on peut finir par oublier, à ce que l'on dit.

— Moi par contre, je n'oublierai pas ! dit-elle.

Puis soudainement et avec de la haine dans les yeux, elle sortit un couteau de cuisine de sous le coussin sur lequel elle était assise. Sans qu'aucune des deux femmes ne puisse réagir, elle se leva et trancha violemment la gorge de Mélanie.

*

Élodie s'éveilla en haletant et en sueur. Elle avait la tête qui tournait et elle faillit vomir, tant le choc de ce souvenir avait été violent.

Bruno était à ses côtés, il lui prit la main et dit :
— C'est fini, ma chérie, ça n'était qu'un cauchemar !
— Mon Dieu ! dit-elle. C'est ma mère !
— Comment cela, ta mère ?
— C'est ma mère qui a tué Mélanie ! Je m'en souviens maintenant.
— Tu es sûre ?
— Oui, j'en suis certaine ! Je viens de le voir, tout est très clair dans mon esprit maintenant ! Mon Dieu, quelle horreur !

Elle se mit à pleurer à chaudes larmes et faillit perdre la raison. Bruno la prit dans ses bras et la serra fort contre lui, tout en caressant ses cheveux avec douceur.

— Mon Dieu, Bruno, comment vais-je pouvoir vivre avec ça ? Ça ne lui suffisait pas, à cette chienne, de ruiner ma vie ? Il a fallu qu'elle ôte celle de l'être que j'aimais le plus au monde. Comment vais-je pouvoir vivre avec ça ? répéta-t-elle.

— Je serai toujours là pour toi, ma chérie. Je t'aiderai à surmonter ça. On surmontera cette épreuve ensemble, comme on a toujours fait. Je te le promets.

— Je n'y arriverai pas, Bruno, je n'y arriverai pas…

— Mais si, tu vas y arriver. Tu es forte, Elo. Tu es la personne la plus forte et déterminée que je connaisse. On y arrivera, fais-moi confiance.

Elle se laissa aller dans ses bras, tandis qu'il la caressait tendrement pour tenter de l'apaiser. La pauvre jeune femme était brisée. Le choc avait été trop brutal. Elle ne savait pas pourquoi son esprit s'était décidé à lui montrer cette vérité qu'il avait refoulée jusque-là. Elle n'était pas prête à la recevoir.

Après quelques minutes, elle finit par reprendre ses esprits, mais elle entra dans une sorte d'aphasie. Bruno l'allongea délicatement sur son lit et resta à ses côtés tout en lui tenant la main.

— Je ne te lâcherai pas, Elo. Prends tout le temps qu'il te faudra pour te remettre, je serai là, quoi qu'il arrive.

Elle ne répondit pas. Elle restait amorphe, comme pétrifiée, les yeux grands ouverts vers le plafond. Parfois, elle tremblait nerveusement tout en clignant des paupières très rapidement. Bruno était affligé de la voir ainsi. Mais il continuait à lui tenir la main en la caressant tendrement de son pouce.

Après une heure durant laquelle il réfléchit à ce qu'elle lui avait dit, il marmonna doucement :

— Je n'y comprends rien… C'était censé être un maniaque. C'est ce que tout le monde avait dit. Si c'est pas ça, qui a bien pu tuer ta mère ?

— Ça, je suis incapable de m'en souvenir, dit Élodie.

Elle avait les yeux gonflés et rouges, mais elle semblait enfin sortie de son mutisme.

— Ça va ? lui demanda Bruno.

— Non, ça va pas.

— Je suis là, dit-il en lui prenant la main tendrement.

— Je sais. Tu es toujours là quand j'ai besoin de toi.

— C'est bien normal, tu es mon amie.

— Tu sais Bruno… j'ai toujours eu le secret espoir que Mélanie était peut-être encore en vie. Mais ce que mon esprit m'a montré est sans équivoque. Je ne sais pas si j'aurai la force de continuer.

— Mais si, tu l'auras. Je te connais mieux que personne. Tu as cette force en toi. Tu vas affronter cette épreuve et t'en sortir, comme tu l'as toujours fait.

— Je n'en suis pas si sûre.

Elle regarda un peu partout autour d'elle et dit :

— On est où ?

— À l'hôpital. On t'a amenée ici après que Max t'a séquestrée. C'est David, son assistant, qui t'a libérée, avec l'appui logistique de ton ex-boîte de production. C'est grâce à eux que tu es ici et en bonne santé.

— Tu leur enverras une carte de remerciement de ma part, soupira-t-elle, en faisant clairement preuve de mauvais esprit.

— Ne leur en veux pas ! Ils étaient manipulés par Max. Mais il ne sévira plus, rassure-toi.

— Ils l'ont arrêté ?

— Oui, tu ne te rappelles pas ? David t'en a parlé pourtant.

— Peut-être... J'étais sous l'emprise d'une sorte de drogue que ses sbires m'avaient administrée pour me calmer. Mais, je me souviens maintenant...

Elle toucha son entrejambe.

— Il m'a violée, le salaud ! Mais je ne ressens plus la douleur. Ça fait combien de temps que je suis ici ?

— Deux jours, durant lesquels tu as dormi. Je t'ai veillée tout ce temps.

Elle le regarda avec des yeux pleins de gratitude.

— J'ai vraiment de la chance de t'avoir comme ami.

— Dommage que tu n'aimes pas les hommes. Je pense qu'on aurait fait un beau couple tous les deux !

— Oui, c'est certain, dit-elle en riant.

— Ça fait plaisir de te voir rire. C'est tellement rare, ces derniers temps.

— C'est parce que rien ne m'incite à le faire, tu sais.

— Oui, je sais, dit-il en lui caressant amicalement la joue. Mais cela va changer. Tout va aller mieux, maintenant que Max est sous les verrous.

— Raconte-moi comment ils l'ont arrêté.

— Eh bien, d'après ce que m'a dit David, il a essayé de s'enfuir. Apparemment, il prévoyait de venir te chercher pour t'enlever. Dans un autre contexte, ça aurait presque paru romantique ! Et donc, lorsqu'il a essayé de quitter les locaux de Classic en douce, le service de sécurité l'a attrapé.

— Et ils ne plaisantent pas, ceux-là, coupa Élodie.

— Non, en effet ! C'est d'ailleurs eux qui t'ont sortie des

griffes de ses molosses ! Bref, ils l'ont gardé séquestré dans un bureau et ont appelé les forces de l'ordre. Ensuite, il a été mis en examen, avocat, police et tout le tintouin !

— Et maintenant ?

— Maintenant, il est libre. Il a payé sa caution. Mais il a interdiction de quitter le territoire jusqu'au procès.

— Qui se porte partie civile ?

— Classic Records. Ils en profitent pour se couvrir et l'accusent d'abus de pouvoir, de harcèlement moral, de sévices et d'enlèvement d'un de leurs artistes. Je pense, d'après ce que m'a dit David, qu'ils aimeraient bien que tu entres dans la danse et que tu témoignes contre lui.

— Je ne sais pas si j'en aurai la force.

— Attends, c'est l'occasion rêvée de lui faire payer pour tout le mal qu'il t'a fait, non ? Ne laisse pas passer ça. Ça serait vraiment dommage !

— J'aimerais surtout me reposer et essayer d'y voir plus clair dans ce qu'il s'est passé avec ma mère. Le pire, c'est que Max le sait, lui.

— Raison de plus pour le confondre. Il te doit des explications.

— Tu as peut-être raison. Mais, après tout, je me demande si ça en vaut vraiment la peine, car je me dis que ça ne doit pas être très beau, pour que mon esprit fasse un tel blocage.

— Ce sont les drogues qui t'ont fait oublier.

— Non, c'est moi. J'en suis certaine. C'est un mécanisme de protection que j'ai mis en place il y a longtemps. Lorsque la vérité est trop dure à encaisser ou trop moche, je bloque complètement mes souvenirs et je l'oublie. J'en suis certaine maintenant.

— Alors, demande à Max. Force-le à te raconter la vérité.

— Ou alors, je reprends le cours de mon ancienne vie et j'essaye d'avancer. Il y a certains souvenirs et certaines vérités qu'il faut peut-être mieux laisser au passé.

— C'est à toi de choisir, ma chérie.

— Je le sais.

La porte s'ouvrit et Gérard fit son entrée.

— Gérard ! dit-elle en souriant.

— Élodie ! C'est bien toi… dit-il en soupirant de bonheur.

— Qui veux-tu que ça soit ?

— Je voulais juste être sûr que c'était bien toi ! Je suis déjà passé te voir, mais comme tu étais inconsciente…

— Eh bien oui. C'est bien moi.

— Je le savais ! Je l'ai toujours su ! Dès le premier album de Gabrielle, j'ai su que tu étais derrière.

— Bien malgré moi, tu peux me croire.

— Je le sais.

— Gérard a pris publiquement position contre Max, le même jour que la publication de l'article de Camille Bochot. C'était bien joué ! intervint Bruno.

— Ça n'était pas fait exprès, mais c'est bien tombé, en effet, dit Gérard.

— Et qu'est-ce qui t'as incité à le faire ? demanda Élodie.

— Toi, bien sûr ! J'ai écouté. Ça n'était pas fort… Ça n'était réservé qu'à certaines personnes que tu connaissais, mais je t'ai entendue.

— Mais de quoi parles-tu ?

— De ton appel ! Bruce Murphy, Homeless Cowboys, Steve Carell et j'en passe. C'était toi. Lorsque j'en ai pris conscience, je me suis décidé à sortir de mon silence et le groupe m'a suivi. Je suis heureux que nous ayons pu contribuer à mettre fin aux agissements de Max.

— Un grand procès va s'ouvrir bientôt et toute la presse va le suivre de près, dit Bruno.

— Oui, et notre petite Élodie en sortira victorieuse. Les preuves contre ton bourreau sont accablantes. Réjouis-toi ! En plus, les actionnaires sont tous contre Max, donc personne ne le défendra chez Classic.

— J'ai fait ce qu'il fallait pour, répondit la jeune femme.
— Que veux-tu dire ? demanda Bruno.
— Je savais qu'en faisant planer une ombre de plagiat sur Classic et les œuvres de Gabrielle, cela entraînerait une baisse des actions. J'ai demandé à Poux-Grincant de suivre ça de près et d'utiliser mon argent pour tout acheter, dès que ça commencerait à bien descendre. Ensuite, j'ai demandé à maître Laval de représenter mes intérêts au conseil des actionnaires de Classic sous couvert d'un pseudonyme. Je savais qu'en la jouant finement, je pourrais devenir actionnaire majoritaire et reprendre le pouvoir décisionnel à Max. Je pense que ça a dû marcher, vu la manière dont les événements ont tourné.
— Ça a fait plus que marcher ! dit Gérard. J'ai discuté avec Alain et ils avaient voté pour la démission de Max. C'est ça qui l'a fait disjoncter, je pense.
— Encore une fois, tu avais tout prévu, Elo… dit Bruno en souriant, impressionné par son amie. Maintenant, tu es tirée d'affaire !

Élodie ne semblait pas aussi enthousiaste qu'eux et elle dit :
— À votre place, je ne crierais pas victoire aussi vite. Je connais bien Max. Je sais qu'il peut encore nous jouer des tours.
— Il est à terre ! Je ne vois pas comment il pourrait encore te faire du mal ! répondit Gérard. Même Gabrielle, qui était sa protégée, l'a renié et t'a présenté publiquement des excuses, pour les agissements intolérables de son manager.
— Crois-moi, Gérard, si je te dis qu'il a encore une ou plusieurs cartes à jouer.
— Oui, je pense que tu peux la croire, répondit Bruno, qui avait compris, à l'air sérieux d'Élodie, qu'elle ne plaisantait pas.

Puis l'infirmière entra et les pria de bien vouloir la laisser se reposer. Ils quittèrent temporairement sa chambre et revinrent le lendemain pendant les heures de visite.

Élodie se remit difficilement de ses émotions. Physiquement, elle n'avait rien. Mais elle se sentait blessée au fond d'elle-même. Elle se sentait salie à l'intérieur et ça l'obsédait. Ce viol l'avait profondément choquée, même si elle n'en montrait rien. Comme toujours, elle s'affichait forte et inébranlable. Mais au fond, tout ceci l'avait meurtrie bien plus qu'elle ne se l'imaginait. En outre, ce flash-back au sujet de sa mère l'avait anéantie ; d'autant plus qu'elle l'avait eu plusieurs fois depuis, comme si son esprit essayait de lui montrer quelque chose.

Elle savait que Max connaissait toute la vérité sur ce qu'il s'était passé ce jour-là. Et elle savait que, si procès il y avait, il n'hésiterait pas à s'en servir contre elle.

Pourtant, elle ne parvenait pas à se souvenir de la suite. Son esprit faisait toujours un blocage total.

Quelques jours plus tard, Bruno vint la voir et il semblait très préoccupé.

Elle le remarqua et elle lui dit :

— Qu'est-ce qui t'arrive ?

— C'est Max, il a encore sévi.

— Comment cela ? Je croyais qu'il était en liberté sous caution ?

— Certes, mais il utilise la presse désormais. Il sait parfaitement comment fonctionne le système.

— Et qu'a-t-il fait ?

— Il a parlé de ta transidentité. Tout le monde est au courant.

Elle n'eut pas l'air plus surprise que cela. Voire un brin soulagée.

— Ça n'a pas l'air de t'effrayer ?

— Non.

— Mais tu sais, après tout, ça n'est pas crédible pour deux sous ! Apparemment, des journalistes en manque de sujets sont venus racoler ici, à l'hôpital, et tout le monde a confirmé que tu étais une femme, alors…

— Pourquoi crois-tu que la première chose que j'ai faite en sortant de l'asile était de me faire opérer de partout ? Je savais qu'au pied du mur, Max en viendrait là.

— Alors, c'était délibéré ?

— Bien sûr. Je savais que si je voulais confondre Max, j'allais entrer en guerre contre des puissances bien plus grandes que moi et que je devais tenir compte de deux choses. Premièrement, Max sait que je suis une personne transgenre. Deuxièmement, il connaît la vérité sur ce qui s'est passé le fameux jour. Pour la première, j'avais une solution que je pouvais mettre en œuvre rapidement et facilement. Pour la deuxième… Pour cela, je suis encore impuissante, car j'ignore moi-même ce qui s'est passé.

— Et que vas-tu faire ?

— Je ne sais pas encore. Je ne pense pas que je vais témoigner contre lui. Ils n'ont pas besoin de moi. Les preuves que je leur ai fournies suffisent largement.

— En tout cas, ils me mettent la pression pour que j'arrive à te convaincre.

— Alors, on ne peut pas dire que tu sois très convaincant ! dit-elle en riant.

— Ils peuvent bien dire ce qu'ils veulent. Tu es mon amie et je respecterai ta décision.

— Merci.

— Et puis, il y a autre chose que tu dois savoir. Cette révélation a peut-être jeté le doute sur ton genre, mais ça n'a pas du tout entamé le moral de tes fans.

— Ah oui ?

— Bien sûr ! Est-ce que tu peux te lever ?

— Je peux essayer, pourquoi ?

— Viens à la fenêtre.

Elle se leva laborieusement, aidée de son ami, et ils s'approchèrent lentement de la fenêtre de sa chambre. Elle faillit en tomber à la renverse, lorsqu'elle vit des milliers de gens attroupés en contrebas et ceinturés par les forces de l'ordre.

— Mais... que font tous ces gens ?
— Ce sont tes fans. Ils campent ici depuis des jours !
— Je n'en crois pas mes yeux.
— Tu devrais entrouvrir la fenêtre et leur faire un signe.
— Tu crois ?
— Oui, ça leur ferait plaisir.

Élodie s'exécuta.

Plusieurs personnes la remarquèrent et ce fut un grand tumulte qui s'éleva de la foule. Elle les salua de la main et le tumulte se mua en une immense clameur. Élodie fut prise aux tripes et des frissons la parcoururent. Elle se sentait encore trop faible pour supporter une telle emprise de ses fans sur sa petite personne. Elle faillit tomber dans les bras de Bruno qui la retint. Il la ramena dans son lit et l'y allongea.

— Il va me falloir encore un peu de temps pour affronter ça, je le crains.
— Tu as tout le temps. Tu ne crains plus rien à présent.

Chapitre 15

Alors qu'Élodie se remettait doucement à l'hôpital, les choses allaient bon train chez Classic-Records.

À la demande des actionnaires, Alain Oscar avait pris la direction de la société. Il avait présenté officiellement ses excuses à la chanteuse à l'occasion d'une conférence de presse. Il avait parlé au nom de la société et des gens qui y travaillaient. Il regrettait l'attitude de Max et dénonçait les horreurs dont il s'était rendu coupable.

La chanteuse Gabrielle MacLeod avait, elle aussi, présenté des excuses à Mégane pour avoir abusé, à son insu, des compositions de cette dernière.

Suite à la mise en examen de Max et à l'annonce du retour de Mégane Tuyé, la plupart des groupes qui avaient fui la société de production étaient revenus et les actions de Classic-Records étaient remontées en flèche, en un temps record. Élodie ne le savait pas, mais du fait de son portefeuille d'actions, elle était désormais une femme extrêmement riche.

Quant à Max, il distillait sa bile via les médias et sur Internet pour essayer de discréditer ses collaborateurs et afin qu'on lui trouve des circonstances atténuantes.

Élodie allait de mieux en mieux et s'étonnait qu'on ne l'ait pas encore fichue dehors. En général, les lits étaient précieux dans les hôpitaux, et on ne gardait pas les malades longtemps sans grande nécessité.

Elle ignorait toutefois que les actionnaires de Classic étaient derrière tout ça. Ils avaient fait un don important à l'hôpital et le directeur avait délégué du personnel rien que pour elle. Ils pensaient que si la chanteuse prenait tout son temps pour se remettre et qu'elle était dorlotée par un personnel aux petits soins pour elle, elle n'en serait que plus motivée pour finir d'achever Max et pour reprendre sa place au sein de la société en tant qu'artiste phare. Ils ignoraient toutefois que si Élodie avait su cela, elle serait sortie aussitôt. Elle n'aurait pas accepté qu'on monopolise des gens pour une seule personne, pas bien souffrante, alors que d'autres en avaient plus besoin qu'elle.

Mais personne ne lui en souffla mot, pas même Bruno qui n'était pas au courant.

Élodie eut même un psychologue, rien que pour elle, qui s'enquit de l'état de santé mental de la chanteuse. Il se rendit vite compte qu'Élodie avait érigé une barrière impénétrable autour d'elle, pour que personne ne puisse savoir, à aucun moment, quelles étaient ses faiblesses et ce qu'elle pensait. Il comprit également que cette patiente était certainement l'une des plus intelligentes qu'il avait vues jusque-là. Il vit tout de même que ce viol l'avait marquée, bien qu'elle donnât l'impression du contraire ; de même que tout ce qu'elle avait vécu, depuis sa sortie de l'hôpital psychiatrique.

Il comprit également qu'elle refoulait un profond traumatisme au fond d'elle et que cela avait un lien avec la mort de sa mère. Mais il ne parvint pas à la faire parler.

Élodie restait bloquée et rien n'y faisait.

Un matin, très tôt, Bruno arriva à l'improviste. Élodie fut surprise de sa visite et lui demanda ce qu'il faisait là.

— Je suis venu pour te faire sortir, répondit-il.

Il avait amené un petit sac à dos dans lequel il avait mis des affaires pour elle. Il les sortit et les mit sur le lit.

Elle regarda tout ça en souriant et dit :

— Mais je sors demain. Pourquoi veux-tu me faire sortir maintenant ?

— Parce que ta sortie de demain est officielle et qu'il y aura la presse, les fans et tout le gratin. Moi je te propose de sortir incognito aujourd'hui et qu'on rentre tranquillou chez toi.

— Ton idée commence à me plaire, dit-elle en sortant du lit et en manipulant les vêtements qu'il avait apportés.

Elle remarqua qu'il avait même apporté sa trousse de maquillage. Elle en fut ravie. Elle commença donc par s'habiller, se coiffer un minimum, et se maquilla comme elle faisait lorsqu'elle voulait passer incognito dans la rue. Puis, après que Bruno a vérifié que la voie était libre, ils sortirent.

Ils réussirent à quitter l'hôpital sans se faire remarquer et traversèrent le parking par des endroits où les fans étaient les moins nombreux.

Mais ils furent soudainement reconnus par un journaliste à sensation qui se mit à les mitrailler avec son appareil photo et finit d'attirer l'attention de tous sur eux.

Une armada de journalistes stationnés parmi les fans se précipita alors sur eux sans qu'ils ne puissent rien faire et se mirent à poser des questions en brandissant micro, caméras, téléphones et appareils photos.

Ce fut alors l'enfer.

Bruno ne savait pas quoi faire et tentait de protéger et de cacher Élodie comme il le pouvait. Mais l'agression était partout et il ne pouvait ni avancer ni se soustraire à ces fous furieux.

Mais soudain, journalistes, photographes et caméramans furent repoussés par une horde de barbares chevelus et barbus qui les empoignèrent et les dispersèrent, tandis que des centaines de fans se massèrent autour d'eux et établirent un cordon de protection. La foule se fendit alors, créant une voie directe qui menait vers l'entrée du métro.

Élodie sortit de l'étreinte de Bruno, alors même que ce dernier était en arrêt devant ce qu'il se passait. Les gens regardaient la chanteuse avec sourires et bienveillance. Elle leur rendit leur sourire et dit à Bruno.

— Allons-y, ils nous ouvrent la voie.

Ils se dirigèrent vers l'entrée de métro.

Juste avant d'y pénétrer, Élodie se retourna vers ses fans, avec plein de reconnaissance dans le regard.

Le silence était total. Un des barbares qui avait aidé lui fit alors le symbole des fans du métal, la *mano cornuta*, qu'il choisit de faire avec trois doigts, pour lui conférer aussi la portée symbolique hippie de l'amour.

Tous les fans levèrent alors leur main d'un seul homme et reprirent ce geste en hommage à leur idole.

Mégane eut la gorge nouée et lâcha une larme. Elle fit le geste à son tour en les remerciant d'un signe de tête.

Il y eut alors une communion entre eux, tandis qu'ils se regardaient tous avec de l'amour dans les yeux, de cette communion que seuls les artistes et leur public peuvent comprendre. Bruno était lui aussi envahi par cette sensation inouïe et impalpable.

Puis, ils se retournèrent et prirent le métro.

Une fois assise dans la rame, elle se blottit dans les bras de Bruno et sanglota en silence. L'émotion l'avait submergé.

Bruno était encore sous le coup de la surprise de ce qu'il venait de se passer. Mais tout ceci s'expliquait facilement. En effet, lors des deux concerts que Mégane avait donnés avec Anubys, elle avait fortement marqué la communauté Metal, en particulier lors du concert de New York.

De nombreux fans de Metal avaient naturellement répondu à la communauté des fans de la chanteuse, lorsque la nouvelle de son retour avait été annoncée. Ils étaient donc nombreux parmi la foule et certains avaient d'ailleurs mis l'ambiance en apportant instruments et amplis et avaient repris des titres de Mégane et d'autres tubes rock connus. Élodie en avait d'ailleurs entendu quelques-uns depuis sa fenêtre. Cela l'avait ravie.

Ils se rendirent dans son logement de banlieue pour être plus au calme.

Lorsqu'ils arrivèrent chez Élodie, elle avait repris le dessus. Ils se posèrent et s'affalèrent dans le sofa, autour d'un bon café bien chaud.

Bruno dit alors :

— C'est fou ce qu'il s'est passé à l'hôpital !

— Ce sont des amours, que dire d'autre ?

— En tout cas, je n'avais jamais ressenti une telle déferlante d'amour, de solidarité, de respect et je ne trouve même plus les mots… Ça doit vraiment être grisant d'être sur scène.

— Les gens n'imaginent pas les relations que les artistes peuvent nouer avec leurs fans. Et chez les *métalleux*, c'est encore plus surprenant. Un jour, va faire un tour au *Hellfest* et tu verras ce dont je parle. Tu comprendras alors leur attitude de tout à l'heure.

— Avec plaisir ! D'ailleurs, nous n'aurons qu'à y aller ensemble !

— Tu verras que, là-bas, je pourrai même venir avec mon maquillage de scène, rien ne m'arrivera. Par contre, je risque de prendre du poids avec le nombre de bières qu'on va vouloir m'offrir ! dit-elle en riant.

— Que comptes-tu faire maintenant ?

— Je ne sais pas encore… répondit-elle, incertaine. Je t'avoue que je ne m'attendais pas à ce que Max soit inquiété aussi rapidement. Je n'ai pas vraiment prévu la suite. Et entre ce procès, la pression que mettent Classic et les fans qui vont vouloir que je recommence tout… je suis un peu perdue.

— Prends des vacances, pars à la campagne quelque part, je sais pas moi…

— C'est une idée. Mais je pense que, où que j'aille, on risque de me reconnaître, maintenant que les fans m'ont vue au naturel, sans mon maquillage, sans tous mes artifices.

— Je ne pense pas. Telle que tu es là, tu restes assez anonyme comparée à Mégane. À mon avis, ça ira. Et puis, on a tout de même fait tout le trajet jusqu'ici sans que personne ne te reconnaisse. Pourtant les gens te regardaient, puisque tu pleurais !

— C'est vrai… Mais j'ai tout de même cette appréhension et ce manque de confiance, et ça risque de se voir.

— Dans ce cas, partons ensemble. J'ai une petite maison en Franche-Comté. C'est un petit hameau, on y sera tranquilles.

— C'est isolé, ton patelin ?

— Oui, il y a à peine 10 habitants et le village le plus proche est à 10 km.

— Alors OK.

— Tu es d'accord ?

— Oui. Et tu as raison, ça me fera du bien de quitter tout ce tumulte. J'ai besoin d'air. J'ai besoin de réfléchir et de m'isoler. Allons-y !

Bruno ne se le fit pas dire deux fois. Il la laissa préparer ses affaires chez elle, fit de même de son côté, et il la retrouva le lendemain pour le départ.

Ils quittèrent donc la région parisienne en voiture et, après cinq heures de route, ils arrivèrent enfin.

L'endroit était charmant. C'était un petit hameau de cinq maisons encaissé dans une vallée au fond de laquelle coulait un ruisseau.

A peine étaient-ils arrivés, que des voisins qui s'occupaient de leurs jardins sortirent pour saluer Bruno. Élodie remarqua que tout le monde se connaissait depuis longtemps et que la convivialité était de mise, bien plus que dans leurs grandes villes. Cela lui fit chaud au cœur de voir cette belle humanité se manifester aussi spontanément.

La petite maison de Bruno était en réalité une ancienne ferme franc-comtoise typique avec une avancée de toit en bois, sous laquelle étaient anciennement stockés le foin et le fourrage des bêtes. Mais elle avait été réaménagée, isolée et modernisée.

Elle était immense et l'intérieur était vraiment chaleureux et accueillant.

Élodie lui dit :

— Elle est vraiment sympa, ta « *petite* » maison, dit-elle en insistant sur le « petite ».
— Merci ! C'est une vielle ferme, tu sais. J'ai essayé de la moderniser, tout en conservant le côté rustique.
— C'est réussi, on retrouve bien le côté franc-comtois dans ta déco.
— Tu connais un peu ?
— Je suis d'ici, au cas où tu ne l'aurais pas compris.
— Ah bon ?
— À ton avis, d'où vient mon nom d'artiste ?
— Euh… mais oui ! Tuyé, bien sûr ! Et le pire, c'est que je n'ai jamais fait le rapprochement.
— Comme pas mal de monde, ne t'inquiète pas. En tout cas, merci de m'avoir amenée ici, cet endroit me plaît beaucoup. J'en avais bien besoin.
— Mais de rien ! Écoute, fais comme chez toi, vis ta vie, repose-toi, bref… fais ce qu'il te plaît. Je m'occupe de tout ! Les courses, la bouffe, les repas, tout. Je veux que tu te reposes et que tu ne penses à rien d'autre qu'à te remettre en santé.
— Merci, Bruno, dit-elle avec gratitude. Je n'arrête pas de te le dire, mais j'ai vraiment de la chance d'avoir un ami comme toi.

Il lui montra sa chambre à l'étage et elle y installa ses affaires. Elle s'assit sur le lit et regarda sa chambre. C'était une belle pièce mansardée avec du lambris un peu partout. Elle était chaleureuse et d'ailleurs, il y faisait bon.

Il y avait un grand velux au plafond qui inondait la pièce d'une belle lumière et une grande fenêtre double sur l'un des murs, qui donnait sur la campagne environnante.

Il y avait un fauteuil à bascule qu'elle entreprit de porter jusqu'à la fenêtre. Il était très lourd, et depuis qu'elle était sous hormones, elle avait considérablement perdu en force et en puissance musculaire. Mais elle finit par arriver à déplacer ce fichu fauteuil et s'y installa.

Elle se balança doucement et regarda dehors. Elle avait de nombreux sentiments contradictoires qui s'installaient dans son esprit. Elle était à la fois heureuse que toute cette histoire malsaine soit terminée et immensément triste en pensant qu'en dehors de Bruno, elle n'avait plus vraiment d'amis à qui se confier et à qui parler. Mélanie n'était plus, Gérard, elle ne le connaissait finalement pas si bien que cela, et sa mère…

Les autres n'étaient que des connaissances de travail ou des personnes intéressées. Elle ne pouvait pas compter sur ces gens-là.

Il y avait bien les fans, mais elle n'avait pas encore la force d'encaisser leur amour. Et cette relation-là était encore différente des autres.

Elle se demandait comment elle allait bien pouvoir faire pour reprendre sa vie normalement, après tout ce qu'il s'était passé ; après ce fameux jour où le carnage avait eu lieu et dont elle ne se souvenait que par brides.

Elle ruminait tout cela en regardant dehors, la rivière, les petites montagnes qui entouraient la vallée, les petits oiseaux qui batifolaient dans les buissons.

L'un d'eux se posa près de la bordure de la fenêtre et il resta là un moment. Il l'avait bien vue, mais ne semblait pas effrayé par sa présence. Il cherchait de quoi manger dans les rebords de la fenêtre. Il y avait de petits résidus de sciure, de feuilles tombées et de végétaux. L'oiseau y trouvait certainement quelques petits vers ou des insectes. Élodie le regarda évoluer un moment, puis elle finit par s'endormir, terrassée par la fatigue et le désespoir.

Le lendemain, elle s'éveilla très tôt. Elle était toujours dans le fauteuil, mais une chaude couverture la recouvrait complètement. Bruno devait être passé par là.

Elle se leva toute courbatue par sa mauvaise position et descendit au rez-de-chaussée de la maison.

Cela sentait bon le café et les croissants. Apparemment, Bruno était levé depuis bien longtemps. Il était passé par la boulangerie locale et avait préparé un bon petit-déjeuner pour son amie. Elle en fut ravie. Il l'attendait dans le séjour et lisait le journal.

Lorsqu'il la vit, il eut un sourire bienveillant sur le visage. Elle vit tout ce qu'il avait préparé ; confiture, croissants, pains au chocolat, pains, café, jus de fruits. Elle eut un large sourire.

— J'ai vraiment de la chance d'avoir un ami comme toi !

— Tu te répètes, ma chérie !

— Je sais… dit-elle en lui souriant tendrement.

— Mais moi aussi, j'ai de la chance de t'avoir rencontrée, tu sais ! On n'en rencontre pas tous les jours, des femmes comme toi.

Elle s'assit en regardant tous ces mets savoureux, elle avait les yeux qui brillaient. Elle commença à chercher par quoi elle allait bien pouvoir commencer.

Puis elle dit :

— Et qu'ai-je donc d'aussi exceptionnel, pour avoir droit à un tel compliment ?

— Tu es belle, forte, décidée, d'une intelligence hors du commun… Tu as une force de caractère et une volonté extraordinaires, un instinct de survie presque animal. Et quand je vois toutes les épreuves que tu as traversées sans jamais rien lâcher ; sans jamais te plier à la volonté des autres, je ne peux qu'être impressionné de jour en jour. Je suis fier de faire partie de tes amis et des gens en qui tu as confiance.

Elle en resta sans voix. Bruno était sincère, elle le savait, et cela l'avait beaucoup touché.

Elle répondit d'un rire nerveux :

— Eh bien, tu sais mettre la pression toi au moins !

— Ah, mais ça n'était pas mon intention ! répondit-il, surpris de sa réponse.

— Je sais idiot, je te faisais marcher.
— Ah... répondit-il bêtement.
— Allez, j'attaque ! dit-elle avec enthousiasme.
Elle se régala jusqu'à plus faim. Puis elle remonta dans sa chambre pour se préparer et être un peu plus présentable.
Elle s'était faite belle pour Bruno. Mais ce dernier, en voyant sa petite jupe, son débardeur en dentelle et ses petites chaussures à talons, lui dit :
— Ah, je suis désolé, ma belle, mais il va falloir me changer tous ces vêtements !
— Mais pourquoi ? Ils ne te plaisent pas ?
— Si, bien au contraire. Mais ils ne seront pas adaptés à la randonnée que j'ai prévue aujourd'hui.
— Randonnée... ? dit-elle avec un peu d'appréhension dans la voix.
— Oui, randonnée. On va aller marcher dans la forêt ! Cela te fera le plus grand bien de prendre un grand bol d'air et une cure de soleil.
— Je crois que je n'ai pas le choix de toute manière, si ?
— En effet, tu ne l'as pas, répondit-il en riant.
Élodie remonta et s'habilla de manière plus adaptée.
Lorsqu'elle descendit l'escalier, Bruno remarqua que le legging noir et le débardeur violet qu'elle avait mis mettaient parfaitement ses hanches en valeur et il remarqua à quel point sa transition était réussie. Elle était devenue une femme magnifique désormais et personne ne pouvait dire le contraire. Elle avait des formes délicieuses et il la dévora du regard. Elle le remarqua.
Il la prit par le bras et ils quittèrent la maison pour s'enfoncer dans la forêt environnante.
Il était encore tôt et les rayons du soleil perçaient au travers des arbres qu'ils éclairaient d'une lumière rasante, absolument magnifique. Il faisait déjà chaud, mais pas trop.

Élodie apprécia cette sortie dès le début et comme l'avait dit Bruno, cette lumière et ces paysages qu'elle vit lui firent le plus grand bien.

Vers midi, ils s'arrêtèrent sur de gros rochers et s'installèrent pour prendre leur déjeuner.

Bruno avait pris de la nourriture propice à égayer Élodie et à lui ouvrir l'appétit. Elle râla quelque peu quant à sa ligne, mais la marche qu'ils venaient de faire lui fit rapidement oublier ses scrupules.

Après cette bonne collation, ils s'allongèrent sur les rochers et profitèrent du soleil. Élodie avait la tête penchée et elle regardait la forêt et tout ce qu'il s'y passait. Bruno remarqua qu'elle semblait troublée. Il lui prit la main et la serra tendrement.

Elle se retourna, le regarda de ses grands yeux verts avec reconnaissance et vint se blottir contre lui, sa joue contre son torse. Il la prit dans ses bras et lui caressa tendrement le visage. Elle continuait de fixer la forêt, comme si cette vision était un exutoire à ses malheurs.

Une larme vint perler de son œil et coula doucement sur le torse de Bruno.

Il dit alors :

— Tout se passera bien désormais. Tu verras, ça va aller de mieux en mieux.

Elle le serra un peu plus.

— Tu le penses vraiment ?

— Oui, j'en suis certain. Ce que tu as vécu est terrible et cela aurait brisé n'importe qui, mais pas toi. Tu n'oublieras peut-être jamais, mais tu verras qu'avec le temps, la douleur se fait moins forte. Tu es jeune, tu as toute ta vie devant toi et maintenant que tu as achevé ta transition, tu vas pouvoir la vivre pleinement.

Elle fit silence, et après quelques minutes elle dit :

— Je n'arrête pas de me demander si Max m'aurait violée si

je n'avais pas fait toutes ces opérations et que j'avais gardé mon lambeau de pénis.

— Mais quelle drôle de question tu te poses, ma chérie ! Ne te torture pas l'esprit avec tout ça, enfin.

— Je ne peux pas m'empêcher de me poser la question.

— Écoute, je sais que ce viol t'a marquée, mais cesse d'avoir de telles pensées morbides. Ça va te détruire à force.

— Mais je suis déjà détruite, Bruno. Je suis meurtrie au fond de mon ventre. Il m'a salie.

Tandis qu'elle disait cela, une autre larme coula.

— Ce type est un monstre. Il faut que tu arrêtes de penser à lui et à ce qu'il t'a fait. Cela ne peut te faire que du mal.

— Comment veux-tu que je cesse de penser à ça… As-tu la moindre idée de ce que je ressens ? Peux-tu seulement imaginer ce qu'il m'a fait physiquement et moralement ? Mon corps me rappelle en permanence cette douleur, alors je ne peux pas m'empêcher d'y penser.

— Ma pauvre chérie… dit-il en caressant ses cheveux. Tu as raison. Je ne peux pas imaginer ce que tu vis après cela. Mais est-ce que tu as essayé d'en parler ?

— Mais, je t'en parle en ce moment.

— Oui, je sais. Mais je parlais de te confier à quelqu'un qui pourra t'aider mieux que moi. Je ne suis pas la personne la plus avisée pour te comprendre dans cette épreuve.

— Je n'ai confiance en personne à part toi. Et tu es la personne qui me connaît le mieux. Je n'en parlerai qu'à toi.

— Je te remercie pour cette preuve de confiance, mais je ne sais pas si je pourrai t'aider vraiment.

— Mais tu m'aides déjà en étant là et en m'écoutant.

Il lui caressa doucement le visage. Elle sourit. Elle aimait cela. Elle aimait le contact de ses mains sur sa peau, la caresse de ses doigts sur ses tempes. Cela l'apaisait et lui apportait un peu de réconfort dans tout ce malheur.

— Quand je pense que ce salaud n'a même pas eu le courage de le faire en me regardant dans les yeux.

— Bien sûr ! À quoi est-ce que tu t'attendais ?

— Que veux-tu dire ?

— Eh bien, qu'il a peur de toi, voyons ! C'est pour cela qu'il a utilisé une drogue du viol. Il n'avait pas le courage de t'affronter, parce qu'il savait qu'il n'arriverait jamais à te briser.

— Tu crois ?

— Bien sûr ! Tu es tellement forte… Je te connais, s'il t'avait violée de force, non seulement tu l'aurais laissé faire, mais en plus tu aurais trouvé le moyen de le ridiculiser ! Ce qu'il a fait, il l'a fait sciemment. Car en outre, il savait que c'était la seule façon de t'atteindre. Tout comme l'asile finalement.

— Tu as sans doute raison.

— Mais ne t'en fais pas. Tu finiras par t'en remettre. Je te l'ai dit, tu es la femme la plus forte que le connaisse.

— Je ne pense pas être aussi forte que tu le prétends, en ce moment. J'ai juste envie de disparaître au fond d'un trou et d'y rester. De partir loin, loin des gens, loin de tout… C'est pour ça que je suis venue avec toi. Je suis bien ici. Il n'y a personne pour me faire du mal. J'aime bien la chambre dans laquelle tu m'as mise. Elle me rassure. J'ai envie d'y rester et de ne plus la quitter.

— Tu ne pourras pas rester ici toute ta vie. Il va bien falloir que tu sortes de là un jour ou l'autre.

— Je sais, mais je ne suis pas prête à le faire. Contrairement à ce que tu crois, je ne suis pas assez forte.

Bruno réfléchit, puis il dit :

— Tu sais quoi ?

— Non.

— Je viens de me rappeler notre première rencontre.

— Hou, c'est loin ça…

— Oui, je sais. Tu te souviens cette joute à laquelle nous

avions joué tous les deux, à essayer de nous psychanalyser l'un l'autre ?

— Oui, je me rappelle... dit-elle en riant.

— Oui, j'étais jeune, prétentieux, et j'avais voulu jouer les coqs avec toi en faisant démonstration de mon talent à lire dans les autres... Et tu m'as balayé d'un revers de ta manche, comme si je n'étais qu'un petit enfant qui apprend à marcher.

— Oui, enfin, je me rappelle aussi que tu m'as mise bien mal à l'aise. Personne n'a réussi à lire en moi comme tu l'as fait ce jour-là.

— Peut-être bien. N'empêche que, ce jour-là, j'ai trouvé mon maître et je me suis incliné.

Elle sourit.

— À ton avis, cette Élodie-là, elle aurait fait quoi si c'est elle qui avait été violée ?

— Mais... elle et moi sommes la même personne.

— Oui, je sais. Mais essaye de te remettre dans l'état d'esprit où tu étais à cette époque, avec toute ta superbe et toute la rage qui t'animait.

— Et ?

— Et si Max t'avait fait ça à l'époque, qu'aurais-tu fait ?

— Je l'aurais détruit. J'aurais frappé tellement fort qu'il ne s'en serait jamais relevé. Je l'aurais jeté en pâture à la vindicte populaire, de sorte qu'il serait devenu l'ennemi public n°1.

— Eh bien, voilà ce que j'aime entendre ! Voilà la Élodie que je connais ! Tu vois que tu peux encore.

Elle se serra contre lui et dit :

— Merci Bruno.

— À ton service, dit-il en souriant. Comme je te le disais, ça ira de mieux en mieux, tu verras.

— Mais sans Mélanie, à quoi bon...

— Ça fait un peu cliché, mais il y a beaucoup d'autres poissons dans l'océan.

— Je ne crois pas que je retrouverai quelqu'un comme elle, tu sais. C'était exceptionnel ce qu'il y avait entre nous.

— Je le sais bien, mais je peux t'assurer que tu trouveras quelqu'un d'autre. Une belle et gentille jeune femme comme tu l'es, je ne vois pas comment tu pourrais rester seule.

— Ça n'est pas si simple. J'ai peut-être réussi ma transition, mais je traînerai toujours mon histoire derrière moi.

— Tu n'es pas obligée d'en parler.

— Si je souhaite construire quelque chose de sérieux avec quelqu'un, bien sûr que je dois en parler ! En tout cas, pour le moment, je ne me vois pas avec qui que ce soit.

— De toute manière, pour le moment, tu es avec moi ! Et je ne laisserai personne t'approcher !

Elle le regarda tendrement et sourit.

Il dit :

— J'aime mieux ça ! Tu es si belle quand tu souris.

— Je croyais pourtant que j'étais belle tout le temps ? répondit-elle d'un air taquin.

— Aussi, bien sûr ! Mais j'ai une préférence pour la version sourire !

— Alors profites-en, tu ne la verras pas très souvent en ce moment.

Elle se blottit à nouveau contre lui. Elle entendait son cœur qui battait doucement et ce rythme finit par lui faire trouver le sommeil.

Ils restèrent quelque temps dans ce bel endroit, puis ils rentrèrent dans la maison de Bruno par un autre chemin, ce qui leur prit presque tout le reste de l'après-midi.

Une fois rentrée, Élodie prit une bonne douche revigorante et s'habilla pour le début de soirée. Elle avait mis un petit pull serré, une petite jupe plissée et de grandes chaussettes qui montaient au-dessus des genoux, ce qui ne déplut pas à Bruno. Elle le remarqua.

Durant la soirée, Bruno rangea des affaires dans un placard dans lequel se trouvait une guitare.

— Elle fonctionne ? demanda Élodie.

— Oh, je ne sais pas… Elle était à mon père et je ne m'en suis jamais servi. Comme tu le sais, je ne sais pas jouer de guitare.

— Tu me la prêtes ?

— Vas-y, je t'en prie ! Si tu peux lui redonner une nouvelle jeunesse, au lieu qu'elle croupisse dans un placard, j'en serai comblé !

Elle prit la guitare et s'assit sur le sofa. Elle commença par l'accorder à l'oreille. Bruno lui proposa un diapason, mais elle n'en avait pas besoin. Une fois les cordes tendues, elle observa l'instrument sur toutes les coutures, en particulier la planéité du manche et l'écartement. Puis elle regarda à l'intérieur en plaçant la rosace dans un rayon du soleil couchant.

Elle s'exclama :

— Je comprends mieux !

— De quoi tu parles ? dit-il en s'asseyant à ses côtés.

— Je trouvais que cette guitare était particulièrement bien finie et que les bois étaient de qualité exceptionnelle, tu vois ? dit-elle en lui montrant les veines de la table d'harmonie — Et pour une guitare qui n'a pas été utilisée depuis des années, elle n'a pas bougé d'un poil en termes d'écartement. Mais j'ai compris en voyant l'étiquette ! *Thomas Norwood*. C'est une guitare de luthier. Et un bon luthier ! Ton père était bon guitariste ?

— Oui, il jouait de la guitare classique. Il a donné des concerts un peu partout, il s'était fait son petit nom.

— D'où ton intérêt pour la musique, je comprends mieux !

— Cela n'est pourtant pas grâce à lui !

— Que veux-tu dire ?

— Que je suis sa grande déception, car cela ne m'a jamais intéressé de faire de la musique.

— Mais tu t'intéresses à la musique, pourtant !

— Oui, mais je ne joue pas de musique moi-même ; en dehors de quelques petites choses simples au piano et ça ne lui suffisait pas. Du coup, il m'a ignoré pendant des années en considérant que je n'étais qu'un moins que rien et en me le faisant clairement comprendre.

— Eh bien… à ce que je vois, nos parents n'ont pas eu ce qu'ils voulaient et ils nous l'ont fait payer.

— Pourquoi crois-tu que je comprenne aussi bien ce que tu as vécu avec ta mère ? Même si mon histoire est à cent lieues de l'horreur que tu as connue.

Elle posa la guitare à côté d'elle et se pencha sur lui. Il la prit sous son bras et l'étreint tendrement.

Elle ferma les yeux et soupira :

— Si seulement j'aimais les hommes…

— À qui le dis-tu !

Ils eurent un sourire complice au même moment et restèrent ainsi jusqu'à l'heure du dîner. Élodie s'endormit dans ses bras et eut un sommeil sans rêves, comme elle n'avait pas eu depuis longtemps.

Lorsqu'elle s'éveilla, Bruno l'avait allongée sur le canapé sous une chaude couverture. Il était en train de préparer le dîner et ça sentait bon dans la maison.

Elle se leva et le regarda en souriant.

— Et en plus, tu sais cuisiner !

— Eh oui… Il y a quelques hommes exceptionnels sur cette terre, j'en fais partie.

Elle éclata de rire et lui aussi.

Ils mangèrent tous les mets succulents qu'il avait préparés, puis ils montèrent se coucher.

Bruno allait éteindre sa lumière, quand il l'entendit frapper à sa porte. Il lui dit d'entrer et la vit dans une petite nuisette en satin violet, toujours avec ses grandes chaussettes.

Elle dit en hésitant :

— Est-ce que je peux venir avec toi ? Le lit est si froid...

Il la regarda avec un sourire et lui fit signe de venir.

Elle accourut, telle une enfant espiègle, et se glissa dans le lit à ses côtés en se serrant contre lui. Il fit la moue et éteignit la lumière.

Puis il dit :

— Le lit est froid ? Hum...

— Eh bien... oui ! Il était tout froid ce lit.

— Dis plutôt que tu n'as pas trouvé d'autres excuses pourries.

— Elle est pas pourrie mon excuse !

— Un peu, si. Tu sais, tu n'as pas besoin de te justifier. Si tu ne souhaites pas rester seule, viens, je suis là. Tu n'as même pas besoin de demander.

— Merci Bruno, dit-elle en le serrant encore plus.

— De rien... répondit Bruno, qui commençait à avoir du mal à rester stoïque face à tant d'affection de sa part.

— Je te demande pardon, dit-elle soudain.

— Mais de quoi ?

— De ne pas être capable de t'aimer comme tu le mérites, avec tout ce que tu fais pour moi.

— Mais je ne te demande rien, ma chérie.

— Je le sais. Mais je sais aussi les sentiments que tu as vraiment pour moi. Et je sais que tout ce que tu endures pour moi doit être un véritable supplice. Je te fais mes excuses.

— Non, ne t'excuse pas, Elo. Tu es mon amie et cela n'entre pas en ligne de compte, car tu as besoin de moi et je ferai tout pour t'aider.

Elle reposa sa tête contre lui et ferma les yeux.

— J'ai vraiment de la chance de t'avoir comme ami.

— Tu te répètes... dit-il sur un ton taquin

— Je sais, répondit-elle avec un léger sourire.

Ils passèrent ainsi quelques jours exquis, durant lesquels Élodie reprit des couleurs et son moral remonta en flèche. Car elle se remit à écrire : la guitare qu'elle avait entre les mains lui fut salvatrice. Elle lui permit d'extérioriser tout ce qu'elle refoulait depuis son réveil à l'asile. Elle composa cinq titres, tous aussi durs et violents que l'était son humeur du moment. Puis Bruno dut rentrer à Paris, car ses jours de congé n'étaient pas extensibles.

Élodie décida de rester ici encore quelque temps. Elle suggéra à Bruno de rentrer avec sa voiture et qu'elle repartirait par le train, lorsqu'elle se sentirait prête.

Son ami rentra donc dans la capitale et elle resta seule à cogiter et à continuer de jouer sur sa guitare. Durant cette période, la solitude aidant, elle repensa à toute cette histoire, tâcha de faire le point dans son esprit et ses réflexions donnèrent naissance à sa plus belle création. Elle composa un air qui était empreint d'une telle intensité et d'une telle émotion, qu'elle eut peine à le terminer. C'en fut même au point de la troubler.

Mais elle ne se laissait pas abattre pour autant. Bruno avait une petite voiture qu'il gardait sur place et elle avait pris pour habitude de l'utiliser pour se rendre au bar-restaurant du village voisin. C'était un charmant petit endroit, où les habitués locaux se retrouvaient régulièrement. Elle y prenait un verre de vin rouge, y passait une petite heure tous les soirs, à discuter avec le barman et avec quelques habitués, puis elle rentrait se coucher.

Personne ne la reconnaissait bien sûr, car la plupart de ces gens qui venaient ici travaillaient du matin au soir et n'avaient pas vraiment le temps de s'intéresser aux futilités que peuvent être les actualités *people*.

Elle avait toutefois son petit succès, car une jolie blonde comme elle ne laissait personne indifférent.

Un soir, elle se rendit au bar, comme à son habitude, et demanda son verre de vin.

Simon, le barman lui dit :

— Tiens, goûte-moi celui-là, tu m'en diras des nouvelles.

Elle sentit consciencieusement le breuvage et y trempa les lèvres. Elle le fit tourner longtemps en bouche, puis l'avala doucement comme pour le filtrer.

Elle dit alors :

— Ça n'est pas le même que d'habitude.

— Non, en effet !

— C'est quoi ?

— Du bordeaux que j'ai acheté au salon des vignerons indépendants à Paris.

— C'est vrai que tu n'étais pas là ce week-end !

— Non en effet, je faisais le plein à la capitale ! J'en ai aussi profité pour rendre visite à un cousin qui habite Paris. Je vais me faire livrer quelques cartons de celui-là, et trois autres que j'ai bien appréciés.

— Et tu peux les goûter sur place ?

— Oui, bien sûr. Tu n'as jamais été dans ce genre de salon, toi qui aimes le vin rouge ?

— Eh bien non. Je n'ai pas vraiment eu le temps ces dernières années.

— Il faudra que je t'emmène un de ces quatre ! Ça vaut le coup. Bon, alors, sache que quand tu goûtes, il ne faut surtout pas avaler ! Sinon tu ne tiens plus sur tes jambes au bout de quatre stands ! dit-il d'un rire sonore. Sinon, c'est vraiment très sympa.

— Ça a l'air, en effet, répondit-elle, en partageant son enthousiasme.

— Ah, et puis pour le midi, il y a des marchands de produits régionaux qui peuvent te vendre des sandwichs au foie gras ou des produits du terroir ! Après, tu retournes sur un stand où tu as apprécié le vin et tu peux déjeuner avec un bon vin gratuit. Elle est pas belle la vie ?

— Trop dur…

Une jeune femme vint s'installer à côté d'Élodie et commanda un whisky. Simon la servit puis continua sa conversation.

— Donc, j'ai pu commander directement aux producteurs. Ça me permet d'augmenter un peu ma marge sur la boisson.

— À ce qu'il paraît, c'est principalement là-dessus que vous faites votre chiffre dans les restaurants ?

— Pour sûr !

— Et c'est tout ce que tu as vu à Paris ? Tu y es resté longtemps ?

— Oh non, je ne suis resté que le week-end. Mais, en même temps, c'est le merdier à Paris en ce moment ! Y a toutes ces manifestations pour la chanteuse et ce procès dont parlent les gens.

— De quoi parles-tu ?

— Ben de la chanteuse là !

Il semblait bien embêté de ne pas retrouver son nom

— Ah mince alors... Tu sais, celle qui s'est fait incarcérer dans un asile et qu'il va y avoir un grand procès du type qui l'a séquestrée !

— Ah, oui, Mégane Tuyé.

— Voilà ! dit-il apaisé. Avec un nom pareil, elle devrait fumer des saucisses !

Élodie éclata de rire.

— Et donc, il y a des manifestations ?

— Ben oui, apparemment, il y a des milliers de fans de cette fille qui défilent un peu partout pour la soutenir et pour gueuler contre ce sale type. Ah, Paris, c'est le bazar en ce moment ! dit-il en allant servir d'autres clients.

Élodie soupira et murmura :

— Et le pire dans tout ça, c'est qu'elle n'y est pas à Paris. Elle ne peut même pas leur montrer à quel point ça la touche.

— Mais ils le savent, et c'est pour cela qu'ils continuent, intervint la jeune femme à côté d'elle.

Elle se tourna vers elle, et Élodie se rendit compte qu'elle la connaissait. Son visage lui était familier.

Elle la dévisagea et dit :

— Nous nous connaissons, n'est-ce pas ?

— Nous nous sommes déjà rencontrées une fois, en effet, répondit-elle.

— Mais oui !... dit-elle soudainement, comme si la mémoire lui revenait d'un coup. Je vous reconnais. Vous êtes l'infirmière...

— C'est bien moi, dit-elle, flattée d'être reconnue, elle lui tendit la main. Gabrielle, pour vous servir.

— Élodie, de mon vrai nom.

— Je sais.

Élodie ne savait pas quoi dire, tant les émotions se bousculaient en elle. Elle était autant surprise que bouleversée. Cette femme lui avait sauvé la vie. Si elle en était là aujourd'hui, c'était grâce à elle.

Elle finit par dire :

— Je crois que je vous suis redevable devant l'Éternel.

— Pensez donc ! J'ai fait ce que tout fan qui se respecte aurait fait à ma place.

— Pourtant, je vous dois tant ! Merci.

— Mais de rien.

— Je pensais ne jamais avoir l'occasion de vous remercier et, pour le coup, vous me prenez un peu au dépourvu ! Je ne sais trop quoi dire ! dit-elle d'un rire gêné.

— Je le sais bien, j'arrive comme un cheveu sur la soupe. Mais j'ai eu du mal à vous trouver.

— Et comment m'avez-vous trouvée ?

— J'ai tiré quelques ficelles. De la même manière que pour vous trouver à l'asile.

— Alors, vous n'êtes pas vraiment infirmière ?

— Pas vraiment, non… J'ai quelques connaissances de par mes études, mais je ne suis pas dans le milieu médical.
— Je m'en suis doutée. Votre truc, c'est plutôt la chanson, n'est-ce pas ?
— Vous êtes perspicace ! dit-elle surprise et impressionnée du sens de la déduction d'Élodie.
— Je m'en suis doutée, dès que vous vous êtes présentée.
— Je n'aurais pas dû vous dire mon prénom.
— Ça m'a aidée, en effet ! Votre maquillage est parfait !
— Comme le vôtre.
— Mais, pourquoi avoir fait tout cela ?
— Il fallait bien approcher Max. Il détenait les clés permettant de vous trouver.
— Comment l'avez-vous su ?
— Par Camille.
— Camille Bochot ?
— Oui.
— Une amie à vous ?
— Une bonne amie, même. Nous faisions partie de la même association de fans qui ne croyaient pas en votre mort. Camille nous guidait, car elle savait que Max n'avait pas tout dit à la presse. En même temps, l'histoire du forcené qui tue tout le monde était louche, incohérente, pas crédible !
— Ça, c'est le moins que l'on puisse dire ! J'ai lu les coupures de presse.
— Certes !
— Et donc, que faisiez-vous avec Camille ?
— Je suis restée longtemps dans l'association pour aider Camille et les autres fans. Mais avec le temps, et voyant que Camille ne parvenait à rien avec ses investigations, si ce n'est qu'à s'attirer des ennuis, j'ai décidé de faire cavalier seul. Lorsqu'on est seule, c'est bien plus difficile de vous repérer.

— J'en sais quelque chose, répondit Élodie amusée. Qu'avez-vous fait ensuite ?

— J'ai cherché un moyen de me rapprocher de Max. J'ai toujours eu la chance d'être bonne imitatrice. Ça a donc été assez facile de me faire repérer par lui. J'ai mis un large décolleté, une jupe courte, et j'ai essayé d'imiter ma chanteuse préférée. Ça a plus que marché !

— La jupe a aidé… dit-elle un peu désabusée.

— C'est sûr ! répondit-elle en riant. Donc, il m'a prise à l'essai. Ensuite, c'est allé très vite. Premier album, concerts, etc. Mais je n'étais pas dupe. Je savais que vous étiez derrière les morceaux géniaux qui atterrissaient comme par hasard sur mon bureau. Ça me faisait mal de devoir jouer ainsi les usurpatrices, d'autant que les autres artistes de la maison s'en doutaient aussi et ils ne m'appréciaient pas vraiment. Pour autant, je n'ai pas lâché le morceau. Je savais que vous étiez en vie. Si les autres avaient des présomptions, moi j'avais des certitudes. Et plus j'apprenais à connaître Max, plus il me donnait d'informations, toutes plus confuses les unes que les autres, sur l'origine des compositions. Au fil des ans, j'ai fini par gagner sa confiance. Il me prenait pour une belle idiote avec une belle voix ! À force de recherches, j'ai fini par trouver le *Saint-Graal* : les documents vous concernant. Après cette découverte, cela a été facile de m'introduire dans l'institution. Je m'étais créé un bon carnet de contacts, grâce à ce métier. Et c'est comme ça que je vous ai trouvée.

— Quelle histoire ! On peut dire que vous avez bien dupé Max, vous aussi ! C'est dommage que nous ne nous soyons pas rencontrées plus tôt. On aurait fait des merveilles ensemble ! répondit Élodie amusée.

— Merci, je suis flattée de ce compliment. J'aurais bien aimé vous rencontrer dans d'autres circonstances.

— En tout cas, je vous remercie pour vos excuses publiques.

Même si, maintenant que je sais la vérité, je pense que vous n'étiez pas du tout obligée.

— Il fallait que je coupe les ponts avec Max une bonne fois pour toutes. Et, désormais, ma carrière n'a plus de raison d'être, puisque vous êtes libre.

— Je ne sais pas si je vais revenir… Mais vous ne devriez pas arrêter de chanter ! Qui sait ? Si un jour je me décide à reprendre la chanson, on aura peut-être l'occasion de chanter ensemble.

— Cela serait un grand honneur pour moi. Mais avant, vous devez vous protéger ! Je ne suis pas venue jusqu'ici pour vous expliquer tout ça, mais pour vous mettre en garde. Vous êtes en danger !

— Comment cela ?

— Le procès a commencé hier et Max a déjà dévoilé sa carte secrète.

— Enfin !

— Oui ! Et il se fait passer pour votre protecteur, dans cette histoire de meurtre. Il prétend que s'il vous a placée dans cet asile, c'était pour vous protéger. Selon lui, ce n'est pas un forcené qui a tué votre mère, ça serait vous en réalité ! En réponse au fait qu'elle aurait tué votre amie. N'est-ce pas absurde ?

Élodie s'assombrit soudainement, et Gabrielle vit passer sur elle comme une ombre d'immense douleur.

Elle répondit alors :

— Il a raison.

— Comment cela, il a raison ?

— Il a tout juste. C'est moi qui l'ai tuée.

— Je rêve ?

— Non, vous ne rêvez pas. C'est comme cela que ça s'est passé.

— Mais, expliquez-moi…

— Elle a tranché la gorge de Mélanie. Je me suis aussitôt

portée à son secours. Mais j'ai vite compris que cela ne servirait à rien.

Elle eut un nœud dans la gorge.

— Le sang sortait de sa gorge avec une force effarante et je ne pouvais rien faire pour l'arrêter. Elle est morte dans mes bras, en me disant qu'elle m'aimait, comme elle pouvait. Je me suis tournée vers ma mère ; elle avait de la haine dans les yeux et tenait encore ce couteau plein de sang. Je me suis relevée, j'ai saisi le couteau et le lui ai rendu la pareille. Je l'ai regardée mourir, sans aucune forme de compassion et sans aucun regret. Je me suis retournée vers Mélanie et je l'ai prise dans mes bras. C'est après que j'ai réalisé ce que j'avais fait. Je venais de tuer ma mère. Je pouvais la détester autant que je voulais, ça n'en restait pas moins ma mère et je l'avais tuée. Je n'avais plus rien que mes yeux pour pleurer. Alors je n'ai pas réfléchi, j'ai pris ce fichu couteau, j'ai provoqué une érection de mon pénis, jusqu'à ce que la pression sanguine soit à son maximum, et je l'ai tranché.

Elle raconta cette histoire avec un pragmatisme et une froideur qui glaça le sang de Gabrielle.

Elle dit :

— Mon Dieu, mais c'est horrible !

— Moi, je n'en avais rien à faire, je ne voulais qu'une chose : mourir. Et puis, je ne sais pas ce qui s'est passé. En tombant à terre, j'ai dû déclencher l'appel d'urgence de mon téléphone et Max a été prévenu.

— C'est pour cela qu'il est au courant de tout ça !

— Oui. Je n'étais pas encore totalement inconsciente quand il est arrivé. Je me souviens de sa panique, de sa surprise quant à moi... Après, trou noir. Il a dû appeler les secours et m'a amenée à l'hôpital.

— C'est ce qu'il a dit devant le juge.

— Je m'en doute.

— Mais pourquoi n'avoir rien dit plus tôt à la presse pour vous couvrir ?

— Parce que je ne m'en souvenais pas ! Mon esprit avait fait un blocage.

— Ça se comprend, vu ce qui s'était passé !

— Oui, et je ne m'en suis souvenue que très récemment. Dans ma retraite, je me suis remise à la musique et ça a dû m'aider à faire le deuil de cette histoire. J'ai regardé sur le net, apparemment ils appellent cela de la dissociation traumatique.

— Alors, vous devez vous rendre au procès et témoigner ! Sinon, vous risquez de vous prendre des chefs d'accusation et ils vont ouvrir une enquête !

— Je ne sais pas si ma présence sera vraiment utile.

— Bien sûr qu'elle le sera ! Je refuse que Max s'en sorte ! Je refuse d'avoir fait tout ça pour rien ! Vous devez l'enterrer, lui et son ego !

Élodie se souvint alors de la discussion qu'elle avait eue avec Bruno lors de leur randonnée.

Elle dit :

— Vous avez peut-être raison. Ça me ferait mal aussi qu'il s'en sorte avec une pirouette !

Elles trinquèrent toutes les deux, puis Élodie invita Gabrielle à venir chez elle pour passer la nuit, plutôt que de chercher un hôtel à cette heure tardive et dans ce coin perdu.

Lorsqu'elles arrivèrent, Gabrielle remarqua la guitare et de nombreuses feuilles de papier éparpillées pêle-mêle avec de la musique et des paroles notées au crayon. Élodie n'avait pas chômé.

Elle lui proposa une chambre, mais Gabrielle ne s'installa pas car elle ne restait que la nuit. Elle voulait rentrer au plus tôt à Paris pour suivre le procès qui reprenait le surlendemain. Élodie ne savait pas quand elle allait rentrer. Cela lui paraissait prématuré et elle ne s'y était pas encore préparée.

Elles passèrent une bonne soirée toutes les deux et Gabrielle ne put résister à l'envie d'essayer la guitare et de jouer quelques morceaux du répertoire de Mégane. Élodie se laissa aller à pousser la chansonnette et Gabrielle lui emboîta le pas. Toutes deux, elles chantèrent seules dans cette grande maison, et leurs deux voix s'accordèrent à l'unisson, pour donner quelques morceaux d'anthologie que personne à part elles ne put entendre. Ce soir-là, il se passa quelque chose entre elles, et dans l'esprit d'Élodie tout devint clair.

Elle se décida enfin à sortir de l'ombre. Dès le lendemain, elle rentrerait à Paris avec Gabrielle et elle allait faire payer cher à Max ce qu'il lui avait fait.

Chapitre 16

Elles plièrent bagage à la première heure. Élodie prit ses compositions, emporta la guitare que Bruno lui avait donnée et elles prirent la route.

Élodie rentra dans son ancien appartement parisien où elle s'installa. Elle commença même à enregistrer certaines de ses nouvelles compositions. Cela lui occupait l'esprit et lui permettait de ne pas penser au lendemain.

Cela la stressait de penser à tous ces gens qui allaient la juger pour ce qu'elle avait fait. Même si elle savait le public acquis à sa cause et que tous étaient contre Max, elle ne pouvait s'empêcher de penser que ce qu'elle avait fait susciterait haine et dégoût pour elle. Pourtant, elle oubliait le contexte de l'histoire qui avait son importance.

Et c'est ce qui allait la sauver.

Le lendemain, elle arriva dans la salle d'audience en tant que Mégane, elle était accompagnée par Gabrielle. Leur présence ne passa pas inaperçue. Toute la salle se retourna dès leur entrée.

Bruno était là et, lorsqu'il la vit arriver, il vint la retrouver.

— Tu te sens prête ?

— Je ne sais pas. Mais je suis là au moins.

— Tu vas y arriver. J'ai confiance, dit-il en lui serrant amicalement l'épaule.

L'avocat de Classic s'entretint avec elle rapidement, et elle accepta de témoigner. Après discussion avec le juge, ils la firent passer en premier dans les témoins du jour.

L'avocat de Classic-Records lui posa la question fatidique :

— Mademoiselle Tuyé, pouvez-vous nous raconter en détail ce qu'il s'est passé ce fameux jour où monsieur Antonilli vous a séquestrée ?

Élodie était anxieuse et les mots ne se précipitaient pas pour sortir de sa bouche. Max était assis en face, au premier rang.

Il la fixait du regard. Un regard glacial et dépourvu de toute compassion. Son avocat était à ses côtés, il était tout aussi froid que lui.

— Prenez votre temps, rassura l'avocat de Classic, qui avait bien compris le jeu de l'adversaire.

Elle finit par dire, d'une voix incertaine :

— C'était Mélanie, mon amie… Elle tenait absolument à rencontrer ma mère. J'ai eu beau lui expliquer que mes relations avec elle étaient inexistantes, elle voulait tout de même la voir. C'était ça, Mélanie. Elle pensait pouvoir tout arranger, réconcilier même l'irréconciliable.

— Et pouvez-vous nous préciser pourquoi ces relations avec votre mère étaient aussi houleuses ?

— Parce qu'elle m'a forcée à devenir une femme, alors que j'étais biologiquement un homme.

Cette déclaration de la chanteuse provoqua un vif émoi de l'assistance qui força le juge à demander le silence. Max, qui jusque-là jubilait, se renfrogna soudainement. Il ne s'attendait pas à ce qu'elle avoue publiquement sa transidentité. En faisant cela, elle avait certainement mis à mal un de leurs plans pour la contrer.

À la demande du juge, Élodie reprit :

— Ma mère a toujours voulu avoir une fille. Elle m'a élevée comme telle. Elle n'a jamais tenu compte un seul instant du sexe qui était le mien, ni d'ailleurs ne m'a laissé le moindre choix à ce sujet. C'est ce qui a poussé mon père à se suicider devant moi, lorsque j'avais 4 ans.

La salle fit un silence absolu à cette déclaration.

— C'est lorsque j'ai pris conscience de mon sexe biologique que notre relation a pris fin. Elle a très mal vécu le fait de me voir m'essayer à être un homme. Elle m'a donc forcée à reconnaître devant tous mes camarades d'école que tout ceci était mon choix. Et que… j'aimais m'habiller en fille, parce que j'étais un petit garçon très féminin. Elle m'a humiliée devant tous ces enfants qui avaient été des amis pour certains, et qui après cela ne faisaient plus que me railler et m'insulter. Depuis ce jour, j'ai appris à me débrouiller seule et à vivre sans avoir besoin d'elle. Mélanie espérait pouvoir nous réconcilier. D'autant que, finalement, j'avais fait mon choix de genre et que je préférais être une femme. Nous nous sommes donc rendues chez ma mère. Après quelques formalités et une discussion dans la cuisine, elle nous a préparé du café. Elle nous a proposé de nous rendre dans le séjour pour le boire. Elle avait dû préparer son coup, car, une fois rendues, ma mère a sorti un couteau de cuisine et sans aucune sommation a tranché la gorge de Mélanie…

Il y eut un blanc et un silence de mort.

Elle reprit :

— Je n'étais pas préparée à cela… Je n'ai pas su quoi faire… J'ai essayé d'arrêter le sang qui coulait partout. Ce sang, oh mon Dieu ! dit-elle, la gorge nouée. J'ai vu l'amour de ma vie mourir dans mes bras ! Et ma mère… Elle restait plantée là, à la regarder partir et à me regarder souffrir. Elle n'avait que haine dans les yeux et un air menaçant à mon égard. Elle m'a dit ces paroles que je n'oublierai jamais : « *Tu m'as pris la seule fille que j'ai jamais eue. À mon tour de te prendre ce qui est le plus cher à tes yeux. Comme ça, tu sauras ce que c'est !* » Mon sang n'a fait qu'un tour. Je me suis levée, je me suis emparée du couteau et je lui ai tranché la gorge. Je n'ai pas réfléchi, et voyant son air menaçant et haineux, j'ai préféré la tuer avant qu'elle ne le fasse.

À nouveau, il y eut un grand silence. L'émotion était palpable jusque dans le fond de la salle. Élodie, elle-même, était nouée.

Mais elle reprit :

— Ensuite… j'ai pleuré… J'ai tellement pleuré… J'étais détruite intérieurement, à la fois par ce que je venais de faire et par la perte de mon amour. Et puis, j'ai regretté mon geste. Après tout, j'ignorais ses intentions. J'ai eu le doute… Vous comprenez, je venais de tuer ma mère ! J'étais devenue un monstre… dit-elle en pleurant.

L'avocat dit alors :

— Prenez votre temps. Rien ne presse, prenez votre temps, mademoiselle Tuyé.

Puis, elle dit alors froidement :

— Alors, j'ai décidé d'en finir par l'endroit qui représentait tout ce que je haïssais le plus au monde : je me suis tranché le pénis en érection pour être certaine de me vider de mon sang et d'y rester.

À cette phrase, l'assistance se fit bruyante devant l'horreur de ce qu'elle décrivait. Le juge demanda à nouveau le calme.

Elle reprit.

— Lors de ma chute, mon téléphone a dû envoyer un appel d'urgence et c'est Max qui l'a reçu. Il est venu me porter secours quelque temps après. Je me souviens parfaitement du moment où il est arrivé, car je n'avais pas encore perdu connaissance. Il était paniqué devant ce qu'il voyait. Je lui ai demandé de me laisser mourir. Mais il m'a prise dans ses bras, a appelé le *Samu* ou je ne sais qui pour l'aider. Et il a essayé de me rassurer avec des paroles réconfortantes. Pourtant, je n'arrêtais pas de lui demander de me laisser mourir. J'avais perdu la seule personne que je n'avais jamais aimée et j'étais devenue un monstre sans cœur qui avait tué sa mère froidement. Je voulais mourir, c'est tout ce que je méritais pour ce geste. Mais Max m'en a empêchée. Après cela, mes souvenirs sont confus. Je me souviens d'avoir retrouvé mes esprits à plusieurs reprises à l'hôpital. Ensuite, je me souviens de l'asile, des drogues que je ne voulais pas prendre. J'ai essayé plusieurs fois de mettre fin à mes jours. Mais, à chaque fois, ils m'en empêchaient et ils intensifiaient leur traitement. Parfois, ils me réveillaient, et Max, qui était là, me posait tout un tas de questions sur mes morceaux et mon logement à Paris, dont il ignorait l'adresse, et où je stockais tous mes albums d'avance. Il a essayé de me faire avouer les informations dont il avait besoin pour mettre la main sur mes compositions. Mais jamais je n'ai cédé. Je n'avais toujours qu'une idée en tête, mettre fin à mes jours. J'imagine que c'est pour cela qu'ils ont continué à m'abrutir avec leurs drogues. Puis, il y a eu cette infirmière, Gabrielle, qui m'a donné l'opportunité de m'enfuir. Je l'ai saisie. Durant tout ce temps, entre conscience et inconscience, j'ai tout de même réalisé à quel point Max pouvait être machiavélique et ne pensait qu'à m'exploiter pour son propre compte. Je n'avais désormais plus qu'un seul but, lui faire payer tout le mal qu'il m'avait fait.

L'assistance se fit silencieuse. Max ne bronchait pas, mais on sentait qu'il était crispé et inquiet. Élodie avait un charisme hors du commun et elle avait possédé l'assemblée avec sa déclaration. Il allait être très difficile de la mettre à mal après cela.

L'avocat de Classic se rassit, satisfait, et celui de Max se leva.

— Donc, si je vous suis bien, Max Antonilli, mon client, vous a tout de même sauvé la vie ? N'est-ce pas ?

— Oui, en effet, il l'a fait.

— Et pourtant, vous venez de dire qu'il vous a fait du mal. J'ai quelque peine à comprendre. Comment quelqu'un qui sauve une vie, dit-il en se tournant vers l'assistance, alors même qu'il n'y était pas obligé… puis vers elle à nouveau. Après tout, il aurait pu vous laisser vous vider de votre sang, sans même que son nom ne soit sali… Comment donc pouvez-vous accuser quelqu'un qui vous sauve la vie, au risque de se faire passer pour impliqué dans une affaire de meurtre, de vous avoir fait du mal ? Vous lui en voulez, c'est votre droit, mais je ne comprends décidément pas.

— Ce qui prouve bien que l'instruction et l'intelligence sont deux choses différentes, non ?

La salle se fit l'écho d'un rire unanime qui provoqua la colère du juge.

Il dit à Élodie :

— Mademoiselle Tuyé ! Je vous prie de témoigner à maître Dubourg le respect qui lui est dû !

— Monsieur le président. Avec tout le respect que je vous dois, je vous prie, dans ce cas, de demander à maître Dubourg de me témoigner le respect qui m'est dû, en évitant de me faire passer pour une idiote.

À nouveau, la salle se mit à rire.

Le juge demanda le silence et dit :

— Veuillez répondre à la question de maître Dubourg, s'il vous plaît, mademoiselle Tuyé.

— Très bien. Comme je l'ai dit, Max m'a sauvé la vie alors que je lui avais demandé à maintes reprises de ne pas le faire.

— Mais il ne vous a pas fait de mal en faisant cela. Il vous a même fait du bien, diraient certains ! répondit l'avocat.

— Puis-je vous poser une question, maître ?

— Euh…, oui, bien sûr, répondit l'avocat incertain.

— Avez-vous déjà tué quelqu'un de sang-froid ?

— Eh bien… non. Pas à ma connaissance du moins ! déclara-t-il en riant sardoniquement.

— Alors laissez-moi vous apprendre que, si vous l'aviez fait, vous n'auriez qu'une envie ; celle de mourir ; de mettre fin à vos jours ; d'en finir pour effacer la douleur, pour mettre fin à ce calvaire insupportable ! Certes maître, vous avez même le droit de dire que monsieur Antonilli m'a fait du bien en me sauvant la vie. Mais pour moi, qui ai vécu ce drame de l'intérieur, en m'empêchant de mettre fin à mes jours, votre client m'a causé une souffrance que vous êtes incapable d'imaginer ! Et non content de cela, il a ensuite profité de mon état de faiblesse pour me faire subir des interrogatoires aidés de drogues ! Il a essayé pendant plusieurs années de me faire avouer l'adresse de mon appartement pour me prendre mes créations musicales ! Il s'est enrichi sur mon dos ! Il a reçu tous les éloges pour mon travail, alors que j'étais attachée à un lit, pieds et poings liés et droguée ! Si vous n'appelez pas cela *faire du mal à quelqu'un*, alors je pense que vos notions du bien et du mal seraient à revoir, maître Dubourg !

Tout en parlant, Mégane s'était avancée imperceptiblement vers l'avocat, alors même que lui reculait, impressionné par son regard et son éloquence. La salle se leva d'un seul homme et applaudit sa déclaration. Le juge demanda à nouveau le calme.

Puis l'avocat reprit ses esprits et continua :

— J'en conviens, mademoiselle Tuyé. J'en conviens, dit-il, sûr de lui. Et je n'ai pas dit qu'il ne vous avait pas fait de mal de votre point de vue, dit-il en insistant sur le « *vôtre* ». Mais vous êtes-vous mise à sa place depuis votre sortie ? Avez-vous réfléchi à tous ces événements à tête reposée ? Ne vous est-il pas venu à l'esprit qu'il essayait de vous aider ? Mon client ne souhaitait pas votre mort. Ces drogues que l'on vous donnait n'étaient là que pour vous empêcher de commettre l'irréparable. Vous demander l'adresse de votre appartement était peut-être simplement un bon geste de sa part pour vous aider ! Par exemple, à trouver les membres de votre famille et les prévenir de ce qu'il vous était arrivé ? Ou peut-être tout simplement pour vous rapporter des affaires qui vous étaient chères, afin que vous puissiez retrouver le moral ?

Élodie eut un rire jaune et répondit :

— On voit bien que vous ne connaissez pas Max Antonilli, maître. Et vous pourrez poser la question à tous les artistes qui le fréquentent et qui seront appelés à témoigner, Gabrielle MacLeod en premier, Max n'a jamais aucune attention de ce genre ! Dans cette affaire, il était obsédé par la récupération de mes œuvres, afin de s'enrichir. Je m'en souviens très bien puisque les interrogatoires qu'il me faisait subir revenaient invariablement sur ce point. Il a fait tous les albums de Gabrielle en utilisant mes brouillons que je n'avais pas pris soin de cacher. Et c'est uniquement pour avoir le reste de mes œuvres qu'il m'a gardée prisonnière de cet hôpital et non pour me protéger.

— Mais comment pouvez-vous être aussi affirmative ? Comme vous l'avez dit vous-même, dans cet hôpital, vous n'aviez pas l'esprit clair ! Vous n'avez peut-être pas perçu ses intentions avec le discernement nécessaire !

Élodie s'assombrit soudainement, puis elle dit :

— Si j'en suis certaine à ce point, maître Dubourg, c'est parce que l'on ne viole pas quelqu'un que l'on souhaite aider. On ne viole pas quelqu'un pour qui on a de bonnes intentions.

La salle se fit l'écho d'une rumeur.

— Je... je ne comprends pas... dit l'avocat surpris, alors que Max devenait blême. Qu'entendez-vous par violer ?

— Après que je me suis échappée, Max a réussi à me reprendre avec l'aide d'une milice de mercenaires qu'il avait payée. Après m'avoir capturée à nouveau, il m'a menacée de me torturer pour que je lui dise où se trouvaient mes albums. Mais s'il n'y avait eu que cela, maître Dubourg... Il m'a violée ! Votre client, qui vous paye pour le défendre, m'a violée à l'aide d'une drogue du viol. Il n'a même pas eu le courage de me regarder en face, ce lâche, alors qu'il accomplissait son immonde besogne !

Élodie dit cela en fixant Max d'un regard qu'il ne put soutenir. Il baissa les yeux au sol et cela fut remarqué, et par le juge, et par l'assistance. Cette dernière se fit très bruyante après cette déclaration de la chanteuse. Et étant donné la tournure des événements, le juge commençait à envisager d'ajourner la séance. Mais après avoir demandé le silence plusieurs fois, le calme finit par revenir.

L'avocat de Max était pris au dépourvu, car, visiblement, son client ne lui avait pas parlé de ce viol.

Mais comme il connaissait par cœur son dossier, il dit avec assurance :

— Nous n'avons que votre parole en ce qui concerne ce viol.

— Et le rapport médical que l'on m'a fait, lors de mon admission à l'hôpital. Jetez-y un œil, car il prouve de manière formelle que j'ai été violée. Souhaitez-vous demander une expertise ADN quant à l'identité du violeur ? Vous pourriez être surpris par le résultat !

Un grand silence se fit.

L'avocat reprit :

— Nous demanderons ces preuves en effet. Elles seront versées au dossier.

— Et pour bien faire les choses, je vous donnerai aussi les documents prouvant les affiliations de monsieur Antonilli, avec la milice dont je vous ai parlé.

— Bien, bien… répondit l'avocat qui commençait à se rendre compte qu'il avait à faire à forte partie.

— Mais vous savez, maître Dubourg, pour conclure quant à la question que vous m'avez posée, le pire dans tout cela est que je lui aurais donné toutes mes œuvres bien volontiers si seulement il avait voulu me laisser mourir. Si seulement il avait bien voulu m'aider, comme vous le prétendez. Mais il ne l'a pas fait.

— Et pourquoi ne l'a-t-il pas fait, selon vous ? Surtout en sachant que vous lui auriez tout donné ! dit l'avocat en se glissant dans la faille qu'elle lui avait ouverte.

— Mais ça, il l'ignorait ! coupa Élodie. Il ne l'avait pas compris. Il n'en avait pas les moyens. Ignorez-vous donc, maître, que votre client n'a pas une once d'empathie pour les autres ? Alors il est bien incapable de voir ce qui crève les yeux ! Max ne pense qu'à lui et à satisfaire ses ambitions. Il est l'incarnation même de l'égocentrisme. Les autres ne sont pour lui que des outils ; des moyens d'obtenir ce qu'il veut, d'arriver à ses fins !

— Parle pour toi, espèce de salope ! coupa Max à la surprise de tous. J'ai été ton outil, ton jouet pendant toutes ces années ! Tu m'as baladé, tu t'es jouée de moi, c'était normal que je te rende la monnaie de ta pièce et que je récupère mon investissement !

Son avocat mit sa main sur ses yeux, comme par dépit. Toute sa stratégie tombait à l'eau à cause du côté sanguin de son client. Max comprit qu'il venait de commettre une grosse erreur. Il regarda Élodie qui lui souriait tranquillement. Il comprit qu'elle l'avait fait exprès. Elle le connaissait par cœur et elle savait que si elle le titillait un tant soit peu, il finirait par perdre son sang-froid et commettre une erreur à son avantage. Elle ne pensait d'ailleurs pas qu'il le ferait si rapidement.

Il fulminait et tenait son regard. Elle, continuait de le regarder de son côté, calme et sereine. Elle avait gagné. C'était terminé pour lui.

L'avocat finit tout de même par dire :
— Vous rendez-vous compte, tout de même, que, sans l'intervention de mon client, vous seriez certainement sous les verrous aujourd'hui pour ce que vous avez fait à votre mère ?

Élodie lâcha un rictus et dit :
— Sans l'intervention de votre client, je me serais vidée de mon sang et je serais morte. Alors vos verrous…

L'avocat se rendit finalement compte de qui il avait en face de lui et ne chercha pas à la provoquer davantage. Ce qui mit fin à son témoignage.

La salle fit grand bruit et on fit une pause. Le juge se retira.

Élodie retourna s'asseoir dans l'assistance auprès de Bruno qui était aux côtés de Gabrielle et de Gérard. Tout le monde la regardait avec respect et empathie pour ce témoignage et pour cette terrible joute qu'elle avait emportée haut la main. Cela lui fit chaud au cœur.

Lors de la reprise de séance, on fit appeler Gabrielle à la barre, puis Gérard et d'autres artistes ayant côtoyé Mégane. Même

Bruno fut invité à témoigner. Il raconta la manière dont il avait aidé Mégane après sa sortie de l'asile, comment elle avait repris le dessus sur les drogues, par la seule force de sa volonté ; ce qui provoqua une grande admiration pour la chanteuse de la part de l'assemblée.

Mais le témoignage le plus accablant pour Max fut celui de David, son assistant. Il avait absolument tout gardé : documents, notes, factures, reçus, même des appels téléphoniques qu'il avait enregistrés ; toutes les preuves factuelles de ce qu'avançait Élodie.

Tout était là, devant les yeux du juge.

Finalement, David confirma le viol auquel il avait presque assisté sans pouvoir rien faire, ce qui termina d'achever Max et sa carrière.

Quelques jours après, sans surprise, les délibérations donnèrent raison à Mégane, et Max fut écroué pour escroquerie, viol et séquestration avec acte de barbarie.

Le procureur demanda l'ouverture d'une instruction, concernant le meurtre de la mère de Mégane, mais ce fut purement administratif. Le juge fit d'ailleurs remarquer à la fin du procès contre Max que, dans cette affaire, la chanteuse Mégane Tuyé n'avait fait que se défendre contre sa mère qui avait pour intention de la tuer. Elle serait donc certainement exonérée de toute responsabilité, compte tenu des circonstances.

Elle s'en tirait à bon compte. Mais Élodie s'en moquait. Ils pouvaient bien l'incarcérer désormais, puisque Max l'était aussi.

Elle avait enfin eu ce qu'elle voulait. Et, pour elle, justice avait été rendue.

La presse se fit l'écho de ce procès hyper médiatisé et surtout de la double peine de réclusion criminelle à perpétuité dont Max écopa. Ils cherchèrent par tous les moyens à interviewer

Mégane, afin qu'elle raconte dans le détail son histoire. La version courte qu'elle avait donnée pendant le procès avait suscité une curiosité malsaine de la part de la presse people et était devenue LE sujet dont ces journaux faisaient leurs gros titres. Certains parlaient même d'un film sur cette tragédie.

Mais Élodie voulait rester loin de tout cela et elle retourna dans son appartement parisien, où elle se remit doucement au travail.

Classic-Records la sollicitait régulièrement pour travailler à nouveau avec eux et le public se déchaînait sur le Net pour que Mégane recommence à chanter.

Mais, pour le moment, elle ne se sentait pas prête à affronter la scène.

Toutefois, son inspiration était revenue et elle écrivait morceau sur morceau, parole sur parole. C'était une manière pour elle de s'exorciser de tout ce mal et de toute cette peine qui couvaient dans son cœur.

Quelques mois après le procès, Alain Oscar, le directeur de Classic-Records, reçut sur son bureau une maquette contenant vingt titres ; tous originaux et écrits par la chanteuse. Il crut avoir une attaque en les écoutant.

C'était bien elle. Elle était revenue, plus solaire que jamais. Sa hargne habituelle s'était changée en mélancolie et le blues occupait, avec la country, une grande part dans sa musique.

Il lui proposa un contrat qu'elle négocia âprement, comme elle savait le faire. Anubys était de la partie pour l'enregistrement, ce qui donna une touche rock à l'album. Et quelques mois après, il sortit enfin. Il n'avait pas de nom, mais la pochette représentait une clé, LA clé qui lui avait rendu sa liberté et qu'elle avait toujours gardée avec elle depuis.

Elle avait tenu ses engagements vis-à-vis de Camille Bochot avec qui elle avait gardé d'étroits contacts et qui ne manqua pas de la remercier publiquement.

Ce double album fut un immense succès, plus encore que tous les précédents. Élodie avait mis dans sa musique et dans ses paroles tout ce qu'elle ressentait. Elle y racontait son histoire, y évoquait sa prison, la folie, les drogues et le meurtre. Curieusement, aucune allusion à sa mère contrairement aux autres albums, ni d'ailleurs à Mélanie, si ce n'est de nombreuses références à l'amour avec un grand « A ».

Mais cela, elle l'avait gardé pour elle. La plus belle chanson qu'elle n'ait jamais écrite et dans laquelle elle avait rassemblé tout ce qu'elle ressentait pour Mélanie et tous les souvenirs qu'elle gardait de cet « *Accident* », tel qu'elle le qualifiait elle-même dans ses paroles. C'était cette chanson qu'elle avait commencée en Franche-Comté, lors de sa retraite dans la solitude. Elle s'appelait *Too Well* et faisait référence à cet instant précis où la mémoire lui était revenue et où elle s'était souvenue : « *too well* » ; si clairement ; si fort ; si durement.

Too Well ne figurait pas sur l'album, ni même dans la maquette qu'elle avait envoyée à Classic-Records. Elle n'était pas prête à la dévoiler au public. Cette chanson lui était tellement personnelle que l'émotion l'envahissait à chaque fois qu'elle la fredonnait. Elle en avait pourtant enregistré une version, pour laquelle elle avait bien mis deux semaines, rien que pour le chant ; chaque prise de son étant entrecoupée d'immenses pauses pour lui permettre de récupérer.

Un jour, Bruno tomba sur le morceau par hasard dans l'ordinateur d'Élodie, alors qu'il essayait de lui retrouver un fichier qu'elle avait détruit par mégarde.

Il lança le début par curiosité, et elle lui demanda aussitôt d'arrêter. Mais Gérard, qui était là aussi, voulut absolument l'écouter, car les quelques notes qu'il avait entendues l'avaient émoustillé.

Elle accepta donc, après maintes demandes, que le morceau soit joué.

À la fin, les deux hommes n'en revinrent pas.

Ils eurent l'impression, finalement, de ne jamais avoir entendu Mégane chanter, tant elle était habitée dans cette chanson. Ils lui demandèrent pourquoi elle ne l'avait pas proposée pour l'album et elle leur expliqua ses raisons qu'ils finirent par comprendre. Ils trouvèrent tous deux dommage toutefois qu'une composition aussi magistrale reste inconnue du public.

Élodie n'était pas prête.

Épilogue

Une année s'était écoulée après le procès. L'album de Mégane Tuyé se vendait comme des petits pains, que cela soit dans les magasins de disques ou sur les plateformes de téléchargement légales. Classic lui mettait une pression énorme pour qu'elle fasse une tournée. Mais elle n'était toujours pas prête.

Bruno venait souvent la voir. Il ne la trouvait pas en forme. Pourtant, physiquement, elle allait bien. En plus, elle s'était liée d'amitié avec Gabrielle ; une amitié qui semblait peut-être destinée à aller plus loin. Du moins, Élodie se basait sur quelques signes et perches que lui tendait Gabrielle.

Malgré cela, son moral n'était pas au beau fixe. Elle n'avait pas encore fait le deuil de Mélanie et toute cette histoire l'avait profondément remuée. Aussi solide fût-elle, elle était brisée intérieurement.

Bruno l'emmena, à plusieurs reprises, randonner avec lui dans la forêt de Fontainebleau. Malgré tous ses efforts, il ne parvenait plus à lui faire retrouver son sourire qu'il aimait tant.

L'été suivant, le festival Hellfest affichait des groupes aussi prestigieux qu'Anubys, Bullets For My Valentines ou encore Iron Maiden.

Élodie décida de remonter la pente, de cesser sa retraite et de se rendre au festival incognito afin de s'y changer les idées. Pour y être déjà allée plusieurs fois, elle savait qu'il régnait là-bas une ambiance bien particulière qui pourrait lui être salvatrice.

Elle avait encore trouvé une façon de se maquiller autrement et de transformer son visage, de manière à ne pas être reconnue.

Elle passa un petit moment dans la foule à profiter du spectacle et de la musique. Puis, elle trouva le moyen d'entrer en *backstage* où elle retrouva Gérard et sa bande qui se préparaient à monter sur scène.

Ils étaient tous très contents de la voir et elle fut très surprise, car tous les autres groupes qu'elle croisa lui rendirent hommage une fois qu'ils surent qui elle était.

Mais Gérard profita de cette trop belle occasion pour se mettre d'accord avec son groupe et tenter de la sevrer définitivement de sa mélancolie.

Alors qu'elle était cachée derrière des amplis et que le groupe montait sur scène, Gérard déclara au public :

— Nous sommes très heureux d'être ici avec vous aujourd'hui ! Et pour commencer, nous souhaiterions rendre hommage à une personne qui nous est très chère.

Ils entamèrent alors les premières notes de *Too Well* et Gérard dit :

— Je vous demande d'accueillir comme il se doit l'immense Mégane Tuyé !

Elle le regarda de derrière en faisant un non massif de la tête. Mais tandis que les autres continuaient de jouer, et que des techniciens dans la confidence l'équipaient, il alla la chercher et l'amena sur scène. Il la mit face au micro et lui pressa amicalement l'épaule.

Il lui dit à l'oreille :

— On est avec toi, on t'accompagne.

Elle était désemparée et ne savait pas quoi faire. Elle n'était toujours pas prête à chanter cette chanson.

Le public ne la reconnut pas immédiatement, du moins physiquement. Mais lorsqu'elle finit par entamer les paroles de sa chanson, tous reconnurent la voix de l'immense star du rock qu'elle était.

La chanson démarrait sur une guitare et sa seule voix, puis la batterie et la basse commençaient leurs parties au bout de quelques secondes. Tout était crescendo et nuances dans ce morceau.

Mégane essayait de ne pas se perdre dans ses paroles, ce qui était très difficile étant donné leur nature.

Plus la chanson avançait et plus elle prenait de corps. Vers le milieu, Mégane passa une octave et sa voix occupa tout l'espace et retourna les âmes qui l'écoutaient.

L'émotion qu'elle dégageait était si intense que ses compagnons comprirent qu'ils venaient de vivre pour la première fois ce que peu de groupes vivent vraiment sur scène, une véritable fusion avec leur chanteuse. Ils ne faisaient plus qu'un avec elle et son émotion les imprégna tous à un point tel qu'ils faillirent même se planter.

Puis la musique retomba d'un coup sur une guitare sèche accompagnée d'un « *Too Well* » à peine chuchoté par Mégane.

La guitare continua, même si Gérard avait du mal à jouer, tant la chanteuse irradiait. Mégane était appuyée sur son micro, tête baissée, comme si elle ne voulait pas montrer au public qu'elle pleurait. Et le public n'arrangeait rien, car d'immenses ovations, accompagnées de ola, se faisaient entendre les unes après les autres. Elle avait possédé le festival.

Le groupe se demanda si elle serait capable de continuer et Gérard se prépara à enchaîner le chant, le temps qu'elle se remette.

Mais ça n'était pas fini.

Mégane redressa la tête, après ce break plein d'émotions, et elle termina son morceau, telle une conteuse au coin du feu qui racontait une histoire devant un public conquis par son talent.

C'était vraiment une immense artiste et elle venait une fois de plus de le prouver, malgré ces années d'absence et la critique qui, souvent, allait bon train derrière son dos.

Mais, quoi qu'on ait pu dire sur elle, elle venait de balayer tout ça en à peine dix minutes de musique. Il n'y avait plus de critique, plus de ragots, plus de rumeurs, il n'y avait plus que Mégane Tuyé et son immense talent. Elle reçut une ovation qui lui alla droit au cœur.

Elle était heureuse, à la fois d'être arrivée à chanter enfin cette fichue chanson et par tout ce que le public lui donnait ; cet hommage qui lui montrait que, quoi qu'il ait pu se passer, ils l'aimaient toujours autant. Et ils en redemandèrent tant et plus.

Elle retourna en *backstage*, et Gérard la rejoignit avant d'enchaîner avec leur propre concert.

Il lui dit avec des yeux humides :

— Mélanie serait fière de toi !

Élodie le regarda dans les yeux et y vit tout l'amour qu'il avait lui aussi pour celle qu'elle avait perdue. Elle fut alors totalement submergée par l'émotion et elle perdit ses moyens.

Gérard la prit dans ses bras et la serra fort contre son cœur.

Il lui chuchota à l'oreille :

— Allez ! Vas-y, lâche-toi. Il n'y a aucune honte à montrer sa peine.

Elle éclata en sanglots.

Ils restèrent ainsi quelque temps et, tandis qu'il l'étreignait tendrement de ses bras, son groupe se mit en devoir de chauffer le public en entamant un de leurs morceaux.

Gérard sécha ses yeux, donna à Élodie un tendre baiser sur le front et retourna sur scène. *Anubys* enchaîna avec ses propres morceaux pendant presque une heure. Ce fut un énorme succès. Mais c'était bien normal après un tel départ.

Puis ils retournèrent eux aussi en backstage et cherchèrent leur amie, mais elle était partie sans faire de bruit.

Le lendemain, Gérard se rendit chez elle pour la remercier, mais c'était fermé.

Et le surlendemain, Bruno reçut une lettre d'Élodie accompagnée d'un CD.

Il la lut ; la relut ; la lut encore et encore ; et il pleura toutes les larmes de son corps.

Il se rendit à son tour chez elle, après avoir prévenu la police, et, en entrant, ils la trouvèrent allongée sur son sofa.

Elle avait un air apaisé. Comme si tout ce mal, tous ces malheurs étaient partis avec elle. Comme si, finalement, tout n'est jamais aussi noir qu'on veut bien le croire.

Ses obsèques attirèrent toute la planète et elle fut enterrée selon sa volonté, dans un petit village de Franche-Comté. Un endroit où elle se sentait bien, en paix.

Quelques jours après son enterrement, on apprit par la presse le meurtre de Max Antonilli par un fan de Mégane Tuyé qui s'était fait incarcérer dans l'unique but de mettre fin aux jours de Max.

*

Quelques mois après, un matin, alors que l'effervescence gagnait peu à peu la rue de Rivoli, Bruno était tranquillement assis à la terrasse de cette petite brasserie spécialisée dans la bière belge.

Il avait entre ses mains le journal du matin dans lequel une page entière était consacrée à Gabrielle. Son nouvel album venait de sortir et le journal commençait ainsi :

« *Ce nouvel album de la chanteuse Mégane Tuyé, interprété, que dis-je, approprié par Gabrielle MacLeod, sonne comme un chant d'outre-tombe ; comme si Mégane avait travaillé depuis l'endroit où elle se trouve désormais et qu'elle avait possédé Gabrielle pour que son album voie le jour…* »

Bruno sourit et referma le journal. Il sortit de sa poche une lettre un peu jaunie. Il la relut, même s'il la connaissait par cœur.

« *Mon très cher Bruno,*

Comment reprendre le cours de sa vie, après qu'il s'y est passé de si terribles choses ?

Comment continuer à regarder le monde avec bienveillance, en sachant qu'il s'y trouve des gens que le mal a élevés au rang de virtuoses ?

Comment envisager un avenir serein, quand ton corps a été meurtri, quand ton âme a été piétinée, quand ta raison s'effiloche et se perce de trous irréparables, tel un vieux vêtement bien trop longtemps porté ?

Jour après jour, je me dessèche. Jour après jour, je me noie. Jour après jour, j'ai l'impression que ma vie se dérobe, mettant en exergue cet abysse, empli d'une noirceur si terrible et si envoûtante à la fois.

Tu m'as dit un jour que tu me trouvais solide comme la roche. Mais même la roche s'effrite par les agressions du temps. Rien ne dure, c'est ainsi.

Je te demande une faveur quand tu recevras cette lettre : va chez moi avec la police pour qu'ils ne puissent t'accuser de rien (montre-leur cette lettre au besoin) et, une fois que toute l'agitation d'enquête, d'enterrement, de presse, de journalistes et j'en passe sera terminée, retourne chez moi, puisque cela sera désormais chez toi. J'ai demandé à Poux-Grincant de te désigner comme héritier de tous mes biens. Tu trouveras, dans le petit coffre en bois, toutes les partitions et maquettes des albums que j'avais préparés pour l'avenir. Il doit y en avoir une bonne trentaine.

Donne-les à Gabrielle, c'est une gentille fille et elle mérite la carrière que je n'aurai plus désormais.

Quant à toi, je te donne cette chanson que j'ai enregistrée après Too Well. *Elle est pour toi et elle dit tout ce qu'il y a à dire sur nous.* »

Il replia la lettre, la rangea avec précaution dans sa poche, puis se leva en laissant un conséquent pourboire au garçon. Il s'en alla dans les rues tumultueuses de Paris, tout en fredonnant un petit air de Mégane Tuyé que lui seul connaissait.